LEGADO DE REYES
Heredera

GEMA BONNÍN

HEREDERA

LEGADO DE REYES

MUNYX
FANTASÍA

Primera edición: junio, 2025
Legado de reyes. Heredera

www.munyxeditorial.com

Impreso en España

ISBN: 978-84-129553-7-8
Depósito Legal: V-1942-2025

A mis abuelos. Ojalá hubiéramos tenido más tiempo y ojalá yo hubiera sido más consciente de lo que significaría perderos. Nunca se hacen las suficientes preguntas ni se dan los suficientes abrazos, ni siquiera aunque te lo propongas.

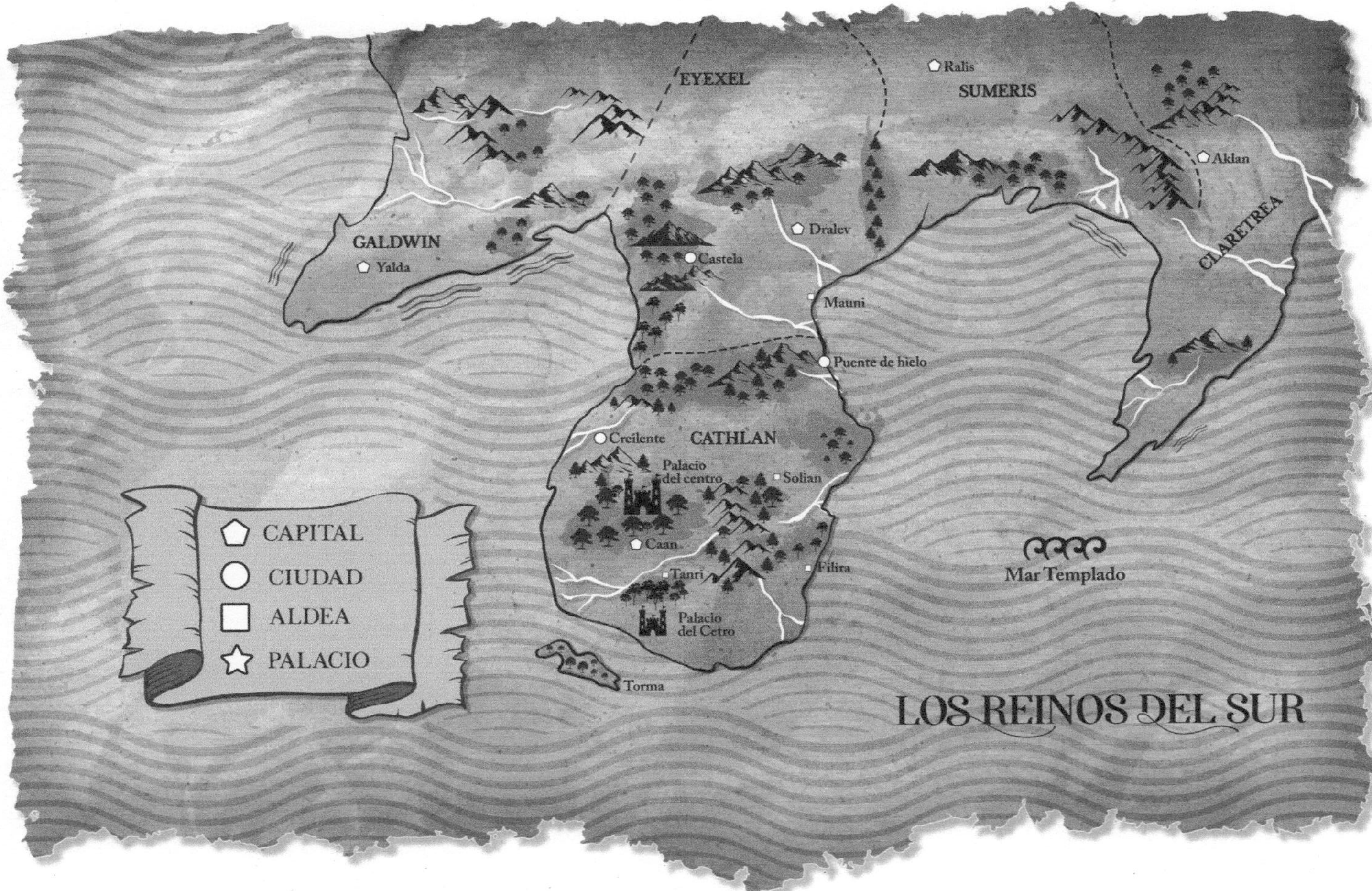
LOS REINOS DEL SUR
EYEXEL
SUMERIS
Ralis
Aklan
CLARETREA
GALDWIN
Yalda
Castela
Dralev
Mauni
Puente de hielo
CATHLAN
Creilente
Palacio
del centro
Solian
Caan
Tanri
Filira
Palacio
del Cetro
Torma
Mar Templado
CAPITAL
CIUDAD
ALDEA
PALACIO

PRIMERA PARTE

CAÍDA

Capítulo 1

EL TEMBLOR

La reina Yilian se dejaba llevar por el suave balanceo de la mecedora que había frente a la chimenea de su sala de estar privada. A sus pies, su hijo Aloy jugaba con unas figuritas de madera que le había tallado su propio padre, algo insólito teniendo en cuenta quién era.

La mujer, de una elegancia inusitada, se palpó el vientre con la esperanza de sentir algún vestigio del ser que llevaba dentro desde hacía ocho meses. Era increíble que ya le profesara ese amor, profundo e ilimitado, sin saber siquiera si era niño o niña, sin haberle visto el rostro. Pero la certeza de que lo amaba era abrumadora, igual que amaba a su primer hijo, el heredero al trono.

—Maya, ¿qué día es hoy?

Maya era una joven criada en la que Yilian había depositado una gran confianza y que en ese momento sacudía el polvo de los muebles con un trapo. A pesar de que no llegaba a la veintena, era trabajadora, responsable e inteligente. Cualidades que su alteza apreciaba mucho.

—Veintiocho de febrero, majestad.

Yilian suspiró y pensó que, con toda seguridad, su retoño nacería en marzo, igual que la primavera. A sus espaldas, sintió las pesadas puertas de madera abrirse de una forma muy familiar y supo que su marido acababa de entrar en la sala. Le vio con ese porte enérgico y triunfal que le caracterizaba. Se acercó a ella y la besó en la frente.

—¿Cómo estás?

Ella sonrió, encantada por las atenciones que le prestaba su rey y esposo.

—Bien. Me duele un poco la espalda, pero se me pasará. ¿Por qué has tardado tanto en venir a verme, Rianon?

—El gremio de comerciantes siempre se demora mucho en ponerse de acuerdo con las propuestas de la corte —contestó el rey.

Yilian chascó la lengua.

—Nobles y plebeyos: la eterna disputa.

—Bah, al fin y al cabo son todos iguales. Solo piensan en sí mismos, así es el hombre, está en nuestra naturaleza.

Yilian no pensaba que su marido fuera un egoísta. Al contrario, le parecía uno de los monarcas más generosos que había conocido.

—¿No te excluyes?

—Me pregunto si debería.

Yilian rememoró el lema de la familia real de Cathlan. Unas palabras que siempre habían estado presentes en las decisiones de sus reyes desde tiempos inmemoriales.

«Bienestar para el pueblo, gloria para su rey».

—Eres el rey —apuntó ella con un tono de voz muy dulce—. Tu deber es preocuparte por el pueblo. Y lo haces.

Él le dirigió una mirada de lo más enigmática mientras le retiraba un cabello rubio oscuro de la frente.

—Cuando te conocí, añadí nuevas prioridades a mi lista.

Yilian esbozó una gran sonrisa y acarició la barba rojiza de su marido antes de darle un beso en los labios.

De pronto, cuando Rianon todavía estaba inclinado sobre ella, sintieron una fuerte sacudida. Lo primero que pensaron fue que a Maya se le habría caído algo al suelo, pero cuando notaron que el temblor continuaba con más fuerza, comprendieron que no era nada de eso. No se trataba de algo normal, de algo provocado por el ser humano. Los jarrones y los objetos más delicados de las estanterías se precipitaron hacia el suelo, rompiéndose en mil pedazos. Aloy chilló repetidas veces antes de correr junto a sus padres.

—¡Poneos debajo de esa mesa! —ordenó el rey.

Sin objeción de ningún tipo, Yilian cogió a su hijo de la mano y lo llevó consigo bajo la protección de una maciza mesa de roble que había al fondo de la habitación. Maya, que se había quedado paralizada frente a los horrores que veía por la ventana, reaccionó tarde, porque una viga del techo, que se desplomó en el acto, cayó sobre ella.

—¡Maya! —gritó Yilian y quiso ir a socorrerla.

—¡No, Yilian! —dijo el rey—. Podría pasarte lo mismo. Por lo que más queráis, no os mováis de ahí.

—¿Y tú adónde vas?

—Tengo que ponerme al mando.

—No me dejes —le pidió ella con los ojos brillantes.

Él se la quedó mirando durante un segundo que pareció eterno. Luego desvió la mirada.

—Lo siento. —Y desapareció por el umbral de la puerta.

Asustada y preocupada, la reina se armó de valor y abrazó a su hijo mientras veían cómo su mundo se desmoronaba ante sus ojos.

Aquel horror duró poco. Menos de lo que esperaban. Habían sido solo unos segundos de pánico y terror, pero para los habitantes del reino de Cathlan fue una eternidad. En cuanto Yilian estuvo segura de que ya no volvería a haber otro temblor, salió de su escondite y se agachó junto a Maya. Giró su cuerpo y vio que una brecha escarlata le surcaba la frente. Hundió los dedos en su cuello para sentir el pulso. Sintió un gran alivio al notarlo y comprender que, afortunadamente, la joven solo estaba inconsciente.

Se levantó y sentó a su pequeño de tres años en la mecedora.

—No te muevas de ahí, y si vuelve a temblar la tierra, corre debajo de la mesa, ¿lo has entendido? —inquirió, y le sacudió ligeramente los hombros.

El niño asintió temeroso y luego su madre se fue de allí rápidamente.

Conmocionada, observó el destrozo en el interior del castillo. Partes derruidas, cuadros y muebles en el suelo, algunos intactos y otros destrozados, adoquines partidos por la mitad. No quiso imaginarse cómo habría quedado la ciudad, conformada por edificaciones mucho más débiles. Reprimió las lágrimas.

Por el pasillo se encontró con el ama de llaves, cuyo rostro aún reflejaba el pánico que había sentido.

—Adim, necesito que vayas a la sala de estar y cuides de mi hijo y de Maya. No te muevas de allí hasta nueva orden. ¿Queda claro?

—Sí, majestad.

—Ve.

La mujer obedeció y la reina continuó su camino con ansia mientras pedía al cielo no encontrarse con nada con lo que realmente no pudiera lidiar. Por suerte y para su sorpresa, descubrió que el castillo no había sufrido tantos daños como cabía esperar. Sin embargo, los criados corrían de un lado para otro con cosas en las manos: paños mojados, vendas, medicamentos, instrumentos de limpieza y demás. Era evidente que su esposo ya estaba dando órdenes. Esa era una de las virtudes que tenía Rianon: reaccionaba rápidamente ante cualquier imprevisto o problema.

Lo encontró en el patio central examinando una grieta que surcaba gran parte del suelo.

—Yilian —dijo él y se acercó a abrazarla—. Me alegra comprobar que estás bien. Acabo de mandar a un médico para que te vea. —Él le palpó el vientre abultado con preocupación—. ¿Notas algo raro? Molestias o…

—Amor, estoy bien. Gracias a Dios no me ha pasado nada y a Aloy tampoco. Tranquilízate.

Él suspiró y se relajó, pero solo un poco.

—Bueno, por fortuna el castillo no está tan mal como imaginaba. —Hizo una pausa—. Necesito que vayas a la ciudad a estar con la gente. Ellos están asustados y ahora mismo precisan del apoyo de su reina. Aséate, reponte y ve. Prepararé a un séquito de guardias.

Caan, la capital de Cathlan, probablemente había sufrido daños irreparables después de aquel inexplicable temblor. Sus gentes no eran personas instruidas que tuvieran la educación necesaria como para manejar la situación o mantener la calma por mucho tiempo. Muchos de ellos contribuirían a que cundiera el pánico y era crucial que los cathlenses se dieran cuenta de que no estaban solos, de que contaban con el apoyo y protección de sus superiores.

—Claro —asintió ella y comprendió de inmediato que esa era una de las labores más importantes de una reina. Se quedaron en silencio unos instantes—. Rianon, ¿qué es lo que ha pasado?

—Ahora me reuniré con el Consejo de Sabios para conocer sus impresiones.

Yilian asintió, besó efusivamente a su marido y se dirigió a sus aposentos de nuevo. Ordenó que le preparasen un atuendo adecuado para salir a la ciudad y le acompañasen sus lacayos. Y, por supuesto, que llevasen a Maya al sanatorio.

Cuando todo estuvo listo, la reina montó en el caballo que habían dispuesto para ella y emprendieron el camino a la ciudad. Tardarían solo unos instantes, pero entre la población y el castillo había una larga ladera que cruzar, además de algunas edificaciones públicas de uso común y necesario. La verdadera esencia de su pueblo residía en el centro urbano, que se vislumbraba desde el castillo mismo. Por eso, al partir, Yilian ya estaba concienciada de que lo que tendría que vivir no iba a ser nada agradable y que debía dedicarse por entero a las personas más necesitadas. Aunque, tal vez, y solo tal vez, estuviese equivocada y los destrozos no habían sido tan graves, a pesar del mal aspecto que parecía tener la ciudad desde la lejanía.

Sin embargo, al llegar allí sus temores se vieron confirmados. La capital de Cathlan era como los restos de lo que antaño había sido una civilización próspera y feliz. Como unas ruinas olvidadas, guardianas de mucho dolor y sufrimiento. La mitad de las casas se habían desplomado por completo, mientras que las más grandes a duras penas permanecían en pie. Yilian se percató de que los hogares de la gente más acaudalada habían sobrevivido y se mantenían relativamente intactos. En cambio, las que habían sido las casas más humildes eran solo una pila de escombros. A la reina le pareció terriblemente injusto, aunque era comprensible: los ciudadanos con más dinero habían podido pagar buenos materiales para la construcción de sus moradas.

La gente exenta de daños se preocupaba de aquellos que más malparados habían salido y de los heridos graves. Un niño de unos tres años deambulaba entre la marea de gente, cojeando, con los ojos húmedos y llamando a una madre desaparecida.

—Dios mío —susurró la reina y se tapó con una mano la boca.

De inmediato hizo ademán de bajarse del caballo, pero uno de los guardias que la escoltaban la detuvo con sus palabras:

—Majestad, debemos dejaros en la plaza principal.

La reina vaciló momentáneamente, pero solo necesitó volver a echar un vistazo a su alrededor para recobrar la determinación.

—Cambio de planes, me bajo aquí. Dejad a alguien a cargo de las monturas y acompañadme. ¡Andando!

Sus órdenes fueron obedecidas sin mayor dilación.

Yilian se acercó rápidamente al niño de los ojos brillantes y se arrodilló para tener la cara a la misma altura que él, sin importarle que el vestido se le arrugara o se le ensuciase. Aquello era algo ridículamente irrelevante.

—Es la reina —susurraban algunos—. La reina Yilian.

Cuando la mayoría de los presentes se percataron de su presencia, se hizo un silencio absoluto. Pero a ella no le importó y tampoco se sintió insegura. La guardia real era eficaz y entregada. Yilian centró su atención en el niño. Tenía la cara, roja y ligeramente hinchada, surcada por las lágrimas.

—¿Te has perdido, pequeño?

El crío la miró con un poco más de tranquilidad, pero no dijo nada.

—Vamos, no debes tenerme miedo, yo haré todo lo que esté en mi mano para que estés bien. Por ti y por todos. Dime, ¿dónde vives?

—No me acuerdo —respondió—. Solo quiero encontrar a mi mamá.

La dulce vocecilla del pequeño partió en mil pedazos el corazón de la reina, que últimamente era mucho más sensible a las vicisitudes que pudieran afectar a los infantes.

Abrazó al niño como si fuera hijo suyo.

—No te preocupes. La encontraremos.

—¡Dan! —gritó un hombre que se abría paso entre la aglomeración de gente que se había formado junto a la soberana—. Dan.

El hombre corrió a abrazarlo, pero dos guardias le cerraron el paso al colocar sus lanzas en forma de cruz. Yilian hizo un gesto con la cabeza para que le permitieran acercarse. El hombre corrió hacia su hijo y le envolvió en sus brazos, sin reparar siquiera en la presencia de la esposa del rey. Había olvidado por completo el protocolo. De hecho, la hizo a un lado de una forma poco cortés.

A Yilian no le importaron las formas que aquel hombre había tenido con ella, aunque los murmullos que se oían denotaran que a los demás sí.

Yilian quiso ponerse en pie, pero el peso de su embarazo hizo que fuera demasiado complicado. Al ver que su reina tenía dificultades para incorporarse, el hombre la cogió del brazo rápidamente y la ayudó.

—Majestad —murmuró sin aliento—, perdonad mis formas…

—Os doy las gracias —cortó ella mientras se pasaba una mano por el cabello rubio—. ¿Sois el padre del niño?

—Sí. Lamento mucho no haberme comportado correctamente, mi señora —repitió. De pronto, se inclinó frente a ella—. Es un honor para mí estar frente a vos.

—¿Cuál es vuestro nombre?

—Dandiel —respondió él—. Es un honor para mí estar frente a vos —volvió a decir casi temeroso.

—Lo creo, pero no debéis preocuparos, yo habría actuado de igual modo. Ahora decidme, ¿y vuestra esposa?

El rostro de Dandiel se tornó pálido y tembloroso.

—No lo sé. Ella estaba en casa con nuestro hijo mientras yo trabajaba en el campo. He venido en cuanto he podido, si hubiera sabido que…

—Está todo bien, Dandiel. Ahora debéis ocuparos de vuestro hijo y de encontrar a vuestra mujer.

—Sí, majestad.

La elegancia y naturalidad de Yilian era algo que siempre causaba admiración, y ella lo sabía. Verla en persona, con aquella delicadeza y esa voz aterciopelada, hacía que a más de a uno se le pusiera la piel de gallina y se le encendiera un calor devoto en el pecho.

Yilian dio media vuelta y continuó andando hacia la plaza principal. Había demasiados estropicios y muchísima gente se había quedado sin hogar. Los plebeyos se acercaban a ella sangrando, llorosos, en busca de misericordia y compasión, pidiéndole soluciones para aquella gran desgracia. Y por primera vez en toda su vida, Yilian no supo cómo consolarlos.

El Consejo de Sabios nunca había sido del gusto del monarca, principalmente porque no estaba compuesto por gente que él considerara sabia. Sin embargo, aunque tenía el poder para disolverlo, prefería no hacerlo. Aquella práctica, la de poseer un consejo cuyas palabras valían casi tanto como las de su rey, era una tradición que su dinastía llevaba ejerciendo desde hacía siglos.

Eran cinco hombres y una mujer, todos ellos concebidos por el pueblo como los más influyentes e inteligentes del reino, exceptuando a la familia real. El presidente era el conde Mayorus, un hombre de avanzada edad que había participado en grandes batallas de reinos aliados en su juventud y que ahora vivía tranquilamente con su familia en un palacio cercano.

—Majestad, hemos estado reflexionando acerca de lo sucedido y de momento solo tenemos dos teorías plausibles. La primera será presentada por el sacerdote Ulsem.

Ulsem era un hombre bajito y delgado, de mirada astuta y nariz ganchuda, que dirigía todas las actividades religiosas de la zona, pero que no ostentaba el cargo de capellán real. El rey aguardó pacientemente a que hablara mientras le miraba con sus ojos marrón oscuro, que parecían ser capaces de atravesar la piedra más densa. Ulsem tragó saliva y se dispuso a hablar.

—Durante la catástrofe y tras ella, recé en todo momento para que Dios nos ayudase a superarla y a entenderla. Comprendí que la respuesta estaba en las escrituras y en ellas se explica claramente que el temblor del mundo se debe a un aviso del Señor. Un aviso porque no le gusta cómo estamos comportándonos. Un aviso para que cambiemos a mejor. La gente ya no es tan devota como antaño y eso les hace daño. No creer, no tener algo en lo que apoyarse, es dañino para el alma, y eso es lo que nos ha querido decir Dios con esta sacudida.

Rianon se lo quedó mirando con una ceja alzada y las comisuras de los labios torcidas. Cogió aire y dijo:

—Bien. ¿Segunda hipótesis?

—La explicará el sabio Orson.

El aludido se puso en pie e hizo una cordial reverencia. Orson era un hombre de edad avanzada, con cabello y ojos grises que vestía ropas de color morado. Algunos le tachaban de embaucador y charlatán. Otros, más atrevidos todavía, decían que era un mago. Rianon intuía que aquella afirmación no era del todo falsa, aunque no podía asegurarlo.

No obstante, Orson tenía ganado el respeto del rey, pues siempre había servido a su familia y nunca le había fallado.

—Majestad, mi teoría es que este temblor se debe a un movimiento sísmico de la tierra que tiene lugar cuando chocan dos… —Parecía estar esforzándose por dar con el término adecuado— zonas diferentes de esta, digamos. A estos sucesos se los conocen como terremotos, y en unos documentos escritos por filósofos y estudiosos de las tierras del oeste he encontrado evidencias de que ya ha sucedido más veces en lugares lejanos.

—¿Hay alguna probabilidad de que vuelva a ocurrir?

—La hay, pero las crónicas que existen al respecto sugieren que es baja.

Esta explicación se le antojó más creíble que la anterior. Si bien estaba de acuerdo en que la carencia de fe era dañina para el alma, se mostraba escéptico ante la idea de castigos divinos que penalizaban a culpables e inocentes por igual.

Había hombres que siempre atribuían todos los sucesos extraños al Señor y alegaban cosas como «sus caminos son inescrutables» o «es la voluntad divina». Explicaciones que para Rianon eran muy pobres, y Ulsem parecía no entenderlo.

—¿Qué propone su majestad al respecto? —inquirió Madelia, una de las comerciantes más prósperas—. ¿Se llevará a cabo algún protocolo de emergencia?

Rianon suspiró.

—Debo deliberarlo con el secretario real —respondió.

—Mi señor, si me lo permitís, no podemos tomarnos la libertad de deliberar demasiado —intervino otro.

El rey le dirigió una mirada fulminante. No le gustaban aquel tipo de insinuaciones. Era muy fácil presionar a los demás cuando apenas se tenían responsabilidades.

—Señores, dama, será un placer veros de nuevo cuando sea el momento. —Alzó una mano y señaló la salida—. Podéis retiraros.

Aunque algunos no parecían conformes con la actitud del rey, nadie puso objeción y obedecieron. Rianon debía redactar las actas sobre lo acontecido, y lo haría con la diligencia y la seriedad que la tarea demandaba.

Al salir de la sala después de que los miembros del Consejo lo hubieran hecho, se encontró con su esposa, que le esperaba impaciente para hablar con él.

Ella le explicó con todo lujo de detalles lo que había visto en la ciudad y la escena con aquel niño perdido. El rey asentía pensativo.

—No podemos darles la espalda —declaró ella convencida—. Los que más están sufriendo las consecuencias de este desastre son los pobres. Necesitan ayuda.

—Eres muy compasiva —comentó él—. Esa es una buena cualidad. —Suspiró—. Dispón de cuanto quieras para ayudar a la gente, yo tengo que encargarme de hacer un recuento de los daños.

Yilian asintió consciente de que eso era mucho trabajo.

—¿Ya has pensado en cómo vamos a sacar a nuestro pueblo adelante? Imagino que las lagunas económicas que dejará esto serán... considerables.

—Tendré que subirle los impuestos a la gente que menos daños ha sufrido para ayudar a reparar todos los desperfectos. Sé que no es justo para ellos, pero ¿qué otra cosa puedo hacer?

—Es una buena alternativa —opinó Yilian—. Casi todos son nobles y pueden pagarlos.

—Pero será una subida muy fuerte. Del cuarenta o cincuenta por ciento durante seis meses, más o menos. Mi tesorero debe hacer un cálculo más preciso.

Yilian hizo una mueca. Aquello era muchísimo, pero si su marido había decidido que era la mejor opción, lo era y no dudaba de él. Al fin y al cabo, saberlo era su trabajo.

Cuando el rey anunció la brutal subida de impuestos apenas unos días después, hubo muchas objeciones por parte de la nobleza. Duques y condes de las tierras más remotas del reino llegaron a la capital para quejarse e intentar convencer al monarca de que aquello era demasiado. Pero la ciudad había sufrido mucho y necesitaba toda la ayuda posible.

—Todos debemos arrimar un poco el hombro —contestaba el rey ante las protestas—. También yo estoy poniendo muchísimo dinero de las arcas reales. Lo lamento mucho, pero es por el bien de la mayoría.

Yilian veía las caras de disgusto, rabia y frustración que exhibían los miembros de la nobleza y entendió que a partir de entonces habría mucha tensión entre el rey y sus súbditos de alta alcurnia. Los nobles que se habían resistido a pagar fueron llevados al calabozo y les fueron requisados algunos bienes. Contribuir en la reconstrucción de Cathlan era un deber y una obligación y el rey no permitía que nadie eludiera esas responsabilidades. Ni siquiera el clero. Yilian estaba orgullosa de su esposo, aunque también preocupada. No le parecía prudente enfrentarse así a los miembros más poderosos de la sociedad. Trató de no pensar demasiado en ello.

Ella, por su parte y gracias a un permiso explícito de su majestad, había ocupado la casa de una marquesa viuda que estaba relativamente cerca de la ciudad. Era prácticamente un palacio, así que había espacio de sobra para acoger a algunos plebeyos que se habían quedado sin hogar y cuyas heridas o enfermedades eran más graves. Junto con el rey, había financiado de su bolsillo un proyecto para construir un hogar para los sin techo. Algo así como una gran casa para la gente sin recursos que no tuviera donde refugiarse. Muchos de ellos estaban condenados a vagar por las calles durante meses, incluso años, y Yilian no podía quedarse de brazos cruzados ante tal pronóstico.

La marquesa estaba enfurecida con ella por haberse apropiado tan descaradamente de su palacio y verse forzada a permanecer en otra de sus propiedades, pero naturalmente se esforzaba en disimular su disgusto y fingir que aceptaba de buen grado cualquier comportamiento de la reina. Y Yilian, que no era tonta, simulaba no haberse dado cuenta.

Maya ya se había recuperado de aquel fuerte golpe en la cabeza, pero el curandero que estaba a cargo de los siervos del castillo les había dicho que su agilidad mental había disminuido, y aunque podía tratarse de un daño permanente, la joven presentaba signos de una recuperación rápida y satisfactoria. Maya no se preocupó, al contrario, lo tomó como una buenísima noticia y alegó que podría haber sido mucho peor, que había tenido suerte. La doncella siempre había sido una mujer muy positiva, cualidad que Yilian admiraba desde que se conocieron. Habían pasado semanas y, ciertamente, Maya parecía recuperarse bien.

Estaban las dos en la residencia de la marquesa cuidando de algunos niños que se acababan de quedar huérfanos cuando Yilian vio un rostro conocido.

—Hola, Dan —le dijo—. ¿Cómo estás?

—Bien, mi señora.

—¿Mi señora? ¿Te lo ha enseñado a decir tu padre? —quiso saber ella sin dejar de sonreír.

El niño asintió. Todavía recordaba cómo la había cautivado su mirada oscura el mismo día del *terremoto*, tal como lo llamaba su marido. Tal vez fuera esa mirada la responsable de sus deseos por ayudar al pueblo. El pequeño había llamado desesperadamente a su madre. A esta la habían encontrado muerta dos días después, bajo unos escombros, con el cuerpo desfigurado y el rostro contorsionado en una mueca de terror. Fue un golpe muy duro para padre e hijo.

De pronto, Yilian notó algo húmedo que le mojaba las piernas y seguidamente sintió dolor en el vientre. Cerró los ojos y se preparó para lo que vendría a continuación.

—Maya —dijo sin perder los nervios—. Acabo de romper aguas.

La sirvienta se hizo cargo de todo a partir de ese instante y, con toda la prisa del mundo, la llevaron de vuelta al castillo.

El parto fue muy largo. Más de lo que a Yilian le hubiera gustado. Estaba tendida en la cama de sus aposentos junto a Maya, la partera Calinia y su hijo de cuatro años llamado Reif, que sujetaba algunos de los instrumentos que necesitaba su madre para trabajar. Su esposo llegó cuando llevaba dos horas con contracciones, y agradeció mucho su presencia porque la reconfortaba y animaba. Por desgracia no pudo quedarse mucho, pues tenía bastantes ocupaciones de las que hacerse cargo, y Yilian comprendía que no podía estar presente, especialmente si el alumbramiento duraba tanto.

El bebé llegó al mundo al amanecer del diecinueve de marzo, y aunque Yilian llevaba un tiempo intuyendo que sería varón, resultó ser una niña preciosa de grandes y expresivos ojos azules y un tenue vello rubio que le cubría la cabecita. Su padre, que llegó unos minutos después, la cogió en brazos.

—Oh, criatura. Es un tesoro —susurró.

—Lo es, ¿verdad? Ahora tenemos la parejita.

—Nuestros dos hijos han sacado tu mismo color de cabello —observó Rianon.

La reina esbozó una sonrisa.

—No. Su color cambiará. La raíz es rojiza.

Pero Rianon no parecía captar esos matices que su mujer aseguraba haber visto.

—Si tú lo dices…

—Ya lo verás. Será guapísima.

—Pues como su madre.

—Ciertamente es muy hermosa —intervino Calinia—. Y mi experiencia me dice que no tendrá problemas de salud de ninguna clase.

Los padres asintieron complacidos. Calinia era toda una profesional; su reputación no era nada exagerada.

Llegó Aloy acompañado por una sirvienta, impaciente por ver la cara de su hermanita. La contempló con curiosidad e interés, sin comprender muy bien por qué aquella cosa rosada y pequeña acaparaba toda la atención de sus padres.

—Es tu hermana —dijo el rey—. Tu hermana pequeña.

—¿Cómo se llama? —preguntó el príncipe.

—Pues no lo sé… —musitó Yilian, que aunque había preparado varios nombres de varón, no tenía muy claro ninguno de niña—. Aún no lo he pensado.

Reif se acercó a Aloy, pues eran amigos debido a que en los últimos meses habían pasado mucho tiempo juntos, mientras Calinia trataba a la reina y estaba pendiente de su evolución. Reif era un año mayor que Aloy y, por tanto, algo más espabilado. El hijo de la partera observó a la princesa.

—¿Y lo que dijimos? —le preguntó en una voz casi inaudible a Aloy.

—¡Ah, sí! —dijo él—. Nosotros elegimos el nombre.

—No seas impertinente, Reif, ¿cómo aspirar a elegir el nombre de una princesa de Cathlan? —le reprendió la partera.

Los reyes se miraron y luego cruzaron una mirada con la partera, cuyos ojos parecían pedir disculpas.

—¿Qué piensas, Rianon?

Él parecía distraído.

—Yo ya elegí el nombre de Aloy, así que te toca decidir a ti.

—No creo que sea tan mala idea —señaló Yilian—. No perdemos nada por oír su propuesta. Además, la tradición de mi familia manda que tenga un nombre compuesto.

Yilian no había nacido en Cathlan, sino en Eyexel, el reino vecino, donde había una tradición bastante curiosa para la nobleza y realeza femenina: para ellas, el primer nombre con el que se las conocería debía ser un nombre que ya hubiera poseído alguno de sus antepasados. Y el segundo, como recordatorio de cuáles eran sus deberes y responsabilidades, debía ser uno que fuera común entre la plebe. Un nombre sencillo y alejado de la aristocracia.

—Es cierto, señora, pero no creo que sea… —empezó Calinia.

—No me hará ningún daño que me den ideas —la cortó Yilian—. Solo tengo una y necesito dos. Su primer nombre será Adisia. Necesito un segundo.

—¿Adisia? —repitió Aloy.

—Sí, como la primera reina de Cathlan. Ahora vosotros.

Pero el príncipe resopló. A sus tres años de edad, aborrecía todo lo que tuviera que ver con niñas y aunque en un principio le entusiasmó la idea de tomar una decisión tan importante, ahora que su madre había expresado el primer nombre sintió que se esfumaba todo interés.

—Carlais —susurró Reif.

La reina le miró interrogante.

—¿Carlais? —repitió. Era un nombre de origen desconocido para ella, y ciertamente era un nombre que jamás había sido utilizado por la nobleza—. Carlais… Reif, has dado con la clave. Carlais es un nombre bonito, ¿de dónde lo has sacado?

El pequeño enrojeció de inmediato y desvió la mirada. La reina rio y la madre del crío también. Calinia se dispuso a explicar los motivos que habían llevado a Reif a decirlo:

—Resulta que la hija del tabernero que regenta el local que está al lado del castillo se llama Carlais, y el otro día fuimos allí a comer y Reif creyó que acababa de ver un ángel. Diría que se quedó prendado de ella al momento y todo lo que tiene que ver con esa joven le resulta hermoso.

El niño se ruborizó todavía más.

—No importa —repuso la reina—. Me gusta, me recuerda al nombre de mi hermana. ¿Qué opinas, esposo?

Rianon tenía el gesto torcido. Parecía incómodo con la charla que la partera había compartido con su esposa.

—Adisia Carlais Dagafiel… No suena mal —admitió.

Capítulo 2

MAYA IDEA UN PLAN

Las cosas se complicaron en Cathlan. Habían transcurrido varias semanas desde la catástrofe, pero la gente aún tenía el miedo metido en el cuerpo. Sin embargo, ese no era ese el único problema: el secretario del rey dijo que había rumores acerca de un complot para acabar con el monarca. Esto hirió profundamente a su majestad que, hora tras hora, tenía la mente ocupada con un único pensamiento: sacar a sus súbditos a adelante.

Había tenido que subir los impuestos a la nobleza para ayudar a reparar todos los males que asolaban a los demás súbditos. Y los miembros de la aristocracia, siempre tan altivos e insolentes, no respondieron bien a aquella imposición. Rianon llevó a cabo varias reuniones en las que discutió con todos ellos la mejor solución para librar al pueblo de la desesperación, pero ninguno aportó ni una sola idea útil. Lo único que les interesaba era salvar su capital. Ciertamente, el nuevo impuesto del rey era alto, pero no excesivo teniendo en cuenta cuál era la situación. Hacía solo una semana que el invierno había tocado a su fin y las noches todavía resultaban demasiado frías como para pasarlas a la intemperie. El monarca no dio su brazo a torcer y mantuvo aquel gravamen con puño de hierro.

Y como consecuencia los nobles más poderosos conspiraban contra él. Todo rey, en algún momento de su vida, se sentía amenazado por una fuerza relativamente peligrosa, y en su mayoría de veces, por parte de los que fingían ser sus amigos. Rianon jamás había creído que a él le llegaría tan pronto y se sentía desalentado. De todos modos, aquello solo eran conjeturas. Los hombres podían conspirar cuanto quisieran, pero había que dar un gran paso para atreverse a poner todas esas ideas en práctica.

—Dime, Yilian —le dijo una noche a su esposa mientras compartían lecho—, ¿tan mal lo estoy haciendo?

Su mujer le estrechó suavemente la mano como signo de apoyo y le sonrió con dulzura.

—Por supuesto que no —declaró—. Ningún otro rey habría afrontado esta desgracia como lo has hecho tú. Esto es lo correcto.

Las palabras de su esposa le reconfortaban, pero la sensación de bienestar duraba poco, y en ocasiones el rey sentía la necesidad de visitar la iglesia y rezar, a pesar de que siempre había creído que los actos eran más útiles que la fe.

Se citó con un primo segundo suyo, el conde Branon, en el palacio del Cetro, la residencia de este. Se trataba del único noble que le era completamente leal, a pesar de que, tristemente, no era el único pariente. Les unía una gran amistad. Cuando el rey necesitaba consuelo o apoyo, acudía a Branon. Juntos compartían muchas aficiones, como la cacería y la cetrería. Branon era un excelente arquero, más incluso que el propio soberano, y disfrutaba yendo de caza con él.

—¿De verdad crees que funcionarán tus métodos para levantar el reino de nuevo? —preguntó Branon mientras degustaban unos jugosos manjares en el salón.

—No lo sé, pero tengo que hacer algo al respecto, ¿no crees?

—Sí, yo estoy de acuerdo con tus medidas, pero quizás deberías ser más moderado.

—La situación es extrema, Branon —apuntó el rey con severidad.

—Lo sé, pero…

—Ya he oído todo lo que pasa a mis espaldas, primo. Sé muy bien que estoy perdiendo la confianza de la nobleza, pero ¿qué sugieres que haga? Me debo a mi pueblo. ¿Los planes de recuperación serán efectivos a tiempo? No estoy seguro, pero es mejor que no hacer nada. No intentarlo es perder sin luchar.

Branon esbozó una media sonrisa triste. Aquellas palabras eran muy comunes en el vocabulario del monarca. Eran su lema, su filosofía de vida. El conde sabía muy bien que su rey y amigo estaba pasando ahora por una situación peliaguda y que necesitaba todo el apoyo que el mundo pudiera ofrecerle.

—Lamento mucho lo que está pasando, Rianon. Francamente, es vergonzoso.

—Gracias, primo. Sé que todavía puedo confiar en ti.

—Puedes. —Hizo una pausa—. No alcanzo a comprender cómo se ha complicado todo tanto.

—¿Sabes algo de la conspiración?

Branon palideció levemente y desvió la mirada.

—Veo que no es ningún secreto.

—Ya han llegado a mis oídos los primeros rumores.

—Quería avisarte, por eso concerté esta cita.

—Y por eso mismo la acepté.

Rieron, aunque sin vestigio alguno de alegría.

—La verdad es que me consultaron ciertas cosas, pero no me invitaron a participar. Saben que la amistad que nos une es demasiado fuerte —explicó el conde.

—En ocasiones como esta habría preferido que no lo supieran. Habrías sido una baza importante a mi favor si hubieses fingido ser su aliado.

—Lo sé.

Masticaron el pollo y dieron un trago de vino.

—¿Y qué cosas te consultaron? —interpeló el rey.

—Se interesaron mucho por las arcas reales. Creen que no estás pagando todo lo que podrías pagar.

Aquella revelación lo enfureció mucho. Tanto que dio un golpe sobre la mesa con el puño cerrado.

—¡Maldita sea! Lo que queda en las arcas son las reservas que debe haber en caso de que estalle una guerra. ¡Es el dinero que está destinado al ejército y a la defensa! No puedo desviarlo si no es para cumplir con su cometido, en cuanto lo hiciera cualquier potencia extranjera podría tratar de aprovechar la situación.

—Lo sé, lo sé.

Dieron un trago a la copa de vino y siguieron conversando.

—¿Cómo está tu esposa? —le preguntó Branon con la esperanza de que aquel tema templara el carácter de su rey.

—Bien. Te manda recuerdos y dice que lamenta mucho no haber asistido a este encuentro.

—Me imagino. Al fin y al cabo, tiene que cuidar de vuestro retoño.

—Agradezco tu comprensión.

—¿Estás ilusionado con tu hija?

—Lo estaría más en otras circunstancias... Este no me parece un buen momento para traer un bebé al mundo. Y más si es hijo mío.

Con las enemistades que el rey estaba ganando día a día, la vida de su familia corría tanto peligro como la suya propia.

—¿Qué harás al respecto? —inquirió el conde.

—Nada. No creo que se atrevan a mover un dedo, ¿sabes? Este tipo de cosas son las que se dicen cuando uno está furioso. Y si les pillo con algo entre manos, como la creación de un ejército, los arrestaré por las calles y se les procesará por alta traición.

—Comprendo. Aun así... —Branon suspiró—. No puedes encarcelar a toda la nobleza.

—Soy consciente. Y tampoco he olvidado que todos ellos superan mi riqueza si se unen. Su poder e influencia superan al mío si trabajan en equipo. No obstante, no debo actuar sin tener antes una buena razón para hacerlo, ¿comprendes? No puedo basarme en habladurías...

Branon entendía cuáles eran los temores de su invitado y no consideró prudente indagar más en el tema.

Continuaron hablando de asuntos más triviales. El rey se interesó por cómo iban los negocios de Branon. Aparte de poseer las riquezas que le correspondían como noble, se había hecho un hueco en los reinos del sur como comerciante de armamento militar después de comprar diversas fraguas y forjas. Suministraba armas a varios ejércitos vecinos aparte de al suyo propio y con ello hacía una fortuna.

Más tarde se retiraron a la sala de estar, frente al fuego, donde recordaron viejos tiempos compartidos en la infancia, cuando no comprendían aún la verdadera importancia de las cosas y por eso era más fácil hablar de ellas. Hacer bromas, jugar, aprender, reír, crecer... Había sido una buena época.

No tardó en aparecer por allí Laina, la hermana menor de Branon. Era una muchacha joven de dieciséis años que no hablaba demasiado y a la que le apasionaba la música. De hecho, tenía una voz fascinante. Los pocos afortunados que la habían oído cantar lo sabían. Cabello castaño, tez pálida... Su aspecto inocente engañaba a todos y les hacía creer que era una pánfila cuando la realidad era que poseía una astucia considerable.

—Laina —saludó el rey—. Me alegra veros, ¿cómo estáis?

—Bien, majestad. Contenta de teneros aquí. Lamento no haber salido antes a recibiros, estaba indispuesta.

—Dispensad. Ahora sentaos a nuestro lado y habladnos. —Laina tomó asiento con delicadeza—. ¿Tenéis ya algún pretendiente?

La joven separó los labios para contestar, pero su hermano se le adelantó:

—Los tiene, pero los rechaza a todos. Dice que no quiere casarse si no es por amor. Pamplinas de mujeres.

—No son pamplinas —refutó ella—. A mí me parece importante. ¿Acaso no es ese el sentido del matrimonio?

—No si sois noble —apuntó Rianon.

—Pero vos amáis a vuestra esposa.

—He tenido suerte. Y a veces temo que el amor que me profesa ella a mí no sea más que un espejismo vano producido por mis propios pensamientos. —Se encogió de hombros—. Es el precio que hay que pagar por ser miembro de la realeza. Ese y muchos otros.

Laina frunció las comisuras de los labios y se cruzó de brazos. Al rey le recordó a la postura que solía adoptar de niña, cuando se enfurruñaba.

—Los plebeyos tienen la suerte de casarse con quienes ellos elijan.

—Y sin embargo nos envidian —dijo Branon.

—A propósito —intervino el rey—. ¿Cuándo vas a contraer matrimonio de nuevo? Han pasado ya casi dos años, si no recuerdo mal…

Branon se había quedado viudo un par de años atrás cuando su mujer, lady Arim, había muerto al dar a luz al primer hijo del conde, que había fallecido solo dos días después de que lo hiciera su madre. Los que le conocían bien sabían cuán duro había sido aquel golpe para Branon, y Laina sospechaba que de verdad había llegado a amar a Arim y el recuerdo de su pasión era lo que no le dejaba fijarse en otras mujeres. Por eso resultaba irónico que él le hablara de matrimonios de conveniencia y de lo infundados que eran los sentimientos en ellos.

—Sí —afirmó el conde—. Pero ¿sabes? En los años en los que estuve casado con ella, añoré mucho mi libertad de soltero. Estoy disfrutando bien de eso antes de condenarme de nuevo —concluyó en tono jocoso, pero solo su hermana captó una nota de amargura en su voz.

El rey rio. Después, lady Laina se retiró de allí con una reverencia hacia su majestad. En la puerta se cruzó con un sirviente que traía dos copas de vino en una bandeja de plata, y al gobernante le pareció notar que aquel mozo miraba a la joven condesa de una forma lasciva, pero como aquello ocurrió en la penumbra no se atrevió a decir nada por temor a estar equivocado, a haberlo imaginado.

—Ah, Noriam, veo que te has acordado —dijo Branon tomando una de las copas cuando este se la entregó.

—Sí, excelencia.

Rianon cogió el otro recipiente mientras observaba al tal Noriam. Tenía una mirada astuta y rasgos afilados que le otorgaban una apariencia similar a la de un zorro. Parecía mucho mayor de lo que era, pues, aunque debía de tener veintipocos años, en sus ojos rielaba una huella experta y demacrada.

Cuando el mozo se retiró, los dos parientes continuaron hablando y bebiendo como si nada malo ocurriera en el exterior, como si los problemas no tuvieran acceso a aquel pequeño salón del palacio del Cetro.

Maya estaba preocupadísima. Sentada en una mecedora frente a una ventana abierta, no dejaba de darle vueltas al mismo asunto. Se estaba cociendo algo gordo en contra de la dinastía Dagafiel. Lo notaba.

Esa misma mañana había oído rumores que afirmaban que lord Munio, un duque de lo más terco y soberbio, estaba presidiendo reuniones clandestinas para conspirar contra el rey. Rianon se negaba a actuar por falta de pruebas, y esto sacaba de quicio a Maya. ¿Por qué no encerraba a todos aquellos que conspiraban contra él? Podía acusarlos por alta traición y a nadie le parecería raro. Pero el problema era que nada evidenciaba las intenciones de todos esos presuntos traidores. Y ese era el argumento que presentaba el rey cuando alguien le preguntaba por ello. O ese, o que jamás se atreverían a actuar en su contra. Rianon sobrevaloraba su propia seguridad. Era Rianon III Dagafiel, y los Dagafiel habían sido la única familia gobernante de Cathlan en toda la historia. Apoyado en eso, Rianon no creía posible que alguien se atreviera a derrocarle.

Pero Maya no estaba tan tranquila al respecto.

La pequeña Adisia estaba entre sus brazos y la miraba con aquellos ojos azules tan oscuros. Era una niña muy tranquila y parecía estar destinada a ser bondadosa y benevolente como su madre. Y por eso temía por ella. ¿Qué pasaría con los príncipes si su padre resultaba asesinado, traicionado? ¿Qué pretendía el enemigo hacer con ellos?

Tal vez Maya estuviera sacando las cosas de quicio…

La puerta se abrió y entró Alfred, que en sus brazos cargaba con tacos de leña con los que alimentar la chimenea.

—¡Alfred! —exclamó ella con alivio y se puso en pie—. Me alegro de que estés aquí. Quiero hablar contigo.

El joven llevaba cortejándola varios meses y hacía solo dos semanas que ella le había hecho saber que le correspondía. Lo cierto era que nunca se había fijado en él hasta que este se decidió a declararse, pero cuando Maya tuvo en cuenta cómo se portaba con ella, supo que sería un gran marido y un buen padre para sus hijos. Era trabajador, bueno y honrado. Justo lo que ella buscaba en un hombre.

Pero en ese momento estaba extremadamente pálido.

—¿Qué ocurre? —musitó ella.

—Nada.

—Alfred…

—Es solo que… He oído cosas terribles.

—¿Qué cosas terribles? —quiso saber ella, impaciente, todavía con la niña en brazos.

Alfred desvió la mirada y suspiró.

—Dicen que van a matar a los cuatro. Atentar abiertamente contra la dinastía Dagafiel.

A Maya se le paró el corazón en seco.

—¿¡Qué!? Pero ¿están locos o qué? ¿Quién lo dice?

—No lo sé. Habladurías. Pero cada vez tengo más claro que lord Munio va a actuar. Es uno de los nobles más poderosos y nunca se ha llevado especialmente bien con su majestad.

Eso era cierto. Su enemistad se remontaba a tiempos lejanos, cuando sus antepasados ya habían tenido algún que otro problema entre ellos, pero tanto Rianon como Munio tenían una pequeña reyerta personal, todo por un islote situado al sur de Cathlan que Munio reclamaba para sí y que Rianon no había querido cederle, a pesar de que no tenía ningún motivo para no hacerlo. En vez de dárselo para sellar una tregua o algún tipo de paz tácita entre ambos, el rey cedió el control de la isla a otro noble de su confianza que, a modo de ver de muchos, estaba menos capacitado que Munio.

Maya no sabía mucho de política, pero tenía claro que eso había sido un error. Sin embargo, no se atrevía a juzgar a su señor que, después de todo, era muy joven cuando sucedió tal cosa.

—¿Y qué deberíamos hacer nosotros? —inquirió la muchacha entre confusa y agobiada.

—Nada, Maya. Solo somos sirvientes. No podemos hacer nada.

—¡No! —sentenció ella—. Me niego a… a esperar. No.

—Es lo que hay.

La joven se mordió la uña del dedo meñique mientras pensaba algo. Miró a la princesa, que parecía haber estado atenta a toda la conversación.

—Tengo que ir a ver a la reina —sentenció la doncella sin darle tiempo a Alfred para replicar.

Encontró a la soberana en su estudio, donde redactaba cartas y palabras de ánimo para que el pregonero de la ciudad las transmitiera a sus súbditos. Al ver entrar a Maya, dejó la pluma a un lado y la contempló.

—Lamento interrumpiros, majestad.

—¿Le pasa algo a mi hija? —preguntó ella al ver que tenía a la niña en brazos.

—Lady Adisia está bien, majestad. De momento.

Yilian frunció el ceño.

—¿A qué te refieres? Por favor, toma asiento.

La muchacha se sentó frente a la reina. Solo el escritorio las separaba.

—Majestad, creo firmemente que corréis un grave peligro quedándoos aquí con Adisia. Hay rumores de traición en la ciudad. Dicen que lord Munio pretende acabar con el rey… —tragó saliva— y con toda su familia.

Yilian exhaló un largo suspiro sin dejar mirar fijamente a los ojos de Maya, que le sostuvo firmemente la mirada, algo que no solía hacerse casi nunca.

—Ya había oído esos rumores. Y debo confesar que también estoy asustada y preocupada.

Empezó a juguetear con un medallón de plata con el emblema de los Dagafiel que pendía de su cuello. Se trataba de un regalo que le habían hecho el día de su boda, y la imagen era la de una daga de empuñadura azul con unas espinas doradas envolviendo sutilmente el filo plateado.

—Si es así, majestad, ¿por qué no os refugiáis unos días en el palacio de los Corales? Vuestra residencia de verano está lo suficientemente alejada como para…

—No. La gente de la aldea de alrededor también sufrió graves pérdidas, y ese palacio ahora mismo está acogiendo a mucha gente necesitada. Ayer firmé el acta de cesión temporal. No podemos ir ahí.

Maya era una mujer muy inteligente y su agilidad mental era uno de sus rasgos más conocidos por sus parientes y amigos. Tras el terremoto, esta se había visto gravemente afectada, pero ya se había recuperado casi por completo.

—Entonces dejadme proponeros algo, mi señora. Sacad a Adisia de aquí. Dádsela a un plebeyo que viva lejos o algo así… Ella es la más vulnerable de todos, no podéis arriesgaros a que…

—De ninguna manera voy a confiar la vida de mi hija a alguien que no tiene responsabilidades para con ella. Nada me garantiza que vaya a estar todo lo segura que debería.

—Pero ¿y si es verdad lo que se dice?

—¿Y si no lo es? —rebatió la reina. Estaba empezando a alterarse, pero siempre sin perder su porte elegante y decidido—. Puedes retirarte, Maya.

—Pero…

—He dicho que puedes irte.

La joven suspiró resignada y se fue, todavía con Adisia en brazos. Se había encariñado sobremanera con esa niña y era incapaz de desentenderse y no hacer nada.

Esa misma tarde, cuando tuvo las dos horas libres que acostumbraba, aprovechó para ir al orfanato.

A pesar de que la reina le había dicho que no deseaba hacer nada para proteger a su hija de lo que se suponía que solo eran rumores, Maya había decidido que no era así. Contaban con la ventaja de que Adisia era un bebé de unos días y por lo tanto resultaba irreconocible a ojos que no fueran los de su familia. El caso de Aloy, conocido y querido por todos en la corte, era mucho mucho más complicado.

Cuando llegó al orfanato, descubrió que estaba bastante más lleno de lo que cabría esperar. O no, dados los últimos acontecimientos. Asumió que muchos niños se habían quedado huérfanos después del temblor, pero ¿tantos?

Loren, la encargada del lugar, se acercó a Maya para preguntarle qué deseaba y ella le dijo que estaba allí en busca de un retoño que pudiera cubrir la pérdida del hijo de una prima suya. Era una burda mentira, pero ¿qué importaba? La causa seguía siendo buena. Loren asintió y luego la acompañó a través del orfanato. Había niños y niñas de todas las edades. Algunos eran lo suficientemente pequeños como para no sufrir por la pérdida de sus padres, a los que no tuvieron tiempo de hacer un hueco en su memoria. Pero otros tenían los ojos cubiertos con un velo de lágrimas.

—Quiero ver a los más pequeños que haya —declaró Maya.

Siguiendo sus órdenes, la responsable del orfanato la guio hasta todos ellos.

Al anochecer, Yilian fue a ver a su marido a sus aposentos. El rey había estado trabajando mucho durante todo el día. Llevaba semanas sin tomarse un par de horas libres; siempre atendiendo a los miembros del Consejo, a los comerciantes que estaban teniendo serias pérdidas y a los terratenientes que le exigían más ayudas para sacar adelante sus maltrechos campos. Pero por fin parecía tener un momento para hablar.

—Esposo —dijo ella.

—Dime, Yilian.

—Temo por nuestras vidas.

La sincera y directa confesión de la reina hizo que Rianon sintiera un nudo en el estómago, pero se esforzó en disimularlo.

—¿Y puedo saber por qué?

—Hay rumores…

—Sí, Yilian, ya sé que hay rumores. Pero solo son eso. No creo que nadie se atreva a alzarse contra mí. Recuerda que mi familia lleva gobernando Cathlan desde el principio de los tiempos. Ninguna otra dinastía ha poseído la corona jamás. Además, no olvidemos que los demás reinos del sur son aliados nuestros desde hace muchísimo tiempo… —La Alianza de los Reinos del Sur era un pacto que les aseguraba paz continua entre ellos, les permitía comerciar entre sus tierras de forma libre y se aprovechaban los unos de los otros de aquello que podía beneficiar a todo el mundo. Pero ninguno de esos reinos se inmiscuía jamás en asuntos internos de los otros—. Aunque no lo parezca, esa amistad que nos une infunde temor, ¿crees que se atreverán a derrocarme?

No era una pregunta retórica. Realmente el rey quería una respuesta sincera.

—No lo sé —admitió la reina—. No es solo por la subida de impuestos. Son muchas cosas. Además, ya sabes que la Alianza nunca interviene en asuntos internos de los demás reinos. Mientras los acuerdos se mantengan intactos, les da igual quién gobierne.

—Tú y yo lo sabemos, pero ¿lo saben los demás nobles? Tal vez lo sospechen o lo intuyan o incluso lo crean, pero no pueden estar seguros porque las cláusulas de esos pactos solo las conocemos los dirigentes de cada reino.

—Estoy al tanto, pero aun así… —Yilian suspiró—. Dicen que es lord Munio quien está detrás de todo.

—¿Todo el qué? Aún no hay nadie que me haya dicho qué pretenden todos esos… —Cerró el puño con rabia y luego lo dejó caer, exhausto.

Yilian se acercó a él.

—Mi amor, solo quiero que me respondas a una pregunta con total franqueza: ¿existe la posibilidad de que se alcen contra nosotros?

Rianon permaneció callado unos instantes y luego, con sus palabras llenas de terrible verdad, dijo:

—Sí, es posible.

Yilian sintió como el último rayo de esperanza se desvanecía en la oscuridad de una tormenta.

—Entonces, ¿qué debemos hacer?

—Lamentablemente, querida, no podemos hacer nada. Si solo fuera Munio el que se alzase contra mí, ya le habría puesto en su lugar, incluso sin tener pruebas concluyentes en su contra. Pero los rumores afirman que se trata de casi toda la nobleza. Y no puedo ir contra todos ellos.

—¿Y qué ocurrirá si nos atacan? —quiso saber Yilian y pidió a Dios que la respuesta no fuera la que sus peores temores presagiaban.

—Que tendremos que luchar —declaró Rianon con convicción—. Será un incordio, una situación ciertamente farragosa, pero lo tenemos todo de nuestra parte para salir victoriosos. No te preocupes.

Pero Yilian no se creyó ni una palabra. En lugar de retirarse en dirección a sus aposentos, se desvió por el pasillo y bajó una angosta escalera de caracol que daba a las alcobas contiguas de sus pequeños. Primero acudió a la de Aloy, al que sus siervos ya preparaban para dormir. Vestía el camisón blanco de noche y estaba apurando la tisana que acostumbraba a tomar antes de dormir.

Ante la llegada de la reina, la servidumbre hizo una grácil reverencia y aguardó a que su señora, que no solía dejarse ver a esas horas, les indicara qué hacer. Con gesto amable, Yilian observó sus rostros. No estaba tan familiarizada con ellos como con el personal que trabajaba de día, ya que los veía con menos frecuencia, pero sabía quiénes eran y recordaba sus nombres. No en vano era ella personalmente quien se ocupaba de entrevistar a los posibles sirvientes de su familia, que no eran pocos debido a la costumbre que había traído de su tierra natal de dividir la jornada en tres turnos en cada uno de los cuales trabajaban personas distintas: mañana, tarde y noche. Su educación eyexelí la instaba a buscar y también facilitar la excelencia de sus criados, y esta era imposible si no les permitía descansar. Quería rodearse de personas que se sintieran agradecidas y contentas con las labores que realizaban para ella y su familia. Era lo inteligente y en Eyexel funcionaba.

Sin embargo, ya no precisaba de la asistencia del servicio. Con un sencillo ademán les indicó que podían retirarse, que deseaba ocuparse ella de arropar a su hijo. Lo entendieron sin necesidad de palabras, y tras una rápida y deferente inclinación de cabeza, los sirvientes abandonaron la estancia.

Le preguntó a su hijo cómo estaba. Escuchó su parloteo incesante sin interrumpirle, maravillada por la locuacidad de esa lengua de trapo que los niños manejan a edades tempranas. Con un pañuelo, le limpió el rastro húmedo que la infusión le había dejado en la comisura de los labios. Su príncipe seguía hablando, lo hacía acerca de un hermoso caballo negro que había visto en los establos, y Yilian aprovechó para cogerlo en brazos, meterlo en la cama y taparle hasta el cuello, como si las mantas y las sábanas fueran protección suficiente para cualquier amenaza que se cerniera sobre él.

Pero no lo eran.

No lo eran.

Yilian habría dado su cuerpo y su vida, su sangre y sus huesos, por mantener a su hijo lejos del peligro. Ese sentimiento tan firme e incontestable convivía en agonía con el hecho de que, en realidad, lo único que podía hacer era esperar.

Cuando terminó de hablar, le acarició el nacimiento del cabello en la frente y le sonrió.

—Aloy, sabes que te quiero, ¿verdad?

—Sí, mamá.

—Y tu padre también. Eres importante para nosotros y eres importante por ti mismo. No lo olvides nunca.

—No, mamá.

Se inclinó sobre él, le besó en la frente y prolongó ese beso todo lo que pudo. Cerró los ojos con fuerza como si de ese modo pudiera hacer desaparecer el mundo a su alrededor, destruirlo para que no hubiera lugar alguno al que regresar y no le quedara más remedio que permanecer para allí para siempre, en la frente de su hijo, cálida, suave y dispuesta a recibir todos los besos que quisiera darle.

—Buenas noches —le dijo.

Apagó las velas y dejó atrás la estancia con un Aloy ya presa del sueño.

La habitación del bebé estaba al final de un pasillo revestido de madera que conectaba ambas dependencias. La encontró, tal y como esperaba, repleta de doncellas. Les indicó lo mismo, que la dejaran sola.

En cuanto se fuera, dos de ellas regresarían para velar a la niña a lo largo de la noche, como había sucedido también en el caso de Aloy. Pero en ese instante deseaba estar completamente a solas con su hija, que ya habían bañado, vestido y metido en la historiada cuna de madera llena de cojines y mantas. La chimenea encendida confería calor y luz, una luz tan tenue como para que Carlais durmiera plácidamente, pero no tanto como para que la reina no pudiera deleitarse en la belleza de sus facciones en reposo. Qué criatura más hermosa. Tanto que le parecía imposible ser responsable de su existencia.

Con ella no podía conversar, pero le habló de todos modos. Con la voz más dulce que supo adoptar, le dijo a Carlais que la quería, que era una hija deseada, nacida a partir del amor y los anhelos de una pareja de enamorados como las de los romanceros que, esperaba, algún día leyera. Había muchas cosas que quería compartir con ella, cosas que deseaba mostrarle. Qué privilegio sería acompañarla en el descubrimiento de lo que era el mundo, cogerle de la mano y permitirle descubrir todo aquello que ofrece la vida. Responder a sus preguntas, orientarle, verle aprender, verle reír, e incluso verle llorar para entonces ofrecerle su abrazo y convertirse en un refugio que le brindara consuelo. Confesarle que también ella derramaba lágrimas, que eso no se acababa con la edad ni perecía ante la madurez. Explicarle que el dolor era parte de lo que significaba estar vivo y que, en su justa medida, no era necesariamente malo.

«El miedo sí lo es», pensó.

Eso era lo que ella sentía en ese momento. Miedo. Un miedo atroz a perderlo todo. Era peor que el dolor porque no le permitía descansar. Estaba en alerta constante porque no era algo a lo que tuviera que resignarse o que debiera aceptar, como podía ser el dolor, sino que le instaba a buscar soluciones, una vía de escape que le permitiera volver a respirar otra vez y ser capaz de mirar a sus hijos sin que se le encogiera el corazón.

Carlais dormía plácidamente. También por ella habría dado sangre, huesos, vísceras y carne a cambio de protección. Pero, a diferencia de lo que sucedía con su primogénito, y tal y como le había dado a entender Maya, quizá en su caso la espera no fuera todo cuanto pudiera hacer.

Alfred y Maya estaban solos en las cocinas y él le besaba el cuello dulcemente, pero la joven parecía tener la atención en otra parte.

—¿Qué te pasa? ¿Sigues preocupada?

—Pues claro que sí, Alfred, claro que sí. ¿Tú no lo estás?

—Naturalmente, pero es que no nos han dado órdenes para que hagamos algo al respecto. Somos simples sirvientes, ya te lo dije. Si hubiera algún modo de solucionarlo, ¿no crees que ellos ya lo habrían hecho?

—Las cosas no son tan sencillas —declaró ella y se zafó de sus brazos.

El gesto de Maya molestó visiblemente a Alfred.

—No, es que las mujeres sois muy complicadas —masculló.

—¿Qué?

—Nada.

Se quedaron en silencio un rato. Poco a poco empezó a entrar gente a las cocinas de nuevo, puesto que se acercaba la hora de comer. Entonces llegó Trudi, una compañera de Maya que le dijo que la reina quería verla urgentemente. Aquello hizo que Maya pensara que su señora había recapacitado desde la última vez que habían hablado sobre cosas serias, hacía ya dos días. Se despidió rápidamente de Alfred y salió de allí casi corriendo.

Hasta que llegó al salón de la reina, estuvo preguntándose cómo sería la conversación que iban a mantener. Practicó mil veces las respuestas que daría a posibles preguntas, a posibles propuestas. Estaba convencida de que le hablaría sobre la forma de salvarle la vida a Adisia y a Aloy.

Cuando llegó allí la reina estaba de espaldas a la puerta, con su rostro de cara hacia un gran ventanal.

—¿Me habéis mandado llamar, majestad?

—La primavera empieza a hacerse notar —dijo ella.

—Sí, mi señora.

La reina se giró y Maya pudo advertir que tenía los ojos vidriosos.

—He estado pensando en lo que me comentaste y… He decidido escuchar. Pero necesito que me convenzas de que es necesario apartar a Adisia de mí. Si no, me resultará imposible permitir que nos separen. Es tan pequeña que se me parte el alma.

Maya se acercó a Yilian en silencio y luego, observando los jardines a través del gran cristal, empezó a hablar:

—Majestad, son tiempos difíciles y a vuestra hija le ha tocado venir al mundo justamente ahora. No es su culpa, y vuestra tampoco. Por ser hija de quién es, corre riesgos, peligros que no merece, pero que vos y yo podemos evitar.

—¿Cómo?

—Convirtiéndola en alguien que no es. Sacándola de aquí.

—Pero eso da igual. Si lo que quieren es acabar con la dinastía, terminarán encontrándola.

—Ya he pensado en eso, mi señora. Tenemos que hacerles creer que lo consiguen.

Entonces Yilian miró a Maya por primera vez desde que estaba allí.

—¿En qué has pensado?

La doncella suspiró.

—Nadie más que el personal del castillo ha visto a vuestra hija, por lo tanto, nadie sabe cómo es, y aunque lo supieran, es simplemente un bebé. Los recién nacidos comparten rasgos similares. Debemos hacernos con otra criatura de su edad y fingir que es ella, mientras que la verdadera Adisia permanecerá lejos y en cuidados que yo misma supervisaré. Y al mismo tiempo aquí, en palacio, me ocuparé del señuelo.

La reina asintió lentamente y esbozó una sonrisa triste.

—Lo tienes todo pensado, ¿eh? Debes de quererla mucho.

—A todos vosotros —puntualizó ella—. No olvidaré jamás que vos me ayudasteis cuando nadie más quiso hacerlo.

La reina esbozó una tenue sonrisa al recordarlo.

Maya se había criado sin padre y por ello su vida había resultado más difícil de lo habitual. Como la identidad de su progenitor era un misterio para todos, la consideraban bastarda. La echaron de muchos trabajos por ello y poca gente deseaba tener trato íntimo con la joven. Pero cuando ella tenía catorce años, la reina Yilian la había invitado a ser una de sus damas de compañía. Además, la reina había ordenado que nadie más volviera a dirigirse a ella como bastarda. Desde entonces, su relación fue estrechándose más y más, casi como si fueran amigas.

Había pasado mucho tiempo y Maya todavía estaba esperando la forma de poder devolverle el favor y expresar la inmensa gratitud que sentía.

—¿Y quién sería ese otro niño?

—Un bebé sin familia. Adoptarlo ahora para este cometido supondría hacerse cargo de él para siempre, claro.

—Es lo justo. Así lo haremos —concluyó la reina—. Lo dejo todo en tus manos.

—Esta misma tarde os entregaré vuestro señuelo y partiré a casa de mi madre con la auténtica princesa. Esperaremos a que la incertidumbre de estas semanas pase y luego os la devolveré.

A Yilian se le iluminaron tenuemente sus ojos verdosos.

—Que así sea.

Capítulo 3

UNA LUZ BLANCA

Cuando llegó la hora, Yilian ya le había comentado a su marido lo que pensaba hacer. Al principio él no había recibido muy bien la noticia de tener que separarse de su hija, pero finalmente, y tras una pequeña e intensa discusión, aceptó por complacer a su esposa y porque le seducía la idea de minimizar posibles riesgos. Una parte de él admitía la posibilidad de peligro mientras la otra se negaba a creer que era real.

La reina no comprendía a su esposo. No creyó que ese día llegara tan pronto, o que llegara en absoluto, pero últimamente parecía que un abismo los separaba. Un peligro amenazaba a su familia y él no actuaba en consecuencia. ¿Su orgullo y ceguera eran más fuertes que su instinto de supervivencia?

La reina sacudió la cabeza.

Se reunió con Maya en las caballerizas, donde no había nadie. En sus brazos, la reina sostenía a su hija envuelta en sábanas y mantas que ocultaban todo su cuerpo, excepto su cara. Con el corazón y el alma llenos de pena, se la entregó a su leal súbdita.

—Maya, confío en ti. Júrame que velarás por esta niña hasta que me reúna con ella de nuevo.

Maya no tenía hijos, pero percibió en la mirada y en la voz de la reina una tristeza tan profunda como el mar y tan oscura como la noche. Supo que aquello que estaba haciendo su señora era una de las cosas más difíciles a las que se había enfrentado nunca.

—Como si fuera mi propia hija, majestad. Lo juro.

Más tranquila y confiada, Yilian le entregó a su bebé, con la sombra del miedo acosándola. ¿Cuándo se reuniría con ella de nuevo? ¿Cómo iban a cuidarla? ¿Qué pasaría si alguien descubría su verdadera identidad?

Sin una palabra, Maya hizo una leve reverencia y se marchó de allí, dejando a la reina sola entre la paja y los caballos. Una vejez repentina se adueñó del rostro de la noble mujer, de su compostura, de su ánimo. Ni el paso de una década le habría imbuido de tanto cansancio.

Agnis, la madre de Maya, ya estaba al corriente de la situación y comprendía la importancia de la misión de cuidar de la princesa. Ella nunca había sido una mujer muy sociable y la gente no se interesaba demasiado por su vida. Al menos, no de momento. Además, contaba con la virtud de la discreción más absoluta. Tanto era así que nadie sabía quién era el padre de su hija Maya.

Cuando Maya llegó, llevaba a la pequeña Adisia en brazos, protegida de miradas curiosas. Una vez cerró la puerta a sus espaldas, se sintió más tranquila. La casa de su madre había sufrido algunos daños a los que afortunadamente ya habían puesto remedio.

—¿Es ella? —preguntó Agnis.

—Sí, madre. Cuídala bien, por lo que más quieras.

La mujer mayor miró al bebé y se le encogió el corazón. Era tan pequeña y parecía tan frágil… Suspiró.

—Lo haré.

—Bien. Voy al orfanato. Volveré al anochecer.

Al salir de la casa, Maya no podía dejar de preguntarse si su plan saldría bien. La reina era una mujer muy decidida e inteligente; era raro que ella hubiera esperado a que Maya tomara las riendas de la situación, pero había demostrado su sabiduría al permitirle hacerlo. Todo lo que estaba pasando era como un mal sueño. Parecía irreal, y sin embargo la sombra del peligro no dejaba de oscurecer sus días.

Alfred le esperaba en la puerta del orfanato, inquieto. No se sentía especialmente cómodo con tanto tejemaneje y no creía que les correspondiera involucrarse en aquel embrollo. No eran quiénes para hacerlo y además era muy peligroso inmiscuirse en asuntos de semejante envergadura. Pero lo hacía por Maya, con quien fingiría estar allí en busca de un hijo al que criar. Les recibió la misma mujer que había atendido a Maya la vez anterior.

—Creí que en vuestra visita no encontrasteis aquello que buscabais… —empezó.

—Y así fue, pero lo hemos pensado mejor y… —Maya se mordió el labio—, lo cierto es que no he podido quitarme de la cabeza a una criaturita a la que me gustaría dar cobijo y cariño.

—Oh, estupendo. ¿Tenéis dinero?

—Sí.

Les guiaron hasta la sala donde cuidaban a los más pequeños.

—Decidme, ¿cuál es el afortunado?

Maya repasó todas esas caritas con la mirada y enseguida encontró la suya.

—Ese.

Con una mueca de satisfacción, Loren se les adelantó para tomar al bebé en sus brazos.

—Hay algo que no te he comentado, Alfred —dijo ella en un susurro.

—¿Qué?

Hubo dos segundos de silencio.

—Es un niño.

A Alfred no le dio tiempo a protestar al respecto, pero cada vez era más consciente de cuánto cojeaba la estrategia de su prometida. ¡Un niño! Y se suponía que debía hacerse pasar por la princesa... Pero en cuanto lo vio, comprendió. También tenía aquella tonalidad rubia en su cabello y su color de ojos era bastante similar al de la princesa.

Tras pagar lo correspondiente por la adopción, se llevaron al pequeño, rescatándolo así de su desdichado destino para, quizá, abandonarlo a uno peor.

La reina esperaba impaciente en su jardín privado. Era un pequeño recinto amurallado donde ella pasaba algunas tardes, ya fuera leyendo bajo el sauce o mirando su reflejo en el pequeño estanque. Esa noche solo una de sus damas de compañía estaba con ella. Se trataba de Saron, una mujer que tenía a su servicio desde hacía ya mucho. Ambas compartían la edad de veinticinco años y habían sido amigas toda la vida. La madre de Saron había servido en la casa del duque de Castela, el padre de Yilian, y mientras tanto las dos jugaban y se divertían en los esplendorosos alrededores del palacio que estaba al sur de Eyexel. Tal era su amistad que Saron había insistido en acompañarla hasta la capital de Cathlan y formar parte de su servicio todos los años que la nueva reina precisara. Durante los primeros meses de matrimonio, en los que Yilian se veía obligada a compartir lecho con quien era casi un extraño, la compañía de Saron había sido de lo más reconfortante. De hecho, ella estaba al corriente del plan de Maya para salvar la vida de Adisia, y la joven dama había apoyado completamente la iniciativa.

Por fin oyó los pasos de alguien que se acercaba y, por la puertecilla que daba al jardín, vio aparecer a Maya sujetando algo entre los brazos. Tras ella llegó también Alfred, y la presencia de este desconcertó a su majestad.

—No os alarméis, mi señora, él me ha ayudado y apoya nuestra causa con fervor.

—Bien —murmuró ella—. Me alegra saber que estoy respaldada por tanta gente —dijo mirando a sus tres súbditos.

Acto seguido, la reina cogió al bebé. Al principio no notó nada raro, pero luego sí lo hizo.

—¿Qué sucede? —inquirió Maya.

—Este bebé no…

—Lo habéis notado —se adelantó Maya—. Lamento comunicaros que es un varón. Pero sus rasgos son los más parecidos que he encontrado a los de la princesa.

Yilian miró de nuevo al pequeño y los ojos se le abrieron como platos por el asombro.

—Sí, ciertamente comparten características muy similares…

—Es difícil distinguir el sexo de un recién nacido solo por su cara. Si algo malo pasara… —Maya se aclaró la garganta, incapaz de continuar.

—No advertirían el cambio —completó la reina—. Entiendo. —Exhaló un profundo suspiro—. Tú y Saron seréis las encargadas de cuidar de él. Yo haré lo posible por actuar como si de verdad fuera mi hija. No debéis dejar que nadie se fije detenidamente en él. Su nombre es Adisia Carlais para el resto, y Adisia para nosotros. Y este proceso durará un mes, con la posibilidad de que se alargue hasta bien entrado mayo. ¿Entendido?

—Sí, mi señora —contestaron las dos mujeres al unísono.

—Y tú, Alfred, jura que tus labios están sellados.

El joven se puso rígido.

—Lo juro, majestad.

Transcurrieron ocho días sin sobresaltos de ninguna clase. Maya y Saron continuaban con sus labores como cuidadoras de la pequeña princesa. Nadie sospechaba nada, puesto que ningún cambio era notable desde que habían sustituido a la verdadera Adisia por aquel niño. Exceptuando, quizás, la disminución de visitas que el rey realizaba a los aposentos de su hija. Maya sabía que toda aquella historia le sacaba de quicio, pero se contenía.

Maya recibía dinero extra para cubrir todas las necesidades de la verdadera Adisia Carlais mientras permanecía en casa de su madre. Cuando no estaba allí, Maya estaba en el castillo asegurándose de que todo fuera sobre ruedas.

La joven doncella se pasaba el día tratando de comprender las cosas. Pasó varias horas pensando en el duque Munio, tratando de entender su psique. Estaba segura de que su corazón se había ennegrecido por el rencor y la amargura. ¿Qué sabía de él? Lo que todo el mundo: que siempre había sido un hombre difícil de tratar, que poseía carisma y autoridad, que sus padres no le habían tratado demasiado bien… Maya también recordó que su único hijo legítimo —porque probablemente tenía algún que otro bastardo, como casi todos los nobles— había muerto a la temprana edad de ocho años, hacía tan solo trece meses. Una semana después, su esposa se había suicidado. Eso no tenía que haber sido nada fácil de sobrellevar, pero tampoco justificaba su comportamiento.

La preocupación ahogaba a Maya, pero, poco a poco, al ver que los días pasaban, fue sintiéndose algo más tranquila. Y justo cuando empezaba a creer que no pasaría nada, algo sucedió: llegó el día en que todo se vino abajo.

Estaban degustando la cena en el gran salón, con la seguridad del castillo doblada y varios guardias velando por la familia real, cuando un hombre, siervo de palacio, entró gritando y sacudiendo los brazos, frenético y con los ojos muy abiertos.

—¡Majestades!

Los guardias, alarmados por el alboroto, lo retuvieron en el umbral de las grandes puertas. El rey conocía bien a aquel hombre. Se puso en pie y dijo:

—Dejadle hablar.

Obedecieron y le soltaron. Con un sudor frío en la frente y su piel tan pálida como el mármol, el hombre se acercó al monarca.

—Mi señor —empezó con la voz temblorosa—. Acabamos de encontrar al catador real... muerto.

Lo que implicaban esas palabras era de lo más aterrador y pasaron unos segundos hasta que los presentes se dieron cuenta de lo que eso significaba. El rey ya había engullido casi toda su comida.

—¡No! —gritó la reina al comprenderlo.

A Rianon se le desorbitaron los ojos y miró fugazmente su plato, prácticamente vacío. Su mujer y él no acostumbraban a cenar lo mismo, dado que Yilian tenía intolerancia a ciertas sustancias que a él le encantaban. Una rabia creció en su interior y enseguida notó cómo hervía la sangre en sus venas.

—Rápido, llamad a mis físicos, galenos, a todo el que pueda auxiliarme. —A la gente le costó un poco reaccionar debido a lo que acababa de acontecer. Sabían que por muy raudos que fueran, las posibilidades de que ya fuera tarde eran muy elevadas—. ¡Vamos! —urgió el rey.

Y enseguida todos se pusieron en marcha.

El revuelo fue tal que solo unos segundos después de que el rey supiera que había sido envenenado, Maya estuvo al corriente.

—¿Cómo? —exclamó Saron, que estaba a su lado.

Maya lo había estado esperando, aunque en el fondo hubiera tenido la esperanza de que sus temores nunca llegaran a hacerse realidad, sabía que era cuestión de tiempo que algo así sucediera. No pudo evitar que una lágrima le corriera el rostro, pero aun así mantuvo la compostura, a diferencia de Saron, que había empezado a sollozar con nerviosismo.

—Basta, Saron. Debemos mantenernos firmes por la reina y sus hijos. Y también por el rey. De momento nada es seguro, puede tratarse de cualquier cosa y... —La joven ahogó la voz, incapaz de continuar.

Se pusieron en pie, con el bebé vestido de niña en brazos. Maya le besó en la frente y se preguntó cuál era el destino que aguardaba al pequeño. Lo primero que debían hacer era ofrecer su apoyo a la reina en aquellos momentos tan difíciles y esperar órdenes de esta, si las tenía. Asumieron que estaría junto a su marido, dándole apoyo, infundiéndole fuerzas a través del amor que se profesaban. Sin embargo, cuando el rey estaba en peligro de muerte, no importaba su faceta humana; la presencia de su familia no era tan relevante como la de aquellos que podían salvarle. Su salud era un asunto crucial para la corona, y una mujer no tenía cabida en la resolución de una crisis de aquella índole, no importaba si era la reina, por lo tanto no encontraron a Yilian allí. Maya no quería ni imaginar la desesperación que había sentido su señora al querer estar junto a su esposo y no poder hacerlo. Así que solo había dos sitios más en los que pudiera estar. Uno era su jardín; el otro, la capilla real. La segunda opción fue la que les pareció más viable, teniendo en cuenta el carácter de la reina, y no se equivocaron. Ella estaba allí, únicamente acompañada por su hijo Aloy, arrodillada frente al altar, y solo la luz colorida de la luna al filtrarse por los cristales pintados del rosetón la iluminaban. La escena era tan solemne que ninguna de las dos quiso interrumpirla. Se limitaron a esperar en la penumbra. No pasaron ni diez minutos, cuando uno de sus compañeros se les acercó, exhausto después de haber estado un rato buscando a la reina.

—Debo comunicarle algo a su majestad.

—Dínoslo a nosotras —instó Maya.

El sirviente suspiró y finalmente accedió. En circunstancias normales nunca hubiera confiado en otras siervas, pero el tiempo apremiaba.

—El castillo ha sido tomado por el duque Munio y sus hombres. Y el rey… Los físicos dicen que está ya en las últimas. Incluso han llamado a un sacerdote para que pueda irse en paz…

Ellas permanecieron calladas, y Saron no podía dejar de llorar en silencio. ¿Cómo habían procedido a invadir la residencia real tan rápido? Probablemente había más de un traidor entre los muros del castillo. Solo necesitaron coordinarse a la perfección y ser pacientes. Los asaltantes habían estado esperando a las afueras algún tipo de señal para saber cuándo entrar. Era la única explicación.

Maya estaba realmente asustada. De pronto, vieron cómo la reina se levantaba. Se santiguó y luego se giró hacia ellas. Tenía los ojos tan vidriosos que podían competir con el rosetón.

—¿Y bien?

—Mi señora —dijo Maya acercándose tras cederle el bebé a Saron—. Han tomado el castillo.

La reina respiró hondo un par de veces.

—Munio, ¿verdad?

—Sí.

—¿Qué hay de mi esposo?

—No creen que le quede mucho tiempo —musitó.

Yilian asintió y acarició el cabello de su hijo Aloy, que estaba abrazado a su pierna. Teniendo en cuenta todo lo que estaba pasando, la reina parecía muy entera, y por eso se la recordaría en el futuro: por su gran rigidez y firmeza en el episodio más cruento de la historia de Cathlan hasta la fecha.

—¡Allí, señor! —Se oyó una voz a lo lejos.

Yilian tomó a su supuesta hija entre los brazos y la abrazó con tanta efusividad como si de verdad fuera suya. No tardaron en entrar y apresarlos.

—Por orden de su excelencia, el duque Munio Escudo de Hierro, quedáis arrestada vos, Yilian Dagafiel, y vuestros hijos, su alteza Aloy Dagafiel y lady Adisia Carlais Dagafiel.

Ella asintió con resignación y siguió a los soldados sujetando a la falsa Adisia con un brazo y tomando de la mano a Aloy con el otro. Antes de desaparecer en el umbral de las puertas, les dirigió una última mirada a sus dos fieles amigas, que permanecían abrazadas.

Cuando Yilian llegó al salón del trono, se encontró con que sus peores temores habían cobrado vida. Munio estaba sentado en él como si tuviera todo el derecho del mundo a hacerlo. Era un hombre de complexión grande y fuerte, con el cabello ya canoso, los ojos color piedra y unos rasgos duros. A su alrededor, una docena de hombres vigilaban que ningún peligro acechara. A pesar de la desolación que sentía, la reina permaneció serena y miró a los ojos al que ahora era su más letal enemigo.

—Lady Yilian —dijo—. Imagino que ya esperabais esto.

—Lo temía, pero jamás creí que vuestra osadía llegase hasta estos extremos. Sois un traidor a la corona.

—Quizá, pero poco importa eso ahora. —Hizo una dramática pausa—. El rey ha muerto.

Yilian sintió que le echaban una jarra de agua helada encima. Notó cómo su sangre dejaba de correr por sus venas, cómo palidecía y cómo un escalofrío le recorría la espina dorsal. Por un momento, estuvo convencida de que su corazón había dejado de latir también. Tragó saliva con la esperanza de hacer desaparecer el nudo que se le había formado en la garganta.

—Vos le habéis matado —susurró sin poder detener el temblor de sus cuerdas vocales, un temblor más acusado de lo habitual.

—Así es.

La angustia que se había apoderado de Yilian era tal que ninguna palabra ni ningún gesto hubieran podido consolar su sufrimiento. A pesar de sus ojos llorosos, Yilian seguía manteniendo la compostura. Nada a excepción de sus mejillas húmedas delataba la pena que sentía.

Munio hizo un gesto con la mano y unos siervos, que estaban bajo las órdenes de dos nobles, trajeron una camilla portátil sobre la cual yacía el cuerpo azulado de su esposo. Yilian sintió el impulso de correr hacia el cuerpo impelida por la remota esperanza de que no fuera él, de que hubiese habido un error, pero sus ojos, su barba y cabello pelirrojos, sus labios… Aquellas facciones eran inconfundibles y no hacía falta acercarse para saberlo. Avanzó despacio. Un dolor intenso penetró en su corazón. Le habían envenenado. El catador real había probado la comida y no había pasado nada… Hasta una hora después. Se trataba de *cíntrax*, un veneno difícil de obtener que actuaba antes o después con base en la cantidad ingerida.

—Sois un asesino —musitó ella, incapaz de alzar más la voz por miedo a romper en sollozos.

Munio suspiró, casi con compasión. Pero luego se encogió de hombros.

—Tal vez lo sea —admitió—. Y probablemente cuando acabe con el resto de la familia real me merezca ese título todavía más. Sé por qué hago lo que hago, y no me considero un monstruo.

Yilian no daba crédito a lo que oía. ¿De verdad estaba dispuesto a matarlos a los tres? Y lo que era casi más inquietante… ¿De verdad pensaba que podía justificarlo? Miró a Aloy y tuvo miedo. Más del que nunca había tenido. Su hijo no merecía morir, solo era un niño que no había tenido tiempo de corromperse o escribir pecados en la tabla moral de su vida. No le había dado tiempo a ganarse el odio de la gente. Y, sin embargo, Munio parecía firme en su decisión. Pensó en Maya y la bendijo por haber sido tan precavida. Cuando ellos murieran, Adisia estaría a salvo. Pero su hijo no correría la misma suerte. Si no enloqueció en aquel preciso instante fue porque necesitaba de su cordura para suplicar.

—¿No podéis perdonarle la vida a mis hijos? Son solo niños. Os lo ruego —pidió ella, desesperada y con una voz que sonó completamente desgarrada.

—No me importa su edad, lady Yilian, y lo sabéis muy bien. Solo me importa la sangre que corre por sus venas. Ahora son solo niños, pero en el futuro pueden ser una amenaza. Vamos, ya sabéis cómo funciona esto.

Yilian respiró hondo y comprendió que la sentencia de Munio era definitiva. Pero tal vez aún pudiera hacer las cosas bien antes de darse por vencida. Miró intensamente el cadáver de su marido.

—¿Puedo? —inquirió.

Con cierta indiferencia, el duque hizo un gesto permisivo. Muy despacio, Yilian se acercó a su esposo hasta estar a unos centímetros de su rostro. Pronto se reuniría con él. Parecía una estatua de mármol, con aquella inexpresividad y la inmovilidad características de aquellos que dejan el mundo de los vivos. Le cogió una mano, ya fría, y luego le besó en los labios tibios. Una lágrima recorrió su faz. Se incorporó y se dirigió a Munio:

—Quisiera que me coincidierais unas horas a mí y a mis hijos antes de…

Dejó la frase sin acabar, puesto que todo el mundo comprendía a qué se refería.

Munio se rascó pensativamente la barbilla. Lo más práctico sería ejecutarles allí y ese instante, sin miramientos. Acabar con aquello cuanto antes. Sin embargo, Munio no era cruel ni sanguinario, o eso se decía a sí mismo. Y en el fondo necesitaba un poco de tiempo para reunir el valor que requería matar al resto de la familia real. Después de todo, él no había presenciado la muerte del rey. Siempre era más fácil ordenar una ejecución que llevarla a cabo.

Suspiró y finalmente accedió.

—Una hora y no más. Iréis al salón de la reina y permaneceréis allí con dos de mis hombres custodiándoos.

—Pido también que me concedáis la ayuda de una de mis damas de compañía. Quisiera cambiarme de atuendo.

—De acuerdo, pero solo una. —Calló un momento—. Si se os ocurre escapar o hacer algo que me inoportune, el sufrimiento será doble. ¿Entendido?

Yilian inclinó la cabeza en señal de aceptación y se retiró de allí acompañada por algunos guardias del duque.

En el pasillo se cruzó con Maya y con Saron, que esperaban ansiosas a que su señora las pusiera al corriente de lo que les esperaba. El aspecto de la reina auguraba una mala situación.

Yilian tenía que elegir con quién de las dos pasar las últimas horas, puesto que Munio solo le permitía gozar de la compañía de una. No lo meditó demasiado.

—Maya, quisiera que me acompañases —dijo.

—Por supuesto, señora.

Luego Yilian se acercó a su amiga de toda la vida.

—Saron, ve a casa y busca otro trabajo. Conoce gente, cásate y ten niños. Sé feliz por mí. Y cuando llegues a Eyexel, dile a mi padre que le quiero. Y cuida de él.

Saron estaba llorando, consciente de que a la reina le habían sentenciado a lo peor y de que ese era su modo de despedirse.

—Lo haré, Yilian.

A ella no le importó que le llamara por su nombre de pila, tal y como lo habían hecho de niñas. Es más, se conmovió, y por ello le dio un efusivo abrazo.

Después continuó su camino hasta el salón de la reina, el pequeño, mientras sentía las pisadas de los hombres de Munio justo detrás de ella. Maya estaba a su izquierda. En la estancia a la que se dirigían había un escritorio que quería utilizar, y también tenía un vestidor, aunque ahí no estaba el vestido que deseaba ponerse.

Afortunadamente, los guardias le dejaron intimidad y no entraron, pero estaban fuera, vigilando.

—Señora, ¿qué ocurre? —preguntó la joven sirvienta una vez dentro.

—Esto se acaba, Maya. Mi esposo ya ha muerto. Y pronto me reuniré con él.

Maya pareció marearse.

—¿Estáis segura?

—He visto a mi marido —declaró ella con una voz gélida—. En cuanto a mi muerte... Munio me lo ha dicho. Me queda una hora.

—¡No lo comprendo! ¿Por qué odia tanto a la familia real? ¿Acaso no es también miembro de vuestra familia? Quiero decir, él y vuestro esposo comparten..., compartían varios antepasados.

—Sí. Y ese es el problema. Su abuelo tendría que haber heredado el trono hace tiempo, pero el hermano de este lo hizo en su lugar porque así lo eligió el padre de ambos. De ese rey desciende mi marido. Se instauró una extraña rivalidad entre ambas ramas de la familia y de eso no hace tanto así que… Imagino que se lo han transmitido a Munio y la subida de impuestos ha sido la gota que ha colmado su vaso de odio y rencor.

La reina nunca hablaba con un tono malsonante o negativo, pero en ese momento sí lo hacía. Sus palabras nadaban en la rabia, la tristeza, la impotencia. Ella no merecía un destino así. Y sus hijos tampoco.

—¿No enviasteis un mensaje a Eyexel explicando la situación? Quizá vuestra familia…

—Lo hicimos —cortó la reina.

—¿Y?

—O no hubo respuesta o no llegaron a su destino.

Maya exhaló un suspiro, derrotada. Así de grave había sido la situación. La nobleza había convertido a la familia real en prisioneros antes de atestarles el golpe de gracia.

—Maya, necesito que vayas al vestidor de mis aposentos y cojas mis joyas, mi tiara y el vestido blanco bordado en oro que heredé de mi madre.

Tras un instante vacilante, la joven asintió.

—Como ordenéis, majestad.

Maya salió de allí rápidamente y dejó sola a la reina. Yilian se acercó a Aloy, cuyos párpados parecían pesarle más que de costumbre. Se estaba quedando dormido, ajeno a todo lo que estaba pasando. Mejor. La reina tenía la sensación de que la pena se derramaba en su interior de manera incontenible, como un río que se desborda y lo anega todo. No sabía cómo, pero debía contener las lágrimas un poco más para no transmitirle inquietud a su pequeño. No había salvación posible.

Antes de que se sumiera en las profundidades del sueño, Yilian se acercó a él.

—Aloy —dijo—. Quiero que sepas que te quiero con todo mi corazón, y que pronto nos veremos en un reino maravilloso y de color en el que nunca pasan cosas malas. ¿De acuerdo?

Él asintió tenuemente, ajeno a la gravedad de sus palabras.

—Madre, contadme un cuento.

—¿Quieres dormir?

Movió la cabecita de nuevo, afirmando. En un instante de terrible y lúcida desesperación y miedo, a Yilian se le pasó por la cabeza la idea de ser ella la que acabara con su vida de un modo indoloro y compasivo para que Munio no pudiera usar a su hijo como arma, para ahogar cualquier amenaza que consistiera en infligirle dolor y sufrimiento antes de matarlo delante de su propia madre. La mujer era buena conocedora de los horrores que los hombres que ambicionaban el poder habían sido capaces de perpetrar para conseguirlo. El camino entre la los tiempos antiguos y el presente estaba sembrado de historias y leyendas terroríficas que atestiguaban lo endeble que podía ser la moral del ser humano.

Sin embargo, ¿cómo iba a acabar con la vida de su hijo? ¿Con qué arrojo? ¿Con qué valor? ¿Era físicamente capaz de matarle después de haberle engendrado y parido? Y, peor aún, ¿y si lo mataba para ahorrarle sufrimiento y miedo y resultaba que, en el ultimísimo momento, algo sucedía que giraba los tornos y Munio dejaba de ser una amenaza? ¿Podría vivir con ello?

La respuesta era sencilla: no.

Yilian le contó una historia de princesas y caballeros que habían habitado en un reino llamado Cathlan y que llegaron a convertirse en reyes. Le contó que esa familia noble y honorable viviría por siempre y sería recordada por toda la eternidad. Le contó que un niño llamado Aloy formaba parte de la historia de un reino fascinante y envidiado por todos. Y cuando descubrió que Aloy se había dormido por fin, le besó en la frente.

—Buenas noches, mi rey.

Justo entonces la puerta se abrió y una luz tenue iluminó la estancia. Era Maya, que venía cargada con todo lo que la reina le había pedido.

—Está dormido —informó Yilian y dejó a Aloy tumbado en un sofá.

—Me alegro, mi señora —dijo ella con total sinceridad—. Espero que esté soñando.

—Ojalá. Así lo haría para toda la eternidad. —Calló un momento y se secó las lágrimas con el dedo índice—. Antes de vestirme, necesito hacer algo.

Yilian se sentó en su escritorio de roble y pensó. Tenía la intención de escribir algunas palabras para que su hija Adisia, que sí sobreviviría, pudiese leerlas en un futuro. Pero justamente allí no tenía el papiro que necesitaba, resistente contra el tiempo.

Una idea se le ocurrió de pronto. Se puso en pie de nuevo y se acercó a una baldosa de la esquina.

—Si no me equivoco, tiene que seguir aquí.

Movió la losa, lo que provocó que sus uñas pagasen el precio por hacerlo. Luego echó un vistazo a lo que esta escondía. Sonrió triunfante. Allí estaba el papel. Un papel algo grueso que llevaba allí muchos años y sobre el cual no había nada escrito.

Ignoró la mirada extrañada de Maya, volvió a acomodarse en su escritorio, tomó una pluma y un tintero y empezó a escribir a la luz de una vela. Su caligrafía siempre había sido muy característica; hermosa, de trazo fino y suave, además de uniforme.

Para Maya era una escritura inconfundible. La joven sirvienta supo de inmediato lo que estaba haciendo su señora, y no quiso interrumpirla. Cuando selló la carta, lo hizo dejando la marca de su sortija plateada con el emblema de los Dagafiel en el lacre. La reina se puso en pie y le dio el sobre a Maya.

—Dásela a mi hija cuando creas que deba leerla. Y si piensas que será más feliz sin saber nada de todo esto, solo quémala.

—Mi señora…

—Haz lo que digo, Maya. Todavía soy reina.

La doncella agachó la cabeza.

—Siempre lo seréis, majestad.

Maya la desvistió y luego le ayudó a ponerse el otro traje. Todo era muy confuso, pero a pesar del caos, en mitad de la confusión y el aturdimiento por el temor y la pena, una cualidad resplandecía con luz propia: la valentía y entereza de su señora brillaban por encima de todo. Se estaba vistiendo para afrontar la muerte, y lo hacía con dignidad y virtud. Mientras la preparaba, Maya miraba al niño que se hacía pasar por la princesa. Iba vestido con prendas femeninas y le habían maquillado ligeramente la cara para que tuviese las pecas que adornaban el rostro de la auténtica Carlais. Nadie lo notaría. Era una pena que aquel bebé fuera a morir para salvarle la vida a otro. Maya se preguntaba cuánta justicia había en eso y por primera vez dudó de que su decisión de poner a salvo a Adisia Carlais hubiera sido la correcta. Ser una princesa entrañaba muchas ventajas y pocos peligros. Pero ahora que uno de esos escasos peligros acechaba de forma inminente, no era la princesa quien iba a enfrentarlos, sino un pobre bebé inocente que jamás habría tenido acceso a la parte privilegiada de la identidad que estaba suplantando y por la que iba a morir.

Yilian se había encariñado con él en los escasos días que lo había tenido consigo, decidida a quedárselo y a cuidarlo como a un hijo si al final todo quedaba en nada más que un susto, pero nada de eso importaba ya.

En cualquier caso, resolvió Maya, por mucho que los bebés fueran igual de inocentes e igual de valiosos desde el punto de vista humano, no lo eran desde el punto de vista político.

El vestido que había elegido la reina era de lo más hermoso. Estrecho por la cintura, ancho a partir de ella, brocado en oro y con unos dibujos fascinantes en el corpiño. Se lo estaba atando por la espalda cuando la oyó suspirar.

—¿Qué día es, Maya?

—Ocho de abril, majestad.

—¿Hora?

La joven miró la luna a través de la ventana.

—La vigésimo segunda.

Por alguna extraña razón, la reina sentía la necesidad de morir conociendo cuál era la fecha por la que se recordaría aquella tragedia. Al acabar, se puso unos pendientes, un collar y su corona. Sin embargo, se quitó el anillo que siempre había adornado su dedo, una sortija que habían forjado en su tierra natal; y se lo entregó a Maya.

—Es para ti. Como muestra de mi afecto.

Solo cuando quiso contestar, Maya se dio cuenta de que estaba llorando.

—No puedo aceptar esto.

—Sí puedes —instó Yilian y le puso la reliquia en la mano. Luego le cerró suavemente el puño—. Solo cógelo.

Súbitamente se abrió la puerta y uno de los emisarios del duque informó de que ya había llegado la hora. Yilian suspiró, cogió en brazos a sus dos hijos y salió al pasillo seguida de los guardias.

A Maya no se le permitió acompañarla a pesar de que puso mucho empeño en ello. Quería estar allí para darle apoyo moral a la reina en esos momentos tan complicados, y el hecho de que le negaran la asistencia le rompió el corazón.

Alfred apareció al poco tiempo, consternado por todo lo que había pasado, aunque no tan afectado como Maya.

—¿Qué ocurre? —le preguntó él.

—Quisiera estar ahí.

—¿Quieres verlo?

Ella le miró, inquisitiva. Si existía la posibilidad de contemplar aquella escena, Maya deseaba saberlo y aprovecharla.

—¿Se puede?

—Sí. Tras una de las cortinas hay un ladrillo que está suelto. Si lo quitamos y apartamos la cortina lograremos ver.

La joven se preguntó si sería bueno contemplar lo que estaba a punto de pasar en la sala del trono. «Sí —pensó—, solo viéndolo me creeré que todo esto es de verdad».

Además, no podía abandonar a su señora. Ahora no. Si ella tenía que enfrentar aquel trance sola y sin esperanza, ella debía, por lo menos, ser testigo de él.

—Vamos.

Cuando Yilian entró en la sala del trono descubrió que estaba más llena que la última vez, y que el cadáver de su marido todavía estaba allí. Advirtió nuevas caras entre la multitud de nobles y sintió una punzada de decepción por algunos de ellos, eran personas que había considerado sus aliadas.

—Os habéis aseado demasiado para esto, ¿no creéis? —preguntó Munio, recostado en el trono de oro.

—Soy una reina. Moriré como tal.

—Si es vuestro deseo… —De pronto, la expresión de Munio cambió—. Mirad, os propongo algo: casaos conmigo y os perdonaré la vida.

La reina tenía muy claras cuáles eran las dos posibles respuestas a aquella pregunta, pero ambas estaban condicionadas.

—¿Y mis hijos? ¿Vivirán ellos si contraigo matrimonio con vos?

—Quizás.

Intentaba manipularla explotando sus esperanzas para, finalmente, aplastarlas con un puño de hierro. «Ya sabéis cómo funciona esto», había dicho él. Y claro que lo sabía.

—Si no vais a asegurármelo solo puedo daros una negativa. La seguridad de mis hijos es lo único que podría hacerme cambiar de opinión.

Munio suspiró fingiendo una profunda decepción. Maya, que observaba todo desde una esquina de la inmensa sala, no podía creer lo que estaba pasando y su admiración por la reina crecía por momentos.

—Entonces estáis condenada a morir aquí y ahora —declaró Munio—. Os explicaré el procedimiento. Le entregaréis el bebé a ser Lyns, quien le dará muerte. Luego, vos y vuestro hijo os arrodillaréis y se os degollará. Tendréis verdugos distintos. ¿Queda claro?

—Cristalino —respondió ella procurando que no le temblara la voz—. Pero mi hijo está dormido, como veis.

—Entonces despertadlo.

Yilian no se dejó dominar por el pánico que le estalló en el vientre y la dejó sin aliento por unos segundos. Sabía qué decir para disuadir a Munio de aquella idea.

—Despertar a un niño que duerme con placidez únicamente para darle muerte. Muy típico de quienes no son un monstruo.

A Munio le gustaba pensar que era alguien compasivo, misericordioso; sobre todo le gustaba que lo pensaran los demás. Él apretó el puño, pero accedió.

—Tumbadle en el suelo boca arriba y se le clavará una espada en el corazón.

Yilian cerró los ojos un momento e ignoró el dolor que atenazaba el suyo.

—¿Puedo haceros una última pregunta?

—La última.

—Quiero saber dónde serán enterrados nuestros cuerpos.

Yilian sabía que quizá era pedir demasiado, pero albergaba la esperanza de que en alguna parte del interior de aquel hombre tan despiadado hubiera un poco de clemencia honesta y enterraran su cuerpo en la catedral, donde estaba el panteón de la dinastía a la que pertenecía su esposo.

Pero la respuesta no fue esa. No, claro que no. El gusto de Munio por la adulación y la propaganda a su favor no pesaban más que su sentido de la estrategia, y este le decía que no era buena idea darle a la familia real sacrificada un lugar en el que poder rendirles culto. El pueblo debía olvidarlos cuanto antes.

—En algún lugar del bosque —contestó Munio—. Ninguno en concreto.

Yilian lamentó oír eso, pero comprendía que había pecado de optimista. Ni ella ni el resto de su familia descansarían en paz en el mausoleo de los Dagafiel, donde yacían todos los reyes que habían reinado en Cathlan.

—Tumbad a vuestro hijo —ordenó él.

Antes de hacerlo, a Yilian le arrebataron a su bebé de los brazos.

No se molestó en replicar e hizo lo que le habían mandado. Cuando dejó a Aloy tendido del modo en que había indicado Munio, notó cómo se le inundaban los ojos de nuevo. Le dio un beso en la mejilla, consciente de que jamás volvería a hacerlo. Pensó en su hija, que sobreviviría a todo aquello y tendría la oportunidad de ser feliz. Ese único pensamiento fue su ancla contra el océano de locura que amenazaba con engullirla.

Suspiró y empezó a llorar en silencio.

Luego, junto al cuerpo de su hijo, se arrodilló. De manera inconsciente había empezado a rezar oraciones que se confundían con el llanto del bebé. Miró hacia arriba y el techo de la sala del trono le pareció inmenso, pero pronto se desvaneció ante sus ojos porque cientos de imágenes de su infancia y de su juventud cruzaron ante ella, fugaces como los relámpagos de una tormenta. Por el rabillo del ojo vio cómo dos hombres con espadas afiladas se colocaban tras ellos. Vio la sombra de una espada alzándose sobre su pequeño, sobre su primogénito, y decidió volver a mirar al techo. Luego sintió la letal y amenazadora caricia del acero en su propio cuello.

Yilian tenía el corazón en un puño, latiendo desbocadamente.

El llanto del bebé cesó de pronto.

Sintió un dolor agudo que no parecía de este mundo. Notó la sangre escapándose de su cuerpo. Ya no podía respirar. Dejó de oír y de sentir. Le cegó una luz, que no era ni la del sol, ni de las velas, ni de la luna. Un haz de luz blanca que se expandió por todas partes.

Maya contuvo el aliento tras la convulsión final de la reina. Estaba muerta. Y sus hijos también. Se quedó inmóvil en brazos de Alfred, llorando en silencio y temblando, incapaz de creer lo que estaba ocurriendo. Le resultaba imposible imaginar cómo iba a ser el mundo a partir de ese momento. Todo había cambiado en ese instante. Los rostros de los nobles parecían satisfechos pero asustados al mismo tiempo, como si creyeran que acababan de cometer un pecado divino que sería castigado inevitablemente. Pero el brillo del triunfo se distinguía en muchos de ellos. Como si hubieran finalizado con una etapa que les martirizó durante mucho tiempo por no darles los privilegios de los que se creían merecedores. Ya no había vuelta atrás.

Todos creyeron que la dinastía Dagafiel había tocado a su fin aquella noche. Lo creyeron.

Capítulo 4

JUSTICIA POÉTICA

Seis años más tarde

Afortunadamente, Branon poseía conocimientos de lucha y esperaba poder defenderse, pero los plebeyos que estaban en su contra eran muchos. Muchísimos. Uno de sus hombres los había visto montar un pequeño e improvisado campamento en un claro cercano del bosque. De momento, no parecían tener intención de atacar su palacio, pero podían acabar haciéndolo.

Aquellos días de tensión eran terribles para la salud del conde, siempre preocupado por lo que podía pasarle a él o a su hermana. Cada jornada les llegaban noticias acerca de alguna familia de nobles que había sido brutalmente asesinada por los seguidores de Noriam, el líder rebelde.

Noriam.

Lo peor era que aquel muchacho, impetuoso y arrogante, había sido un fiel servidor suyo durante mucho tiempo. Y hacía poco más de medio año, de repente, había decidido irse con la excusa de que quería formar una familia y trabajar la tierra de unos parientes. Pero todo había resultado ser mentira. Probablemente, durante todos aquellos años de servicio, Noriam había estado preparándose para formar y liderar una rebelión contra toda la nobleza.

Branon podía comprender sus motivos. Desde que Munio ostentaba el poder, la miseria había hecho de Cathlan su imperio. Munio solo favorecía a los que eran como él: hombres y mujeres de alta alcurnia, pero mientras toda esa gente vivía en sus palacios, celebrando sus fiestas y sus bailes, el pueblo pasaba por la peor época de su historia. Tras el terremoto, tuvieron que apañárselas ellos mismos para reconstruirlo todo y sacar sus casas y sus familias adelante. Al rey le gustaba olvidarse de los problemas externos y, sencillamente, enjaularse en su burbuja de gloria y lujo. Era un déspota y un egoísta. El peor rey que había tenido Cathlan.

Branon no se explicaba su comportamiento. Sabía de buena tinta que Munio siempre había sido un hombre difícil de tratar, con altas expectativas y muy avaricioso. Pero también era inteligente. Mucho. De hecho, había sido capaz de ingeniárselas para acabar con los Dagafiel de una forma rápida y sencilla. Por eso a Branon le sorprendía que no se diera cuenta de que su comportamiento desencadenaría en una rebelión. Pero ya era tarde.

Branon observaba la lluvia caer a través de la ventana de sus aposentos. Había estado toda la mañana bebiendo cerveza, como cuando era más joven. Tenía a varios guardias apostados en las entradas del palacio y a unos cuantos hombres vigilando la actividad del bosque. Ya nada más podía hacer para prevenir lo inevitable. ¿Escapar del reino? Sabía muy bien que la frontera estaba vigilada, igual que la mayoría de los puertos. Eran muchos los que apoyaban la postura de Noriam y luchaban a su lado.

La puerta se abrió de golpe y entró uno de sus siervos, acompañado por otro hombre de prendas y cabello húmedos, lo que indicaba que había llegado hacía poco.

—Señor, Aruac tiene algo importante que deciros.

Aruac era uno de los hombres que andaban por el bosque y por el reino espiando a todos los rebeldes para recolectar información.

—Adelante, habla —exhortó el conde.

Él se le acercó, estrujando el gorro entre las manos e inclinando la cabeza en señal de respeto.

—Señor, al parecer Noriam ha ordenado que no ataquen el palacio del Cetro hasta que él lo indique expresamente.

Aquellas palabras fueron todo un alivio. Branon supuso que Noriam, a fin de cuentas, recordaba que ni él ni su hermana lo habían tratado mal durante los años que estuvo a su servicio. De algún modo, aquel había sido su hogar. No iba a permitir que sus seguidores rebeldes lo desbalijaran como habían hecho con todas las demás residencias de la nobleza. Y si no era eso, ¿qué se traía entre manos?

—Es una suerte —murmuró—. ¿Qué más?

—También hay quien dice que Noriam no es el que está liderando la rebelión ahora mismo, señor. Al parecer partió hacia Claretrea hace unas semanas.

—¿A Claretrea? —Branon estaba desconcertado, pero el rostro de su sirviente, que se encogía de hombros, indicaba que no sabía nada más—. Está bien, puedes retirarte.

El conde se quedó pensativo un rato. Claretrea era uno de los reinos que formaban parte de la Alianza de los Reinos del Sur y el más poderoso, sin duda. Era grande, fértil y rico. Pero aparte de todo aquello, ¿qué había allí que pudiera interesar a Noriam? Tras unos minutos de cavilación, Branon dio con la clave. La sede de la Alianza estaba allí. Tenía que tratarse de eso.

Para Laina no existía nada más que ella, la lluvia y su acompañante. Ambos estaban abrazados bajo la protección de un árbol de copa espesa que las gotas de agua no lograban atravesar por completo. Era un lugar perfecto porque, aunque estaba en el jardín de su palacio, nadie podía verlos debido a otros árboles, matorrales, bancos de piedra y fuentes que había distribuidos alrededor. Los dos estaban un poco mojados, no demasiado. Aun así, la situación era perfecta para Laina. Casi podía llorar de felicidad. Había estado enamorada de aquel hombre desde que era lo suficientemente mayor como para enamorarse, y ahora que tenía veintidós años, disfrutaba de la pasión de una forma más adulta y especial.

Miró a su amado.

—Arcren, te quiero —le confesó.

Él le sonrió y ella sintió cómo la atravesaba con sus ojos grises como las nubes que surcaban en aquel instante los cielos, deshaciéndose en agua. Arcren se dedicaba a viajar por los reinos de la Alianza supervisando que las ventas y distribución de armamento del conde fueran viento en popa. Al fin y al cabo, él era un proveedor de armas muy exitoso y necesitaba a alguien de confianza que se cerciorara de que seguiría siéndolo. Y ese hombre era Arcren por diversas razones: era audaz, de mente ágil, leal a Branon y contaba con un amplio conocimiento sobre la materia que le habían encomendado.

Como aquella tarea solo la llevaba a cabo dos o tres veces al año, Arcren trabajaba a veces para otras personas. Era un mercenario, aunque uno bastante peculiar, porque tenía principios.

—No puedes ser un buen mercenario si tienes principios y bases morales —le dijo Laina en una ocasión.

—No quiero ser bueno, Lai. Solo lo suficientemente útil como para ganarme la vida con ello —fue su respuesta.

Ella le sonrió.

Hacía dos años que estaban juntos. Para Laina había sido toda una alegría saber que su amor era correspondido. Y desde entonces no había dejado de amarle con aquella intensidad.

—Ojalá pudiéramos casarnos —murmuró ella.

—En otras circunstancias podríamos haberlo hecho —dijo él y la presionó contra el pecho sobre el que ella estaba recostada.

El motivo por el cual aún no habían contraído matrimonio era que Munio jamás habría permitido que una noble como Laina se casara con un plebeyo como Arcren. Munio debía autorizar todos los matrimonios de la nobleza porque consideraba importante saber qué sangres se mezclaban y si se conservaba bien la integridad de los linajes de alta alcurnia. Laina no podía siquiera plantearle la posibilidad de tener un romance con aquel hombre. Podía ser peligroso.

Y aunque Munio ya no gozaba de tanto poder debido a la rebelión, las circunstancias seguían sin ser adecuadas.

—Quizá cuando acabe todo esto podamos estar juntos —comentó ella.

—Quizá. —Él se incorporó y la cogió por las muñecas—. Te juro que nunca dejaré de luchar por ti; mientras sigas amándome, mientras siga existiendo la posibilidad de una vida juntos, yo nunca me rendiré.

—Y yo nunca dejaré de amarte, Arcren —declaró ella con un timbre de gravedad en la voz—. Nunca.

Compartieron un largo y apasionado beso que derivó en otro y en otro. La pasión se desencadenó y tuvieron la necesidad de amarse todavía más, con la intensidad con la que lo hacen unos recién casados. No era la primera vez que sucedía aquello, y Laina no había puesto impedimento alguno la primera vez que se había visto en aquella situación. Con Arcren había descubierto sensaciones y emociones que le hacían creer que la vida verdaderamente merecía ser vivida.

—Para, para —dijo ella entre jadeos—, no es el momento ni el lugar.

—Tienes razón —admitió él y torció las comisuras de los labios—. Qué pena.

—Pues sí.

Cruzaron una mirada y sonrieron pícaramente. Se besaron de nuevo.

Noriam detestaba esperar. Había hecho un largo viaje hasta Aklan, la capital de Claretrea, como para estar perdiendo el tiempo en aquella enorme sala blanca. No iba solo, por supuesto; sus compañeros más fieles y leales estaban a su lado.

La rebelión en Cathlan estaba siendo exitosa, aunque todavía quedaba lo más difícil: derrocar al rey. Pero eso era cuestión de tiempo. Cada vez más y más cathlenses se unían a su causa con todo el fervor. Era lógico y natural, pues la desesperación era tal que les daba fuerzas para lo inimaginable.

Por fin llegó un hombre que anunció que el Consejo estaba listo para recibirle. Se trataba de un grupo de cinco hombres, y cada uno de ellos representaba a uno de los reinos. Noriam no estaba cómodo con la idea de ir allí para pedirles algo; suplicarles apoyo. Pero lo necesitaba para que cuando ascendiera al trono, su consolidación como monarca resultase más fuerte. Con el respaldo de la Alianza, ningún reino dudaría de su soberanía, de su derecho sobre el trono. No entró solo. Si veían cuánta gente estaba de su parte, quizá estuvieran más dispuestos a hacer lo que iba a pedirles. Así que le acompañaban algunos amigos que compartían su postura.

Los cinco estaban allí, sentados a una mesa rectangular, mirando hacia la entrada del salón. Vestían colores que correspondían a las banderas de sus respectivos países.

—Saludos, Noriam Emblema Blanco —exhortó el representante de Claretrea, que estaba situado en el centro—. Soy Liodan de Runnen, y me complace darte la bienvenida.

Claretrea era el reino que había invitado a los demás a formar una unión a raíz de una idea que había tenido su rey hacía ya varias décadas. Por eso tenía un poco más de autoridad en los asuntos que concernían a la Alianza. Cathlan había sido el primer reino en aceptar la propuesta, y por eso su representante se sentaba al lado de Liodan.

Un requisito para formar parte del consejo era ser noble o aristócrata. Si no lo eras y merecías el puesto, te daban un título que luego heredarían las generaciones venideras. Noriam sentía aversión hacia esa gente, siempre proclamando su superioridad, creyéndose los amos del universo. Pero por desgracia los necesitaba y tenía que fingir admiración y respeto hacia ellos. Conocía muy bien los protocolos que tenían lugar entre la nobleza. Al fin y al cabo, había servido a un conde durante muchos años.

—Un placer —dijo él—. No me andaré con rodeos, excelencias. Imagino que conocéis cuál es la situación en Cathlan, mi tierra.

—La conocemos —repuso el representante de Cathlan con una pizca de desaire.

Noriam tomó aire y no se dejó llevar por la impaciencia.

—El rey Munio será derrotado dentro de poco y yo ascenderé como nuevo rey de Cathlan.

—¿Derrocas a un rey para imponer otro? —inquirió uno de ellos alzando una ceja.

No le gustó en absoluto el tono de voz que su interlocutor acababa de emplear, pero se esforzó por ignorarlo.

—Derroco a un tirano para sustituirlo por un monarca —puntualizó él.

—¿Te llamas a ti mismo rey? —preguntó Liodan.

—La gente está empezando a hacerlo. Excelencias, no podéis negar que el gobierno de Munio ha sido desastroso.

Se miraron unos a otros, buscando coincidencias.

—¿Qué es lo que pides?

—Solo necesito que la Alianza me reconozca como rey públicamente una vez me hayan coronado.

De no haber tenido unas huestes fuertes que lo respaldaran y un nombre capaz de inspirar revueltas no se habría atrevido a personarse ante aquellos hombres y mucho menos a formularles una petición tan delicada.

Liodan frunció las comisuras de los labios, como si quisiera reír pero estuviera evitándolo.

—Eso no es posible. La Alianza tampoco reconoció a lord Munio como rey, a pesar de que Cathlan siguiera formando parte de la Alianza.

Lo que le estaban explicando no tenía sentido alguno para Noriam. Él no había estudiado política, ni nada por el estilo, pero sabía cuándo algo era lógico y cuándo no. Y aquello no se lo parecía.

—¿Y en qué cambiaría que le hubierais reconocido como tal?

—En muchas cosas difíciles de comprender para quien no está familiarizado con la materia —repuso el representante de Cathlan.

Noriam le dirigió una mirada ardiente, mortal. Se le había hinchado una vena del cuello. Estaba furioso.

—Formar parte de la Alianza supone hacer concesiones de vez en cuando, y vuestro actual soberano no estaba dispuesto a ceder en según qué asuntos, por lo tanto, no pudimos prestarle nuestro apoyo —explicó el representante de Sumreis.

—Mantenemos la Alianza en honor a las intenciones de Aloy II, el rey que manifestó sus deseos por participar en esta empresa hace tanto tiempo —declaró Liodan.

—La dinastía Dagafiel ya no existe —objetó Noriam.

—No podemos ignorar su legado. Además, la Alianza jamás ha intervenido en asuntos internos que conciernen únicamente a un reino. Cathlan seguirá gozando de las ventajas que ofrece nuestra unión porque el tratado concierne a las tierras y sus gentes, no a sus reyes. Pero diplomáticamente han cambiado muchas cosas.

—Y no está en nuestra jurisdicción reconocer públicamente a nadie —añadió el representante de Galdwin—. Mucho menos si se trata de un plebeyo.

Cómo no.

Noriam asintió con resignación, y sin una palabra se fue de allí. Se sentía humillado y degradado. Dio media vuelta y se alejó seguido por los demás. Su capa ondeaba tras él debido a lo rápido de sus andares. Sentía las venas de su frente latir levemente, reacción que padecía cuando se enfurecía. Regresaría a Cathlan con las manos vacías, pero no estaba dispuesto a dejar las cosas así. Se convertiría en un rey cuyo objetivo principal sería alcanzar la mayor gloria posible para Cathlan; de ese modo nadie le pondría en duda jamás. Y, por supuesto, no necesitaba el apoyo de la Alianza para ello.

Ya no.

Arcren se encontraba en el camino principal que unía Caan con Ethra, la aldea más cercana. Estaba esperando un cargamento de espadas que saldría hacia Eyexel aquel mismo día. No era la primera vez que él supervisaba que estuviera todo en orden, pero nunca lo había hecho en circunstancias como aquella. Los rebeldes vigilaban astutamente casi todos los caminos y se dedicaban a ignorar la ley y hacer su voluntad. Un carromato cargado de armas, que además eran propiedad de un noble, era un plato jugosísimo para ellos. Y Arcren no quería ser el responsable de proveer a los rebeldes para que siguieran adelante con sus propósitos.

Rectificó sus pensamientos. En realidad no le importaba que llegaran con su cometido hasta el final: lord Munio así lo merecía. Pero sí le preocupaba lo que pudiera pasarle a la familia Mandoble de Acero, es decir, a Laina y al conde Branon. Los conocía desde los doce años, cuando sus padres habían empezado a trabajar para ellos, y ahora él tenía veintisiete.

No tardó en divisar el carromato a lo lejos. Cuando lo tuvo enfrente, habló con el conductor y le explicó que era muy probable que intentaran atracarle por los caminos escondidos del bosque, el cual tenía que cruzar, y que si intuía que una ruta podía ser peligrosa, considerara la opción de dar un rodeo con tal de evitarla.

El hombre parecía angustiado.

—¿Corro peligro, señor?

Lo más sensato era mentirle, pero por alguna razón a Arcren no le pareció una buena idea. Además, ni siquiera él tenía clara la respuesta a esa pregunta.

—No lo sé. No lo creo; los rebeldes no actúan en contra de los de origen humilde como tú. Sería algo hipócrita por su parte y no haría bien a su causa, pero no te confíes.

Él tragó saliva y asintió.

—Si algo me sucediera… Que alguien de confianza se haga cargo de mi familia, por favor.

Arcren frunció las comisuras de los labios.

—No habrá necesidad de preocuparse por eso. Tú mismo cuidarás de tu familia cuando regreses.

Él se esforzó por convencerse de que así sería y, tras espolear al caballo, partió de allí.

Arcren suspiró y rezó unas oraciones para que Dios velara por aquel pobre hombre. Fue algo extraño porque él rara vez recurría a la fe.

Pronto ocupó su mente con otros pensamientos. Deseaba volver a ver a Laina, permanecer con ella el mayor tiempo posible, aunque antes tenía que pasar por la ciudad para zanjar algunos asuntos. Subió a su caballo y lo espoleó con fuerza para llegar pronto a la capital.

El cielo estaba nublado, pero no hacía frío, como bien podía esperarse en septiembre. Eso provocaba que hubiera mucha más actividad en las calles de lo que habría en invierno. Si la rebelión hubiera tenido lugar en diciembre, por ejemplo, para los nobles habría sido mucho más fácil combatir a los rebeldes debido a que sus ropas caras y de buena calidad les protegerían del frío, mientras que los rebeldes difícilmente sobrevivirían a una noche de tormenta a la intemperie.

Había que admitir que Noriam era inteligente. Tenía que serlo. De otro modo jamás habría conseguido lo que estaba logrando. Arcren no dejaba de preguntarse qué era lo que Noriam tenía contra la nobleza. Había un motivo conocido por todos: la tiranía de Munio llegó a ser inaguantable y la gente había agotado su paciencia. Eso era cierto, y la causa principal por la que el pueblo había decidido alzarse. Pero ¿y Noriam?

Para el que lidera algo con tanta fuerza e inteligencia siempre existe más de una razón. Y esta suele ser secreta y personal, Arcren lo sabía. Se dijo que probablemente nunca llegaría a descubrir el motivo real que impulsaba a Noriam a no detenerse ante nada.

Cuando llegó al corazón de Caan, percibió decenas de sentimientos en el aire: miedo, furia, perplejidad, desconcierto... La mayoría de mujeres se quedaban en casa mientras sus maridos, hermanos y padres salían junto con otro grupo de hombres por las noches y se reunían con otros rebeldes para planear los próximos pasos. Sin embargo, los hombres del rey, que contaban con un buen armamento y experiencia en la lucha, se dedicaban a purgar las calles de esos supuestos «malhechores» y acababan con ellos allá donde los encontraban. Tanto era así que entre el castillo y la ciudad había una colina donde el rey había ordenado exponer los cuerpos de los rebeldes muertos, ahorcados.

Eso había ocurrido hacía ya un tiempo y, como represalia, Noriam había ordenado hacer lo mismo en las plazas del pueblo, aunque de una forma más cruel. Clavaban las cabezas decapitadas de los nobles que habían capturado y asesinado en unas picas que situaban en la plaza principal, frente a la majestuosa catedral.

Arcren pasó por allí y las vio. Los rostros pálidos y de aspecto enfermizo, despojados de su cuerpo, de su vida y de parte de su carne debido a los asaltos de los cuervos, estaban a la vista de todo el mundo. Era una imagen estremecedora, grotesca, y no obstante la gente ya parecía haberse acostumbrado.

Habían añadido la cabeza de la marquesa de Aguadorada hacía tan solo unas horas, y como era un nuevo rostro, suscitaba el interés de los presentes. Un cúmulo de personas se había reunido alrededor. Entre ellas, una niña de pelo anaranjado que observaba la escena con el rostro inmóvil y los ojos brillantes. No parecía asqueada por lo que estaba viendo, sino intrigada y desconcertada. Como si no entendiera lo que estaba pasando, como si tratara de buscar una explicación razonable que diera sentido al horror que presenciaba. Pero aquellos eran pensamientos estúpidos porque aquella niña no tendría más de seis años, siete a lo sumo.

Desvió la mirada y exhaló un largo suspiro, dispuesto a olvidar y a seguir con sus quehaceres.

El castillo estaba lleno de nobles y aristócratas que habían acudido allí en busca de refugio. La residencia real se había convertido en uno de los lugares más seguros de Cathlan. Aunque Munio estaba seguro de que no importaba cuánto reforzaran la seguridad, acabarían por entrar. Al principio el rey había pensado que era solo una de esas revueltas que acaban cuando ejecutas en público a uno de los alborotadores, pero esta vez no había sido así. Ante la respuesta violenta de Munio a las revueltas, la gente se había enfurecido incluso más. Decían que el número de rebeldes en todo el reino llegaba hasta el medio millón, algo extremadamente exagerado porque eso era casi una cuarta parte de la población. No sabía hasta qué punto tomarse en serio la cifra.

—Majestad —dijo su secretario real, lo que provocó la interrupción de sus pensamientos.

—¿Sí? —preguntó él desde la mesa de roble donde solía trabajar.

—Lord Branon Mandoble de Acero, conde de Ethra, está aquí. Como solicitasteis.

El rey le había mandado llamar esa misma mañana, aunque había dudado mucho que tuviera el valor de presentarse. Salir a la calle y dirigirse al castillo del rey siendo noble era una buena forma de jugarse el pellejo. Así que la presencia del conde no hacía más que confirmarle lo que ya sospechaba: que recibía algún tipo de trato especial por parte de Noriam. Munio tenía entendido que el líder rebelde había trabajado para Branon hasta hacía relativamente poco. Sin duda eso tenía algo que ver, y el rey no descartaba la posibilidad de que, en realidad, el que estaba detrás de toda aquella rebelión fuera lord Branon. Después de todo, había sido primo segundo de Rianon III y uno de sus mejores amigos. ¿Quién le aseguraba que no tuviera sed de venganza? Y no solo eso, sino que tras la muerte del último Dagafiel, su derecho al trono era innegable, aunque no más que el suyo propio. Tendría que haberlo matado durante los primeros meses de su reinado, pero siempre gozó de demasiada popularidad.

Todos estos pensamientos cruzaban la mente de Munio a una velocidad vertiginosa. Debía tener muy claro qué palabras emplear y qué tono usar para tratar con Branon. Por fin, el conde hizo su aparición en el despacho.

Sus ojos oscuros eran impasibles.

—Tomad asiento —pidió Munio. Branon obedeció—. No creí que tuvierais el valor de venir, milord, dadas las circunstancias.

—¿Acaso nos sois el rey? Se supone que debo obedecer.

Munio sonrió sarcásticamente.

—Es curioso que ahora decidáis aceptarlo, justo cuando mi posición como tal se ve más… comprometida.

—¿Por qué pensáis que antes no os reconocía como soberano? —inquirió el conde con extrema cautela.

—¿Acaso era así?

Hacía unos días, Branon probablemente le habría mentido. Pero en ese momento tuvo la sensación de que podía decirle la verdad y salir impune. Después de todo, Munio estaba al borde del precipicio y no quiso desaprovechar la ocasión.

—La verdad es que no.

Sorprendentemente, el rey pareció complacido con su respuesta.

—Siempre lo he sabido. Es agradable que por una vez podamos hablar sin tapujos, ¿no creéis?

Branon evitó frecuentar la corte mientras Munio era el rey. Apenas le había dirigido la palabra a él o a su círculo. Les guardaba rencor por haber acabado con Rianon y su familia. Era algo que le había herido profundamente pese a haberlo esperado, a haberse mentalizado de que podía ocurrir para encajar mejor el golpe… Pero en el fondo nunca había pensado que se fueran a atreverse. O quizá eso era lo que se decía a sí mismo para calmar su conciencia.

Tal vez había sido un cobarde. Ni siquiera él estaba seguro. Pero todos los días la duda le carcomía las entrañas. Se preguntaba si de haber intervenido él, el resultado habría sido distinto. Poco importaba ya.

Con la rebelión, Munio estaba recibiendo lo que merecía. Se estaba haciendo justicia de una forma hermosa y poética.

—Francamente, majestad, hablar con vos nunca fue de mi agrado.

Munio dejó escapar una sonora carcajada.

—¿Tan seguro estáis de mi caída que os atrevéis a hablarme de ese modo?

No lo preguntaba en un tono amenazante.

—Majestad, ambos sabemos que nuestras vidas penden de un hilo por ser lo que somos. Que nuestros iguales mueren cada día de una forma brutal y falta de escrúpulos. En tal tesitura, creo que lo más honroso que podemos hacer es sincerarnos, para variar.

El rey se recostó en su asiento y entrelazó las manos sobre el vientre.

—Sí, vos siempre habéis sido un hombre de honor, ¿no es cierto? Igual que Rianon.

—No. No tanto como él; pero sí más que vos.

La expresión de Munio cambió por completo. Estaba visiblemente crispado, casi ofendido.

—No creáis que no puedo haceros nada, Mandoble de Acero. Sigo siendo el rey, y vos estáis en mis dominios, solo, rodeado de hombres que acatarán mis órdenes sin pensarlo.

—Lo sé, majestad. No obstante, también sé que no os conviene hacerlo. No he dejado de formar parte de la nobleza y eso nos sitúa en el mismo bando.

—¿Negáis, pues, que Noriam os concede un trato especial?

—Está tardando más de lo esperado en hacer una ofensiva contra mí, es cierto. Pero os aseguro que desconozco el motivo y que ha atentado contra algunos de mis bienes. No creo que me considere su aliado.

El rey frunció las comisuras de los labios, pensativo. ¿Estaba Branon mintiéndole?

Con aquella expresión suya, tan fría e inhumana como la de una estatua, era imposible adivinarlo. Resultaba extraño que, aun siendo familia, se conocieran tan poco. Porque la realidad era que compartían sangre. Los padres de Rianon, Munio y Branon eran primos, y sus abuelos, hermanos.

El rey tomó aire y se incorporó un poco.

—Espero que tengáis en cuenta que las cosas pueden torcerse.

—Lo tengo en cuenta —declaró Branon—. Ahora decidme, ¿para qué me habéis llamado?

—Sois un gran empresario, milord. Es sabido por todos que poseéis un amplio arsenal de armas y que abastecéis a varias casas nobles de los reinos vecinos desde hace casi una década. Como súbdito mío que sois, vuestro deber es dejar a un lado las responsabilidades que tengáis con vuestros clientes y ayudarme a mí y a mi ejército, ¿no lo creéis así?

Branon despegó los labios muy lentamente, dispuesto para dar una respuesta cuidadosa y meditada.

—Normalmente, cuando no me afecta el uso que le den a esas armas, se las vendo a quienes más pagan por ellas. Pero esta vez es distinto, porque las consecuencias tendrán lugar en mi hogar. Y tengo que ser precavido y no abastecer a la persona equivocada.

Munio apretó la mandíbula. Ardía en deseos de acusar al conde de alta traición y quitárselo de encima de una vez por todas, pero era uno de los hombres más ricos de Cathlan y también uno de los más queridos por figuras importantes y destacadas no solo del reino, sino de determinadas tierras extranjeras. Quizá fuera por su actitud honesta y la sencillez de sus aspiraciones.

—Entonces, ¿estáis de parte de los rebeldes? —preguntó Munio en tono mordaz.

—No. Digamos que soy neutral.

—Pero no tenéis derecho a serlo, milord. Me debéis lealtad.

—No. Se la debía a los Dagafiel.

Munio rio con incredulidad.

—¿Acaso no soy descendiente del rey Aros IV, igual que él e igual que vos?

—Al matar a Rianon y a su familia no actuasteis como si lo fuerais y ya no tenéis derecho a recurrir a ese argumento. Esa baza no es válida, milord. El mismo Aros IV se avergonzaría de lo que hicisteis.

—Rianon no se estaba comportando como un rey. Su abuelo heredó el trono cuando en realidad tendría que haberlo hecho su hermano por ser el mayor. Él nunca tuvo que ser rey y no supo actuar como tal.

—¿Creéis que el trono os correspondía por derecho solo porque vuestro abuelo era mayor que el de Rianon? Zeiren IV fue un rey espléndido; siempre demostró que tenía aptitudes para ello, y por eso Aros IV decidió convertirlo en el heredero a la corona. Usurpando el trono lo único que hacéis es cuestionar su decisión.

Munio guardó silencio unos instantes.

—No creo que a un muerto le importe.

—A sus descendientes sí.

—No te creas más especial que yo, Branon —dijo el rey y dejó a un lado las formalidades con un tono de voz irritado.

—No me creo nada, majestad.

—Ahora dejémonos de pamplinas y vayamos a lo que importa —anunció Munio—. Si Noriam tiene éxito, ¿reclamarás el trono o no?

—Dudo mucho que eso importe. Creo que Noriam tiene sus propios planes, y os repito de nuevo que él no es mi aliado ni yo el suyo. —Hizo una pausa—. Si eso es todo, querría retirarme.

Munio lo miró un momento, como si juzgara si lo que le estaba diciendo era verdad o solo una treta. Pero lo cierto era que sería una novedad que Branon ambicionara algo más que las jornadas de tranquila caza en sus tierras o tardes de música y bailes. Además, tenía razón: Noriam era implacable y sería muy raro que sus aspiraciones se detuvieran en su derrocamiento. Habría más.

Miró a Branon con desdén y deseó quitárselo de en medio, eliminarlo del mapa para dar ejemplo y mostrar lo que les sucedía a quienes ponían en duda su posición, pero sería tirar piedras sobre su propio tejado. La nobleza era su baluarte y se estaba viendo peligrosamente diezmada por las tácticas sucias y brutales del líder rebelde. No iba a hacerle el trabajo.

—Podéis iros —concedió él.

Tras una breve reverencia, lord Branon le dio la espalda y se marchó.

Capítulo 5

TRES PERDONES

El palacio empezaba a quedarse pequeño. Laina adoraba salir, pasear por los bosques, respirar la vivacidad de la ciudad, interactuar con el mundo... Pero desde que estaba confinada en el recinto de su palacio, aquellas cosas se habían vuelto un sueño imposible. Se preguntó si alguna vez tendría la oportunidad de salir de nuevo sin sentir miedo o temor a encontrarse con alguien que no simpatizara con su condición de noble. Últimamente había muchos de esos. Y le parecía increíble que Noriam fuera el responsable de todo. Noriam, aquel joven al que conocía desde hacía ya tanto tiempo. Nunca le habría creído capaz de semejante cosa. Siempre había sido tan callado... casi tímido.

«La gente rara vez es lo que parece», se dijo Laina un poco apesadumbrada. Le preocupaba la idea de no poder confiar jamás en nadie por miedo a ser engañada, a creer lo que no era. No obstante, había un hombre que le transmitía toda la confianza del mundo. Una persona que era transparente a sus ojos y aun así no veía nada que le desagradara: Arcren.

La joven no podía evitar sonreír cada vez que su nombre o su rostro le cruzaban el pensamiento.

Desde sus aposentos, se dirigió al salón a cenar junto con su hermano. Era una pequeña tradición que llevaba entre ellos toda la vida, desde que se habían quedado huérfanos. A pesar de que se llevaban algo más de doce años de diferencia, siempre habían tenido muy buena relación, y Laina lo agradecía enormemente. Branon era como un padre para ella en las ocasiones en las que la joven necesitaba uno. El resto del tiempo se comportaba como un hermano que la apreciaba y respetaba. Cualquier otro hombre en su lugar la habría desposado ya con el noble de mejor condición. Branon le había hecho algunas insinuaciones al respecto, pero nunca había pasado de las palabras.

Se sentó a la mesa rectangular de madera que había en el pequeño comedor y esperó a que llegara. No había querido pensar en ello, pero como estaba retrasándose, la preocupación comenzó a atormentarla. Había salido por la tarde para ir a ver al rey. Laina quiso impedírselo, consciente de lo peligroso que era que un noble se dirigiera al castillo nada más y nada menos que para charlar con el monarca responsable de que todo el pueblo se hubiera revolucionado. Pero él no hizo caso. Había dicho que sentía curiosidad por descubrir la causa por la que Munio le había mandado llamar, aunque ella no había acabado de creérselo. A pesar de ello, no había tenido más remedio que morderse la lengua y permitir que su hermano abandonara el palacio, aunque, eso sí, la seguridad se había reforzado.

Por fin oyó las voces de sus sirvientes anunciando que el conde estaba de vuelta. Laina suspiró con alivio y lo esperó mientras las criadas servían los platos de los que darían cuenta esa noche. Branon apareció al cabo de unos minutos y se disculpó por la tardanza.

—Me tenías muy preocupada —apuntó ella sin mirarle a la cara.

—Ya te dije que no tenías nada que temer, hermana. ¿Acaso no estoy aquí?

—Sí, pero eso tampoco dependía de ti. —Suspiró—. En fin, ¿qué quería el rey?

—Cuestiona mi lealtad, aunque no le culpo —informó Branon mientras le llenaban la copa de vino de los Piedrablanca, una familia que había surgido recientemente como comerciantes de vino y cuyos productos poseían una calidad sorprendente—. Digamos que quería asegurarse de que no soy yo quien ascenderá al trono tras su caída.

—¿Tan asumido tiene que van a derrotarle? —inquirió Laina perpleja.

—No lo sé. Munio siempre ha tenido pensamientos difíciles de descifrar.

Laina hizo una mueca de discrepancia.

—No entiendo por qué piensa que tú serás el próximo rey. No somos aliados de Noriam...

—Eso mismo le he dicho yo.

—¿Te ha creído?

El conde se encogió de hombros y degustó el pollo asado que les habían servido.

—La verdad —dijo cuando tragó— es que estamos en una posición delicada. Somos enemigos, pero solo de un modo teórico y moral, ya sabes. En la práctica no nos conviene nada actuar contra él. Al fin y al cabo, el hecho de ser nobles nos coloca en el mismo bando.

Laina hizo una seña para que uno de los lacayos le llenara la copa de vino. Aquella bebida había empezado a gustarle hacía poco, pero cada vez disfrutaba más de su sabor especiado.

—¿Entonces estás en contra de la rebelión? —preguntó antes de dar un sorbo.

—Yo no diría eso. Entiendo perfectamente que quieran la destitución de Munio. Él ha olvidado la regla más importante de la monarquía.

—¿Qué regla?

Branon se recostó en su asiento y desvió la mirada hacia el techo, como si fuera a hablar de algo divino, casi sagrado.

—El pueblo no sirve al rey; es el rey quien debe servir a su pueblo.

Laina asintió. Aquella era la cita más famosa de Adisia I, la primera reina de Cathlan y una de las más legendarias y memorables. Todos la recordaban por su fuerza, su sentido de la justicia, su carácter inamovible. A pesar de que siempre había tenido muchos enemigos que consideraban que una mujer no debía gobernar, ella jamás había agachado la cabeza y había redactado una ley legítima en la que la que permitía a las mujeres ascender al trono casi de la misma forma que podía hacerlo un hombre. Aunque con los años, la práctica de esta ley no había conseguido realizarse con éxito. De los casi cien monarcas que habían reinado en Cathlan, solo nueve fueron mujeres. La mayoría de ellas habían tenido que lidiar con conspiraciones en su propia corte, traidores, embajadores que no las aceptaban como gobernantes y detractores en general.

—Es una buena cita —admitió Laina y decidió dejar a un lado los fantasmas del pasado—. Pero ¿no crees que es una falta de respeto enorme que el pueblo se alce contra el rey y acabe con la nobleza de esta forma tan cruel? Muchas de las personas que han matado eran amigos míos y gente inocente.

—Lo sé, Laina. Pero la nobleza lleva seis años sobrepasándose con el pueblo de una forma indignante. Tienes que entenderlos, ellos creen que somos lo que somos por pura suerte y nos envidian porque nuestras vidas son más cómodas. Y en parte tienen razón, no obstante, ¿qué puede hacerse? Aunque Noriam acabe con la nobleza, siempre habrá hombres que tendrán una posición de más poder con respecto a los demás. La vida es así.

La joven entendía la postura de su hermano, pero todo lo que estaba pasando era confuso. Muchas familias de alta alcurnia habían menospreciado a las gentes del pueblo y actuado con una superioridad exagerada e injustificada. Algunos rebeldes tachaban a los nobles de holgazanes, pero eso no era del todo cierto: muchos se preocupaban de sus tierras, de que los recursos estuvieran equilibrados, de protegerlas de posibles peligros exteriores… En los últimos tiempos eso había cambiado mucho, pero era solo porque unos cuantos hombres habían olvidado por completo lo que significaba tener una responsabilidad para con el pueblo. En esencia, la nobleza no era algo tan terrible, siempre y cuando hubiera una moderación…

¿O no era así? Laina estaba confundida y dudaba de todo en lo que siempre había creído.

Exhaló un suspiro.

—Entonces, si Noriam vence y se proclama a sí mismo rey... Será la extinción absoluta de la dinastía —comentó ella con un velo de tristeza en sus ojos.

—El hecho de que Munio sea el bisnieto de Aros IV no le convierte en un Dagafiel. No hay que ser un Dagafiel solo en sangre; también hay que serlo en alma —declaró él con absoluta convicción—. Rianon lo era —añadió con un timbre de nostalgia. Se quedó un rato callado, perdido en sus recuerdos, lo único que le quedaba de un tiempo que había sido mejor. Después meneó la cabeza y miró de nuevo a su hermana—. De todas formas, es posible que la dinastía Dagafiel no esté perdida.

Aquellas palabras trastornaron completamente a Laina, que frunció el ceño de inmediato.

—¿Qué quieres decir?

Lanzó una rápida mirada a todos los sirvientes que esperaban tras ellos, dispuestos a cumplir cualquier orden que complaciera a sus señores. La expresión de estos era de lo más elocuente y no tardaron en abandonar la sala. Solo cuando estuvieron completamente solos, Branon se atrevió a hablar adoptando un cariz más serio.

—Un par de días antes de que muriera, fui a ver a Rianon para compartir con él lo poco que sabía acerca de las conspiraciones se estaban llevando a cabo en su contra. Lo que él me dijera sobre sus sentimientos no importa, pero me confesó algo inesperado y secreto.

—¿El qué?

—Que si en el peor de los casos él y su familia salían malparados, siempre habría un rayo de esperanza, porque su hija sobreviviría. No me explicó por qué estaba seguro de que iba a ser así ni qué plan tenía en mente. Pero sí me hizo recordar que, aunque anunciaran la muerte de Adisia, lo más probable es que fuera mentira, porque ella seguiría viva. —Suspiró—. Dicho así suena de lo más inverosímil, pero créeme cuando te digo que el tono de su voz no admitía réplica ni dejaba lugar a dudas de que estaba diciendo la verdad. Y se aseguró de que yo no lo olvidara.

Laina entreabrió los labios, desconcertada. Mil preguntas se agolparon de repente en su mente. Luego las desechó todas con un simple pensamiento.

—Es posible que sus planes no salieran como esperaba y finalmente sí acabaran con ella —musitó—. Después de todo, hay docenas de testigos que aseguran haber presenciado la ejecución de la reina y sus dos hijos.

Branon infló sus pulmones de aire y luego lo soltó.

—Es posible.

Laina apuró la cena rápidamente. Normalmente era mucho más pausada, pero tenía unos asuntos muy importantes que atender y no deseaba retrasarse más.

—Me retiro, hermano —anunció y se puso en pie después de limpiarse las comisuras de los labios con un pañuelo.

—Que descanses.

—Tú también.

Se alejó de allí a paso normal, como lo hacía todas las noches, aunque deseaba correr para llegar a tiempo junto a la fuente de sus jardines, donde le esperaba Arcren. Salió al exterior y miró la luna, blanca y redonda. Su tamaño hacía que aquella noche hubiera más luz de lo habitual.

Caminó por los amplios jardines, notando cómo el olor de las rosas y los jazmines penetraba en sus fosas nasales y se impregnaba en su cabello y en su vestido rojo. Los momentos como aquel eran hermosos y mágicos. Tenían la marca de la eternidad, y sin embargo, cuando mirabas atrás y ya no eran más que recuerdos, resultaba abrumador cuán efímeros acababan siendo.

Todavía no vislumbraba la figura de Arcren al lado de la fuente. Llegaba tarde, pero él ya le había avisado de que cabía esa posibilidad. Aquel día tenía trabajo, pero le había pedido que le esperase porque, aunque fuera con retraso, aparecería por allí con toda seguridad. Y a Laina no le importaba aguardar unos minutos. Los empleaba para pensar, para recrearse en cada instante que ella y Arcren habían compartido. Por fin, vio a una figura acercarse y la muchacha sonrió. Aunque este gesto se esfumó en cuanto distinguió quién era el visitante.

Berio, un empleado de palacio.

—Milady, ¿qué hacéis aquí? —preguntó él.

Ella tragó saliva. Le resultaba embarazoso confesar la verdad.

—Paseaba; disfrutaba de esta noche tan espléndida.

—¿Sola?

—Sí.

—Bien —dijo él con una sonrisa siniestra.

Y acto seguido, sin que Laina pudiera preverlo si quiera, Berio la tomó por los brazos, la atrajo hacia él y le colocó una daga en la garganta. Un simple movimiento bastaría para degollarla allí mismo.

—¿¡Qué estás haciendo!? —bramó ella con la voz quebrada por el pánico.

—Voy a negociar con vuestro hermano.

La colocó de frente mientras él seguía inmovilizándola por detrás y empezaron a caminar. Laina intentó soltarse, pero cada vez que se movía de algún modo sospechoso, la daga se hundía más en su carne. Podía notar un fino hilo de sangre recorriéndole el cuello. Estaba muy asustada. No esperaba la traición de Berio, aunque se sintió estúpida por no haberlo hecho. Berio había sido un buen amigo de Noriam, ¿por qué no iba a compartir las mismas ideas que él?

Sin embargo, algo no encajaba… ¿Estaba Berio obedeciendo órdenes o sencillamente actuaba por su cuenta? Fuese como fuese, Laina estaba demasiado atemorizada como para resolverlo a base de deducciones.

Cuando estaban ya a tan solo unos metros de la entrada, los sirvientes que trabajaban en el jardín observaron la escena, anonadados y alarmados. Nadie podía atreverse a hacer nada contra él, porque si Berio se sentía lo suficientemente amenazado como para quitarle la vida a Laina con un breve movimiento de muñeca, lo haría. Había que ser cauteloso y prudente. Fueron abriéndole el paso. Algunos de sus compañeros le preguntaban que cómo era posible que estuviera actuando de aquel modo, que jamás lo habrían esperado. Berio no contestó.

Llegaron al comedor, donde el conde acababa de terminar el postre y estaba poniéndose en pie. Al ver la escena, se quedó de piedra. Su hermana retenida por uno de sus más fieles siervos. Su querida Laina, a tan solo un movimiento de la muerte.

Cuando recordó el nombre de aquel sirviente, se atrevió a hablar.

—Berio, ¿qué está pasando aquí? —inquirió él con la voz calmada pero teñida de furia.

—Los rebeldes necesitamos armas —repuso él—. Vos os negáis a dárnoslas.

Así que era uno de los seguidores de Noriam…

—Llevo muchos años sin comerciar en mis propias tierras. Ahora solo proveo a reinos extranjeros. No es nada personal —respondió Branon.

—Para nosotros sí.

Entonces intervino una de las mujeres del servicio con aspecto trastornado.

—Berio, Noriam nos dijo que a ellos no podíamos hacerles nada hasta nueva orden.

Las palabras de la criada contenían mucho más significado del explícito. Ella también era una traidora. ¿Cómo habían podido estar tan ciegos?

—Noriam no está aquí, en Cathlan. No sabe cómo es la situación, ¿entendido? Si la viera, aprobaría lo que estoy haciendo. Necesitamos armamento, lo sabes.

La mujer se mordió la lengua y agachó la cabeza, reacia a seguir discutiendo. Berio miró al conde de nuevo.

—¿Y bien? No estáis en posición de considerar la respuesta, milord.

El rostro de Branon estaba crispado. Despegó los labios para contestar, pero no le dio tiempo a emitir sonido alguno porque alguien atacó a Berio por detrás. Laina aprovechó para soltarse y descubrió el rostro de su salvador: era Arcren.

Sobresaltado al notar la repentina y agresiva presencia a sus espaldas, Berio se giró, con el cuchillo en la mano. Fue todo tan deprisa que Laina hubiera creído que lo había soñado de no ser por una evidencia difícil de ignorar. Berio le había hecho un tajo a Arcren en la mejilla, que estaba ensangrentada.

Los planes de Berio se habían desbaratado por completo.

Los guardias del conde se acercaron de inmediato a Berio y lo apuntaron con las armas para evitar que hiciera más daño. Ya no había nada que les impidiese actuar. Le apresaron.

Laina corrió de inmediato junto a Arcren, olvidando por completo que tenía que disfrazar los sentimientos que le profesaba. Pero estaba demasiado preocupada y alterada como para reparar en las decenas de ojos que estaban puestos en ella.

—¿Estás bien? —le preguntó.

Él se pasó los dedos por la herida e hizo una mueca de dolor que intentó esconder.

—Sí, mi señora —respondió é, sin perder las formas adecuadas—, es solo un rasguño.

Laina frunció las comisuras de los labios y adoptó de nuevo una pose erguida y rígida. Aunque de poco sirvió, pues Branon ya había visto el lazo que los unía.

La herida de Arcren no tenía muy buen aspecto, pero Laina se abstuvo de comentar nada, consciente de que la urgencia de la tesitura en la que se encontraba asfixiaría cualquier atisbo de preocupación, de ternura.

—¿Qué hacemos con él, milord? —inquirió uno de los guardias que había apresado al traidor.

Branon caviló la respuesta. Su deber era entregárselo al rey y dejar que él diera la justicia que creyera adecuada. Pero desde luego no iba a hacer eso. Suspiró. El conde miró a Palein, la joven que, por sus arduas palabras hacia Berio, había dado a conocer su participación en la rebelión.

—Quiero que lo llevéis ante Noriam en cuanto sea posible y le expliquéis lo que ha estado a punto de hacer. Y que él decida.

Laina no daba crédito a lo que estaba oyendo.

—Hermano, ha estado a punto de matarme —recordó ella con un tono de voz grave.

—Lo sé. Lo he visto.

Ya desde muy pequeña, a Laina le habían enseñado a no contradecir jamás en público al hombre de la casa. Y la mirada de Branon le advertía que no lo hiciera, por tanto, se mordió la lengua y ahogó sus pensamientos.

Acto seguido, Branon anunció que mantendrían confinado a Berio en una de las celdas de las que disponían en el torreón. Permanecería allí hasta que Palein hubiera concertado un encuentro con el actual líder rebelde, el que sustituía a Noriam en su ausencia. La joven sirvienta partió de inmediato hacia el bosque, dispuesta a hacer lo que el conde había ordenado.

Como mínimo, tenía que informar a sus superiores de lo que había pasado.

Noriam llegó a Cathlan incluso antes de lo esperado, una de las ventajas de viajar en barco. Cathlan era una península a la que se accedía fácilmente por mar desde cualquiera de los Reinos del Sur. Llegó al bosque unos días después, tras cabalgar largamente junto con su séquito de aliados. Por el camino vio varios palacios totalmente desvalijados y abandonados, lo que le hizo esbozar una sonrisa triunfante: su victoria era inminente.

Llegó a la base rebelde al anochecer y allí ya estaban esperándole, puesto que un mensajero les había hecho llegar las nuevas acerca de su regreso. El lugar era un palacio; el primero que habían tomado. Allí se alojaban las figuras más importantes de la rebelión y acogían a todo aquel perseguido por la tiranía de Munio. Por fortuna, los caminos hacia el palacio estaban vigilados, y en cuanto una patrulla del rey se acercaba en busca de rebeldes, les atacaban y lograban evitar que descubrieran cuál era su escondite. Aunque no solo tenían uno. Al fin y al cabo, eran muchos los nobles de los que ya se habían librado, y muchas las residencias que habían quedado olvidadas.

Bajó de su caballo y dejó que sus compañeros lo llevaran al establo mientras veía cómo Yaulen, su segundo al mando, se acercaba corriendo hacia él. Era un hombre de aspecto jovial, unos años menor y con una energía implacable. Pero lo más importante era que poseía un cerebro privilegiado.

—Me alegra verte, Noriam.

—Lo mismo digo —respondió él y le tendió una mano amistosa. Se adentraron en el interior del palacio—. ¿Cómo va todo? ¿Hay progresos?

—Muchos. Hoy por la mañana hemos abatido a doce hombres del rey que se dirigían hacia Puente de Hielo.

Puente de Hielo era la segunda ciudad más importante de Cathlan. Lo más probable era que el rey quisiera contactar con la poca nobleza que quedaba allí, e incluso contratar a algunos mercenarios. Puente de Hielo era, además, el punto más difícil de atacar para los rebeldes, pues era demasiado grande y denso, además estaba lejos. Se trataba de una metrópoli que crecía a una velocidad vertiginosa y muchos la comparaban con Caan, afirmando que en unos años sería la ciudad más próspera del reino. Pero había algo en lo que Puente de Hielo sufría una grave desventaja: el clima. La mayor parte del año era soportable, pero en invierno la ciudad se convertía en el punto más frío del reino y quizá también de los territorios vecinos.

Afortunadamente ellos habían tomado la precaución de cortar varias rutas para que las dos grandes ciudades no pudieran mantener un contacto fluido. Los pocos caminos que seguían en funcionamiento estaban bajo la estricta supervisión de sus hombres.

Además, los rebeldes contaban con un gran número de adeptos allí y les mantenían informados de lo que pasaba, de qué actitud habían adoptado las familias de alta alcurnia que aún quedaban. No eran más de dos o tres, pero seguían simbolizando lo que Noriam deseaba erradicar. Cuando tuviera un control absoluto sobre el reino, ordenaría que se ejecutara a ciertas personas para acabar así con cualquier problema antes de que empezara.

—Bien —repuso Noriam.

—Por cierto —soltó el otro—, ayer tuvimos un pequeño problema con la familia Mandoble de Acero.

Noriam le dirigió una mirada gélida y ardiente al mismo tiempo. Yaulen se sintió intimidado, pero no dejó que se notara demasiado.

—Os dije que no les tocarais ni un pelo —musitó Noriam y apretó los dientes.

—Por suerte el conde y su hermana se encuentran bien, pero ayer llegó Palein diciendo que Berio había amenazado al lord con rebanarle el cuello a su hermana si no se convertía en aliado de la rebelión. Y, de hecho, estuvo a punto de hacerlo.

—¿Qué hizo qué? —preguntó Noriam con una voz modulada y escalofriante.

La temperatura pareció descender para todos.

—Parece que la tomó por sorpresa y… Bueno, eso tengo entendido.

—Necio estúpido —escupió el líder—. Tendría que haberlo previsto.

La gente intuía por qué Noriam trataba de una forma especial al conde de Ethra. Había trabajado para él desde que era un crío, viviendo en su palacio, recibiendo un techo bajo el que cobijarse. Muy pocos eran conscientes de quiénes eran los padres de Noriam, probablemente ni él lo sabía, pero si alguna vez había necesitado una figura mayor de la que tomar ejemplo, ahí estaba Branon.

Le gustase a Noriam o no, el conde le había influido notablemente. Aún no tenía muy claro lo que tenía que hacer con él, pero hasta que lo decidiera, tenía que estar a salvo. Por eso le exasperaba que alguien hubiera ignorado sus indicaciones.

Berio siempre había sido un hombre de pocas luces y mucha gente lo sabía. Su obsesión desde bien pequeño había sido demostrar a todo el mundo que él era alguien con iniciativa y valentía, capaz de cualquier cosa por conseguir lo que deseaba, inteligente y audaz. Pero no era ninguna de esas cosas.

Hacía unas semanas, Berio y Noriam habían discutido acerca del trato que merecían los Mandoble de Acero. Berio alegó que, fueran quienes fueran, su linaje no dejaba de ser noble y por lo tanto formaban parte de aquellos que siempre habían oprimido a los de su clase. Acusó a Noriam de dejarse guiar por su corazón en vez de por su cerebro a la hora de tomar decisiones. Este no se había molestado en dar explicaciones, pero le había dejado bien claro que bajo ninguna circunstancia debía actuar a su antojo.

Y resultaba que había estado a punto de matar a lady Laina.

A Laina, nada menos.

—¿Dónde está ahora? —preguntó el líder rebelde.

—El conde lo retiene en su palacio, pero dijo que quería concertar una cita con quien estuviera al mando. Acababa de llegarme la noticia de tu regreso y creí que eras tú el que debía enfrentar esto.

Noriam le dio una palmada de afecto en la espalda a Yaulen.

—Has hecho bien. Por eso confío en ti.

—Muchas gracias —dijo él con una nota de orgullo en la voz.

Noriam empleó unos minutos en decidir cuál era el siguiente paso. El conde quería verle... Estupendo, él también ansiaba ese encuentro.

—Dile a Branon que nos veremos mañana junto al árbol caído del camino principal del bosque.

Él asintió y se quedaron en silencio hasta que Yaulen se vio obligado a preguntar:

—¿Qué sucedió exactamente en Claretrea?

La pregunta le había hecho recordar a Noriam el mal trago que había pasado cuando había ido a visitar la sede de la Alianza de los Reinos del Sur. No le gustaba tener que relatar lo ocurrido, pero lo más sensato era que su mano derecha estuviera enterado, como mínimo, de lo esencial.

—No me reconocerán como rey en el caso de que ascienda como tal. Siguen siendo fieles al recuerdo de los Dagafiel.

Yaulen hizo una mueca.

—Era una familia muy influyente y reconocida, Noriam. Tienen años de historia a sus espaldas. No se puede competir con eso.

Noriam permaneció en silencio y se perdió en sus pensamientos, en recuerdos del pasado. Justo cuando su segundo creía que no iba a decir nada, habló:

—Con esa actitud desde luego que no.

El conde de Ethra iba acompañado de seis hombres a sus espaldas, también con caballos. Era lo más prudente cuando se atravesaba aquel bosque infestado de rebeldes que, como había sucedido con Berio, podían dejarse guiar por sus sentimientos y atacarles. El caso era que Branon estaba impaciente por tener un encuentro con Noriam y hablar como nunca lo habían hecho. Si existía alguna esperanza para él y su hermana, la aprovecharía.

Le divisó a lo lejos, junto a un enorme tronco caído y reseco. Naturalmente, iba acompañado por varios de sus hombres. Y quién sabía cuántos compañeros más tendría ocultos entre la maleza.

Noriam estaba irreconocible: vestía buenas prendas y su rostro parecía haber madurado más en ese último año que en casi toda su vida.

Branon bajó del caballo de un salto.

—Noriam —saludó él inclinando levemente la cabeza.

—Branon.

Al conde no le sorprendió que le tuteara de aquel modo tan descarado. En eso consistía precisamente uno de los principios del joven Noriam. En borrar las diferencias que los situaban en posiciones tan distintas.

Hubo un instante de tenso silencio.

—No voy a criticarte por que uno de los tuyos haya estado a punto de matar a lady Laina, puesto que eso es a lo que os dedicáis a hacer últimamente. Pero me gustaría saber qué es lo que pretendes, Noriam. Qué puedo esperar de ti.

Como siempre, el conde había hablado con un tono de voz muy suave y poco ofensivo. Sencillamente expresaba sus pensamientos con la mayor naturalidad posible, sin segundas intenciones.

—Habréis notado que tanto tú como tu hermana recibís un... trato especial, ¿verdad?

—Sí. ¿Puedo preguntar por qué?

—Nada te lo impide, pero prefiero no contestar de momento.

Branon tomó aire. Empezaba a hacerse una idea de lo que estaba pasando. Si la cuestión era el tiempo, lo único suficientemente importante que podía cambiar en unos días era la posición del rey y su posible ascenso como monarca. Si Noriam lo lograba, tal vez estuviera interesado en contar con Branon como aliado.

A continuación, el conde se giró e hizo una seña a uno de sus hombres para que trajeran a Berio, que había montado en uno de los caballos junto con otro jinete y ahora estaba maniatado. Lo guiaron hasta que estuvo a un metro de Noriam.

—¿Qué vas a hacer con él? —preguntó Branon y arqueó una ceja.

Noriam no respondió.

—Berio, ¿es cierto que amenazaste con matar a Laina?

—Señor, era lo que teníamos que hacer, es lo correcto. Ellos son nobles y aunque haya algún resquicio de afecto entre vosotros, no podemos dejar que vivan a sus anchas si no nos sirven para nada...

Berio continuó hablando con énfasis, tratando de convencer a su superior de que lo que había hecho tenía sentido. Noriam parecía aburrido con sus palabras e hizo una leve y vaga seña con la mano, pero bastó para que una flecha surgiera rápida y feroz desde la espesura del bosque e impactara directamente en el cuello de Berio, que ni siquiera la vio venir. Dejó la frase a medias y cayó al suelo, inerte.

Branon había oído el silbido de la flecha un segundo antes de que esta encontrara la carne de Berio, pero aun así se sobresaltó al ver cómo el hombre se desplomaba frente a sus ojos. Casi a la vez, los demás se tensaron y se pusieron en guardia. Excepto Noriam, que no había alterado ni el más mínimo centímetro de su rostro.

Luego miró a Branon, que le atravesaba con sus ojos verdes.

—Eso es lo que hago con él, Branon. No me gusta que actúen a mis espaldas.

Dio media vuelta y empezó a caminar hacia su montura mientras indicaba a los demás que hicieran lo mismo. De la linde del bosque salió una muchacha rubia que llevaba un arco a la espalda. Ella había estado ahí todo el tiempo, esperando la señal de su líder para matar a uno de sus compañeros. Su tiro había sido certero e impecable. El conde tuvo el convencimiento de que Noriam era mucho más peligroso de lo que se había permitido creer hasta el momento.

La herida de Arcren empezaba a cicatrizar, pero aunque finalmente sanara del todo, le dejaría una fea marca. Estaban en los aposentos de Laina, y como el conde se encontraba ausente, ninguno de los dos sentía presión por si les encontraban en aquellas circunstancias tan poco decorosas: los dos recostados en la cama, más cerca de lo estrictamente apropiado.

—Sigues siendo igual de apuesto para mí —admitió Laina mientras examinaba la cicatriz con sus delicadas manos—. Incluso más. Te da un aire misterioso.

Él sonrió.

—Aprecio mucho que intentes animarme, pero no lo necesito, Laina. Si sigues queriéndome, no habrá cicatriz que pueda impedirme sonreír.

Ella dejó entrever una hilera de dientes blancos. Las palabras de su amado eran como las que se emplearían en un poema de amor.

Le abrumaba saber que ella era el blanco de todos sus pensamientos. Que ella fuera capaz de inspirar emociones tan increíbles en un hombre como él resultaba difícil de creer. A su lado se sentía segura. Nada en el mundo podría dañarles jamás.

—Sigo queriéndote y te querré —reivindicó ella—. No quisiera que lo olvidases nunca.

Él la tomó por la muñeca y acerco sus labios a los de ella.

—No lo haré —prometió antes de besarla.

Laina sonrió con aquel beso. No podía evitar sentirse la muchacha más afortunada del mundo, sin importar cuán horrible fuera su situación.

Había pasado una semana y por fin las cosas iban a dar el resultado que Noriam ansiaba.

Bajo la luz de la luna, estaban tomando el castillo real. No habían planeado ninguna estrategia rebuscada o demasiado brillante. A veces lo más sencillo era lo más efectivo. Simplemente habían reunido a todos los rebeldes que estaban dispuestos a luchar y los habían mandado hacia allí. Noriam estaba eufórico, acababan de tomarlo casi por completo. Él era quien lideraba a los demás, el que daba los primeros pasos para marcar el camino. Había perdido la cuenta de los hombres que había matado y desconocía la cifra de pérdidas en su bando, pero, después de todo, eso solo eran números. Lo importante estaba por llegar. Los supervivientes se habían atrincherado en la sala del trono. Noriam ordenó que trajeran algo que hiciera la función de ariete y pudieran usar para tirar la puerta abajo.

Sus compañeros no tardaron en regresar con una mesa de roble rectangular. Serviría.

—Adelante —ordenó.

Los hombres retrocedieron unos pasos y luego se abalanzaron contra las puertas tan fuertemente como pudieron. La madera se resquebrajó. Necesitaron tres golpes más para que las puertas se abrieran del todo. Una vez conseguido, los rebeldes invadieron la sala del trono de inmediato. Noriam desenvainó su espada.

Evidentemente, los individuos que encontraron dentro habían estado aguardando el ataque y se defendían de sus agresores con toda la fiereza de la que eran capaces. Su vida dependía de ello. Pero en los meses en que la mayoría de rebeldes habían estado preparándose sin descanso, habían aprendido mucho. Además, les superaban ampliamente en número.

Munio permanecía sentado en el trono, contemplando la batalla que estaba teniendo lugar frente a sus ojos. A pesar de que en la sala también había mujeres y niños miembros de la corte, los rebeldes no hicieron distinciones de ningún tipo. Si se oponían a ellos, eran sus enemigos, motivo suficiente para merecer la muerte. Eso era todo.

Poco a poco, el número de guardias del rey fue reduciéndose hasta que ya no quedaron más que él y sus sirvientes, que se negaban a hacer algo, ya fuera a favor o en contra de su soberano.

Con la frente empapada en sudor, partes del cuerpo magulladas y la respiración agitada, Noriam envainó su espada y miró a Munio, que permanecía inmóvil en el trono, visiblemente nervioso. Los demás mantuvieron las distancias.

—¿Qué debo hacer, Noriam? ¿Qué debo hacer para que me perdones?

La familiaridad con la que Munio se dirigió a él resultó extraña para casi todos los presentes.

Noriam no dijo nada. Se lo quedó mirando con una expresión helada, casi inhumana. Por toda respuesta, Munio se puso en pie, bajó el par de escalones que separaban el trono del suelo y se detuvo cuando estuvo frente a su enemigo. En vista de que él no le decía nada, se vio obligado a seguir hablando.

—Dime qué deseas. Será tuyo.

—Tu muerte es más valiosa que cualquier capricho que pueda tener. Y en cuanto a lo que verdaderamente deseo, tú no puedes dármelo.

Luego el rey tragó saliva y, sin previo aviso, se arrodilló ante Noriam, todavía con sus ojos fijos en él.

—La corona es tuya, si es lo que quieres. Pero no me mates —suplicó.

A muchos les sorprendió que Munio estuviera rogando por su vida. Siempre le habían tomado por un hombre osado, el hombre que no había dudado en destronar al rey Rianon III y en acabar así con la única dinastía que había gobernado en Cathlan. Irónicamente, ese era el motivo por el cual temía morir. Su conciencia estaba tan sucia que le aterraba la muerte y quienes le juzgaran en el otro lado.

Si Noriam estaba sorprendido, desde luego no lo dejó ver. Miró hacia otro lado, tensó la mandíbula y volvió a mirar a Munio, rendido a sus pies. Ciertamente era un momento glorioso, pero había algo que no le dejaba disfrutar plenamente de ello.

—Levántate —ordenó—. Hablemos en privado.

—No creo que sea lo más apropiado, Noriam —intervino Yaulen, que estaba a tan solo unos metros de ellos, con la espada desenvainada.

Pero la expresión de Noriam indicaba que no admitía réplicas de ninguna clase.

Yaulen agachó ligeramente la cabeza y retrocedió un paso.

Munio se levantó y, lenta y cautelosamente, condujo a Noriam hasta un despacho contiguo a la sala del trono. Cerró la puerta tras de sí una vez estuvieron ambos dentro. La estancia era pequeña y acogedora, con las paredes forradas por estanterías repletas de libros, un escritorio con documentos a medias, un tintero, lacre, un sello y varios planos del castillo. Era obvio que Munio había estado los últimos días planeando estrategias de contraataque. Sin embargo y aunque era inteligente, en los últimos años había perdido muchas de sus habilidades como estratega.

—¿De qué quieres hablar? —le preguntó Munio con incertidumbre.

—¿No te sientes orgulloso de mí, padre? —inquirió Noriam con un timbre de voz que oscilaba entre la sorna y el rencor—. He seguido tus pasos.

A Munio se le heló la sangre en las venas al oír cómo le había llamado. Sí, Noriam era hijo suyo, fruto de una relación esporádica con una de las sirvientas de su antiguo palacio. Nadie lo sabía excepto ellos dos y la madre de Noriam, que había fallecido cuando él era un niño.

—Eres un hipócrita, Noriam. Proclamas el odio contra la nobleza y, no obstante, sangre noble corre por tus venas.

—Ah, ahora sí, ¿verdad? No dijiste lo mismo la última vez que nos vimos.

Munio apretó los dientes.

De eso hacía ya quince años, cuando Noriam tenía doce. Hasta entonces, Munio había compartido algún tiempo con él, momentos de padre e hijo, sencillos y bonitos. Siempre secretos, pero suficiente para el pequeño. Munio le estimaba porque era su primer hijo varón, pero luego llegó el otro. El legítimo. Eso hizo que desatendiera a Noriam. Le explicó que él era su hijo, pero no uno auténtico, no el que él necesitaba. Él era un bastardo, y eso significaba que su nacimiento había sido un accidente entre dos amantes que no tendrían que haberse amado.

Al principio Noriam no comprendió sus palabras, pero poco a poco fue entendiéndolo. Tras el nacimiento del primer hijo del duque, Noriam y su madre, que ya padecía una degenerativa enfermedad, se vieron obligados a dejar el palacio y a buscarse la vida en otra parte porque Munio los había repudiado.

—La última vez que nos vimos tú eras solo un crío.

Noriam no respondió al comentario. Inclinó el tema hacia otra dirección.

—Me enteré de que tu hijo murió a la temprana edad de ocho años. Una desafortunada caída de caballo, oí —comentó con cierto regocijo—. Qué lástima. —Munio suspiró, pero no dijo nada, por lo que Noriam prosiguió—. Has sido un pésimo rey. Y no voy a matarte. En lugar de eso, irás derecho al palacio de los Corales, el hogar de veraneo de los Dagafiel, y permanecerás ahí hasta el día de tu muerte. Cada vez que quieras venir a Caan o viajar a cualquier parte, tendrás que pedirme permiso a mí, exponiéndome todos los detalles e incluyendo tus motivos. Designaré a alguien para que administre todos tus bienes, así como los víveres, y no tendrás potestad sobre ello a no ser que yo así lo exprese. —Hizo una pausa durante la cual examinó el rostro impávido de Munio—. Se te retirarán los títulos de majestad y excelencia y se te conocerá como un simple lord.

—Espero que seas mejor rey que yo —dijo, aunque no sonó sincero.

—Lo seré —aseguró Noriam—. Cualquiera podría serlo. Un reinado de seis años y medio no es algo difícil de superar, ¿o sí? Creo que ha sido el más corto de la historia de Cathlan —comentó mientras se dirigía hacia la puerta en vista de que la conversación tocaba ya a su fin—. Ah, y recuerda algo, Munio. No somos padre e hijo, ¿queda claro? No debes mencionarlo jamás. Eso es lo que tú quisiste y eso es lo que tendrás.

Era lo mejor. No le había matado porque era su padre y eso pesaba, pero además quería dejarlo vivir para que fuera testigo de sus logros y envejeciera a su sombra.

Munio le sostuvo la mirada y guardó silencio a modo de respuesta. Finalmente, Noriam se fue y él sintió de golpe todo el daño que había estado recibiendo su corazón. Cada palabra que había pronunciado Noriam había sido como una cuchilla abriéndole la piel. Pero pronto ese dolor se convirtió en furia. Todo lo que había conseguido al garete. Pero ya nada podía hacer. Solo agradecer a los cielos el seguir conservando su vida.

Desde el interior del despacho vio cómo Noriam, de nuevo en la sala del trono, se colocaba la portentosa corona sobre el cabello y se sentaba en el trono con una sonrisa de satisfacción. Sus seguidores, compañeros y amigos se arrodillaron ante él.

El sol despuntaba ya por el este, y tanto Branon como Laina estaban despiertos. La noticia de que Noriam ya era rey resultó abrumadora para ambos. No era que les sorprendiera que lo hubiera logrado, pero jamás habían pensado que lo conseguiría a la primera. Había estado años preparándolo, reclutando adeptos, fomentando ideales que pusieran a la gente en contra del rey y los de su clase. Aunque en la práctica la rebelión había empezado solo unos meses atrás, las ideas de Noriam llevaban en su cabeza mucho más tiempo. Por fin era una sólida realidad.

No habría una ceremonia de coronación en la catedral, como era costumbre, pero sí que habría un paseo triunfal por las calles de la ciudad, donde Noriam saludaría a los plebeyos montado en su corcel, seguido por sus amigos más fieles.

Tanto el conde como su hermana esperaban que el rey les mandara llamar aquel día para zanjar asuntos. Laina ya estaba al tanto de que deseaba pactar con ellos de algún modo. Después de todo, eran los únicos nobles supervivientes en toda aquella parte de Cathlan. Algunos rumores decían que Munio continuaba con vida porque se había arrodillado ante él para pedirle clemencia y, fuera de todo pronóstico, Noriam se la había concedido. Había perdonado a aquel que tanto decía odiar. ¿Cómo podía interpretarse aquello? Era totalmente desconcertante. Aunque Branon tenía una teoría: estaba seguro de que Noriam quería castigar a Munio de algún modo. Matarle era demasiado fácil. Dejarle con vida y permitir que viviera avergonzado era un castigo mejor.

Pasaron las horas y finalmente anunciaron la llegada de un grupo de hombres que venían de Caan, hondeando la bandera azul, blanca y dorada de Cathlan. Laina los vio llegar por una de las ventanas. Ahí estaba Noriam, altivo y triunfal. De nuevo, la joven sintió que estaba viendo a una persona totalmente distinta a la que conocía.

Ya estaba entrando en el recinto, y pronto tendría que ir a recibirle. Alisó la falda de su vestido y miró su reflejo en el espejo antes de bajar las escaleras hacia el gran salón. Allí estaban. Un cúmulo de hombres que posaron sus miradas en ella casi de inmediato.

—Lady Laina —saludó Noriam suavemente—. Me alegro de veros.

—Ahora sois el rey, ¿no es cierto?

—Así es —sonrió él con orgullo.

Laina le dirigió una mirada a su hermano, como si le estuviera consultando algo. Luego cogió los extremos de su vestido e hizo una elegante reverencia. Noriam sonrió visiblemente complacido. El silencio que se instaló fue haciéndose cada vez más y más pesado y Branon se vio obligado a romperlo.

—¿Y bien? —exhortó fijando sus ojos en los de Noriam.

—Queréis saber por qué no he acabado con vosotros cuando mi política dice que debería hacerlo, es cierto —murmuró Noriam, como recordándoselo a sí mismo—. Bien, sentémonos.

Se acomodaron junto a la mesa rectangular del gran salón. Los demás hombres permanecieron de pie, serios y erguidos, con las vistas al frente y la expresión de una estatua. Los dos hermanos esperaban a que su nuevo rey dijera lo que fuera que tenía que decir. Noriam suspiró.

—Ahora que soy rey, tendré muchas responsabilidades, no solo con el pueblo, sino con mi propia familia. Tengo un nuevo linaje que cuidar.

—¿Cuál? —inquirió Laina y alzó una ceja.

—Emblema Blanco. Ese es mi apellido. Y para que este linaje perdure en la historia, necesito progenie. —Y miró directamente a Laina.

Branon tuvo que cerrar un momento los ojos al ser consciente de qué era lo que le pasaba por la mente al nuevo rey. Después habló:

—Intuyo que queréis desposar a mi hermana —dijo él.

—En efecto, deseo casarme con ella.

Laina notó cómo se le paraba el corazón para empezar a latir de nuevo a una velocidad alarmante. Su piel ardía y notó un leve mareo. Apretó los dientes.

—No, yo… No quiero que os sintáis ofendido, mi señor, pero no deseo contraer matrimonio.

—No es una petición, querida —repuso Noriam—. Os estoy dando a elegir: o vuestra vida o vuestra mano en matrimonio. Convirtiéndoos en mi familia os salvaréis, vuestro hermano y vos gozaréis de mi protección. De lo contrario, el pueblo pensará que soy débil, que no cumplo con lo que digo que voy hacer. Mis palabras al comienzo de la rebelión fueron que acabaría con todos los nobles, pero ¿qué pensarán de mí si ahora no lo hago? Además, vosotros no sois personas corrientes, sino que sois familia de los Dagafiel, y eso es algo digno de tener en cuenta.

Laina tenía unas ganas terribles de llorar. ¿Cómo podía Noriam ponerla en esa situación y además hablar tan tranquilamente de ello, como si no fuera algo importante? Miró a su hermano, desesperada, pero por primera vez no halló consuelo en sus ojos, solo incertidumbre.

—Es decisión tuya, Laina —le dijo él, pero estaba claro qué era lo que esperaba que hiciera.

—Pero no es justo que…

—La vida es así, milady —alegó Noriam—. Quiero una respuesta.

La joven siempre había sabido que Noriam experimentaba algún tipo de atracción hacia ella desde que era una adolescente. Ella nunca le había correspondido, aunque siempre era muy amable con él. Jamás habría podido imaginar que las cosas llegarían a estos extremos.

—Decidme —presionó Noriam—. ¿Os casaréis conmigo o no?

Ella se mordió el labio inferior y tragó saliva con la esperanza de reprimir los sollozos. Pero en cuanto parpadeó, una lágrima se deslizó por su mejilla, y luego otra y otra… hasta que no pudo contenerse. Agachó la cabeza, pues no quería que nadie la viera llorar de aquella manera.

Notó el brazo de su hermano rodeándole la espalda.

—Noriam, ¿no hay otra alternativa? —preguntó él.

—No la hay.

—Lo que estás haciendo es despreciable.

Pero en lugar de ofenderse, Noriam soltó una risotada.

—Por favor, a las mujeres de alcurnia se las educa para que aprendan a aceptar el matrimonio que sus padres conciertan para ellas. No se les enseña a creer en el amor, solo a acatar lo que el destino les depara. Ahora tiene la oportunidad de casarse con un rey, ¿y esta es su reacción? ¿O acaso ya ha entregado su corazón a otro?

Aquellas palabras despertaron en Laina una sensación de pánico. Creía posible que si Noriam se enteraba de la relación que mantenía con Arcren, el rey ordenara algo en su contra.

Al pensar en Arcren, Laina sintió una punzada aguda en el estómago, pero la ignoró.

—No —dijo entonces con la voz quebrada—. Por mi hermano y por mí, me casaré contigo.

Noriam sonrió, satisfecho por el nuevo triunfo.

SEGUNDA PARTE

RESURGIR

Capítulo 6

VIENTOS DE CAMBIO

Los pasillos del convento eran luminosos y cálidos, especialmente a principios de verano. La madre Tamaris estaba orgullosa del trabajo que había llevado a cabo en aquel lugar. Era un refugio para los peregrinos, los viajeros y todo aquel que necesitara un techo bajo el que cobijarse. Un hogar para aquellos que deseaban aprender. Ella misma estaba subvencionando una pequeña escuela para los niños de las familias de la ciudad, aunque no acudían demasiados. Los motivos eran varios: o bien porque no podían pagarlo, o porque a los niños no les interesaba, o porque tenían otras tareas que atender.

Tamaris tenía muy claro que la educación era primordial en todo ser humano. Ella, por suerte, había contado con una buena.

Le destrozaba el corazón ver que había jóvenes que desperdiciaban la oportunidad que se les brindaba. Aunque siempre había excepciones. Y la suya era Carlais. Se trataba de una muchacha de dieciséis años, joven, llena de vida, segura de sí misma. Una verdadera joya para la enseñanza.

La encontró leyendo en la biblioteca, iluminada por la luz del mediodía que pasaba a través de las puertas y ventanas abiertas de par en par. La joven poseía un cabello largo y liso, de un rojo oscuro que emitía destellos como el fuego cuando le daba el sol, aunque a medida que crecía, la intensidad de esa tonalidad disminuía. Los rasgos de su rostro estaban trazados de un modo suave y sutil, y todo era delicado, a excepción de sus labios, que eran ligeramente gruesos. Tenía unas cuantas pecas que endulzaban su rostro, pero Tamaris había podido comprobar que, a medida que su cuerpo maduraba, estas iban desapareciendo. Sobre la piel clara y tersa que cubría su clavícula se distinguía un anillo plateado a modo de colgante que Carlais siempre había llevado alrededor del cuello.

Tamaris la había visto crecer y estaba orgullosa de ella, aunque no se lo había dicho. La monja se arremetió un mechón de pelo rubio dentro de la toga y se acercó a su estudiante. Llevaba siendo su maestra muchos años y había llegado a conocerla lo suficientemente bien como para saber qué estaba leyendo. Cuando llegó a su lado, hizo que le mostrara la portada del libro que tenía entre sus manos, donde pudo leer el título: *El Imperio dántara.*

Tamaris alzó una ceja. A la joven le apasionaba la historia y sentía un profundo interés por saber qué había pasado más allá de las fronteras conocidas, al otro lado del Lomo del Dragón, una enorme cordillera de montañas escarpadas que dividía el continente. Adoraba la diplomacia y le gustaba deducir la estrategia y las motivaciones detrás de los sucesos más relevantes de la historia.

—¿Otra vez leyendo sobre Dantaria? —inquirió ella.

—Sí. Eran una civilización increíble —contestó ella soñadora—. Sus políticas, sus leyes… Todo era diferente y curiosamente efectivo.

—¿Como por ejemplo?

Ella se encogió de hombros.

—Las mujeres podían gobernar independientemente de si tenían hermanos varones o no. Si eran las primogénitas, el derecho era suyo y punto. Y hubo líderes muy buenas.

—Era una sociedad distinta, más antigua…

—Y más avanzada.

Tamaris frunció las comisuras de los labios. Lo que se contaba de las culturas occidentales parecían fantasías, cuentos, ideas de soñadores frustrados... Aunque los eruditos afirmaban que eran cosas ciertas, resultaba difícil no pensar en la posibilidad de que, quizá, mucho de lo que se contaba sobre ellas eran invenciones de los escritores.

—Algunos dirían que no eran más que saqueadores que se dedicaban a conquistar tierras ajenas.

—Y así era, pero las añadían a sus dominios y las convertían en algo mejor.

—Eran paganos, Carlais.

—Y su ejército, madre Tamaris —siguió ella omitiendo su comentario—, me habría gustado verlo. Tenían soldados normales y corrientes, pero luego había otros, la élite, que eran los mejores guerreros del mundo conocido, los *makai*.

—Las malas lenguas afirman que eran magos —recordó ella con desagrado—, hechiceros.

Carlais se encogió de hombros.

—Quizá lo fueran.

—¿Y eso te parece bien?

—Es posible que antaño la magia no estuviera corrompida.

—Lo dudo. La corrupción es intrínseca a esas artes oscuras. Demos gracias al Señor por que en esta parte del mundo no prolifere.

—Al norte hay un reino llamado Rodian que tiene un acta de persecución contra hechiceros —apuntó la muchacha—. Si han considerado oportuno hacerla, es porque tienen problemas de verdad. Problemas de esa índole, quiero decir.

Tamaris suspiró.

—Quién sabe. En cualquier caso, eso a nosotras no nos incumbe. No vivimos en Rodian, sino en Cathlan.

—Pero ya he leído todo lo que puede leerse sobre la historia de nuestro reino. Aunque admito que quisiera indagar más en algunos temas sobre los que todavía no hay mucha información.

Tamaris alzó una ceja intuyendo a qué se refería su pupila.

—¿Como por ejemplo?

—Lo que pasó en la época en la que nací. Ya sabes, la caída de los Dagafiel. Cathlan siempre había sido un reino tranquilo y en los últimos años ha pasado lo que no sucedió en los últimos siglos. Dos rebeliones contra dos reyes, motivadas por causas diferentes, pero con rasgos claramente compartidos. Me parece fascinante.

—No eres la única.

—Tú lo recuerdas, ¿verdad?

—Por aquel entonces tendría casi la misma edad que tú. Así que sí, lo recuerdo.

A Carlais le brillaban sus ojos azules, que con el tiempo habían ido oscureciéndose.

—Háblame del Temblor. Es la parte de la historia que más se omite. Pero no me lo relates del modo oficial. Me gustaría saber tu propia experiencia.

—Bueno… Yo estaba… —Tamaris carraspeó. No deseaba revelarle cuál era su verdadero paradero durante aquel episodio, debido a que se avergonzaba de él; haber pasado el día en un granero junto a un muchacho podía poner en duda su virtud y echar por tierra su reputación. Así que maquilló un poco la verdad—: Estaba trabajando en el granero de mis padres, sola. Estaba tan cansada de colocar heno que solo podía pensar en ir a dormir. De pronto el suelo empezó a moverse. Es una sensación horrible, Carlais. Doy fe de ello y espero que tú nunca tengas que pasar por eso. —Tomó aliento—. El caso es que el casino se desplomó, aunque yo logré salir antes de que ocurriera. Pero todo lo que había en el interior quedó destruido por completo. Igual que la casa de mis padres. Mi madre y mi hermano murieron. Mi padre sobrevivió, pero la pierna le quedó dañada permanentemente. No sé si fue a raíz de eso que unos años después enfermó y falleció. Fue entonces cuando decidí buscar consuelo aquí, en el convento.

Carlais ya había oído esa historia de boca de otras hermanas, pero nunca se lo había oído contar a la propia Tamaris. Sentía mucha pena por el terrible pasado que escondía.

—Lo lamento.

—Todos sufrimos alguna pérdida aquel día. Igual que tú.

La joven asintió. Aunque vivía con una familia que consideraba como suya, sabía muy bien que ella era uno de los cientos de bebés que habían quedado huérfanos, o de la tanda de niños que habían sido abandonados cuando sus padres lo habían perdido todo y decidido que no podían hacerse cargo de ellos. Era algo que le habían ido contando desde bien pequeña y, sencillamente, lo asumía sin problema. Al fin y al cabo, no era la única, y sus padres adoptivos siempre la habían tratado como si fuera carne de su carne. De un modo u otro, eran su familia y nadie lo ponía en duda.

Además, había otras personas en su misma situación. Diliria, por ejemplo, otra hermana del convento, era una joven de su misma edad que las monjas habían adoptado al morir sus padres el día de aquella catástrofe. Quizá fuera justamente ese pasado en común lo que les hacía ser tan buenas amigas.

—Si tanto te interesa el asunto —dijo entonces Tamaris—, ¿por qué no le preguntas más a tu madre? Ya sabes que ella vivió todo de primera mano.

Carlais lo sabía. Maya, su madre, había sido dama de compañía de la reina Yilian la Inquebrantable.

—Se muestra reacia a hablar del tema.

—Comprendo. En fin, imagino que ya deben de estar esperándote en casa, ¿no? Pronto será la hora de comer.

—Sí. Gracias, madre Tamaris.

—No hay de qué, hija. Espero verte pronto.

Carlais le sonrió ampliamente y se marchó.

El convento era un lugar hermoso y tranquilo, donde reinaba la paz más absoluta. El claustro era el lugar preferido de Carlais; con pasillos arqueados a los lados y un hermoso jardín en el centro. Había pasado tantas tardes allí leyendo que casi todos sus recuerdos se resumían en eso. Al salir del convento, se encontró con que Nilba, su mejor amiga, la estaba esperando con ansia.

—¡Por fin! —exclamó al verla—. Llevo esperándote casi una hora.

—¿Y por qué esperar tanto?

Nilba enrojeció y desvió la mirada al mismo tiempo que enroscaba uno de sus mechones de pelo rubio en su dedo índice. Carlais conocía muy bien esa expresión.

—¿Qué?

—¡Edwer por fin me ha pedido matrimonio! —reveló la joven, entusiasmada.

Carlais alzó las cejas y abrió mucho la boca, sin dejar de mirar a su amiga.

—¿En serio? Nilba, ¡eso es maravilloso! Porque tú quieres casarte, ¿verdad?

—Por supuesto que quiero. ¿Acaso no es lo que quiere toda mujer que se precie?

Carlais se encogió de hombros.

—Yo me precio y mi prioridad no es casarme.

—¿Ah, no? ¿Y cuál es tu prioridad, si puede saberse?

Empezaron a caminar colina abajo.

—No lo sé. ¿Cómo deciden los hombres cuáles son sus prioridades?

—Tú no eres un hombre. Ni siquiera lo pareces. No como Samnela, la hija del herrero. ¿Has visto los hombros que tiene? ¡Dicen que le ganó un pulso al tabernero! Y solo tiene un año más que nosotras.

—Es así porque su padre le ha estado enseñando su oficio desde que era pequeña y puede echarle una mano. No creo que haya nada de malo en eso.

—Ya, ¿y qué pasará cuando él muera? ¿De qué le servirán esos brazos?

—Pues seguramente su padre la casará con algún aprendiz de herrero para que herede la forja y podrán trabajar los dos. Menos esfuerzo individual y seguirán cobrando lo mismo, a mí me parece una ventaja.

—Bah, das por hecho que se casará y a mí me parece difícil. Descuida demasiado su aspecto y así no conquistará a ningún joven.

—Personalmente, yo escogería a una mujer trabajadora y hábil antes que hermosa. Cualquier hombre medianamente inteligente debería hacer lo mismo.

Nilba hizo una mueca, claramente en desacuerdo con su amiga, pero no quería seguir discutiendo.

—No sé por qué piensas esas cosas. Tú no vas a tener ese problema.

—Bueno, olvídate de Samnela y volvamos a la cuestión. ¿Qué más da si no soy un hombre? ¿No puedo tener yo aspiraciones como ellos?

—Bueno, supongo que sí. Pero es complicarse demasiado. ¿Qué te gustaría hacer? Porque hay una apuesta en la ciudad y todos dicen que acabarás siendo monja.

Carlais le dirigió una mirada ofendida.

—¿Quién dice eso?

Nilba se encogió de hombros, dando a entender que no podía darle un nombre concreto.

—Todo el mundo. Es lógico, te pasas todo el día metida en el convento, aprendiendo de la madre Tamaris.

—La madre Tamaris solo me instruye en las cosas importantes. Monja yo... Qué disparate.

—¿De veras lo es?

La incisiva mirada de su amiga reveló a Carlais una verdad incómoda.

—Tú has participado en esa apuesta, ¿verdad? A favor de que me entregaré a la vida religiosa.

Nilba rio.

—La verdad es que no, pero estuve tentada. Aunque desde luego sí soy de las que piensan que acabarás sirviendo a Dios. Si no son esas tus intenciones, entonces desconozco por completo qué puñetas planeas hacer con tu futuro. Tanto estudiar y tanto estudiar, no te entiendo.

Carlais suspiró.

—Pues no lo sé. Pero casarme tan pronto desde luego no es mi objetivo. Antes quiero experimentar, aprender, vivir un poco, no sé.

—¡Vivir, dice! ¿Qué puede haber mejor que casarse y tener hijos? Tu propia familia, un hogar, amor…

—Vaya, no te creía tan familiar.

—Tengo mi corazoncito.

Carlais esbozó una media sonrisa.

—El caso es que me veo demasiado joven para ser madre. Es decir, sé que nuestra edad es lo habitual, pero es que hace nada que me parece haber tenido diez años, ¿sabes? Es triste que lo bueno acabe tan rápido.

—Lo bueno acaba para que llegue algo mejor. ¿Qué hay de malo en tener un romance y vivirlo como Dios manda?

—Nada. Si a mí me gustan las historias románticas, lo sabes. Pero…

—No has vivido ninguna —cortó Nilba—. Cuando lo hagas, solo te importará eso. Como me pasó a mí con Edwer.

Carlais lo dudaba seriamente, pero no replicó. Fueron adentrándose en la ciudad, donde las personas que conocían les saludaban y cruzaban miradas cordiales con ellas.

—¿Cuándo será la boda? —preguntó Carlais.

—En dos semanas. Quizá tres. Nos casaremos en la ermita que hay junto al lago. Será muy bonito.

—Me alegro —dijo ella amablemente.

La historia de amor de Nilba y Edwer no era nada del otro mundo. Nilba era la hija del molinero y Edwer el hijo del panadero. Sus padres negociaban juntos desde hacía muchos años y los dos habían creído conveniente que sus hijos intimasen más. La suerte les había sonreído y entre ambos había surgido una relación. Carlais sabía que Nilba estaba totalmente enamorada de Edwer, pero los verdaderos sentimientos que él profesaba a su amiga estaban algo menos definidos. Aunque sospechaba que se había dejado llevar por la inercia de la situación.

Se sentaron en un banco de piedra que había en la plaza principal, a los pies de la catedral y frente a una portentosa fuente con ángeles sosteniendo jarrones de los cuales emanaban chorros de agua. Carlais no podía evitar recordar que aquel era un invento traído del oeste, donde intuía que, debido a su legado histórico del imperio que tantos siglos atrás había ocupado aquellas tierras, todo era mejor y había otras cosas prodigiosas, bellas y útiles como aquella. Creaciones fruto del ingenio y el trabajo de una civilización insólita y claramente superior a la suya. Había leído escritos de los eruditos y testimonios de los viajeros. Grandes ciudades de arquitectura intrincada y esbelta, con una población letrada en su mayoría; artistas y filósofos entre la plebe... Parecían fantasías, pero al mismo tiempo la joven sabía que eran reales. ¿Por qué no? La raza humana estaba capacitada para eso y para mucho más.

Aunque probablemente no viviría en ninguno de esos lugares. Se sentía demasiado apegada a su propio reino.

La capital era una ciudad hermosa, de casas construidas con madera, piedra y argamasa; caminos irregulares y empedrados; mercados abundantes y tabernas de calidad. Tras el Temblor, Cathlan había logrado salir adelante, aunque todavía estaban atrasados con respecto a otros reinos vecinos.

El pregonero de la ciudad, que se situó en medio de la plaza para leer alto y claro un pergamino real, atrajo la atención de ambas muchachas de inmediato.

—Se hace saber a todas las doncellas de Cathlan que la reina Laina precisa de nuevas damas de compañía para su séquito. Las audiciones tendrán lugar el último día de junio a las nueve de la mañana.

El pregonero repitió el mensaje un par de veces más hasta que estuvo seguro de que todo el mundo en la zona lo había oído.

Muchas de las jóvenes allí presentes se emocionaron y reprimieron una exclamación. Trabajar para la reina era un privilegio. Antiguamente, solo las damas de la nobleza tenían la oportunidad de servir a la esposa del rey —aunque se daban excepciones como

Maya—, pero desde que Noriam había acabado con toda la alta alcurnia, los puestos para doncella real estaban al alcance de cualquier mujer, y además Laina había conservado la costumbre que Yilian había traído de Eyexel de ofrecer turnos, por lo que, aunque era un trabajo demandante mientras se realizaba, dejaba tiempo libre para cultivar una vida propia.

—Caray —musitó Nilba—, debe de ser tan increíble formar parte del séquito de su majestad que si no fuera porque voy a casarme, yo misma me presentaría como candidata.

—En la corte pueden aprenderse muchas cosas interesantes —coincidió Carlais—. Pero algunas personas dicen que estar en presencia del rey Noriam es sumamente complicado, porque nunca sabes lo que quiere o lo que espera.

—El rey tiene orígenes humildes, como nosotras —recordó Nilba—. No puede ser tan complicado, ¿verdad? No es como los nobles de antes, siempre con sus protocolos y esas cosas. Además, se dice que antes de dar el Golpe trabajó como sirviente en un palacio. Seguro que tiene una gran empatía con sus criados.

Carlais consideró las palabras de su amiga, pero estaba segura de que el rey Noriam era un hombre fuera de lo común, por muy humildes que fueran sus raíces. Había vivido como un plebeyo toda su vida, pero eso no le había impedido alzarse contra el antiguo rey, Munio, y además salir victorioso. Carlais había estudiado bien aquellos sucesos, acaecidos diez años atrás. Por aquel entonces ella solo era una niña pequeña que no entendía lo que sucedía a su alrededor, pero tenía algunos recuerdos a los que había conseguido dotar de sentido con el tiempo. Noriam había sido capaz de liderar una no pequeña rebelión contra la tiranía del rey Munio VII, cuyo breve reinado se había basado en favorecer a la nobleza y crear un gran vacío social entre ambas partes del reino. Noriam, al ser un plebeyo igual que los demás, había recibido mucho apoyo y colaboración. Todos estaban seguros de que sus días como soberano serían dorados y brillantes. Pero hacía un par de años que la gente empezaba a dudar seriamente de su capacidad como monarca, sobre todo desde que había expresado públicamente sus intenciones de separarse de la Alianza de los Reinos del Sur para convertirse en un territorio totalmente independiente y autosuficiente. Lo que, para muchos, era sinónimo de desamparo. Tres semanas atrás, la gente había empezado a decir que ya estaba hecho: que ya se habían separado de la Alianza. Pero los efectos estaban empezando a notarse en ese momento, porque las mercancías llegadas de tierras lejanas tardaban más de lo habitual, y además a los mercaderes ambulantes que comerciaban con los demás reinos les obligaban a pagar un impuesto especial cada vez que cruzaban la frontera, cosa que antes no sucedía.

La tensión era palpable en el ambiente. La gente estaba nerviosa y algo asustada. En la capital esta preocupación era algo menos notable, pero Alfred, su padre, había comentado una noche, mientras cenaban, que en las aldeas de los alrededores los estragos se notaban más y la gente empezaba a ponerse muy nerviosa.

Carlais no sabía muy bien qué pensar de todo eso, pero no le parecía muy buena idea desafiar de tal modo a la Alianza, que estaba conformada por reinos bastante más poderosos y que rodeaban por completo a Cathlan. Si salían del reino, fueran a donde fueran, se encontrarían con tierras dominadas por la Alianza... A no ser que cruzaran el Mar de los Horrores, pero eso no ocurría nunca.

—¿No quieres probarlo? —preguntó de pronto Nilba, sacándola repentinamente de su ensoñación.

—¿Probar qué?

—Ser dama de la reina.

Carlais se encogió de hombros e hizo una mueca de indiferencia mientras se alisaba las arrugas del vestido *beige* que llevaba puesto.

—Nunca había pensado en ello.

—Bueno, tienes un par de días para pensarlo hasta que llegue la audición.

—Sí, quizá no sea una mala idea.

Carlais se iba a plantear seriamente la posibilidad de trabajar en el castillo. Era la forma de empezar a tomar las riendas de su vida, porque tarde o temprano sus padres le sugerirían que se casase. De momento, su mayor ocupación, aparte de estudiar en el convento, era ayudar en la viña de su familia, que había llegado a ser una importante proveedora de vino. Alfred había heredado el viñedo de su abuelo materno y su familia vivía de eso.

Pero a Carlais no le gustaba trabajar durante horas, bajo el sol, recogiendo el fruto de la viña y almacenándola en la bodega de su casa. No era alentador ni le llenaba lo suficiente. Lo hacía porque sabía que era su deber. Su faceta comprensiva entendía que a sus padres no les preocupara pasar toda la vida haciendo eso porque no todas las personas tenían las mismas ambiciones, y en su caso eran una pareja sencilla con el maravilloso don de poder encontrar la felicidad en cosas tan nimias como aquella.

Pero Carlais no era así. Así que definitivamente sí, quizá no fuera tan mala idea adentrarse en el mundo de la corte real.

Maya observaba a sus dos hijos brincar por la hierba: Derwen y Elish, de once y nueve años respectivamente. El mayor era un niño de ojos verdes como los de su padre y pelo castaño. La pequeña Elish tenía el cabello color miel y los ojos pardos. Maya estaba orgullosa de sus hijos y los amaba con toda el alma. Habían llenado su vida de luz y color. Y también existía Carlais. No era su hija carnal, pero la había cuidado siempre como si lo fuera. La había visto nacer, y no olvidaba ni por un segundo que esa niña era todo lo que quedaba de su admirada reina Yilian, en quien pensaba todos y cada uno de los días. Añoraba su compañía.

Los que la conocían afirmaban que Maya se había vuelto una persona triste desde aquel fatídico día de abril. No era del todo falso. Y a pesar de eso, Alfred había seguido queriéndola.

En ese momento estaba esperando a que un hombre apareciera por allí para hablar seriamente de un asunto. Se llamaba Arcren

Mailen y, según las malas lenguas, era un delincuente acusado de robo y otros crímenes. Otros rumores afirmaban que aquel hombre había sido un mercenario en su juventud, lo que explicaría su comportamiento desconfiado y distante. Pero tenía que dejar todo eso a un lado. Maya necesitaba hablar con él porque, al parecer, Arcren estaba dispuesto a iniciar una rebelión contra el rey. Y eso le interesaba.

Le vio aparecer a lo lejos, caminando con sus ropas oscuras, su cabello negro y sus ojos grises como las nubes plomizas de invierno. A Maya no le impactó la cicatriz que surcaba una de sus mejillas, pues ya se había fijado en ella alguna vez que se habían cruzado en las calles de la ciudad. Era un hombre que llamaba la atención por su aspecto sombrío y misterioso.

—¿Maya Piedrablanca?

—Sí, soy yo.

Él inclinó la cabeza a modo de saludo cordial.

—Queríais hablarme, ¿no es así?

—Así es, pero dejémonos de formalidades y hablemos con confianza.

Él se encogió de hombros.

—Como quieras.

—Pasemos dentro. Será mejor.

Le guio hasta el interior de su casa, junto a uno de los senderos principales entre el bosque y la ciudad. Estaba alejada del barullo del centro, rodeada de prados, algún que otro árbol solitario y las docenas de viñedos. El interior era acogedor y espacioso, y las estancias estaban divididas por varios arcos y alguna puerta. Los muebles parecían de buena calidad y había un par de alfombras cubriendo los suelos de la habitación, lo que era todo un lujo.

—Veo que no os va nada mal —comentó Arcren.

—Mi marido y yo hemos conseguido hacer nuestra pequeña fortuna con la distribución de nuestro vino.

—Ya veo.

Se sentaron en la mesa del comedor.

—¿Puedo servirte algo? ¿Cerveza, quizá?

—Vuestro vino mismo estará bien —respondió él con una extraña sonrisa.

Maya asintió y fue a la habitación contigua a preparar el refrigerio, lo que le llevó solo unos minutos. Se sirvió un vaso para ella y otro para su invitado. Se sentó frente a Arcren.

—¿Y bien? —inquirió él.

—He oído que estás totalmente en contra del rey. ¿Es eso cierto?

—Depende de por qué lo preguntes.

Maya comprendió entonces que Arcren era un hombre astuto y reservado que no revelaría según qué información a la ligera. Era plenamente consciente de que sus oposiciones a la corona podían ser la excusa perfecta para acusarle de alta traición y colgarle.

—No debes temerme, Arcren. Yo no busco el favor del rey, por tanto, no voy a acusar a nadie para contentarle.

—No te temo, Maya —dijo él despacio—. Pero no soy un necio y hay asuntos que no pueden hablarse a la ligera. Y ahora, dime, ¿qué pretendes?

—Imagino que sabes que yo fui la mano derecha de la reina Yilian durante sus últimos años de vida.

—Algo había oído.

—No me agradó cuando Munio tomó el poder. De hecho, lo odié hasta el día en que Noriam le desterró de la ciudad. Pero aun así desearía que estuviera muerto.

Esa era una de las espinas clavadas en el corazón de Maya. El hombre que había asesinado a la familia Dagafiel a sangre fría todavía estaba vivo. La historia era que, cuando Noriam había estado a punto de ejecutarle, Munio se había agachado como un perro y pedido clemencia, le había rogado por su vida. En un acto de compasión y para demostrar su superioridad, Noriam le había dejado vivir, pero había sido desterrado de la capital y ahora vivía retirado en un pequeño palacio que había pertenecido al rey Rianon, cerca de la costa sur.

Arcren suspiró. Era un hombre de pocas palabras y le gustaba ir al grano.

—¿Entonces?

—Entonces —prosiguió Maya—, lo que quiero saber es si es cierto que estás iniciando una rebelión.

—Digamos que tengo algunos reparos con que Noriam siga gobernando.

Maya suspiró. De nuevo se avecinaba una rebelión.

—¿Qué es tan grave como para que queráis destronarle?

Arcren dejó escapar una seca carcajada.

—Se separó de la Alianza. Todos sabemos que eso es malo, pero bueno, dentro de lo malo, es aceptable. Pero no sabes lo que está planeando. Solo unos pocos lo sabemos.

—¿Y qué planea?

—Una guerra.

Maya alzó las cejas y se quedó mirando a su invitado con perplejidad. Lo que estaba afirmando Arcren era muy grave y de ningún modo se atrevería a asegurar tal cosa si no tuviera pruebas que lo verificasen.

—¿Estás seguro? ¿Cómo puedes saberlo?

—Tengo mis contactos. Y es cierto, para el verano que viene planea declarar la guerra a Galdwin.

—¿¡Qué!? Eso es una completa locura. Si lo hace, los demás reinos del sur se nos echarán encima y perderemos.

—Lo sé, pero él se sobreestima y cree que podrá vencer. O quizá cuente con algún aliado poderoso dentro de la misma Alianza, un as en la manga… Quién sabe.

Maya se mordió el labio. Tiempo atrás ella misma había estado metida hasta el cuello en el mundo de las intrigas palaciegas, las traiciones, las estrategias de los monarcas… Y si algo había aprendido era que el pueblo solo estaba al tanto de una tercera parte de todo lo que sucedía en Cathlan y los demás reinos. Los reyes siempre tenían una baza extra con la que jugar.

—¿Cuántas personas saben esto?

—De momento solo el rey, su secretario, tú, yo y mi hermana.

Maya recordaba haber visto a la hermana de Arcren en un par de ocasiones. Se trataba de una joven de cabello oscuro y ojos azules que siempre parecía anticiparse a los acontecimientos y nada le sorprendía. Era mucho más joven que su hermano. Maya calculaba que entre ellos habría unos diez años de diferencia. Se llamaba Eldara Mailen y trabajaba en el castillo desde hacía un año y medio, aunque su reputación no era la de una dama refinada cuya única preocupación fuera servir a la reina.

—¿Fue ella quien lo descubrió?

—Así es. Se las ingenió para robar unos documentos reales, copiarlos y devolverlos a su lugar sin que nadie sospechase nada.

—Tu hermana es muy hábil, entonces.

—Hemos recibido una buena instrucción.

Los orígenes de los Mailen eran dudosos. Habían nacido en Cathlan, pero su apellido era extranjero, lo que indicaba que sus padres probablemente venían del oeste.

—¿Estáis planeando algo en concreto?

—Intentamos reclutar rebeldes que compartan nuestra causa. Sé que tú, de no ser porque tienes hijos que cuidar, te unirías a nosotros.

Maya tragó saliva y desvió la mirada. La conocía más de lo que a ella le hubiera gustado admitir.

—Supongamos que lográis derrocar al rey —dijo ella con aspecto serio—, ¿qué haríais después?

Arcren vaciló por primera vez desde que estaba allí.

—Alguien tendría que ascender al trono —respondió finalmente.

—Estás pensando en ti mismo, ¿me equivoco?

—Del todo. Mis aspiraciones no tienen nada que ver con gobernar un reino.

Maya dejó escapar una risilla incrédula.

—¿Entonces a qué aspiras?

—No lo sé, tampoco me he parado a pensar en ello. Quizá servir a un monarca que de verdad merezca ese título.

—¿Alguien como el rey Rianon III, por ejemplo?

—El rey Rianon era un gran hombre. Yo era muy joven cuando murió y no me dio tiempo a servirle como hubiera querido. Por eso me hice mercenario.

—O sea que es cierto.

—Lo es.

Maya no deseaba indagar en el pasado de Arcren como asesino a sueldo. Le parecía un oficio terrible y cuantas menos cosas supiera de él, mucho mejor. Pero había llegado la hora de hablar de algo más importante. Algo que cambiaría por completo la percepción de Arcren.

—Arcren, necesito que me jures que lo que te voy a contar…

Maya se detuvo. No sabía cómo continuar. Quería hablarle de Carlais, de su identidad. Percibía a través de los ojos de Arcren que él era completamente leal a la dinastía Dagafiel. Maya siempre había tenido dudas acerca de lo que hacer con Carlais cuando creciera. ¿Debía contarle la verdad o por el contrario dejar que viviera una vida tranquila y sin responsabilidades? Jamás lo había tenido claro.

—¿Qué pasa, Maya? —exhortó Arcren.

—¿Y si te dijera que hay un Dagafiel vivo? ¿Uno que sobrevivió a la masacre?

Arcren rio, incrédulo, y se recostó en su asiento.

—Eso inclinaría la balanza hacia un lado muy concreto. Sería un as mejor que cualquiera de los que pudiera tener Noriam, pero no es buen momento para las fantasías, amiga.

Maya se lo quedó mirando pensativa.

—Conoces a mi hija Carlais, ¿no es cierto?

—He oído hablar de ella y creo que la he visto alguna vez. ¿Es la joven a la que está instruyendo la madre Tamaris?

—La misma.

—Vale. ¿Qué pasa con ella?

Maya tomó aire.

—Que no es mi hija.

Arcren no veía nada especial en aquella declaración.

—Me comentaron que es uno de los bebés que quedaron desamparados tras el Temblor. ¿Y qué?

Pero Maya negó con la cabeza y se pasó una mano por el cabello castaño.

—Júrame por tu honor y por lo que más quieras en este mundo que manejarás esta información con responsabilidad.

—¿Le estás pidiendo a un mercenario que jure por su honor?

Maya se llevó una mano a la cadera, impaciente.

—Quizá no haya sido mi ocurrencia más brillante, pero yo sí te juro que como me traiciones te mataré. Es una amenaza y un hecho.

Arcren frunció el ceño, sorprendido ante la evidencia de que lo que quería contarle era serio de verdad. No esperaba que una mujer común como Maya pudiera revelarle algo lo suficientemente importante como para que le obligase a jurar nada. Se sentía intrigado.

—Maya, ¿qué…?

—Jura que no harás que me arrepienta de contarte nada.

Él apretó la mandíbula, repentinamente tenso.

—Lo juro, pero no entiendo qué tiene que ver tu hija adoptiva conmigo…

—Es todo mucho más complejo. —Hizo una pausa—. Arcren, Carlais es hija de Rianon y Yilian.

Aquella noche, Carlais disfrutó de una buena cena junto a su familia. Maya parecía algo ausente, pero sus hijos lo atribuyeron a que estaba cansada, puesto que llevaba unas cuantas noches sin dormir bien.

—¿Sabéis que Nilba va a casarse? —comentó Carlais mientras todos daban cuenta de la sopa de pescado.

—¿En serio? —inquirió Alfred—. ¿Con quién?

—¿Con quién va a ser? —refunfuñó Derwen—. Con el hijo del panadero. Siempre andan juntos. ¿Verdad que es con ese, Carlais?

Ella rio.

—En efecto, es con ese. Está muy contenta.

—¡Una boda! —exclamó Elish—. ¡Genial! Me encantan; son tan bonitas y tan especiales… ¿Cómo será su vestido?

A Elish le entusiasmaban todas esas cosas: vestidos, banquetes, bailes… Era su mundo ideal y a menudo soñaba con que era una princesa que presidía grandes fiestas.

—No lo sé, Elish —repuso ella—. Pero ya lo verás cuando vayamos a la boda.

Luego explicó que sería en la ermita que había junto al lago y les habló de los demás invitados. Carlais sabía prácticamente todo lo que había que saber sobre la boda, puesto que Nilba no había parado de hablarle de los preparativos y de lo que tenía en mente. Carlais a menudo se evadía de la conversación, pero intentaba no hacerlo. Cuando el tema ya no dio más de sí, Maya decidió hablar:

—¿Habéis oído que la reina Laina necesita más doncellas en su servicio?

—Sí —respondió Carlais—. Lo estaban anunciando esta mañana en la plaza.

—¿Vas a presentarte? —inquirió Alfred, que conocía lo suficientemente bien a la joven.

Ella se encogió de hombros, algo molesta por el hecho de que todo el mundo le preguntase lo mismo. No era tan importante y no entendía por qué daban por hecho que quería trabajar en la corte.

«Quizá sea porque es verdad», dijo una vocecita en su interior.

—No lo sé. Quizá lo haga, pero no lo tengo claro.

—Pues solo faltan unos días para el treinta de junio —apuntó Maya.

—Lo sé.

Se había instalado una extraña tensión. Carlais no soportaba que la gente la presionara para hacer lo que ellos querían. Afortunadamente, la conversación se desvió hacia otros temas sin importancia. Carlais creyó conveniente anunciarles que al día siguiente pasaría la mayor parte de la mañana con Nilba y que no podría ayudarles a elaborar el vino. Alfred la excusó comprendiendo que, como amiga de Nilba, debía apoyarla los días precedentes a su boda.

Cuando acabaron de cenar, Carlais se encerró en la alcoba que compartía con Elish. Ella todavía tardaría un rato en subir, pues estaba jugando junto a Derwen con unas figuritas de madera que les había tallado el carpintero por encargo de Alfred. Así que era el momento de Carlais de disfrutar de la soledad. A veces le gustaba tumbarse en la cama y, simplemente, reflexionar. Le pareció un buen momento para hacerlo y se dejó caer sobre el colchón. Se quitó el colgante que llevaba y observó con atención aquel anillo que siempre la había acompañado. Jamás había considerado la posibilidad de ponérselo como anillo porque lo tenía desde siempre, y cuando era pequeña sus manos no eran lo suficientemente grandes como para que esa sortija permaneciera sujeta en su dedo. Habían pasado los años y ya se había acostumbrado a tenerlo como colgante. Además, le tenía un cariño especial, pues, según Maya, era algo que había pertenecido a sus padres biológicos.

Como ya había hecho otras tantas veces, observó las florituras grabadas en él. Parecían esconder un significado, pero no era capaz de ver a qué hacían referencia. Se lo colocó alrededor del cuello de nuevo y se perdió en la infinidad de sus pensamientos.

Capítulo 7

EL ÚLTIMO ESLABÓN DE LA CADENA

Carlais tuvo que despedirse apresuradamente de Nilba porque en cuanto esta vio a su prometido caminando tranquilamente por una de las calles principales, corrió de inmediato a sus brazos. Estaba tan enamorada que Carlais casi podía ver corazones saliendo de su cabecita. De camino a casa, se encontró con Dan, un joven algo mayor que ella y con el que mantenía una muy buena relación de amistad.

—¿Y esa cara? —preguntó nada más verla—. Tienes un aspecto horrible.

Carlais hizo una mueca de fingido disgusto.

—Hola a ti también.

—Perdona —sonrió él—, pero te veo cansada.

—Lo estoy.

—Ya te dije yo que tanto estudiar con las monjas no podía ser bueno.

Carlais le miró de reojo. Su cabello rizado brillaba al sol y contrastaba con sus ojos marrón oscuro. En los últimos años había crecido bastante y ahora era mucho más alto que ella, aunque Carlais tampoco era especialmente alta.

—No es por el estudio —se excusó ella—. Se trata de Nilba. Me agota cuando empieza a hablar de sus peripecias con Edwer.

Dan rio sonoramente, como acostumbraba a hacer.

—No puede ser tan malo.

—Es horrible. Además, ya sabes cómo es. No omite detalles, y menos conmigo. Tiene ganas de que me enamore o algo así y no deja de hablarme de lo maravilloso que es tener a alguien con quien poder… —Carlais trató de dar con la palabra adecuada— acurrucarte.

Dan rio divertido.

—¿Y tú qué dices? ¿No te apetece comprobarlo?

Carlais se encogió de hombros.

—No tengo prisa, ¿sabes? Es decir, claro que me gustaría encontrar a «la pareja ideal», pero es que no sé si eso existe.

—Bueno…

Pareció que Dan iba a decir algo, pero entonces dejó que su voz se extinguiera en el aire.

—¿Qué? —exhortó Carlais.

—Nada. Es solo que dentro de un par de años serás la única mujer de tu edad que no estará casada. O de las pocas, al menos.

Carlais dejó escapar un bufido exasperado.

—Hablemos de otra cosa, ¿quieres? Además, tú eres mayor que yo y ni siquiera estás comprometido. Ah, claro, que tú eres un hombre —recordó ella con frustración.

—Oye, no es culpa mía haber nacido varón.

Carlais torció los labios y puso los ojos en blanco.

—Va, cuéntame algo interesante.

Dan empezó a contarle los últimos acontecimientos de la taberna llamada El Delirio del Duende, un lugar que por las noches se llenaba de vida. Carlais había ido alguna que otra vez, pero los bares no eran lugares donde ella se sintiera cómoda. Sobre todo si iba sola. Siempre se montaban trifulcas o peleas debido a algún malentendido en una apuesta o a alguien que bebía más de la cuenta. Y Dan parecía disfrutar con aquella clase de espectáculos. Cuando su entusiasmo por la anécdota que estaba contando fue disminuyendo, Carlais decidió preguntarle por su familia:

—¿Cómo está tu padre?

—Bien. Aunque aquel catarro que cogió en invierno le ha dejado algo tocado.

Carlais torció las comisuras de los labios, pero no dijo nada. Esperaba de todo corazón que se recuperase del todo, porque si su estado empeoraba hasta que fuera mortal, a Dan se le rompería el corazón. Intentaba fingir que no, que sobrellevaba las dificultades de una forma amena y despreocupada, pero su padre era lo único que tenía en el mundo desde que su madre había muerto, cuando él era muy pequeño, durante el Temblor. Además, sin su padre, Dan tendría que resignarse a trabajar las tierras de los arrendatarios él solo. Carlais había oído a muchos campesinos quejándose de lo dura que era la vida del campo. Aunque nunca había oído ningún lamento salir de los labios de Dan.

Su amigo la acompañó hasta casa y una vez allí se despidió de ella con un beso en la mejilla, gesto que procuraba hacer cuando nadie los miraba. Así se evitaban malinterpretaciones.

—¿Te veo mañana? —preguntó él.

—De acuerdo.

Se despidió de él agitando la mano enérgicamente. Luego entró en casa y se encontró con una escena un tanto extraña. Sus padres estaban sentados frente a la chimenea, con una expresión solemne y el cuerpo algo tenso. Ni Derwen ni Elish correteaban por allí como de costumbre. Carlais se quitó la capa.

—¿Y mis hermanos? —preguntó.

—Duermen —respondió Alfred. Luego carraspeó—. Siéntate, Carlais, por favor.

Ella tragó saliva y vaciló. No sabía qué estaba pasando, pero tenía claro que se trataba de algo malo. O algo difícil de digerir, como mínimo. Quizá hubiera muerto alguien conocido. Se sentó.

—¿Va todo bien? —inquirió la joven con cautela.

—Va como siempre —declaró Maya, parecía sincera—. Recuerdo cuando te regalamos ese vestido.

Carlais observó un segundo su atuendo, un sencillo vestido amarillo de lino.

—¿De verdad vamos a hablar de ropa? —inquirió ella impaciente.

Su madre suspiró.

—No. Tenemos que contarte algo. Es algo que te cambiará para siempre, Carlais. La percepción que tienes de tu vida, tal y como la conoces ahora, desaparecerá.

—Maya, quizá… —empezó Alfred.

—Ya lo hemos hablado —lo interrumpió su mujer en un susurro.

La muchacha se removió incómoda en su asiento y entornó los ojos en dirección a su madre. En otras circunstancias habría pensado que sus padres le estaban gastando una broma, pero sus semblantes eran tan serios que aquella opción quedó descartada.

—Me estáis asustando.

Maya tomó aire.

—Sé que siempre te hemos dicho que eres una de esas niñas que quedaron huérfanas en el terremoto. Sé que te dijimos que te llamamos Carlais en honor a la princesa brutalmente asesinada, ya que yo cuidé de ella y de su madre en sus últimos días… Y no es que sea del todo mentira, pero tampoco es del todo verdad.

La voz de Maya sonaba distante y atropellada. Carlais abrió los ojos. No podía imaginarse qué era lo que sus padres estaban insinuando. Sencillamente tenía la mente en blanco.

—¿Entonces?

Maya tragaba saliva constantemente, incapaz de hablar. Carlais miró a su padre, expectante. Fue él quien reunió el valor adecuado para decírselo.

—Tu nombre completo es Adisia Carlais y tus padres eran Rianon Dagafiel y Yilian de Castela.

En cuanto Alfred pronunció esas palabras, Maya le fulminó con la mirada, recriminándole el haber tenido tan poco tacto al expresar en voz alta semejante revelación. Se habrían puesto a discutir, pero ellos no eran los protagonistas de aquella velada. Estaban demasiado pendientes de la joven que los acompañaba.

Carlais estaba inmóvil, callada, sin dejar de mirar a su padre con esos ojos azules como el mar. Su rostro, inocente y marcado con pecas infantiles, no palideció más de lo habitual, ni hizo gesto alguno que indicara que iba a contraerse en una mueca de sorpresa o incredulidad.

El silencio fue haciéndose cada vez más pesado, más hostil. Maya decidió romperlo, creyendo que de ese modo sacaría a su hija del trance por el que estaba pasando.

—Cuando trabajaba para tu madre, intuí que habría problemas e ideé un plan para salvarte la vida. El bebé que murió fue un señuelo de su verdadera hija: tú. —Maya se levantó y le entregó una carta. Por primera vez desde que le habían revelado la verdad, Carlais movió los ojos brillantes para mirar el sobre—. Esto lo escribió Yilian antes de morir.

Carlais logró oír las palabras de Maya, aunque no sin cierta dificultad, pues los latidos de su corazón retumbaban en sus tímpanos, amortiguando cualquier sonido procedente del exterior.

Tomó el sobre y vio la caligrafía de la reina: «Para una hija, de su madre». Carlais leyó la fecha al otro lado del sobre. Databa del seis de abril del año en que había nacido. Se le hizo un nudo en la garganta. No podía creerlo. Siempre había sabido que ni Alfred ni Maya eran sus padres, pero jamás habría pensado que los verdaderos fueran los reyes a los que tanto había estudiado, de los que tanto había leído. Cuando era pequeña, la madre Tamaris le había preguntado una vez si le habría gustado saber quiénes eran sus progenitores. Ella había respondido que sí, pero por una cuestión de curiosidad, no de necesidad, porque no tenía carencias afectivas de ninguna clase.

Pero cuando reveló la verdad, todo parecía superarla. Aún no lo creía, por eso necesitaba leer la carta. Acarició el lacre con las yemas de los dedos y miró el emblema de la familia real. Abrió el sobre con suma delicadeza, tomándose su tiempo, y leyó:

Amada hija:

Si estás leyendo esto es porque ni tu padre ni yo hemos podido verte crecer y Maya ha decidido que debes saber la verdad. Confío en que ella te haya dado una vida digna y feliz. Estoy segura de que lo ha hecho, pues te he confiado a las mejores manos. Todo apunta a que se casará con Alfred. También él es bueno. Si tengo fuerzas para hacerlo antes de que ocurra lo peor, rezaré para que Dios les dé el ánimo necesario para sacarte adelante.

Quisiera poder estar ahí y abrazarte. Verte crecer, comprobar a qué antepasado tuyo te pareces y verificar si, tal y como yo predije, tienes el cabello rojo como tu padre o ha permanecido rubio como cuando naciste. Me llena de júbilo saber que has podido salvarte, y habría deseado que tu hermano, Aloy, corriera la misma suerte, pero por desgracia su caso es mucho más complicado.

Cariño, no sé qué tienes en mente hacer con tu vida. Si tus deseos son casarte y formar una familia, trabajar de una forma digna, dedicarte a la religión… Lo desconozco completamente, pero si todavía no lo sabes, quisiera darte una pequeña ayuda: eres Adisia Carlais Dagafiel, hija de Rianon III, tataranieta de Aros V y única heredera de la corona de Cathlan. Tu destino es gobernar, porque eres hija de reyes, y eso te convierte en una reina. Pero te pediré que solo te enfrentes a tu destino si te sientes con fuerzas para hacerlo. Si no, solo sé feliz, disfruta de la vida y no te preocupes. Tu padre y yo estaremos orgullosos de ti hagas lo que hagas. Desde los cielos, te amaremos y velaremos por ti.

Y por favor, cuando necesites saber de tu hogar y conocer cada rincón de este, recurre a esta carta. Ella te ayudará.

Con todo el amor de mi alma,
tu madre, Yilian

Carlais lloraba en silencio. Le ardían las mejillas y el corazón le palpitaba con fuerza. Se había percatado de que había líneas con la tinta ligeramente difuminada: las lágrimas derramadas por su madre al escribir la carta aún podían percibirse sobre el papiro. Había podido notar su tristeza a través del trazo tembloroso de las palabras. Era una evidencia tan poderosa que Carlais casi pudo sentir a Yilian a su lado.

Siempre le habían fascinado las historias de reyes y grandes héroes que pasaban a formar parte de la historia. Adoraba la estrategia, los sacrificios y las batallas que resultaban tan significativos que acababan retratados en los libros.

Y ella formaba parte de ese mundo. Gracias a sus estudios, sabía todo lo que había que saber sobre Yilian, la reina. Pero aquella carta le había mostrado a Yilian, la persona. Su madre.

Pasaron varios minutos hasta que Carlais logró hablar.

—¿Vosotros habéis leído esto? —preguntó con la voz temblorosa.

Ellos negaron con la cabeza.

Carlais asintió, preguntándose si se habrían sentido tentados de hacerlo en alguna ocasión.

—Deberíais —murmuró.

Dejó la carta sobre la mesa, se levantó y se fue de casa. Ni Alfred ni Maya se atrevieron a detenerla.

Tamaris estaba en la capilla, rezando. A veces lo hacía sin tener un motivo en concreto por el que orar. En realidad, a ella no le parecía que se necesitase una razón. Pedía por todas las almas desamparadas del mundo.

Por la noche, la capilla presentaba un aspecto solemne y hermoso: en paz. Era el mejor momento para dedicarle unas horas a Dios. Tamaris había reflexionado cientos de veces acerca de si su fe era la correcta. La religión sorsiana, a la que ella rendía culto, era la más extendida en todo el mundo. Tenía portentosas catedrales en cada reino, escritos sagrados de una antigüedad inimaginable, peregrinos que viajaban de aquí para allá predicando los valores de bondad, justicia y amor, que eran los tres pilares de esta religión.

Los pasos apresurados de una de sus compañeras la distrajeron de sus oraciones y dio media vuelta para ver qué sucedía. La hermana Litsina apareció por allí.

—¿Qué ocurre?

—Carlais Piedrablanca acaba de venir y exige veros urgentemente.

Tamaris frunció el entrecejo.

—¿Carlais? ¿Qué hace aquí a medianoche? —La respuesta fue muda. Tamaris suspiró y se puso en pie—. Será mejor que lo compruebe.

La mujer recorrió los pasillos silenciosos de su convento hasta una de las celdas sin utilizar, donde encontró a Carlais en compañía de Diliria. Cuando Carlais se percató de su presencia, se acercó a ella. Un velo de preocupación cubría su rostro.

—Tengo que hablarte de algo importante —anunció con una mezcla de nerviosismo y miedo.

Su expresión sugería que necesitaba hacerlo a solas. La madre superiora indicó a su adepta que se marchara y cerrara la puerta tras de sí. Se sentaron a la pequeña mesa cuadrada que había junto a la cama, iluminadas por el tenue resplandor de un par de velas.

—¿Qué ha pasado, Carlais? —preguntó Tamaris en tono maternal cubriendo con su mano el puño cerrado que Carlais tenía sobre la mesa.

—Se trata de mi familia.

Tamaris pareció alarmarse.

—¿Están todos bien?

Carlais se mordió el labio.

—Depende de a qué familia te refieras.

La monja se quedó callada un momento, tratando de entender a qué se refería.

—Oh, comprendo. ¿Has descubierto algo?

—Al parecer Maya siempre ha sabido quiénes eran mis auténticos padres y no me lo ha dicho hasta hoy.

Tamaris podía entender que para una muchacha tan joven resultaba difícil lidiar con aquella clase de cosas. Ya tenían bastantes problemas internos por sí mismos como para empezar a remover más sus emociones. Pero la religiosa escuchó atentamente.

—Dime, ¿es su identidad lo que te atormenta?

—Sí.

Tamaris siempre había tenido ciertas sospechas sobre quiénes podían ser los progenitores de Carlais. En más de una ocasión se había dedicado a elaborar una lista de los posibles candidatos. Mas nunca había dicho nada por miedo a equivocarse.

—Cuéntamelo —le pidió aun así.

Carlais tragó saliva. Respiraba con cierta dificultad y no dejaba de mover los ojos de un lado para otro.

—Eran los reyes —confesó con dificultad—. Rianon y Yilian.

Tamaris ahogó una exclamación. Una vez se le había pasado esa idea por la cabeza, pero la había desechado por ser demasiado descabellada. Sin embargo, algo en su fuero interno le decía que aquella posibilidad no era tan sumamente remota… Eso no lo hacía más sencillo de asumir.

—¿Qué piensas? —inquirió Carlais.

Tamaris infló sus pulmones y le dirigió una mirada enigmática.

—Cuando tu madre vino… Es decir, Maya, y me pidió que te diera la mejor educación, sus palabras fueron: «Trátala como a una reina, porque ella así lo merece. Es alguien especial». Evidentemente yo no entendí muy bien a qué se refería con eso y supuse que era lo que todas las madres dicen de sus hijos. Pero a medida que ibas creciendo… Yo conocí a tu madre. A la verdadera. La vi una vez, poco después del terremoto. Estaba ayudando a la gente en el palacio de la marquesa de Aguadorada cuando… —carraspeó y no siguió hablando.

—¿Cuándo qué?

—Cuando se la llevaron de repente porque tenía que dar a luz. Era diecinueve de marzo.

Carlais asintió lentamente. No sabía qué decir. Ella siempre había celebrado su aniversario el día veinticuatro, tal y como sus padres le habían enseñado. Habría sido demasiado sospechoso que, además de llamarse como la princesa, también hubiera nacido el mismo día.

Advirtió entonces otro nuevo aspecto de sí misma. Siempre pensó que había nacido uno de los primeros días de primavera, mientras que la realidad era que el mundo la había visto nacer a finales de invierno. Era una estupidez reflexionar sobre algo tan banal en un momento como aquel, pero la joven no pudo evitarlo. Por suerte, la voz de Tamaris atrajo de nuevo su atención.

—El caso es que la vi —prosiguió ella—. Cómo hablaba a la gente, su forma de caminar, de moverse… No la olvidé porque, claro, ¿cuántas veces en la vida puedes compartir una tarde con la reina? —Tamaris sonrió con nostalgia—. Ahora que lo pienso, me recuerdas un poco a ella.

Carlais estaba cansada. Solo quería dormir y soñar. Olvidarse de todo lo que había pasado en las últimas horas. Estaba segura de que al día siguiente lo vería todo con otros ojos.

—Quisiera quedarme a dormir aquí esta noche —dijo.

—Como quieras —accedió la monja y se puso en pie después de tocarle suavemente el hombro—. Esta es tu casa.

A la mañana siguiente, Carlais creyó que las revelaciones de la noche anterior habían sido fruto de un sueño, pero al observar las paredes frías y desnudas del convento recordó cuál era su realidad. No había dormido demasiadas horas debido a que había estado pensando en su vida y divagando sobre ella. Desde el primer recuerdo hasta el último, pero esta vez se había visto a sí misma como verdadera heredera al trono de Cathlan y no una simple huérfana del Temblor. Se había repetido mil veces que ella no era eso. Por sus venas no corría sangre común y aún no acababa de creérselo... Frunció el ceño ante tal ocurrencia. La suya sí era sangre común. Después de todo, ¿qué la hacía diferente? Si no le hubieran contado la verdad, Carlais habría vivido una vida ordinaria y no se habría diferenciado de los demás.

Pero, al mismo, todo había cambiado para ella. No sabía cómo reaccionar al respecto. No era como los demás huérfanos de su generación.

Para empezar, la causa de su orfandad no era un terremoto ni un accidente. A sus padres los habían asesinado. Carlais conocía muy bien la historia, igual que todos los habitantes de Cathlan. Cómo habían logrado envenenar al rey Rianon, el arresto de la reina Yilian cuando rezaba en la capilla, la inocencia de su hermano Aloy... Y su ejecución. Se trataba de una historia tan famosa que figuraba en varios cantares juglarescos. Aunque tal vez hubieran exagerado un poco cómo habían sido las cosas.

Los libros de historia explicaban que la pequeña princesa Adisia también había muerto con solo dieciocho días de vida. Sin embargo, al parecer esa última parte era mentira. Se trataba de un señuelo. Un señuelo que había muerto por salvarle la vida a ella. Porque ella era Adisia Carlais Dagafiel, la única, la verdadera.

Carlais se levantó con apatía del lecho y se dirigió a la biblioteca. Por primera vez desde que le habían contado la verdad, sintió ganas de llorar. Una auténtica necesidad de sollozar, de gritar.

La noticia de que ella era la heredera del trono de Cathlan, hija de reyes, una princesa en toda regla, no era mala. Era difícil de digerir, pero no mala *per se*. ¿O sí? ¿Qué entrañaba realmente aquella revelación? ¿Había dejado de ser la que era? Se miró las manos como si en ellas fuera a hallar la respuesta, pero solo encontró las palmas que conocía tan bien, las que siempre había tenido. Era la misma. Pero nada era igual.

Sintió un repentino y desconocido peso sobre los hombros. Un peso nuevo.

Responsabilidad.

Eso era.

Su identidad entrañaba algo más que un simple descubrimiento. Lo cambiaba todo y no solo para ella, sino para cuantos lo supieran.

Tenía un nudo en la boca del estómago y sentía que la única forma de hacerlo desaparecer era llorando. Se dejó llevar por los sentimientos unos minutos, y cuando se tranquilizó, recuperó el ritmo normal.

Llegó a la biblioteca, bañada suavemente por la purpúrea luz del alba. Carlais, algo más sosegada, encendió una vela, la colocó en un escritorio, extrajo un libro de una de las estanterías y comenzó a leer. Se titulaba *Los Dagafiel*, a secas, y explicaba la historia de esa gran dinastía. El volumen había sido escrito ocho años atrás por un erudito de Sumreis, uno de los reinos de la Alianza. Aunque el autor de aquel libro fuera un extranjero, su pasión y obsesión por la dinastía Dagafiel le convertía en alguien de quien poder fiarse, pues había estado estudiando la monarquía cathlense durante largos años de su vida, atraído quizá por el hecho de que era una de las familias más antiguas del continente.

En la cubierta del libro, que era de cuero, se apreciaba un dibujo que todos conocían muy bien, pero que Carlais miraba como si lo viera por primera vez. Era el emblema de su familia, su auténtica familia: una daga de empuñadura azul y unas espinas doradas rodeándola sutilmente. Bajo el mandato de Munio Escudo de Hierro, aquella imagen había sido eliminada de casi todos los lugares públicos, a excepción de un vitral de la gran catedral.

Carlais ya había ojeado aquel libro en un par de ocasiones, pero esa vez lo hizo con fervor y ansia. Necesitaba empaparse de su propia historia para saber quién era realmente. No sabía cómo afrontar la vida después de lo que le había sido revelado, y esperaba encontrar algún tipo de consuelo o consejo entre las páginas de aquel volumen. Pasaron las horas. Horas de las que ella apenas fue consciente. Estaba inmersa en las páginas de aquel libro. Ni siquiera el hambre que sentía le incitaba a moverse de allí para ir a las cocinas a tomar algo. En una página vio un árbol genealógico de los últimos cuatrocientos años. Había más tinta que espacios en blanco y todo resultaba algo confuso, pero Carlais supo interpretarlo. Ella era el último eslabón de esa cadena.

Carlais todavía no podía creerse que formara parte de aquel mundo de tronos y coronas.

—¿Carlais?

La voz de Tamaris fue lo único que logró hacer que dejara de leer. Se giró lentamente para mirar a su interlocutora.

—¿Sí?

—¿Estás bien?

Carlais negó con la cabeza, con indecisión.

—No lo sé. El caso es que… No sé en qué lugar me coloca todo esto.

Tamaris se acercó cautelosamente a ella y se sentó a su lado.

—Vas a tener que hacer algo para averiguarlo, ¿no?

—¿El qué? Quiero decir… Vale, soy una princesa, pero eso ya no tiene relevancia; mis padres están muertos y el trono está ocupado por Noriam.

«Soy una princesa».

—Él lo tomó a la fuerza.

—¿Y qué?

—¿Es que no sabes en qué te convierte eso? Eres la heredera del trono. La única y legítima. Es mucha responsabilidad para alguien de tu edad, pero es lo que eres.

Carlais soltó una carcajada nerviosa.

—Ni siquiera sé cómo afrontar esto. No entiendo qué es lo que debo hacer ahora, ¿alguien espera algo de mí?

«Sí, todos». La voz en su cabeza parecía tener más respuestas que ella. Respuestas que no le gustaban.

—Eso deberías preguntárselo a Maya y Alfred. Si decidieron decírtelo ahora, por algo sería.

Carlais asintió. Nunca le habían asustado los cambios, pero eso era porque jamás se había enfrentado a uno tan grande. Sentía que estaba al borde del pánico.

Maya estaba bastante preocupada. Carlais no había dado signos de estar enfadada con ella ni de sentirse engañada, dolida o lo que fuera. Sencillamente se comportaba como si tuviera un corazón de piedra que no le permitía sentir nada en absoluto.

Sabía que Carlais estaba en el convento, reflexionando. La madre Tamaris había tenido la consideración de mandarle un mensajero comunicándole el paradero de la joven.

Tras la charla con Arcren hacía solo un par de días, Maya había decidido que debía contarle la verdad a su hija adoptiva. Se estaba gestando una rebelión y, si triunfaba, el pueblo reclamaría un nuevo líder. La única y verdadera heredera del trono era ella, y tenía derecho a saberlo. Arcren había declarado que si Carlais accedía a formar parte de la rebelión, su lealtad hacia ella sería incuestionable. Aquel hombre le inspiraba confianza a Maya, y no dudaba de su palabra. Solo tenían que esperar a que Carlais asumiera la realidad y estuviera dispuesta afrontar su vida con estos nuevos conocimientos. Tomara la decisión que tomase, Maya la apoyaría. Siempre estaría de su lado.

Había leído la carta que Yilian escribiera aquella noche de abril y se le habían saltado las lágrimas. La añoraba tanto... Maya había llegado a amar a la reina, no como a un miembro de su familia, sino como a alguien más importante: su señora, la mujer a la que se había encomendado y que había confiado en ella para ejercer de dama de compañía y sirvienta más próxima pese a carecer de un linaje que por aquel entonces la avalara. La escogió por sus habilidades, por su capacidad y por su valía más allá de su procedencia o circunstancia. Aquel era el regalo más importante que le habían hecho en toda su vida.

La mujer continuó recogiendo uvas de sus viñedos y se esforzó por pensar en otras cosas. No había pegado ojo en toda la noche y se encontraba realmente exhausta. No era bueno darle tantas vueltas al asunto. Además, el calor sofocante tampoco ayudaba. Los veranos en Cathlan eran soportables, pero hasta cierto punto. Pasear por las calles de la ciudad o por el campo era una actividad atractiva, pero hacer un trabajo físico bajo el sol podía ser mortal.

Afortunadamente, vio a su fiel amiga Calinia caminando por el sendero que estaba junto a su casa. Dejó sus quehaceres y se acercó corriendo a ella.

—¡Cali! —la llamó.

La mujer se detuvo y se giró para mirarla. Una sonrisa blanca se le dibujó en el rostro en cuanto la vio.

—Maya, ¿cómo estás?

Se dieron un cordial beso en la mejilla.

—Muy bien. Hacía mucho que no nos veíamos, ¿verdad?

—Verdad, ¿cómo están tus hijos?

Calinia conocía la identidad de Carlais bastante bien. Lo había deducido ella sola la primera vez que la había visto en brazos de Maya, un par de días después de que asesinaran a la familia real. Era lógico que se hubiera dado cuenta de quién era aquel bebé. Al fin y al cabo, fue ella quien asistió el parto de la reina, la primera que había tenido a la niña en brazos. Por suerte, Calinia era muy leal a los Dagafiel y jamás tuvo interés alguno en revelar el secreto. La gente la tenía como una mujer a la que gustaba el cotilleo e inventar rumores. Y era cierto que disfrutaba de hablar de los demás, pero con las cosas serias no jugaba y podía ser la persona más discreta del mundo.

—Bueno… Ayer tuvimos una charla con Carlais. La charla.

Calinia abrió mucho los ojos.

—¿Y qué dijo?

—Se fue de casa. Ahora está en el convento.

—¿Por qué se lo contasteis?

—¿Acaso querías que la mantuviéramos engañada por siempre?

—No, no, me refiero a qué fue lo que hizo que pensarais que era el momento adecuado.

Maya tomó aliento antes de responder.

—Al parecer se está cociendo una rebelión. Todavía no hay nada definitivo, pero la decisión de Carlais puede ser crucial.

—Oh, sí. He oído que hay algunos hombres reuniéndose clandestinamente en las tabernas, donde se dedican a criticar al rey de una forma poco prudente.

—No me sorprende. Noriam está volviéndose completamente loco.

—Nunca ha estado muy cuerdo —opinó Calinia—. ¿Sabías que a mi hijo lo echaron de la academia militar de Galdwin solo por ser cathlense?

—¿De veras?

—Sí. Sobresalir en la formación de esa academia te da muchos puntos para que alguna orden de caballería se fije en ti, pero el pobre no ha podido terminar.

Maya asintió pensativa.

El joven Reif había ingresado en la Academia Militar de Galdwin a los dieciséis años. Se trataba de una institución excepcional y poco común por aquellas tierras. La había fundado el rey Korvin, un hombre curioso y muy dado a explorar países y reinos lejanos.

El adiestramiento que ofrecían era excelente y el precio resultaba relativamente bajo si eras un ciudadano de la Alianza de los Reinos del Sur. En cambio, para los extranjeros, el pago a realizar por recibir adiestramiento en esa reputada academia era bastante cuantioso. Puesto que Cathlan ya estaba fuera de la Alianza, los jóvenes que quisieran estudiar en la academia tendrían que pagar aquella sustancial suma de dinero si querían proseguir con sus estudios. De lo contrario, eran expulsados. Y eso le había sucedido a Reif.

—Entonces es verdad, estamos fuera —musitó Maya.

—Y tanto. Pero el rey no ha querido hacer un comunicado oficial para que no cunda el pánico. O eso dice mi marido.

—Es absurdo. Ser tan independientes supone más desventajas que beneficios. No entiendo cómo Noriam no lo ve.

—Desde luego. Mi pobre hijo se frustró tanto con lo que sucedió…

—¿Y cuándo fue eso?

—Hará seis meses, quizá más, no lo sé, ya sabes que Reif siempre ha ido un poco por su cuenta.

Maya no daba crédito a lo que oía.

—No puedo comprender cómo es posible que el rey no nos haya informado de esto. El pueblo merece saber la verdad.

—Noriam ya no cuenta con el pueblo para nada. Lo que predicó durante sus primeros años de reinado se ha ido al garete. Él ya no es como nosotros.

Era evidente que la corona había borrado todo rastro de las raíces humildes de Noriam. El poder le había corrompido y eso nunca traía nada bueno. Todos lo sabían, pero ¿qué podían hacer al respecto? ¿Era una rebelión la mejor solución? Sería la tercera en menos de veinte años. Nadie deseaba verse envuelto en un conflicto así de nuevo.

—¿Y qué hace ahora de Reif? —preguntó Maya cambiando de tema. Calinia se encogió de hombros.

—Lleva a cabo pequeños encargos. No sé, no me lo quiso explicar muy bien. Intuyo que es porque no me sentiría orgullosa de la verdad.

—Comprendo.

—No es algo propio de él. Es decir, mi hijo no es idiota y hará lo que sea necesario para salir adelante, pero está dejando a un lado sus deseos. Siempre ha soñado con servir a grandes reyes, con llevar su blasón en el pecho con orgullo.

Calinia tenía dos hijos más aparte de Reif; de quince y nueve años, y ambos eran revoltosos y andaban siempre metidos en algún embrollo. En la última década, Calinia había envejecido más que nunca; siempre andaba preocupada por ellos.

Maya agradecía a los cielos el no tener los mismos problemas. Naturalmente, sus pequeños se habían metido en líos alguna que otra vez, pero por lo general eran niños apaciguados y tranquilos. Nunca se excedían y además eran bastante obedientes. Maya reconocía que parte del mérito lo merecía Carlais. Siempre le ayudaba en todo y cuidaba de sus dos hermanos con cariño y tesón. Sí, eran sus hermanos; aunque no compartieran ni un ápice de la misma sangre, Carlais formaba parte de su familia. Maya así lo sentía y esperaba que Carlais todavía compartiera aquel pensamiento.

—¿Y tú cómo estás? —se interesó Calinia—. No debe de ser fácil lidiar con lo que tienes en casa.

Que cómo estaba… Ahí llegaba sin ninguna clase de adorno o disimulo la pregunta que había tratado de evitar. No se había permitido pensarlo ni tan siquiera para sus adentros, pero su amiga se la había plantado delante y no había forma de rehuirla.

No estaba bien. Tenía miedo.

—Preocupada —contestó finalmente.

—Normal.

Maya iba a comentarle otra cosa a Calinia, esa vez acerca de los nuevos productos del mercado para no tener que seguir hablando de aquello, pero la figura de una muchacha que conocía muy bien la distrajo. Era Carlais.

Se acercaba a paso lento y con la mirada perdida en el vaivén de quienes la rodeaban.

Calinia pareció percibir la tensión que se había instalado en el ambiente y creyó que lo más prudente era irse.

—Bueno, Maya —dijo—, ha sido un placer verte. Hasta pronto.

—Adiós, Calinia. Gracias por tu compañía.

La mujer se marchó de allí con una sonrisa.

Maya miró a Carlais entre impaciente y compasiva. La joven tenía los párpados ligeramente más caídos de lo normal, lo que indicaba que había estado pensando o que el sueño no había logrado hacerle sentir mejor. Carlais se detuvo frente a su madre adoptiva y la miró.

Clavó la profundidad de sus ojos azules en la mirada de Maya, que se sintió cohibida unos momentos. Por unos segundos tan efímeros como un destello, Maya pudo reconocer en ella a Yilian con tanta claridad que creyó que de verdad estaba frente a ella. No era la primera vez que Maya encontraba en el interior de Carlais restos de los que habían sido sus padres. La joven tenía un temperamento similar al de Rianon, una voz muy parecida a la de su madre, un brillo en la mirada solo propio de los Dagafiel. Suspiró.

—¿Cómo estás?

Carlais se encogió de hombros con apatía.

—No lo sé —respondió ella.

Era una respuesta ambigua.

—Lamento no habértelo dicho antes —se disculpó ella—. Eras demasiado pequeña como para comprender la verdad y ahora, bueno, sencillamente no me pareció que ningún momento fuera el adecuado.

—No te culpo. —Carlais suspiró—. Pero necesito saber qué es lo que esperáis de mí.

Maya esbozó una tenue y amarga sonrisa.

—Vamos a casa y hablaremos.

Caminaron hasta el interior del hogar lentamente y en silencio. Maya la condujo hasta la parte de atrás de la casa, afuera, y se sentaron en un banco de piedra que había junto a la puerta, frente a la infinidad del campo, al lado del viñedo. El viento soplaba suavemente y era agradable, ya que aplacaba el calor.

—¿Eres consciente de lo que pasa en el reino, Carlais?

La muchacha frunció el ceño.

—¿A qué te refieres?

—A la situación política. Desde el Temblor, Cathlan sufre un periodo de inestabilidad bastante fuerte, aunque todos se esfuerzan por fingir que no es así. —Hizo una pausa—. Tú no conociste Cathlan antes del terremoto, pero la paz y la tranquilidad que se respiraban eras... sobrecogedoras. Y era un reino prominente, lleno de riquezas.

Fue una buena época. Lo añoro mucho y no soy la única. Noriam no ha nacido para ser rey. Está actuando como un completo tirano que además de injusto es idiota. ¿Sabes que ya no pertenecemos a la Alianza?

—Había oído rumores, pero no sabía si eran ciertos.

—Pues lo son. Estamos fuera, y eso nos convierte en un reino muy muy vulnerable. Y no es solo eso. Noriam planea un ataque; una guerra.

Carlais entrecerró los ojos y miró a Maya con desconcierto. ¿Una guerra?

—¿Cómo lo sabes?

—Me lo dijo alguien que planea alzarse contra él.

—¿Otra rebelión?

—Así es. Ese alguien espera derrocar a Noriam y restaurar la paz y la tranquilidad en Cathlan para siempre.

—Espera —cortó ella—, ¿acaso estás pensando en mí para que una vez derrotado Noriam…?

El rostro de Yilian relampagueó en la memoria de Maya. Por un lado sentía que la estaba traicionando al poner a Carlais en peligro; por otro, que la traicionaría de todos modos si no le animaba a recuperar lo que era suyo, aquello que a sus padres les arrebataron tan injustamente. ¿Cuánto había de venganza personal en su deseo de que Carlais fuera coronada reina, tal y como le correspondía? La muerte de Yilian infligió una herida en su alma que aún no había cicatrizado. No quería que Munio ni ninguno de sus sucesores se salieran con la suya. Pero amaba a Carlais como a una hija. Lo que pasaba era que ni por un segundo olvidaba que no lo era, que su madre había sido otra. Y qué otra. Igual que su padre.

—Ocupes el lugar que te corresponde como reina —completó la frase Maya.

—Eso es absurdo —replicó la joven con desprecio, casi con ira—. No hay garantías de que Noriam vaya a ser derrotado, y además yo no tengo ni idea de cómo ser reina. No me han educado para eso.

Ni siquiera sé si quiero serlo. Por Dios, si apenas he asimilado todo esto…

—Te infravaloras. Eres la mujer más culta e inteligente de tu edad gracias a la hermana Tamaris y a mí. Viví mucho tiempo con la familia real, sé cómo funcionaban las cosas, y te he educado con los preceptos de tu familia. Eres una Dagafiel y eso nada puede cambiarlo.

Carlais hizo una mueca de dolor. Ya intuía que si sus padres habían considerado oportuno revelarle la verdad, no era por capricho. Confirmarlo resultaba perturbador.

—Aun así no creo que la situación sea tan grave como para empezar una rebelión.

—Sí que es tan grave —declaró Maya con la voz llena de convicción—. Tesoro, si no valiera la pena, te juro que nunca te habría puesto en esta situación, pero las cosas están empezando a ir muy mal. Y no queremos que vayan a peor.

—Entonces, ¿qué sugieres que haga?

—Lo que sientas que debes hacer. —Y era la verdad. Quería demasiado a Carlais como para obligarle a ir en contra de su voluntad, pero si no cedía ante sus propios anhelos egoístas, tampoco debía hacerlo ante el miedo o la inseguridad que pudiera sentir—. Esa es la razón por la que te lo hemos contado, quizá no la única pero sí la principal. Tu vida es tuya y tú debes ser quien decida, pero para tomar una buena decisión es necesario conocer toda la verdad.

—Pues ya la conozco y no sé qué hacer con ella —confesó Carlais, impotente, casi desvalida.

Le temblaban las manos.

—No es una decisión que pueda tomarse en una tarde. —Maya se puso en pie—. Ven, quiero que conozcas a alguien.

Noriam estaba sentado en su despacho, releyendo el acta que afirmaba que Cathlan ya no formaba parte de la Alianza de los Reinos del Sur. Un mensajero de Claretrea se la había hecho llegar aquella mañana. Estaba firmada por los cuatro reyes de la Alianza y poseía el sello oficial de esta. Estaba hecho. Le había costado más de un año conseguirlo debido a la cantidad de obstáculos que los demás reinos habían presentado y la cantidad de absurdos trámites que había que hacer. Pero, por fin, el suyo era un reino totalmente independiente. Detestaba la Alianza. Era odiosa, siempre metiéndose donde no le llamaban e ignorando a los suyos cuando más la necesitaban.

De hecho, en cuanto Noriam había presentado la petición en la que solicitaba la emancipación, varios de los reinos vecinos se habían puesto a la defensiva. Especialmente Galdwin, que había sido el primero en actuar contra Cathlan tratando a todos los ciudadanos que vivían allí como si fueran escoria. Para los reinos de la Alianza, los deseos de Noriam de separarse habían sido una afrenta a sus principios e ideales. Estaban ofendidos. Aunque a Noriam le daba igual.

La noticia podía hacerse oficial por fin. Si sus súbditos eran listos, sabrían ver que acababa de hacerles un gran favor. Cuando los comerciantes de los reinos vecinos quisieran comerciar en sus tierras, tendrían que pagar un impuesto que no era excesivo, pero tampoco pobre. Poco a poco, Cathlan volvería a ser uno de los reinos más ricos.

Podían abastecerse solos. No necesitaban a los demás reinos para subsistir. Y a pesar de todo, el alguacil de Caan había tenido que arrestar a unos cuantos mequetrefes por manifestarse en su contra. Él, que era el rey de Cathlan. Noriam Emblema Blanco, el que les había librado de la tiranía del peor rey de toda su historia, Munio VII.

Su poder era absoluto, igual que lo había sido el de los demás reyes; no tenían derecho a cuestionarle más que al resto. Su consejero le había formulado una teoría acerca de aquello, pero Noriam se negaba a creerla. Al menos completamente. La hipótesis en cuestión decía que los plebeyos se fiaban más de la nobleza para liderar que de sí mismos, porque así era como el destino había predispuesto que fueran las cosas. Su naturaleza y sus conocimientos de historia y religión les indicaban que así era como funcionaba el mundo. En una jerarquía inamovible. Pero los nobles no eran distintos al resto de humanos, aunque se hubieran esforzado por creerlo y hubiesen actuado como tal. Eran tan déspotas y arrogantes... Afortunadamente apenas quedaba ya ninguno.

Noriam mandó llamar al pregonero real.

—¿Sí? —inquirió él una vez estuvo frente a su soberano.

Noriam se puso en pie.

—Elodin, fiel amigo, ya sé que has estado trabajando estos últimos días, pero la tarea que voy a encomendarte ahora es crucial.

—¿Señor?

—Es hora de anunciar la ruptura definitiva con la Alianza de los Reinos del Sur.

Elodin pareció conmocionado por la noticia. Había estado oyendo rumores, vivido algunas evidencias incluso, pero las palabras del rey suponían una realidad aplastante, implacable. Asintió enérgicamente y se fue de allí dispuesto a difundir la noticia.

Capítulo 8

RETRATO DE UN PASADO

Llegaron a una casa pequeña y vieja del centro de la ciudad. Carlais no solía frecuentar aquellos callejones y desconocía por completo qué clase de personas vivían allí. No tardaría en averiguarlo. Al otro lado de la ventana sucia no se distinguía nada, y Carlais se preguntó si realmente alguien habitaba aquella casa. Pero Maya, que golpeó la puerta varias veces con decisión, parecía muy segura de lo que hacía. No tardó en abrirles una mujer joven, de unos veinte años. Pelo liso y oscuro, ojos azules. A Carlais le pareció realmente guapa, pero algo en su forma de mirar, en su forma de moverse, le inspiró animadversión. Se movía como un felino.

—¿Sí? —dijo.

—Necesito hablar con Arcren. Es urgente —anunció Maya.

—Eres Maya Piedrablanca, ¿verdad?

—Así es.

—Sí, te conozco… —balbuceó.

La joven desvió la mirada hacia Carlais. Su rostro palideció ligeramente, aunque conservaba aquella altanería tan característica.

—Pasad.

El interior de la casa era pequeño y además estaba mal cuidado, por no hablar de la escasez de objetos personales. Carlais dedujo que la extraña pareja no pasaba demasiado tiempo en casa. Por fin apareció Arcren. Era un hombre de mediana edad, imponente, de mirada pétrea y tez oscurecida por el sol.

—Veo que ya conocéis a mi hermana Eldara —comentó él.

—Sí —confirmó Maya.

Arcren observó a Carlais y ladeó la cabeza.

—¿Es ella? —preguntó mirando de nuevo a Maya.

—Es ella.

Bastó con que Arcren le dirigiera una elocuente mirada a su hermana para que esta abandonara la estancia sin ninguna objeción, aunque un tanto recelosa. Cuando estuvieron solos y acomodados en las sillas de la pequeña sala de estar, Arcren contempló de nuevo a Carlais, sin ninguna clase de disimulo. La observó como si estuviera viendo algo inverosímil, algo que hubiera estado esperando durante mucho tiempo. Algo que debiera estudiar. Luego sacudió levemente la cabeza y se recompuso.

Miró a Maya.

—¿Y bien? —exhortó él.

Maya se dirigió a Carlais.

—Carlais, este es Arcren Mailen. Es un guerrero muy experimentado y es el hombre que está planeando alzarse contra el rey. —Hizo una pausa—. Sabe quién eres.

Carlais, que ya lo había intuido, asintió con lentitud y miró a Arcren directamente a los ojos. Su reputación le precedía. Era un hombre serio, de pocos amigos, cuyo pasado muchos desconocían. Algunos afirmaban que había trabajado durante su juventud para el conde de Ethra, otros decían que aquello solo había sido una tapadera para encubrir sus verdaderas e inquietantes ocupaciones. Fuera como fuese, nada desmentía ni afirmaba los rumores que circulaban sobre él. Y la cicatriz que surcaba su mejilla tampoco inspiraba demasiada confianza. Con todo, Carlais no se sintió intimidada.

—¿Qué quieres de mí? —inquirió la joven con ojos incisivos.

La pregunta pareció sorprender a Arcren, que se mostró perplejo durante un breve instante. Después se relamió los labios, pensó bien la respuesta y la compartió con sus invitadas:

—Lo que deberíais querer vos también, mi señora: cumplir con vuestro deber.

Aquellas palabras no parecieron ser del agrado de Maya, que enseguida tensó el cuerpo y miró a Carlais, preocupada por si a ella le habían sentado mal o resultaban demasiado ásperas. Pero la joven no se mostraba alterada. Parecía estar reflexionando. Miraba a Arcren como si intentara averiguar algo imposible de entender.

—No soy tu señora —repuso ella con tranquilidad.

—¿Sois Adisia Carlais Dagafiel?

Aquella pregunta fue como un reto para Carlais. Le costaba asumir la verdad acerca de su sangre, de su origen y de sus raíces. Lo que respondiera entonces determinaría qué era lo que creía o lo que quería creer. Carlais no podía dejar de recordar las palabras que su madre, Yilian, le había transmitido a través de aquella carta. Parte de su carácter, de su personalidad, era así gracias a Maya y a Alfred; pero otra parte, la que siempre había estado ahí, en su corazón y en su alma, la había heredado de sus padres carnales. Por sus venas corría sangre real.

—Eso dicen —musitó incapaz de asumir aquella realidad como si nada.

—¿Lo sois o no?

No había escapatoria. Suspiró.

—Lo soy —declaró en voz baja.

—Entonces, sois mi única reina y soberana y solo a vos os debo mi total lealtad.

Acto seguido ocurrió algo que Carlais no estaba preparada para vivir. Arcren se levantó, hincó una rodilla en el suelo y agachó la cabeza.

Carlais no sabía qué hacer. Casi deseó que se la tragara la tierra. Por fortuna, el inesperado gesto de respeto duró poco y Arcren se puso en pie de nuevo. Carlais tenía muchísimo calor. Le pasaba cuando estaba frente a algo que no podía controlar y tenía que ver con ella directamente. No sabía cómo actuar a continuación, no después de aquella muestra de entrega y devoción. Se sentía cohibida. ¿Y si lo ignoraba? Tal vez fuera lo más apropiado. O quizá Arcren se sintiera ofendido…

Tragó saliva y se esforzó por disimular su turbación.

—¿De verdad estás planeando iniciar una rebelión?

—Sí, alteza.

—No, no, no. —Aquello era demasiado—. Aún no soy reina, y no sabemos si acabaré siéndolo…

—Pero sois una princesa —objetó él.

—Ni siquiera sé lo que voy a hacer. Nada de formalidades, ni de reverencias, ni cosas de ese tipo. Así que, por favor, llámame Carlais.

La petición de Carlais parecía suponer un problema para Arcren. Él sabía que estaba hablando con la hija de Rianon y Yilian, los últimos y verdaderos reyes de Cathlan. Y Carlais le inspiraba respeto solo por el hecho de ser quién era. Llamarle por su nombre era una desfachatez, pero también era una exigencia que ella misma había hecho. Obedecería.

—De acuerdo.

—Bien.

Carlais se puso la mano en la frente e intentó pensar con claridad.

—Entiendo que, según tú, mi deber es formar parte de la rebelión, ¿es así?

—Sí. Aunque Noriam fuera un buen rey, el trono es tuyo por derecho. La situación es la siguiente: Noriam conducirá al reino al desastre. La separación de la Alianza es ya algo muy malo y tan solo es el principio.

—No sabemos si es cierto del todo —objetó Carlais—. Quizá sea algo temporal.

—Lo dudo mucho. Pero no se trata solo de eso. Noriam no tolera ningún tipo de obstáculo en su reinado. La semana pasada arrestaron a dos tipos que expresaron su descontento con la idea de ser un reino tan independiente. Llevan en las celdas desde entonces a la espera de que se dicte una sentencia para su caso.

Tanto Maya como Carlais estaban al corriente de aquellas noticias, pero valía la pena recordarlas. Normalmente, el castigo por aquel tipo de difamaciones —las consideradas graves— era pasar unas horas en una de las picotas de la plaza. Pero ciertamente aquello había sido excesivo. Los ciudadanos de Cathlan sabían cómo comportarse cuando las cosas se tambaleaban. Al fin y al cabo, habían sobrevivido a dos revoluciones en los últimos años. La gente actuaba como si no pasara nada porque ansiaban aquella tranquilidad y aquella calma, pero tanto la tensión como el descontento eran palpables.

—¿Cuántos rebeldes sois? —preguntó Carlais.

Arcren dejó escapar una pequeña risa.

—Más de lo que creeríais jamás.

—¿Cuántos?

—Cerca de mil. Por supuesto, no están actuando en consecuencia, pero han expresado sus deseos de participar en lo que sea que yo esté tramando.

Activos o no, eran bastantes. Y eso que el grupo rebelde ni siquiera estaba consolidado. Si contaban con el apoyo de Carlais a sabiendas de que era la verdadera reina, probablemente se uniría más gente a ellos. Muchas personas lucharían por su causa si descubrían que había una Dagafiel de por medio. No obstante, la decisión no podía tomarse a la ligera.

—Os pido formalmente —dijo Arcren— que os unáis a nosotros y nos lideréis.

Carlais abrió los ojos como platos.

—Tal vez sea demasiado joven para asumir un papel así —intervino Maya—. Una cosa es que su existencia se conozca para motivar a los sublevados y otra muy distinta que se vea envuelta directamente en todo esto.

—No tendría que tomar las decisiones difíciles que requieran experiencia —explicó Arcren—. Su trabajo consistiría en tratar con las personas. Un papel simbólico, que tuviera poder en la moral de la gente. Poder de verdad.

Carlais suspiró. No parecía tan terrible ni tan difícil, pero aun así…

—Tiene que pensarlo —declaró Maya con un tono de voz conciliador.

—Por supuesto —aceptó él—. Carlais, esperaré ansioso una respuesta.

—No lo está diciendo —señaló Maya con cautela—, pero si accedes te pondrás en peligro. Has de saberlo.

—Nos pondré en peligro a todos —dijo Carlais con acidez.

Maya no había querido decirlo. Apenas había querido pensarlo. Pero podía tener razón. Solo desvinculándose completamente de ella podrían protegerse. Tal vez.

—¿La identidad de mi familia podría ocultarse? —le preguntó Carlais a Arcren—. Que nadie supiera quién me acogió o el apellido tras el que me he escudado todos estos años. Sin esa garantía puedo darte mi respuesta ya y será un no.

Arcren asintió despacio.

—Puede hacerse.

—Aun así tengo que pensarlo.

—Muy bien.

Se pusieron de pie y se dirigieron a la salida. Antes de marcharse, Carlais le dedicó unas últimas palabras a Arcren:

—Si finalmente decido no participar en esto, agradecería que olvidases lo que sabes de mí.

—Como os he dicho, tenéis mi lealtad. Pero ahora que sé que existís, no haré si no luchar por vos, se sepa o no.

Carlais asintió entre perpleja y honrada.

De camino a casa, Maya le explicó cómo había convencido a Arcren de que ella era Adisia Carlais. Le había mostrado la carta de

Yilian, aunque no se la había leído. Tan solo le mostró a quién iba dirigida, la fecha en la que se escribió y el sello lacrado. Eso había sido suficiente. Arcren se fio de su palabra, y si había tenido algún tipo de duda, como había conocido a Carlais ya no era el caso.

De pronto, oyeron la voz del pregonero al otro lado de la calle. Se detuvieron para escucharle con atención.

—Su majestad, el rey Noriam Emblema Blanco, hace saber a sus súbditos que Cathlan ya no forma parte de la Alianza de los Reinos del Sur. De un modo oficial, dicha Alianza está conformada única y exclusivamente por cuatro reinos y no por cinco, como hasta ahora. Se hace saber que Cathlan ya no…

Y otra vez la misma canción.

Maya reprimió una exclamación, igual que Carlais. Se sentían desamparadas. Habían formado parte de aquella Alianza durante más de quinientos años y, de repente y por el capricho de un rey, la tradición había terminado. Las personas de alrededor se mostraron escandalizadas, sorprendidas y preocupadas. El rey ni siquiera les había anunciado sus planes antes de que estos fueran llevados a cabo. Cuando el daño era irreparable, decidía compartir las circunstancias.

—Volvamos a casa —propuso Maya.

La plaza principal era un lugar lleno de vida donde el espacio estaba ocupado por los puestos de los mercaderes, quienes se pasaban el día tratando de llamar la atención sobre sus productos. A Nilba le gustaba aquel lugar: observar a la gente, comprar, charlar con algún conocido… El caso era que desde que la habían prometido con Edwer, las cosas habían cambiado un poco. Solo deseaba estar con él, con él y con él. Pero al mismo tiempo, se esforzaba por mantener las distancias. No quería que él se cansara de ella antes de lo previsto. Y ya habían intimado más de lo aconsejable, teniendo en cuenta cuál era su situación. La joven suspiró.

El sol brillaba con fuerza y el día contaba con todo lo necesario para ser una jornada espléndida, pero la actitud de la gente no era la de siempre. La noticia de que ya no formaban parte de la Alianza les había dejado a todos un poco trastocados. Aunque la mayoría de ellos estaba al corriente de lo que pasaba políticamente entre Cathlan y los demás reinos antes de que el pregonero lo anunciara oficialmente, ninguno se atrevía a pensar que era un problema sin solución, algo irrevocable…

Nilba tenía unas cuantas monedas de plata para gastarse en alguna joya con la que adornar su cuerpo el día de su boda. Quería estar más hermosa que nunca, ser la envidia de todas las mujeres. En un puestecito de toldo blanco y rojo distinguió un colgante precioso de color verde. Lo examinó detenidamente, procurando que las imperfecciones que pudiera tener no pasaran inadvertidas, pero era, sencillamente, magnífico.

—Disculpa —le dijo al tendedero—, ¿cuánto pides por este? —preguntó y alzó el colgante.

—Dos monedas de oro.

A Nilba casi se le cae el alma al suelo.

—¿Qué? ¡Es carísimo!

—Igual que el peaje para cruzar las fronteras a este reino, preciosa. Si lo quieres, págame lo que te digo, y si no, adiós.

Nilba dejó la joya donde estaba y se alejó de allí entristecida y cabizbaja. Era increíble lo mucho que habían subido los precios. Aunque también era comprensible. Los comerciantes que viajaban de acá para allá se habían dejado parte del salario en pagar los impuestos de la frontera.

—¡No merecemos esto! —El grito de una mujer que se había subido a uno de los bancos de piedra llegó hasta los oídos de Nilba. Parecía furiosa. Un corro de gente se había aglomerado a su alrededor—. ¡El rey hace lo que le viene en gana sin ningún tipo de consideración! Claro, como a él no le afectan estas cosas, no le importa, ¡pero a nosotros sí! Es nuestra calidad de vida lo que está en juego.

Nosotros no sabemos de economía, pero sabemos algunas cosas sobre lo que es vivir en la ciudad, en casas pequeñas, levantándonos todas las mañanas al amanecer para partirnos la espalda trabajando.

Algunos de los hombres allí presentes corearon sus palabras. Nilba no estaba sorprendida. Ya había supuesto que algo así pasaría, pero no le parecía nada prudente comportarse de aquel modo, teniendo en cuenta cómo se las gastaba el rey.

—Noriam ha dejado de ser lo que era. Ascendió al trono proclamando ser uno de nosotros, un plebeyo sin aspiraciones al poder absoluto, solo a la justicia, ¿y ahora qué está haciendo? ¡Se ha convertido en aquello que juró destruir! Un déspota y un monarca autoritario. Ni siquiera tiene pleno derecho al trono, igual que su antecesor. ¿Cuánto tiempo vamos a soportar esto? Los Dagafiel fueron los únicos que cuidaron el reino como si fuera lo más importante.

—¡La dinastía Dagafiel acabó! —bramó otro hombre desde la marea de personas.

—¿Y qué? —La mujer no parecía dispuesta a dejarse vencer—. Sus valores perviven. Tenían lo que hay que tener para gobernar.

Todos asintieron, incluida Nilba. Algunos sabios, locales y extranjeros, afirmaban que los Dagafiel habían sido no solo la dinastía más antigua del continente, sino también la mejor, la más querida y respetada. Jamás habían tenido problemas de ninguna clase, el pueblo siempre había estado satisfecho con ellos. Cathlan era su prioridad y profesaban un amor hacia su gente que otros muchos pueblos envidiaban y deseaban ver en sus propios monarcas. Claro que había habido alguna excepción, pero eran casos puntuales. Sin embargo, aquella era dorada había tocado a su fin.

Nilba vio a los hombres del alguacil acercarse, armados y listos para luchar. Iban a detener a aquella mujer.

En cuanto ella se dio cuenta de lo que le esperaba, saltó del banco y empezó a correr, pero un guardia le cortó el paso y la apresó bajo la acusación de traición. La pena era la muerte. Como la mujer intentó resistirse con todas sus fuerzas, los guardias del rey tuvieron que hacer lo mismo y le atestaron un golpe que prácticamente la tiró al suelo. Aquello fue el detonante de una explosión por parte de algunos de los allí presentes que, ante la brutalidad de los hombres contra la pobre mujer, se abalanzaron sobre los soldados, dispuestos a proteger a la supuesta criminal.

Y de repente Nilba ya no reconocía su amada plaza. La gente peleaba, envuelta por el polvo del suelo, otros gritaban, los guardias habían desenvainado sus espadas.

El terror que sentía el pueblo era evidente. Los cathlenses llevaban soportando inestabilidad muchos años. Primero un rey, luego otro. La emancipación de la Alianza estaba sembrando el pánico porque ningún ciudadano concebía la vida y desarrollo de un reino sin contar con el apoyo de otros similares.

Nilba creyó necesario salir de allí tan deprisa como se lo permitieran sus piernas.

Carlais estaba sentada sobre la hierba sin hacer nada especial. Se dedicaba a arrancar matojos del suelo y a esparcirlos en derredor. A su lado estaba Dan, también sentado y expectante. Carlais le había dicho que necesitaba hablar con él urgentemente, pero al tenerlo delante, dispuesto a escuchar lo que tuviera que contar, revelarle el secreto de su identidad se convirtió en una tarea difícil. Dan era tres años mayor que Carlais, y siempre se había comportado de una forma protectora y fraternal con ella. Eran buenos amigos desde hacía mucho tiempo. Tenían confianza.

La joven Carlais necesitaba hablar con alguien de su situación. Alguien que fuera ajeno a todo eso. Nilba era su mejor amiga, pero su personalidad no era la indicada para contarle algo como aquello. Al menos por el momento. Nilba no juzgaría a Carlais con objetividad, sencillamente se entusiasmaría por el hecho de que su amiga había resultado ser una princesa. Dan, en cambio, era alguien que reflexionaba profundamente sobre casi todo e intentaba ser imparcial y pragmático. Él le ayudaría.

—Dan… —musitó entonces—, somos amigos, ¿verdad?

—Pues claro. ¿A qué viene esa pregunta ahora?

—Voy a contarte un secreto y necesito tener la seguridad de que puedo confiar en ti.

—Me ofende que lo dudes, Carlais.

Ella suspiró y arrancó un poco de hierba del suelo. Era relajante.

—Verás, hace poco me confesaron quiénes eran mis padres. Me refiero a los verdaderos.

Dan abrió mucho los ojos y la miró con una ceja alzada.

—¿Y cómo pueden saberlo?

—Pueden, créeme. —Carlais hizo una pausa—. Jamás hubiera esperado que fueran ellos.

—¿Quiénes? —inquirió él.

Carlais tragó saliva. Le costaba muchísimo contarlo. Le daba la sensación de que cuanta menos gente lo supiera, más irreal sería todo. Pero esa forma de pensar era errónea. Tenía que aceptar lo que le estaba pasando. Lo que siempre había formado parte de ella sin que lo supiera.

Miró a su amigo.

—Los reyes.

Dan no parecía comprender las palabras de la muchacha al principio. Consideró la posibilidad de que ella le estuviera tomando el pelo, pero el rostro de Carlais no dejaba lugar a dudas.

—¿De Rianon III y…?

—Yilian. Sí. Soy Adisia Carlais Dagafiel —murmuró justo antes de soltar una risa de incredulidad—. Ni si quiera me suena bien. Parece que esté hablando de otra persona.

Carlais sabía cuál era la historia de Dan. Él había sido el primer niño atendido por la reina Yilian el día del Temblor. Dan le había hablado alguna que otra vez del recuerdo que tenía de aquel terrible día, y lo que había mejorado en cuanto la reina le había hablado con su voz aterciopelada y sus palabras dulces. Dan siempre había respetado mucho a los Dagafiel, aunque fuera solo por eso. Descubrir que una de sus mejores amigas era la verdadera hija de aquellos que tanto respeto le inspiraban, no solo a él sino a todos los ciudadanos, le había dejado sin habla.

La miró con los ojos brillantes. Podría acusarla de mentirosa o quizá de bromista. Podría reírle la broma y preguntarle por el verdadero secreto puesto que ya habían roto un poco la tensión. Pero en el fondo de su corazón, algo estaba gritándole a Dan que sí, que era cierto. Carlais no estaba mintiendo.

—¿Cómo es posible? —murmuró.

Ella se encogió de hombros.

—No lo sé, pero te aseguro que es cierto. Me enseñaron una carta que mi madre escribió para mí antes de morir. —Carlais se acercó un poco más a él y le mostró el anillo que siempre llevaba de colgante encima—. Mira —le dijo—, perteneció a Yilian. Al parecer ella se lo dio a Maya, y luego ella me lo dio a mí.

—Entonces ya sabes qué simbolizan las florituras esas, ¿no?

—Adornan el emblema de la casa a la que pertenecía mi madre en Eyexel. Los Castela.

—Espera, espera, aquí hay algo que no cuadra —interrumpió él—. El pueblo vio los cuerpos de sus monarcas antes de que estos fueran enterrados en el bosque. Los viejos lo cuentan a menudo. Mi propio padre me lo contó. No faltaba ningún cadáver, ¿cómo...?

—Un señuelo —se adelantó ella—. Al fin y al cabo, yo era un bebé. Una criatura irreconocible a ojos de alguien como lord Munio, supongo.

—¿Y quién murió en tu lugar?

—Un bebé que sí era un huérfano por culpa del terremoto. Buscaron al más parecido a mí y, sencillamente, me sustituyeron.

Carlais no pudo evitar preguntarse hasta qué punto merecía vivir más que aquel otro niño. Sintió el aguijonazo de la culpa en el estómago, como una serpiente que se hubiera enroscado en sus entrañas y necesitara morder la carne de vez en cuando para alimentarse, dejando un rastro venenoso tras de sí. Sin embargo, con tanto que asimilar y meditar, aquella parecía una cuestión menor.

—Tiene sentido —admitió él un poco aturdido—. Increíble... —Pero ya no tenía ninguna duda de que lo que le estaba contando Carlais era cierto. —Carlais —murmuró como si acabara de darse cuenta de algo—, eres heredera de la corona.

—Lo sé.

—Hay un grupo de rebeldes. Si te unes a ellos, podrás reclamar tu puesto como reina.

—¿¡Pero por qué hay tanto interés en que yo sea reina!? Tener una sangre en concreto no me convierte necesariamente en la mejor candidata, yo no sé nada de gobernar.

—Pero es tu deber. No es una cuestión de qué es mejor o peor, sino de qué es correcto. Cathlan se está yendo al traste. Los demás reinos no nos toman en serio, ¿cómo iban a hacerlo? Después de todo, ha habido tres reyes de casas muy distintas en los últimos dieciséis años, todos con políticas diferentes. La gente está cansada, harta. Resulta que tú eres la única persona con verdadero derecho para gobernar, ¿y no vas a hacerlo? Esa corona te pertenece y tienes una responsabilidad para con todos nosotros de aceptarla.

—Yo no lo pedí...

—Nadie elije cuáles son sus responsabilidades, Carlais. El hijo del panadero está destinado a ser panadero desde que nace, igual que el herrero, el mercader o el alfarero. Yo mismo empecé a prepararme para ser agricultor a los doce años. Así funcionan las cosas, Carlais. Tú debes ser reina, no hay más. Has nacido para eso. De hecho, no puedo imaginar a ninguna mujer más apta que tú.

Escuchar a Dan era agotador, sobre todo porque hablaba con un eco de razón imposible de ignorar. Las personas estaban destinadas a reemplazar a sus padres en sus oficios una vez hubieran crecido lo suficiente. Los reinos se regían así porque era el modo más práctico de avanzar. Había pocos individuos con aspiraciones distintas a las que se les imponía desde pequeños. Carlais nunca había tenido unos objetivos claros en la vida, y de pronto se presentaba ante ella una gran responsabilidad, algo que sin duda se convertiría en una atadura y condicionaría su vida más que cualquier otra profesión a la que pudiera haberse dedicado.

—Además —prosiguió Dan, esa vez menos exaltado—, no pienses solo en cuál es tu deber o tu lugar. Piensa en tu familia, en la verdadera. Fueron asesinados. Les arrebataron todo cuanto tenían. Acabaron con una dinastía de reyes justos e inteligentes.

—Yo nunca formé parte de esa familia, Dan.

—Durante dieciocho días sí.

—No me parece suficiente.

—¿Suficiente? Carlais, estamos hablando de las personas que te dieron la vida. ¿Sabes que yo recuerdo perfectamente a tu madre? Estaba embarazada cuando la conocí. De ti. Casi podía palparse el amor que te profesaba antes de que nacieras, antes de que supiera si ibas a ser hembra o varón. Antes de conocerte, ya te quería.

Carlais no sabía qué pensar de todo lo que Dan le estaba contando. Una parte de sí misma ansiaba saber más, zambullirse de lleno en aquella vida no vivida que era la que le correspondía en realidad. Otra deseaba huir, dejarlo todo atrás, fingir que no sabía la verdad, como si esta pudiera volver a enterrarse para que no desbaratara nada. ¿Era una opción? En los últimos días había realizado varias de las cosas que había hecho toda su vida: dormir en su cama, ayudar en el huerto, acudir al convento, pasear por el mercado, sacar agua del pozo, lavar en el río... Ninguna de esas actividades tan cotidianas e inofensivas le habían devuelto la sensación de calma y serenidad que tenía antes de saber la verdad sobre su origen. Una sensación que, empezaba a entenderlo, jamás regresaría. Se preguntaba cómo habría sido su vida si los enemigos de su familia no se la hubieran arrebatado. Pensaba constantemente en lo que podría haber sido y no fue. Si renunciaba a la posibilidad de recuperarla, aunque no fuera como debería haber sido, ¿dejaría de preguntárselo? ¿Se libraría alguna vez de la sombra de aquella vida no vivida? Al mirar atrás, tenía la impresión de que su vida era una mentira. Una mentira bonita, cómoda y dulce de la que no se arrepentía y que no rechazaba, pero una mentira después de todo. El azar le había colocado en casa de Maya y Alfred. El destino, en cambio, preparó para ella una vida en el castillo, entre tronos y coronas.

Por fin sabía quién era en realidad y ya no había vuelta atrás ni la habría nunca.

—Supongo que en realidad no tengo alternativa —musitó ausente—. Si soy sincera conmigo misma… —suspiró—, soy incapaz de desentenderme. Lo correcto sería que me uniera a los rebeldes.

—Sí, deberías. Nosotros estaríamos encantados.

Carlais frunció el ceño.

—¿Nosotros?

Dan asintió algo avergonzado.

—Formo parte de los rebeldes desde hace semanas. Quería decírtelo, pero entiende que no es algo que pueda ir contando por ahí.

Carlais se quedó sin aliento por un segundo. Después miró a su amigo como si le viera por primera vez. No era descabellado. ¿Quién si no personas como Dan iba a formar parte de los rebeldes tan tempranamente?

—Lo entiendo.

Hubo un instante de silencio en el que Dan vaciló, pero finalmente se atrevió a preguntar:

—¿Y qué vas a hacer?

—Cortarme el pelo.

—Carlais, en serio.

—Lo digo en serio. Siento que ya no soy la misma persona, y por tanto me resulta extraño verme como hasta ahora, ¿sabes? No tiene sentido. Sigo siendo yo y al mismo tiempo ha cambiado la percepción que tengo de mí misma. Quiero que ese cambio sea más… tangible. Como un símbolo para empezar de nuevo siendo la… princesa. Se supone que eso es lo que soy.

Dan le dedicó una dulce sonrisa.

—Es lo que eres. ¿Acaso no lo sientes así?

Carlais se mordió el interior de la mejilla, pensativa. No se sentía como siempre. Pero tampoco sabría decir si las emociones que albergaba se correspondían con las de una princesa.

—No lo sé. Quizá.

—Pues si cortarte el pelo te ayuda, hazlo. ¿Y después? ¿Te unirás a los rebeldes?

Ella se infló los pulmones de aire y se pensó bien la respuesta.

—Tengo que calibrar bien la situación. Otra rebelión me parece demasiado. Quizá no sea necesario llevarlo todo al extremo.

—Tu optimismo es encomiable.

Los dos se quedaron allí un rato, apoyados en sus codos contra la hierba, observando a la gente y a los carromatos pasar por el camino. Soplaba una brisa muy agradable y el calor no era sofocante. A Carlais le alegraba que Dan no hubiera adoptado una actitud demasiado respetuosa con ella en cuanto se había enterado de que en realidad era la princesa. Habría sido terrible perder al Dan que ella conocía, tan cálido y agradable.

Al cabo de unos minutos, Carlais oyó que alguien, en la lejanía, pronunciaba su nombre. Se incorporó y descubrió a Nilba corriendo hacia ellos. Ambos se levantaron con inquietud.

—Pero bueno, ¿qué te pasa? ¿Vienes a contarnos el último cotilleo de la ciudad? ¿Samnela ha vuelto a ganar otro pulso? —dijo Dan en tono jocoso.

—No, idiota, es más grave que eso. Han arrestado a una mujer en la plaza, acusada de alta traición.

—¿Y eso por qué? —quiso saber Carlais.

—Porque ha estado diciendo cosas sobre el rey. Ya sabéis. Cosas malas.

Dan y Carlais cruzaron una mirada significativa.

—¿Lo ves? —dijo él—. Es extremo.

—De momento solo es un arresto.

—Acusada de alta traición, Carlais. La ahorcarán.

—Eso no lo sabemos. Además, ahorcamientos hay todos los meses.

—Por alta traición no.

Eso era cierto y entrañaba mucho más que una ejecución por delitos como asesinato o violación.

—Eh, eh, ¿es que me he perdido algo? —cortó Nilba de repente—. Parece que me habéis dejado al margen.

—No es nada, Nilba —repuso Dan sin dejar de mirar a Carlais—. Habíamos estado discutiendo las políticas del reino y ahora nos has confirmado algo, eso es todo.

—Oh. Pues cuidado con lo que discutís, a ver si al final acabáis como esa pobre mujer.

Maya estaba preparándole un refrigerio a Alfred, que acababa de volver de trabajar y estaba agotado. Le alegraba poder contar con él en aquellos momentos tan duros y difíciles.

—Maya, ¿cómo está Carlais?

—Hace un momento la he visto fuera hablando con Dan.

—Es un buen amigo —comentó Alfred—. ¿Crees que se gustan?

Maya se encogió de hombros. Cuando eran pequeños, Maya estaba segura de que, al crecer, aquella pareja acabaría enamorándose. Pero ya habían crecido y entre ellos la relación seguía siendo de amistad, como siempre.

—No lo sé —admitió—. Carlais no parece dispuesta a comprometerse con nadie, y mucho menos ahora. Con todo lo que le está pasando…

—¿Cómo lo lleva?

Maya se encogió de hombros y cortó la cabeza de un pescado de un solo golpe.

—Empieza a asumirlo.

En ese preciso instante entró Carlais, con paso decidido y una expresión pensativa. Se dirigió directamente a la cocina, sin saludar, sin mirar siquiera a sus padres. Cogió uno de los cuchillos que Maya usaba para cortar carne. De inmediato, Maya se alarmó.

—¿Qué vas a hacer?

Carlais la miró y le ofreció el cuchillo.

—Córtame el pelo.

La mujer frunció el ceño y miró a la chica con perplejidad.

—¿Para qué?

—Necesito un cambio.

Maya ya no quiso indagar más. Supuso que se trataba de su particular ritual para aceptar su nueva identidad.

—¿Por dónde lo quieres?

—Por la nuca.

La mujer torció el gesto.

—¿Tan corto?

—Por donde empieza la espalda, más o menos. Podría ser peor, ¿no?

—Está bien. No te muevas.

Maya metió la mano en una jarra llena de agua para humedecerle el cabello, largo y rojizo, lo estiró, colocó la hoja justo debajo del pelo de la joven y empezó a cortar. No tardó demasiado.

—Mucho mejor —musitó Carlais.

Maya y Alfred la miraron unos instantes.

—No te queda mal —opinó él.

—La verdad es que no —corroboró su esposa—. Aunque me ha salido un poco desigual.

—No importa —dijo ella sacudiéndose la melena con una mano—. Ahora tengo que irme.

—¿Adónde?

—Al castillo. Voy a presentarme para ser dama de honor de la reina.

—¿Qué?

—Que voy a presentarme para…

—Sí, sí, lo he oído, pero…

Maya miró a Alfred con angustia, como si buscara algún tipo de explicación o de opinión, pero solo encontró indiferencia.

—Si quiere ir, no veo por qué no.

—¿No te parece peligroso? Teniendo en cuenta quién es y cómo se está comportando el rey…

—Si fuera una chica tonta, sí, sería peligroso —coincidió Alfred—. Pero no lo es, actuará con prudencia, estoy seguro.

—De todos modos —intervino Carlais—, no era una pregunta. Sé por qué lo hago; tengo motivos, así que, por favor, no pongáis muchas objeciones.

Y tras esas palabras se marchó.

A Laina no le entusiasmaba bordar. Con el tiempo, había llegado a acostumbrarse y practicaba la labor de la costura casi sin esfuerzo, pero no le gustaba. Habría preferido estar empleando su tiempo en otras cosas. Sin embargo, como su marido opinaba que esa era una de las tareas que toda mujer debía llevar a cabo, lo hacía. Le bordaba camisas y otras prendas para que él sonriera, complacido. A menudo se preguntaba cómo su vida se había convertido en aquel infierno y si algún día saldría de él.

Tirdia, su más fiel sirvienta, irrumpió en la estancia para decirle que era hora de bajar a las cocinas y elegir a un par de candidatas para que entraran a formar parte de su séquito. Eldara Mailen había estado a su servicio unos años, pero había decidido retirarse de la corte por motivos que no había dado a conocer. Laina no era una mujer que disfrutara imponiendo su autoridad, así que no le había pedido explicaciones. Si Eldara deseaba abandonar la corte, allá ella. Para Laina era muy fácil encontrar candidatas con las aptitudes necesarias capaces de cubrir aquella vacante en apenas unos días. Pero no era ese el único motivo por el que había convocado una audiencia. En las cocinas, Laina encontró un grupo de jóvenes en fila, todas ellas hermosas y llenas de energía. Se habían puesto sus mejores vestidos y recogido el cabello de un modo elegante y favorecedor. No era belleza lo que Laina buscaba en ellas. Sabía que ninguna de esas jovencitas era noble, puesto que ya no quedaban miembros de la alta sociedad en Cathlan.

—Majestad —dijeron ellas al unísono una vez la tuvieron en frente.

Hicieron una grácil reverencia ante ella y se irguieron de nuevo, expectantes. Laina las contó: catorce.

—¿Todas vosotras deseáis servir en la corte?

Ellas asintieron con la cabeza, pero no dijeron nada. En ese momento entró otra joven apresuradamente. Había llegado tarde a la audición, y fue precisamente eso lo que despertó el interés de la reina, que observó a la muchacha de arriba abajo.

—Lamento el retraso, majestad —dijo ella y retiró de su rostro un rebelde mechón de cabello rojizo.

Había algo en aquella chica que la diferenciaba del resto. Para empezar, su cabello corto estaba suelto, al natural, y sus ropas no eran nada del otro mundo. Un sencillo vestido de lino de color *beige* y marrón. Aquella no era la actitud adecuada para ser una dama de compañía de la reina. «Qué refrescante», pensó Laina.

—No es molestia —alegó—. ¿Cómo te llamas?

—Carlais Piedrablanca.

—Oh, sí, conozco a tu familia. Es la de los vinos. Dime, Carlais, ¿has venido a probar suerte?

—Lo cierto es que sí, señora. Quisiera serviros.

—¿Y eso por qué?

Carlais parpadeó un par de veces y se relamió los labios.

—Porque os respeto y quisiera aprender algunas cosas de vos y de la corte.

La reina asintió casi imperceptiblemente. A ojos de las muchachas, parecía una mujer dulce y bondadosa, aunque la rigidez de su cuerpo y su expresión neutra denotaban que también podía ser estricta. Carlais notó algo extraño. Laina estaba mirándole su colgante con el ceño levemente fruncido. Con las prisas, la joven no se había dado cuenta de que el anillo que pendía de una fina cadena alrededor de su cuello se le había salido del vestido. Con disimulo, volvió a esconderlo.

Su majestad no pareció molesta, aunque había algo en su mirada, un brillo nostálgico, como si estuviera frente a un viejo conocido al que llevaba mucho tiempo sin ver. Pero aquel destello de sus ojos desapareció tan pronto como había venido. Con actitud resuelta, miró a Carlais de nuevo.

—Dime, ¿crees que ese es el aspecto pertinente para presentarte ante mí?

—Es mi aspecto habitual —dijo ella por toda respuesta.

Laina sonrió.

—No eres nada presuntuosa, por lo que veo —comentó, y dirigió una fugaz mirada a las demás, que se ruborizaron.

Carlais aguardó con paciencia a ver qué era lo que la reina tenía que decir. De momento le había hecho más caso que a las demás, lo que era una buena señal. Laina les hizo unas cuantas preguntas a las demás, pero no parecía estar tan interesada en ellas como lo estaba en Carlais.

Finalmente, la reina le susurró algo a su dama de confianza y se retiró. Las candidatas murmuraron cosas entre ellas hasta que Tirdia les ordenó callar.

—Las elegidas por su majestad han sido Carlais Piedrablanca y Deniseth Nubeseda. Las demás podéis retiraros.

Carlais miró de reojo a Deniseth. Era una joven de rostro afable y dulce, cabellos dorados y ojos verdes. No parecía nerviosa, pero tampoco se percibía seguridad tras sus pupilas inquietas. Carlais avanzó un paso para poder hablar con ella cuando Tirdia la detuvo.

—La reina desea hablar contigo en la intimidad. En su cámara privada.

Carlais pudo notar un timbre de rabia en la voz de aquella mujer y enseguida entendió por qué. Se sentía amenazada porque, evidentemente, Carlais le había caído en gracia a la reina. No dijo nada, se limitó a sostener la mirada incisiva de Tirdia y a seguirla en cuanto esta dio media vuelta para guiarla.

Los aposentos de la reina eran inmensos y preciosos. Carlais tuvo la certeza de que nunca había estado en un lugar tan portentoso y brillante. Pero entonces se recordó a sí misma que ella había nacido en aquel castillo, quizá incluso en aquella sala. Tirdia informó a la reina de la presencia de Carlais y luego, tras una exagerada pero grácil reverencia, se retiró, dejándolas completamente a solas.

—Carlais —saludó la reina.

Ciertamente era una mujer espléndida. Parecía la dignidad personificada. Su cabello castaño era claro como un amanecer de otoño, lo que contrastaba mucho con sus ojos oscuros como un abismo. La reina la estaba mirando fijamente, pero Carlais no se sintió intimidada.

—Me resultas muy familiar, Carlais —comentó ella.

—No sé a qué puede deberse.

—¿Seguro?

Carlais vaciló. Era consciente de que Laina estaba tanteándola, pero ¿qué era lo que pretendía?

—Seguro, alteza —respondió ella sin que le temblara la voz ni un ápice.

Laina tomó aire.

—Permíteme que te muestre algo, *Carlais*.

Hubo algo en la forma de pronunciar su nombre que hizo que Carlais pensara que Laina sospechaba algo acerca de su identidad, aunque era imposible. Probablemente se estaba volviendo una paranoica ahora que ella misma conocía aquel secreto. Aun así, no pudo evitar sentir que la sangre se le helaba en las venas por el miedo.

La reina se dirigió a una alcoba contigua. Estaba llena de baúles y armarios. Laina abrió una caja y sacó un retrato de esta. Se lo mostró a Carlais. La joven lo contempló, con el corazón en un puño y la mandíbula apretada. En la imagen podía distinguirse a una mujer de rasgos duros y tenaces, aunque hermosa en cierto modo. Pelirroja de ojos castaños, con una mirada profunda y triste. Compartía rasgos faciales con Carlais.

Ella se mordió el labio y miró de reojo a Laina, que la contemplaba con expectación.

—¿Y bien?

—Qué curioso.

—Yo no lo calificaría de curioso.

Carlais desvió la mirada y esperó a que Laina dijera algo más. La situación era de lo más incómoda.

—¿Quién es esa mujer? —inquirió Carlais cuidadosamente.

—Mi abuela Sayrena, hermana de Claeros IV. Este es el único retrato que existe de ella y, aparte de mi hermano, eres una de las pocas personas que ha tenido el privilegio de verlo.

Carlais recordó el árbol genealógico de la familia Dagafiel que vio en aquel libro de la biblioteca del convento. Laina pertenecía a una rama de su familia, siendo así primas lejanas. Y Sayrena, la abuela de Laina a la que tanto se parecía, era hermana de su bisabuelo.

Carlais se mordió la lengua y permaneció inmóvil. El metal del anillo que llevaba por colgante parecía quemarle la piel. En cuanto estuvo segura de que Laina no miraba por estar absorta en el retrato, se lo metió por debajo del vestido.

Capítulo 9

SECRETOS

Laina hablaba con una voz distante y bañada en nostalgia.

—Conocí al rey Rianon, y también a su esposa, Yilian. Parece que fue ayer la última vez que los vi, hace ya dieciséis años. El tiempo vuela y borra todo lo que puede tocarse. Pero los recuerdos perduran. Y yo recuerdo a los reyes muy bien. También a su hijo, Aloy. Aunque debido a la complicada situación que vivía Cathlan por aquel entonces no llegué a conocer a su hija, Adisia Carlais —explicó. Seguidamente esbozó una triste sonrisa—. Pero imagino que lo bueno se hace esperar.

Carlais tragó saliva y sostuvo la mirada de la reina.

Algunas personas afirmaban que Laina odiaba al rey y que era desdichada por su culpa. Sin embargo, llevaban casados diez años y tenían un hijo. Carlais no sabía si podía confiar plenamente en Laina. Se pasó una mano por el pelo y miró a su reina sin saber muy bien qué hacer o decir, incapaz de emitir sonido alguno, como si no tuviera voz.

—Carlais, prácticamente te reconocí en cuanto te vi entrar —declaró Laina seriamente—. Tu colgante, ese que te has escondido, me dio la respuesta definitiva.

La joven estaba impresionada, conmocionada, pero se negaba a admitir la verdad con tanta facilidad.

—No sé a qué os referís, señora —declaró, y su voz sonó sorprendentemente cristalina.

Laina palideció un momento y la miró con atención.

—Sí lo sabes. Si me equivocara habrías reaccionado de otro modo al ver el retrato —sentenció Laina.

—No creo haber reaccionado de ningún modo especial…

—Sabes quién eres, Carlais. Por eso estás aquí, ¿verdad? Esa sortija… No te imaginas la de veces que se la vi puesta a lady Yilian. Siempre la llevaba. No debería sorprenderme que tu madre hallara el modo de salvarte la vida. Era muy lista.

Carlais valoró diversas respuestas, pero era absurdo seguir fingiendo.

—¿De qué lado estáis, señora? —inquirió la joven cautelosamente.

—Siempre estoy del lado de mi familia.

—¿Y dónde deja eso a vuestro esposo?

Laina sonrió al comprender cuáles eran los pensamientos de Carlais.

—Solo es eso. El hombre con el que estoy desposada. Y tú… Tú eres mi familia.

Carlais esbozó el principio de una sonrisa, pero sin atreverse a mostrar su alivio. Laina podía estar mintiendo, manipulando sus sentimientos. Sin embargo, parecía una persona tan franca, tan bondadosa, que Carlais no podía esperar una traición por su parte. Laina sonrió y la tomó de la mano.

—Ven, sentémonos y hablemos tranquilamente.

La condujo hasta una mesa donde había un bol con frutas y una jarra de vino especiado. Se sentaron una frente a la otra. A través de una ventana cercana, Carlais podía observar los patios del castillo, donde los mozos preparaban caballos y transportaban mobiliario de un lugar a otro. Laina cogió la jarra y le ofreció un poco.

—¿Quieres?

—Oh, no. No me gusta el vino.

Laina enarcó una ceja.

—¿En serio? Tus padres son de los mayores proveedores de vino de la ciudad.

—Lo sé. Pero no me gusta.

La mujer se encogió de hombros.

—Resulta gracioso.

Se sirvió a ella misma.

Por mucho que Laina le hubiera confesado la aversión que sentía hacia su marido, Carlais no se sentía tan cómoda como debería. Seguía sospechando que todo podía ser una trampa. Una velada fatídica adornada con vino y cosas bonitas. ¿Y si era todo una estratagema para descubrir cuáles eran exactamente sus intenciones?

—Bueno, quiero decirte que así, en privado, puedes tutearme —indicó Laina—. Somos familia y entre parientes sobran estas formalidades. Además, en la escala jerárquica, tú estás por encima de mí.

Carlais asintió.

—Está bien.

—Es más, yo debería tratarte con respeto a ti porque, al fin y al cabo, eres la auténtica heredera de Cathlan. —Laina dejó escapar una risa y se puso seria de pronto—. Dime qué es eso lo que pretendes, por favor... ¿Ser la reina?, ¿restaurar el equilibrio que hace tanto nos fue arrebatado?

—La verdad es que no he decidido lo que voy a hacer todavía.

—Pues debes hacerlo, Carlais. Hay mucho en juego y creo que se lo debes a tus padres, y también a ti misma.

Había algo muy extraño en la petición que Laina estaba haciéndole. Con esas palabras estaba dejando entrever un desprecio hacia su marido. Un desdén nada apto para tratarse de un rey y una reina.

—Majestad..., ¿por qué estáis tan interesada en la caída de vuestro esposo?

—No, no. Recuerda, entre parientes, nada de formalidades.

—Perdona, es la costumbre.

—Bueno... Responderé a tu pregunta. —El rostro de la reina se ensombreció ligeramente—. Yo siempre soñé con casarme y tener hijos. Ya ves que no eran ambiciones nada peculiares, pero realmente deseaba enamorarme y casarme y todas esas cosas. Quería hacerlo de verdad, de corazón. —Tragó saliva—. Pero cuando Noriam dio el golpe contra Munio y decidió acabar con toda la nobleza, me asusté. Igual que mi hermano mayor. Creí que íbamos a morir, pero en cuanto apareció Noriam con sus hombres para ejecutarnos, igual que hizo con los demás nobles, algo sucedió. Me dijo que teníamos una oportunidad de salvarnos; los dos. Yo pregunté cuál era y su respuesta fue: «Cásate conmigo y prometo que no os pasará nada». —Suspiró y se quedó perdida un segundo en la lejanía de sus recuerdos—. Fue hace mucho tiempo, pero es lo que ocurrió. —Hubo un instante de silencio—. No se puede amar a un hombre que te hace elegir entre tu vida y tu libertad, ¿verdad?

Laina parecía agobiada, preocupada. Carlais la vio como la muchacha de veintidós años que era cuando la vida la había obligado a comprometerse con Noriam. Nadie conocía aquella parte de la historia de primera mano, aunque muchos la imaginaban.

—Fuiste muy valiente —opinó Carlais.

La reina sonrió con amargura.

—No. Creo que fui una cobarde. Preferí conservar mi vida en vez de mi dignidad.

—No era solo tu vida —puntualizó Carlais—. También la de tu hermano, ¿no? Estoy segura de que él no cree que seas una cobarde.

Aquellas palabras parecieron animar a Laina, que asintió lentamente.

—Eso espero. Así que no debe extrañarte mi falta de afecto hacia mi esposo. Además, él tampoco me quiere. Tiene infinidad de amantes. Tengo entendido que últimamente ha estado viendo a una mujer con la que parece tener un interés que va más allá de lo esporádico. Fíjate, puede que incluso esté enamorado… Bueno, lo dudo.

A Laina no parecía afectarle el hecho de que su esposo buscara consuelo en otras mujeres. Quizá incluso fuera un alivio para ella. Laina no deseaba intervenir en la vida privada del rey. Sabía que la mayoría de las mujeres con las que él pasaba las noches eran doncellas de su servicio y no le guardaba rencor a ninguna. Ella estaba por encima de eso.

—Entonces, ¿vivís completamente al margen?

De repente, la reina clavó sus ojos castaños en ella, como dos cuchillas afiladas capaces de atravesarlo todo.

—Dime que lo que quieres es recuperar el trono —rogó ella ignorando la pregunta.

Carlais desvió la mirada.

—Aún no lo sé —repitió algo molesta. No deseaba tener esa conversación de nuevo.

—¿Cómo que no lo sabes? Carlais... Entiendo que estés asustada, que sientas inseguridad, pero debes tener en cuenta todas y cada una de las partes. Tu linaje es magnífico y digno. Si tienes la oportunidad de restaurar la dinastía, debes hacerlo. No solo por ti; por todo el pueblo. Lo merecen. Noriam se ha autoimpuesto como rey, igual que lo hizo Munio. No tenemos que aguantar esto, ni nosotras ni los demás ciudadanos de Cathlan.

—¿Y qué pasa con los Dagafiel? Nadie los elegía y ha habido casos en los que un Dagafiel ha resultado ser un rey inepto.

—¿Eres buena en historia?

—Sí.

—Entonces contéstame, ¿por qué Aros Dagafiel fue el primer rey de Cathlan?

Carlais pensó en la cantidad de veces que había leído aquella historia. Aros Dagafiel había sido un líder bárbaro de Cathlan cuando este no era ni siquiera un reino. La población se dividía en tribus, los hombres vivían en chozas, vestían con pieles y luchaban con armas pobremente elaboradas. Cuando otras tribus del reino conocido ahora como Eyexel habían intentado apoderarse de los territorios cathlenses, fue Aros quién libró la batalla en defensa de su tierra y protegió a todos con fiereza. Tras la aplastante victoria, le habían proclamado rey absoluto de Cathlan y desde entonces siempre había ido transmitiendo a sus hijos valores que los llevaban a proteger y a querer a su pueblo por encima de todas las cosas. Su última voluntad antes de morir había sido que su familia y sus descendientes fueran tratados con honor y bondad. Nada le importaba más que eso. Y se cumplió, porque desde entonces todos los Dagafiel fueron reyes. La figura de Aros era idolatrada por todos los ciudadanos de Cathlan, que disfrutaban oyendo su historia cantada por los juglares y bardos. Los reyes lo respetaban tanto que, a diferencia de lo que sucedía con otros monarcas ilustres, apenas usaban su nombre para nombrar a sus hijos. En la historia de Cathlan, solo cinco reyes habían llevado ese nombre que significaba y representaba tanto. Solo cinco y por haber nacido en condiciones excepcionales. El último, Aros V, había sido el primer y único bebé de una reina que había sido estéril toda su juventud.

Aros V, conocedor de que el pueblo esperaba mucho de él, se había esforzado por ser un buen monarca, querido y respetado. Y prácticamente lo había conseguido.

La historia de Aros I, el que había liderado a las gentes de Cathlan frente a los bárbaros del norte y fundado el reino como tal, era una historia que Carlais conocía bien. Había leído cientos de relatos sobre ella, oído decenas de cantares donde afirmaban que Aros incluso tenía el poder de desaparecer en los bosques, fundiéndose con la naturaleza sin dejar rastro, y transmitir ese poder a sus combatientes. De ese modo venció al enemigo. Pero habían pasado muchos años desde que eso ocurrió y Carlais desconocía cuánta verdad había en esa historia. Lo que estaba claro era que hubo una guerra y había sido un tal Aros quien condujo a cientos de personas hacia la victoria que desembocaría en el nacimiento de un nuevo reino: el suyo.

—Lo sé, lo sé —repuso ella—. Fue rey porque lo mereció.

—Exacto. Y la inmensa mayoría de sus descendientes han sido excelentes monarcas, aunque solo fuera para honrar la memoria de Aros I el Grande. —Laina contempló a Carlais, quizás esperando a que dijera algo, pero ella permaneció en silencio—. Espera aquí.

—La soberana se levantó y se dirigió de nuevo a la cámara donde guardaba todos aquellos objetos personales. Regresó al cabo de un rato con un saco de lino de color marrón. Hizo un hueco en la mesa para poder mostrarle los objetos que contenía—. Conseguí recuperar y guardar algunas cosas de tus padres. Munio solo destruyó las importantes y mi esposo no concedió demasiada importancia a lo que quedó.

Carlais aguardó con impaciencia mientras Laina extraía algo del saco. Le mostró un libro color granate cuidadosamente encuadernado y muy bien conservado.

—Mira, este es el último libro que leyó tu madre. Creo que no lo acabó, pero la última vez que la vi me contó que le gustaba y que deseaba compartirlo conmigo cuando lo acabase. Yo lo leí un tiempo después de su muerte.

La joven estaba muy interesada y le agradó descubrir que su madre también sentía afición por la lectura.

—¿Y de qué trata?

—De amor. Este tiene poesías, cuentos, de todo. A tu madre le encantaban las historias románticas.

Carlais sonrió.

—A mí también me gustan.

—Es para ti. Léelo por ella.

Carlais cogió el libro y acarició suavemente la cubierta. En letras marrones podía leerse el título: *Cartas al corazón*. Parecía la clase de libro que podía gustarle. Ella había leído muchos poemas y cuentos acerca del amor, y le hacían pasar buenos momentos.

—Gracias.

Después la reina le fue mostrando más cosas; unos pendientes de su madre, documentos redactados por su padre, joyas, el juguete preferido de su hermano mayor…

Carlais había pensado también en el pequeño príncipe, y no pudo evitar establecer una pequeña relación entre él y Derwen, el hijo mayor de Maya y Alfred. A él le quería. Juntos habían jugado y peleado, discutido y charlado. Con Aloy, su hermano biológico, quizá hubiera sido igual, incluso mejor. Nunca lo sabría.

—Como ves, todas estas cosas son reales, guardan recuerdos. Una parte de ti tiene su origen en esto. No debes olvidar quién eres.

Carlais se recostó un poco en su asiento y se llevó la mano a los labios en un gesto de reflexión. En pocos días su vida había dado un giro de ciento ochenta grados. Ella amaba Cathlan, era su reino, su tierra, su hogar. Y no solo eso, sino que ella formaba parte de la familia que siempre había estado cuidando de él. Tenía que tomar una decisión ya. Las dudas no desaparecerían con el tiempo. Sus miedos no se evaporarían como el humo. Pensaba que, si dejaba pasar los días, la gravedad de la situación disminuiría y sería más fácil elegir. Pero ese pensamiento era un error. Nada iba a cambiar. Tenía que tomar cartas en el asunto, y cuanto antes lo hiciera, mejor.

¿De verdad iba a dejar que la gloria del reino se fuera al garete por culpa de Noriam? No. No lo permitiría; ya estaba decidida.

—Recuperaré el trono —aseguró de pronto, y no se sintió cohibida por sus palabras. De hecho, estaba incluso más segura que antes—. Pero no quiero excederme ni que haya más problemas de los necesarios. No tengo prisa, quiero hacerlo bien. Cathlan ha sufrido demasiado en los últimos años.

Laina sonrió visiblemente orgullosa.

—Es comprensible que estés asustada. Al fin y al cabo, no te han preparado para esto.

—He recibido una muy buena educación en el convento —puntualizó ella—. Mi madre, es decir, Maya, así lo exigió. Soy buena en economía, política y esas cosas. —Hizo una pausa—. Si me imagino a mí misma gobernando Cathlan, no siento temor porque creo que podría afrontarlo, con un poco de ayuda al principio, pero luego me apañaría. —Tragó saliva—. Pero una rebelión que me obligue a luchar me inquieta, porque no tengo ni idea de cómo pelear.

—Se puede ser rebelde de muchas maneras. Tú serías más útil motivando a la gente, dedicándoles palabras de agradecimiento cuando regresasen de escaramuzas y cosas así.

—Lo sé, y lo haré, pero me parece insuficiente. No es justo que se jueguen la vida por mí si yo no soy capaz de jugármela por ellos.

Laina la miró con una expresión complacida.

—Se nota que eres hija de tus padres.

Sintió una punzada en el pecho. Carlais empezaba a ser consciente de que cuánto había perdido en realidad, de lo mucho que Munio le había arrebatado. Empezaba a dolerle y no quería ahondar en aquel sentimiento.

—Supongo. Pero volviendo al asunto… Tiene que haber alguna alternativa. Algo más diplomático que las dos últimas rebeliones. La de lord Munio no fue precisamente muy sangrienta, pero la de Noriam, sí. Yo la recuerdo. En la plaza vi cabezas ensartadas en picas.

Laina hizo una mueca de disgusto, recordando también aquellas escenas que, por desgracia, habían sido muy comunes.

—Ningún niño tendría que ver eso.

Carlais se encogió de hombros.

—En tiempos como los que corrían entonces, la violencia estaba muy presente.

—Fue terrible, lo sé. No obstante, hay ocasiones en las que si la gente no razona, lo único que puede hacerse es luchar.

—Crees que voy a tener que hacerlo —adivinó Carlais leyendo los pensamientos de Laina.

—Conozco a mi marido. Es testarudo.

La joven suspiró.

—Seguro que no más que yo. O eso quiero pensar.

Laina sonrió, sentía un extraño orgullo en el pecho. Contempló a Carlais como quien contempla la primera flor que brota tras el invierno.

—¿Qué? —exhortó la joven.

—Nada. Es solo que no me puedo creer que de verdad estés viva. Es como un milagro.

Carlais suspiró y se miró las manos sobre el regazo con aire distraído.

—Es casi prodigioso lo rápido que has deducido quién soy.

—Aparte de las pistas que tú misma has dado sin querer, cosa que no puede volver a repetirse así que habrá que hablar de ello, tu padre le confesó a mi hermano que cabía la posibilidad de que tú renacieras de tus cenizas. De que no estaba todo perdido para ti.

—¿Tu hermano y él eran muy amigos?

Laina asintió con decisión y cierto pesar en el corazón.

—Los mejores amigos.

El cantar de los pájaros siempre había relajado a Nilba y, sin embargo, aquel día estaba más nerviosa que nunca, por más que las aves piaran. Estaba probándose el vestido que llevaría en su boda, a tan solo un par de días de distancia. Al heredarlo de su madre no le había parecido nada del otro mundo, pero ella, que era muy creativa, había sabido hacerle los arreglos necesarios como para que pareciese uno de los vestidos más bonitos de todo Caan. Deseaba que Edwer se quedara tan impresionado que no sintiera ningún tipo de temor o duda. Quería que estuviera orgulloso, que incrementaran sus ganas de casarse con ella.

Y luego, tras la boda, irían a vivir a una casa donde construirían una vida juntos, traerían hijos al mundo y se cuidarían el uno al otro. Esos siempre habían sido los sueños de Nilba, los mismos que una vez habían parecido tan lejanos y ya eran solo cuestión de tiempo. Observó su figura en el reflejo de una de las ventanas de la alcoba en la que estaba, en su pequeña casa junto al molino, y sonrió satisfecha. También tenía que pensar qué hacer con su pelo rubio y rizado, aunque su madre le había aconsejado que no se preocupara demasiado por eso. A veces lo mejor era lo más espontáneo, lo más natural. Se desvistió y volvió a ponerse encima las prendas que llevaba habitualmente. No le favorecían tanto como el vestido de novia, pero también había trabajado en ellas para que fueran más bonitas.

Le encantaba todo lo que tenía que ver con la decoración, mejorar las cosas, trabajar en ello para darle un aspecto más brillante. Nilba había intentado persuadir a Carlais para que esta le dejara sus ropas y ella pudiera adornarlas un poco, pero su amiga se negaba. No era la clase de chica que se preocupara en exceso por su aspecto. Se acicalaba lo justo y necesario para cada ocasión y no más. Como solía decir Nilba, tenía demasiado sentido del pragmatismo y poco sentido de la moda. Y Carlais se limitaba a encogerse de hombros.

Hacía unas horas que había ido a buscarla a su casa para que le hiciera compañía mientras ella se probaba el vestido y le diera su opinión, pero Maya le dijo que no estaba, que tenía algunos asuntos importantes que atender.

¿Qué asuntos? A ella no le había contado nada. Estaba deseando volver a su casa para preguntárselo, y aún no era demasiado tarde, así que se puso los zapatos y salió en su busca.

Aún faltaban varias horas para el atardecer y la atmósfera se había ido calentando a lo largo de la mañana. Se acercó al molino para avisar a su padre de que saldría y tomó el sendero hacia la ciudad, que pasaba justo por delante de la casa de Carlais.

Le faltaba aún medio camino cuando oyó el ruido de un carro acercándose a ella por la espalda. Se giró y vio a un amigo de su padre regresando junto con su carreta y su asno. Tenía los hombros caídos y la expresión seria. Cuando estuvieron a la misma altura, Nilba decidió hablarle con la intención de ser amable.

—Eh, Fandomir —le llamó.

Él meneó la cabeza, como si acabaran de extraerle abruptamente de un sueño, y la miró.

—Nilba —susurró desde la carreta—, ¿qué haces aquí?

—Iba a casa de los Piedrablanca.

—A ver a la hija mayor, supongo.

—Sí.

—Ya. ¿Cómo está tu padre?

—Trabaja mucho, pero está bien. ¿Y tú?

—Bueno, las cosas no me van como antaño. Fíjate —dijo señalando la parte posterior del carro, que estaba cargada de cajas y paquetes—, apenas he vendido la mercancía que me proponía.

Fandomir era un comerciante de prendas muy bien valorado en Cathlan y con una considerable demanda de sus productos en algunos reinos vecinos. La particularidad de las ropas que vendía, aparte de que eran de muy buena calidad, era las tonalidades que presentaba. Fandomir había heredado una fórmula de su padre que le enseñaba a teñir las telas de colores vivos y fuertes, como escarlata, amarillo, verde esmeralda o azul cielo. Su mujer era costurera y le ayudaba en su trabajo. Se decía que la mismísima reina le había encargado un par de vestidos.

—¿De dónde vienes?

—De Sumreis.

—¿Y qué ha pasado? ¿No has vendido nada de nada?

—Sí, pero los impuestos por el peaje de un reino a otro me han afectado mucho. Ya solo por salir de Cathlan tengo que pagar. Obviamente, eso me ha hecho subir los precios, pero la gente no quiere pagar más por lo de siempre, ¿comprendes?

Nilba frunció las comisuras de los labios, asintiendo. Al parecer, el impuesto por circulación llevaba en marcha más tiempo de lo que la gente pensaba.

—No sé si estabas aquí cuando el pregonero lo anunció, pero es definitivo que ya no somos parte de la Alianza.

Fandomir parpadeó un par de veces, como si Nilba le hubiera hablado en otro idioma. Después suspiró con resignación.

—Ya se nota, ya.

Cuando Carlais llegó a casa, sus hermanos vinieron corriendo hacia ella.

—¿Es verdad eso de que has estado en el castillo real? —le preguntó Elish con los ojos brillantes y llenos de ilusión.

—¿Había caballeros con armadura? —intervino Derwen con ansia.

—Sí, chicos —repuso ella con una media sonrisa—, había todo eso y más. Ya os lo contaré, pero ahora os toca a vosotros decirme cómo sabéis que estaba en el castillo.

—Oímos a padre y a madre hablar de eso hace un rato —respondió Elish.

—Sí —intervino una cuarta voz—, son unos pillastres.

Era Maya, que miraba a sus hijos con los ojos rebosantes de amor.

—Ahora id a jugar —instó ella—. Tengo que hablar con vuestra hermana.

Los niños vacilaron, pero ante la implacable mirada de su madre, no les quedó más remedio que obedecer. Le dirigieron una sonrisa a Carlais y se fueron. Las dos se quedaron solas.

—¿Cómo ha ido? —inquirió Maya lentamente.

—Bien. Me han cogido.

El pecho de su madre ascendió ligeramente mientras tomaba aire. Carlais conocía bien ese gesto; significaba que no estaba de acuerdo con lo que sucedía pero que se aguantaría.

—Entonces genial, ¿no? Estás contenta.

—Sí.

—¿Cuándo empiezas?

—Mañana.

—Carlais, ten cuidado, por favor —rogó Maya.

—No necesito que me digas eso, madre. Sé perfectamente el cuidado que tengo que tener, y en realidad no es algo tan peligroso.

Maya se llevó las manos a la cabeza.

—Sí lo es, ¿no de tas cuenta? ¿Crees que Noriam no puede percatarse de quién eres en realidad?

—No lo veo tan probable.

—Carlais, en el castillo hay decenas de retratos de tus antepasados. Yo misma los vi con estos ojos. Aunque los hayan retirado, es posible que su majestad guarde alguno. Pero si volviera a contemplarlos, seguro que encontraría similitudes en ti.

—Eso es porque sabes quién soy en realidad, pero para quien lo desconoce, la verdad no es tan evidente. Y como dices, esos cuadros ya no están. Munio los mandó quitar.

Maya suspiró, quizás se había dado por vencida.

—Haz lo que quieras, ya eres mayor. Solo espero que tengas razón.

Carlais se acercó a Maya y la abrazó con cariño.

—No te preocupes —le susurró al oído.

Unos golpetazos insistentes en la puerta interrumpieron aquel momento enternecedor. Únicamente por cómo sonaban, Carlais supo identificar a la responsable.

—Seguro que es Nilba —musitó al separarse de su madre.

—Anda, ve.

Carlais abrió la puerta y, en efecto, ahí estaba su amiga, con aspecto cansado pero entusiasta.

—¡Por fin te encuentro! —exclamó—. Llevo todo el día… —De pronto, la expresión de Nilba adoptó un aire horrorizado—. ¿Qué demonios te has hecho en el pelo?

Carlais no pudo hacer otra cosa más que reír ante la cara que había puesto su amiga. Ya se había figurado que a Nilba, siempre tan cuidadosa con su aspecto y el de los demás, le escandalizaría su renovado aspecto.

—Mi nuevo estilo —respondió—, ¿no te gusta?

Nilba entrecerró los ojos y entreabrió ligeramente la boca.

—¿Gustarme? ¡Si pareces un chico!

—No seas exagerada. El pelo casi me toca los hombros, ¡los hombros! No es tan corto.

—Igualito, igualito a Edwer —repuso Nilba.

Carlais puso los ojos en blanco, pero sonrió.

—Será que tu prometido lleva un peinado de chica, entonces —espetó ella con un tono jocoso de voz. Por toda respuesta, Nilba le propinó un golpe en el hombro—. ¡Ay!

—No digas eso ni en broma. Mi Edwer es muy masculino —declaró ella con la voz más dulzona que podría haber elegido.

—Me agotas.

Nilba puso los brazos en jarras.

—Ya, ya.

Empezaron a caminar por los alrededores de la casa.

—Bueno, ¿y a qué venía esa prisa por encontrarme? ¿Tienes algo interesante que contar?

—Pues no... Bueno, sí. —Nilba sacudió la cabeza con fuerza mientras tenía los ojos cerrados—. Creo que estoy embarazada.

Carlais estuvo segura de que era imposible que hubiera oído bien. Imposible. Y sin embargo, la expresión de culpabilidad de su amiga le indicaba lo contrario.

—¿¡Qué!? ¿Que estás embarazada?

—Sí, tú grítalo más.

—Perdona es que... No lo entiendo —balbuceó Carlais.

—¿Tengo que hacerte un dibujo?

—No sabes dibujar.

—Da igual. El caso es que estoy casi segura de que estoy encinta.

Carlais no daba crédito.

—Pero a ver, aún no estás casada...

—Ya lo sé, pero es que... No sé, todo sucedió casi sin que yo me diera cuenta. No controlaba mi cerebro, solo mi corazón.

—Ya, claro, y tus piernas —murmuró Carlais con sarcasmo, pero Nilba estaba tan absorta en su problema que apenas percibió aquel tono de voz—. De todas formas, no puedes estar segura solo por unos días, porque, ¿cuándo fue eso? Imagino que no hace mucho.

—Pues no, pero es una corazonada.

Carlais se encogió de hombros.

—Menos mal que vais a casaros. Imagínate lo que diría tu familia si se entera.

—Ya. La gente empezaría a llamarme de todo. Es curioso. Solo yo recibiría el rechazo cuando naturalmente mi embarazo no sería solo responsabilidad mía.

—Curioso no, Nilba. *Injusto.*

Se quedaron en silencio un rato, pensando, imaginando qué habría pasado si el día de la boda no estuviera tan próximo. De repente, Carlais le dio un codazo a Nilba.

—Te parecerá bonito el no habérmelo contado hasta ahora, ¿no?

Nilba chascó la lengua, gesto que indicaba que el haberlo mantenido en secreto le fastidiaba tanto o más que a Carlais.

—Lo siento muchísimo, pero estaba tan avergonzada que no era capaz ni de recordármelo a mí misma. Además, sé que tú también me ocultas cosas, que te conozco. Llevas un par de días que estás irreconocible. Te comportas de un modo extraño. Ese corte de pelo lo confirma.

Carlais, que se había puesto algo más seria, sonrió levemente. Recordar que ahora tenía un secreto muy importante que guardar hacía que se sintiera extraña, fuera de lugar. La culpabilidad no tardó en hacer su aparición. Nilba era su mejor amiga y no le había contado nada. Se sentía mal por ello, pero también era consciente de que no era prudente ir anunciando por ahí que ella era la verdadera heredera al trono de Cathlan, la última de los Dagafiel.

—Te prometo que un día podrás preguntarme lo que quieras y yo te contestaré —dijo Carlais—. Pero ahora necesito que seas comprensiva. Estoy pasando por un momento complicado.

—Como quieras, pero acabaré averiguándolo si tardas demasiado en contármelo.

Carlais rio.

—No lo dudo.

Bajo las luces crepusculares, Arcren caminaba enérgicamente entre las estrechas y retorcidas calles de Caan. Había estado caminando por las afueras, pensando. Era una costumbre que tenía desde hacía varios años. El bullicio de la ciudad le agobiaba a veces, y para deshacerse de esa sensación de aglomeración necesitaba caminar bajo el cielo despejado, entre la hierba. Solía hacerlo en las laderas que separaban el castillo del rey de lo que era el centro de la ciudad. Podía encontrar posadas y otros establecimientos en aquel camino, y a veces se detenía a tomar una cerveza bajo la sombra de un roble mientras contemplaba el alcázar con melancolía.

Todavía se acordaba de Laina y el destino fatal que le había tocado vivir.

Arcren continuaba experimentando cierto dolor cuando pensaba en ella, pero jamás hablaba del asunto con nadie. Ni siquiera con su hermana, que apenas tenía noción de aquella historia. Ella era muy pequeña cuando todo había sucedido, pero era posible que guardara algún que otro recuerdo de esa época y hubiera sabido sacar sus propias conclusiones. En el presente, caminando por un barrio poco frecuentado de la capital, le daba la sensación de que todo lo vivido con Laina había sido parte de un sueño. La echaba de menos.

Una voz conocida le llamó la atención, y escrutó entre las sombras con la intención de ver a la persona que creía que estaba allí. Encontró a Carlais no muy lejos, saliendo de la taberna del rincón y charlando animadamente con una muchacha rubia de su edad. Parecía que estaban despidiéndose, lo cual favorecía mucho al propósito de Arcren. Cuando la joven rubia se fue, el hombre se acercó a Carlais y la tocó por el hombro. Ella no pareció sobresaltarse, pero se alejó un poco de él antes de dar media vuelta para mirarle.

—Ah, eres tú.

—Sí. Lamento molestarte, pero quería saber cuál es tu decisión.

Carlais se aseguró de que no hubiera alguna mirada u oído indiscreto cerca, y aunque el callejón estaba desierto, no parecía tranquila.

—¿Podemos entrar en tu casa?

—Sí, adelante.

Arcren la llevó hasta el portal y abrió la puerta. Encendió unas cuantas velas y las colocó por toda la habitación hasta que estuvo suficientemente iluminada.

—¿Cómo puedes permitirte comprar tantas velas? La cera no es barata.

—Lo sé —contestó él—. Pero tengo mis recursos. —Se sentó frente a ella—. ¿Y bien?

—Quiero recuperar el trono —declaró ella—. No negaré que me asusta, porque es así y debes saberlo. Pero lo haré. Por la memoria de mi familia y el bienestar del pueblo.

Arcren asintió complacido.

—Hablas como una reina —elogió él—. Me alegra mucho saber que te unirás a nuestra causa, Carlais. Y entiendo que estés asustada. Al fin y al cabo, eres muy joven e inexperta, pero tendrás a cientos de personas apoyándote, luchando por ti. Tu figura dará esperanza y fe. Si no lo deseas, no tendrás que participar en batallas o tomar decisiones delicadas.

Carlais le miró con los ojos brillando a la luz de las velas.

—De ningún modo. Si no soy capaz de luchar por mí misma, ¿cómo voy a esperar que lo hagan los demás? Si hay que hacerlo, lo haré. Esa es la cuestión, que no espero que lleguemos a tales extremos.

Arcren frunció el ceño.

—¿Cómo, entonces?

—Tendremos que explotar todas las formas posibles de lograrlo de una forma diplomática y pacífica. No quiero tener que matar y ver cómo muere gente sin estar segura de que no hay alternativa.

Arcren asintió, de acuerdo con las palabras de Carlais y cada vez más convencido de quién era ella realmente. Si no era por el parecido, era por su forma de hablar, por su fuerza en la mirada y su sentido de protección y cuidado hacia la gente.

—Me parece bien —dijo él.

—Estupendo. Ahora quiero pedirte que me expliques un poco qué es lo que esperas que haga; cómo debo comportarme.

Arcren tomó aire antes de empezar a hablar.

—Liderarás la rebelión. Esta vez será muy distinta a las otras porque el pueblo verdaderamente está dividido. Muchos apoyarán a Noriam por lo que hizo hace diez años: librar a Cathlan de la tiranía de Munio. Todos estábamos de acuerdo en que había que acabar con eso y Noriam fue quien lo hizo realidad. Eso le dio seguidores fieles para toda la vida. Sin embargo, tú eres Adisia Carlais Dagafiel. Nadie tiene nada en contra de tu linaje, muchos lo echan de menos y todos lo respetan. Espero que en cuanto se sepa que estás viva, esas posturas a favor de Noriam cambien.

—¿Y si no lo hacen? ¿Puede desencadenar esto en una guerra civil? Porque jamás ha habido una en Cathlan y no voy a permitir que la primera sea por mi culpa —declaró Carlais muy convencida de sus palabras.

Imperó el silencio por dos segundos que parecieron eternos.

—En ese caso habrá que planear muy bien las cosas. No obstante, dudo que haya una guerra propiamente dicha.

Carlais no iba a tolerar que la buena reputación de su reino se fuera al traste por su causa. Después de todo, Cathlan era uno de los pocos reinos del mundo que podían presumir de no haber tenido una guerra civil. Lo que había pasado en los últimos dieciséis años eran revueltas sangrientas y pequeños enfrentamientos, pero nadie las calificaba de guerras, aunque quizá con los años acabasen haciéndolo.

—Muy bien entonces —dijo ella poniéndose en pie—. Esperaré tus instrucciones.

—De acuerdo. Gracias, Carlais.

Ella inclinó la cabeza hacia delante en señal de aceptación y se dirigió a la salida.

Capítulo 10

ARRODILLARSE FRENTE A UN REY

El castillo poseía cuatro patios laterales y uno central, que era más pequeño. También había cuatro entradas principales, cada una orientada en una dirección distinta. De estas, solo la norte y la este permanecían abiertas al tránsito, ya que muchas de las áreas del castillo eran de carácter público. Ambas poseían un puente levadizo que procuraba un camino de un lado del foso al otro para todo aquel que quisiera cruzar.

Tirdia ya les había enseñado a Carlais y a Deniseth lo más relevante de los exteriores, y tocaba el interior. Ambas estaban perplejas y maravilladas. Había estancias de piedra común, otras de mármol brillante o granito. Ver eso era una de las consecuencias de estar en un castillo milenario como aquel; el paso de los años, los cambios en la estética, los gustos particulares de cada rey, la evolución de la arquitectura; cada siglo había dejado su pequeño y personal rastro. Aunque la mayoría de las veces se amoldaba a gusto del monarca que gobernara en cada momento.

Carlais tragó saliva. Cada rey. Su familia.

A veces despertaba de sueños ligeros creyendo que todo aquello no era más que un juego de su imaginación. Una pregunta sacudía su mente cuando eso ocurría: ¿de verdad deseaba que todo aquello fuera una gran mentira? ¿Y si le dijeran que ni Yilian ni Rianon habían sido sus padres realmente? ¿Que todo era falso? ¿Un error? Le dolería. No notaría alivio, como se podría pensar. No. Le sentaría mal por diversas razones: volvería a perder a sus padres. Volvería a estar perdida en el mundo, sin saber quién era o por qué estaba allí. Y, además, tenía la alocada pero insistente sensación de que ella había nacido para un puesto como aquel, ayudar a las personas, guiarlas. No quería pecar de vanidosa, pero al mirar aquellos muros reales, adornados con tapices y algún que otro retrato, encontraba una parte de sí misma. Podría vivir el resto de su vida en una casita humilde de la ciudad y sería feliz, pero en la decoración del castillo, en cómo estaba construido, encontraba su propia comodidad, ideas y decisiones que podría haber tomado ella misma, no por una tendencia al lujo, cosa que podía padecer cualquiera, sino por una cuestión de estilo.

No podía evitar preguntarse cómo habría sido su vida si se hubiera criado con su familia de sangre, si las cosas hubieran seguido su cauce natural... Cómo sería ella.

—Y esta es la sala de descanso de la reina —anunció Tirdia y abrió la puerta de una estancia pequeña, con una cama, varias estanterías guardianas de cientos de libros, un escritorio despejado y una chimenea.

Las dos jóvenes observaron con atención y curiosidad.

—¿Cuándo suele usar la reina esta alcoba? —inquirió Deniseth con su característica voz dulzona.

—Cuando está enferma o melancólica. También se usa como sala de partos. Aquí han dado a luz todas las reinas de Cathlan y aquí será donde lo haga la nuestra.

Las dos muchachas miraron a Tirdia con una expresión de sorpresa.

—¿Está embarazada? —inquirió Carlais con incredulidad.

—En efecto, todo apunta a que nuestra querida reina está encinta desde hace varias semanas, no sabemos exactamente cuántas. Por eso vuestro trabajo aquí es tan importante. Nos necesita y tenemos que dar lo mejor de nosotras. Ahora, sigamos.

Carlais no pudo evitar pensar en Nilba, que estaba pasando por la misma situación y seguramente ella tendría que ayudarla. Tampoco pudo olvidar el hecho de que allí, en esa sala que acababa de ver, ella misma había nacido. Antes de salir, echó un último vistazo a aquel lugar.

Continuaron caminando por el ala este, mirando las salas que más frecuentaban los monarcas y conociendo a varios compañeros del servicio real. El castillo bullía de actividad constantemente; mozos preparando los caballos del rey, escribas anotando todo cuanto veían para que el recuerdo de la era de Noriam no muriera con el tiempo, doncellas llevando prendas de aquí para allá... Cada uno tenía su cometido y estaban sincronizados de una forma casi inhumana. Carlais suponía que Tirdia era la que se encargaba de tener todo lo que concernía al servicio de la reina bajo el más absoluto control. Y eso no era nada fácil teniendo en cuenta la cantidad de personas que hacían falta para la tarea.

Por fin, acabaron el largo recorrido que les llevó toda la mañana. Se encontraban frente a unas grandes puertas de madera tallada.

—Ahora —dijo Tirdia dándose la vuelta de repente—, ha llegado uno de los momentos que recordaréis siempre mientras estéis aquí: vais a conocer al rey. Él debe saber con qué clase de compañía cuenta su esposa, y dado que vosotras seréis dos de sus damas más cercanas, es necesario que os presentéis formalmente ante él. Por supuesto, no debéis decir ni pío a no ser que él os lo ordene u os dé permiso para ello. Responded a sus preguntas de una forma concisa y clara, no os explayéis. Recordad que su majestad solo desea cumplir con el protocolo. Para él no es más que otra de sus muchas tareas diarias.

Carlais se mordió el labio inferior y procuró calmarse.

—¿Ocurre esto con todo el personal de servicio que entra nuevo? —quiso saber la joven.

Tirdia le dedicó una de sus incisivas miradas.

—Hay encargados de la confianza del rey que se encargan de dar el visto bueno en su nombre. El secretario real, por ejemplo, suele estar pendiente de estos asuntos.

—¿Entonces por qué nosotras somos diferentes? —quiso saber Deniseth.

—Porque vosotras vais a ser las nuevas damas de compañía de la reina. Una reina que espera un hijo. Este periodo es de suma importancia para todos. Es necesario que el propio rey dé su consentimiento.

Justo después, Tirdia hizo una señal y los ujieres apostados en la entrada abrieron ambas puertas grácilmente y casi sin esfuerzo. Se notaba que estaban acostumbrados a hacerlo.

Lo primero que vieron las jóvenes al entrar fue gente. Mucha gente. Todos vestían ropas de calidad y la expresión de sus rostros denotaba que eran personas de cultura, amantes de las artes. Luego se fijó en el resto. La sala del trono era larga y de techos altos. En la parte superior de la pared izquierda se distinguían unos vitrales que representaban momentos gloriosos de la historia de Cathlan. En ellos, Carlais vio brillando con una intensidad particular un pequeño dibujo del emblema de su familia: una daga de mango azul rodeada por un espino dorado. Suspiró y se dio cuenta de que no era apropiado estar mirando hacia otro lado cuando el rey exigía su atención. Así que le miró directamente a él. Los cortesanos ya se habían hecho a un lado para que las tres doncellas pudieran pasar, y Carlais pudo ver a Noriam claramente. Era un hombre de rasgos duros y cansados, como si hubiera estado toda su vida sobrellevando una gran carga. Una pequeña corona dorada se hundía en su cabello negro, que empezaba a clarear.

A su lado había un hombre de complexión menor, aunque de mirada avispada y sonrisa ambigua. Carlais supuso que se trataba de Yaulen Robleviejo, la mano derecha del rey y amigo de juventud de este.

—Majestad —saludó Tirdia haciendo una reverencia que las otras dos imitaron—. Me complace presentaros a las que serán las nuevas damas de compañía de la reina: Carlais Piedrablanca y Deniseth Nubeseda.

Ellas inclinaron la cabeza en señal de respeto, esperando a que el rey las evaluara.

Noriam las contempló durante unos instantes con el ceño levemente fruncido.

—¿Qué edad tienen?

Tirdia iba a contestar, pero de pronto se dio cuenta de que no lo sabía. No era ella la que había recogido los datos de las jóvenes candidatas, sino otra compañera, y no había previsto que el rey fuera a interesarse por ese detalle.

—Dieciséis, majestad —se adelantó Carlais al darse cuenta de que solo ella conocía la respuesta a la pregunta formulada por el rey y que, de haberse retrasado más en darla, Tirdia habría quedado en evidencia.

—Dieciséis... Es una buena edad para servir en el castillo. —Miró a la otra muchacha—. ¿Y tú?

—Diecisiete, majestad.

—Sí, sí, buena edad —repitió haciendo un ademán cansado con la mano, como si le quitara hierro al asunto—. Está bien. Sed bienvenidas a la corte.

Laina había mandado llamar a Carlais para disfrutar de un aperitivo con ella. Deseaba fervientemente charlar y conocerla mejor ahora que por fin las sospechas de toda una década se habían confirmado: Adisia Carlais estaba viva. Al principio, las palabras de Branon, su hermano mayor, supusieron toda una novedosa gama de oportunidades y dudas. Pero con todo lo que había pasado después, la joven había ido convenciéndose a sí misma de que no era para tanto, de que quizá todo se tratase de un error. Aunque recordaba que su hermano sí tenía fe en ello, y nunca se había planteado la posibilidad de que las palabras del rey acerca de la salvación de su hija fueran falsas.

Su hermano… ¿Qué diría si pudiera ver a Carlais? Ardía en deseos de contárselo todo y había pensado en escribirle una carta, pero aquella información era demasiado delicada como para plasmarla sobre el papel. Aunque quizá organizara una visita al palacio del Cetro. Hacía mucho que no veía a Branon, de todas formas, y le echaba de menos.

Dos golpecitos se oyeron al otro lado de la puerta de sus aposentos. Acto seguido, entró Carlais.

—¿Queríais verme, alteza?

—Sí, pasa, Carlais —ordenó ella.

En cuanto la joven hubo cerrado la puerta tras de sí, se acercó rápidamente a su dama de compañía y la estrechó en sus brazos efusivamente. El abrazo no duró demasiado, porque Laina se dio cuenta enseguida de que lo que estaba haciendo podía resultar violento para la muchacha.

—Perdóname, no he podido evitarlo —se disculpó ella.

Era cierto que a Carlais le había pillado totalmente por sorpresa, pero no le había disgustado tanto. Sonrió amistosamente.

—No pasa nada.

—Sentémonos.

Se acomodaron en el mismo rincón donde lo habían hecho la última vez, junto a la ventana, alrededor de una pequeña mesa circular donde había fruta y bebida.

—No sabía que estabas embarazada —comentó Carlais.

—Oh, sí. No es tan raro que pase, ¿no? Al fin y al cabo, soy una mujer casada.

Carlais se removió incómoda en su asiento.

—No pretendo ser grosera ni nada, Laina, de veras, pero…

—Adelante, no tengas miedo. Entre nosotras tenemos que ser sinceras.

Carlais tomó aire.

—Pero llevabas casi ocho años sin concebir y mucha gente pensaba que ya había pasado tu momento, por así decirlo.

La reina adoptó una expresión triste y Carlais sufrió el peso de la culpabilidad de inmediato. Se sentía fatal consigo misma por haberle dicho eso, pero ya no había vuelta atrás.

—No soy tan mayor como pensáis los jóvenes, es esta vida la que me ha envejecido. Soy estéril de corazón —declaró la reina.

Carlais clavó sus ojos azules en ella.

—¿A qué te refieres?

—No hace falta ser muy listo para darse cuenta de que no amo a Noriam, ¿verdad?

—Lo que está pasando abre muchas posibilidades, el futuro es inmenso y lo que puede pasar, incierto… Tal vez no estés destinada a estar con él para siempre.

Pero el rostro de Laina continuaba dolido. Sus párpados y las comisuras de los labios estaban ligeramente caídos. Su vestido rojo resaltaba con su piel pálida y fina y el cabello castaño enmarcaba su semblante de una inocencia perdida. Parecía tan frágil que Carlais casi creyó que se rompería si la tocaba.

—Nunca dejaría de ser la madre de su hijo, ¿comprendes? Estaré atada a él por siempre.

Carlais se mordió el labio.

—En un mundo ideal en el que acabara destronado creo que utilizaría mi nueva influencia para que se anulara vuestro matrimonio.

Laina sonrió.

—Te lo agradezco, pero no estoy segura de que sea tan sencillo. Y no sé si de verdad quiero vivir una historia romántica. El amor puede hacer tanto bien como mal. Nunca lo olvides. Así como convierte la oscuridad más profunda en la luz más clara, su efecto puede ser también el contrario.

Por alguna razón, Carlais tuvo la imperante sensación de que no debía volver a sacar ese tema. Al menos por un tiempo. En los ojos castaños de Laina se atisbaba una sombra de lo más inquietante, y Carlais no quería indagar en temas privados de vidas ajenas. No estaba bien.

—Bueno, hablemos de otra cosa.

—¿Qué te ha parecido el rey?

Desde que le había visto, Carlais había estado pensando en qué palabra le definiría mejor, pero todavía no había dado con ella.

—Es un hombre extraño. De esos que uno no llega a conocer nunca por mucho tiempo que pase a su lado. No sé si me explico.

—Perfectamente. —La reina suspiró—. Pienso lo mismo que tú respecto a él, creo que es…

—Enigmático. —La palabra había acudido de pronto a los labios de Carlais.

—Sí. Enigmático.

Se quedaron en silencio unos minutos, pensando. Laina miraba a Carlais de reojo con la esperanza de encontrar aquello que le recordaba a su hermano, a su padre, a su abuela… Para alguien que había conocido bien la dinastía Dagafiel, se notaba que era una de ellos. Y estaba segura de que, hiciera lo que hiciera para restablecer el equilibrio en Cathlan, no la defraudaría.

—Carlais —le dijo—, ¿cuántas posibilidades tienes de vencer? ¿Hay muchas personas a tu favor o…? —dejó la pregunta en el aire, pues no hacía falta decir más.

—Al parecer sí que hay mucha gente que defiende mi causa. Hay un grupo rebelde prácticamente consolidado.

Laina, en vez de alarmarse, pareció tranquilizarse.

—Eso significa que las cosas de verdad pueden cambiar.

—Supongo que sí. Yo no soy la líder aún, pero imagino que pronto tendré que empezar a ejercer como tal. No lo sé, Arcren es quien lo dirige todo de momento.

Laina palideció de pronto y miró a Carlais con la seriedad más absoluta y un brillo titilante en sus ojos.

—¿Quién? —preguntó muy lentamente.

No hacía falta ser muy inteligente para darse cuenta de que la reacción de la reina no era normal. Había adoptado una posición rígida, marmórea. Carlais no podía eludir su pregunta.

—Arcren Mailen. Es quién ha empezado todo esto de la rebelión. Mi madre le contactó para que nos conociéramos. Él tenía un empeño tremendo en que yo asumiera mis responsabilidades.

Laina parecía cansada y envejecida, como si acabaran de darle la noticia de la muerte de un familiar, pero no era eso y Carlais estaba muy lejos de averiguar cuál era la verdadera historia detrás de aquel comportamiento tan extraño.

—Cuéntamelo todo, Carlais —pidió ella tomándole de las manos y estrechándolas afectuosamente—. Quiero saber cómo ha ocurrido todo.

Así que Carlais se lo relató: desde aquel día en que su madre había compartido con ella la verdad sobre su sangre hasta ese preciso instante. Le habló de sus miedos, de sus dudas, de lo mucho que añoraba la tranquilidad que presentaba su vida anterior a toda aquella locura.

—Pero ahora todo tiene sentido. Y no estoy dispuesta a ignorar cuál es mi lugar ni lo que debo hacer —concluyó ella—. No podría aunque quisiera.

—Claro que no, eres una Dagafiel y parece que te han criado como tal. Ahora, si no te importa, me gustaría ir a descansar.

Carlais se levantó de inmediato, consciente de que la estaba despidiendo por aquel día.

—Que tengáis un buen día, majestad —musitó ella desde la puerta.

La reina inclinó grácilmente la cabeza a modo de agradecimiento, pero algo en su rostro había cambiado desde que empezaran a hablar de la rebelión. Algo que parecía atormentarla.

Arcren y Eldara habían quedado con Carlais en la posada que había entre el castillo del rey y la ciudad. No tardaría mucho en aparecer por La Alcoba Dorada, nombre que recibía el establecimiento. En el interior, rodeados de gente, comida y bebida, en una de las mesas más apartadas del centro, los dos hermanos mantenían una interesante conversación.

—Sigo pensando que es demasiado joven como para tomar decisiones relevantes —dijo Eldara.

—No actúes así, Eldara. La imagen que tienes de ella es errónea —declaró su hermano—. Esa chica no es una sustituta, no es un señuelo o una última alternativa. Esa chica lo es todo: esperanza, honor, dignidad, fuerza y recuerdo. Es la hija de Rianon III.

—Eres sensible con esto porque tú los conociste; realmente estás siendo poco objetivo.

A Arcren le crispaban los atrevimientos de su hermana pequeña, que a veces pecaba de arrogante. Odiaba pensar que en el fondo quizás tuviera razón. Una fugaz visión acudió a su mente; la del día en que había ido al palacio real a tomar un aperitivo con los reyes, recién casados. Había sido el conde Branon quien le animara a acompañarle, ya que, aunque hacía solo un par de años que había empezado a servirle, estaba muy orgulloso de él y tenían plena confianza.

—Cuando los conocí era solo un muchacho. No un niño, pero tampoco un hombre. No tenía criterio para juzgarles, pero te digo algo: jamás vi tanta dignidad ni tanta justicia juntas. Ellos lo eran. ¿Acaso no es así como se le llama ahora al rey? ¿Rianon el Justo?

—Eso no quiere decir nada —declaró ella antes de llevarse la jarra de aguamiel a los labios.

—Eldara —dijo Arcren en tono severo—. ¿Eres fiel a esta causa o no? Y ni se te ocurra mentirme.

Hubo un destello en los ojos de Eldara, como si se sintiera ultrajada, pero fue algo tan breve que a Arcren no le dio tiempo a identificarlo.

—Por supuesto que soy fiel —instó casi indignada—. La dinastía Dagafiel me inspira un eterno respeto, pero… Adisia Carlais me parece joven para esto.

—Tú solo tienes veinte años, ¿no crees que yo podría decir lo mismo de ti? Y, sin embargo, te doy una oportunidad.

—Casi veintiuno.

—Lo que sea, sigues siendo joven.

Ante aquel argumento, Eldara no pudo hacer otra cosa que gruñir y callar. Tampoco le dio tiempo a mucho más porque Carlais apareció rápidamente por allí, vestida con el traje *beige* y dorado que llevaban las damas de la corte. En cuanto identificó su posición, se unió a ellos inmediatamente.

—Lamento el retraso —dijo ella.

—No pasa nada —murmuró Arcren, e hizo un ademán con la mano restándole importancia—. Veamos, tenemos que dejar las cosas claras, Carlais. ¿Cómo deseas manejar esto?

—Creo que es mi deber informar al rey de lo que sucede y darle a elegir: o abdica por sí mismo o le arrebataremos la corona a la fuerza. Es simple.

Eldara parecía escandalizada.

—¿Decírselo al rey y poner al descubierto nuestras intenciones? ¿Eres consciente de lo mucho que dificultará eso las cosas si se niega a ceder?

—Soy consciente —declaró Carlais con un tono de voz grave que no admitía réplicas—. Pero debemos hacerlo. De lo contrario, viviré toda mi vida preguntándome qué habría pasado y si no había una alternativa mejor a la lucha. Creo que esto ya lo he explicado antes.

Carlais parecía ligeramente exasperada.

—Sí, lo hiciste —corroboró Arcren—. Pero no podemos arriesgarnos a decírselo y que decida arremeter contra nosotros sin estar listos. Lo que sugiero es que preparemos a todos nuestros hombres para lo peor: entrenamientos, esgrima, prácticas de tiro, protocolos de emergencia, todo. Y así siempre podremos defendernos en caso de que las cosas salgan mal.

—Pero para eso hace falta tiempo —objetó Carlais—. Meses.

—Así es; por eso, si de verdad deseas esa audiencia con el rey en la que le darás el ultimátum, debe tener lugar a finales de agosto o principios de septiembre, preferiblemente. No antes.

—Está bien, se hará así.

—Estupendo. ¿Tú también quieres entrenarte?

—Desde luego.

—Bien. Entonces te presentaré esta tarde ante algunos de los cabecillas de los grupos rebeldes. Pero tienes que tener claro que no debes arriesgar tu vida. No participarás ni en escaramuzas ni en emboscadas. Te enseñaremos a pelear para que puedas defenderte cuando sea necesario, eso es todo.

—Quiero poder estar ahí si efectuamos una gran ofensiva, con los demás, no escondida tras un destacamento de guardias.

Arcren hizo una mueca.

—Ya lo discutiremos más adelante.

—Muy bien —resolvió.

—¿Te ves capaz de luchar? —intervino Eldara con cierto escepticismo—. No es algo que las mujeres estemos acostumbradas a hacer.

—¿Tú lo haces?

—Sí.

—Entonces yo también lo haré.

Eldara torció los labios, pero ero no dijo nada. Seguidamente hablaron un poco de los detalles de los rebeldes mientras disfrutaban del venado en salsa que les habían servido en La Alcoba Dorada.

Dan no era el único que estaba allí esperando la aparición de Arcren, ni mucho menos. El número de rebeldes ya era bastante elevado, y otros tantos se añadirían a la causa en cuanto descubrieran que la hija de los últimos Dagafiel estaba viva y de su lado. Por una parte, Dan había recibido bien la noticia acerca de la identidad de Carlais porque, de algún modo, siempre había visto algo especial en sus ojos, en su voz, en su forma de hablar, en toda ella. Algo que la distinguía del resto. Aun así, no era fácil darse cuenta de que sus pensamientos tenían un fundamento lógico. Él siempre había pensado que esos pensamientos eran cosa suya, cosas del corazón. Estaba equivocado. Carlais realmente era alguien especial: una futura reina.

Y al mismo tiempo parecía una de ellos. Una chica más, capaz de disfrutar con sus festejos y trabajar en sus campos. Tenía lo que hacía falta para motivarles.

Por otro lado, tenía miedo. Miedo de que su relación cambiara con todo lo que ahora estaba sucediendo. Probablemente, con el tiempo, acabarían distanciándose. Ella se sumergiría en un mundo de lujos y formalidades donde no había cabida para alguien como él. No quería que las cosas acabaran así porque eran amigos. Buenos amigos. Pero pensar de esa forma era egoísta. Carlais iba a ser reina. Tenía que serlo.

Arcren les había reunido allí a todos para decírselo, Dan estaba seguro. El punto de reunión era una ermita abandonada que había en un pequeño montículo del bosque. Tras el Temblor, había quedado semiderruida y el religioso que la regentaba había muerto, por lo tanto, no tenía dueño. Arcren y los primeros rebeldes la habían reformado y convertido en su guarida.

Allí estaban todos, esperando, preguntándose qué podía ser aquello tan importante que su líder tenía que decirles. Irónicamente, Dan sentía más impaciencia que los demás porque ansiaba comprobar que tenía razón, que sus sospechas eran ciertas y que en unos segundos aparecería frente a ellos Arcren acompañado de Carlais. Los murmullos de sus compañeros sugerían que ninguno imaginaba qué podía ser lo que su líder deseaba anunciar. Eran solo una veintena de hombres, quizá un poco más, pero se trataba de las personas que juzgarían con más dureza a Carlais. Eso si se atrevían a juzgarla después de conocer quién era, claro estaba.

Por fin apareció Arcren frente a ellos, acompañado, cómo no, de Carlais. Dan sonrió triunfal, orgulloso de ver allí a la que era una gran amiga y que sería más que eso. Los demás rebeldes fruncieron el ceño, extrañados ante la presencia de aquella chica desconocida y de edad tan temprana.

—Amigos —empezó Arcren—, he traído lo que necesitamos para que nuestra causa sea aún más justa y esté dotada todavía de más sentido. —Tomó del hombro a Carlais y le hizo dar un par de pasos al frente—. Esta es la mujer que nos dará fuerzas y que hará que la rebelión merezca la pena. Sé que ahora la miráis y solo veis a una chica, pero es mucho más que eso. —La gente no sabía qué pensar, pero aguardaron a que Arcren acabase de hablar antes de replicar o decir cualquier cosa. Dan observó el rostro de su amiga, preguntándose si estaría nerviosa o preocupada por la reacción que pudieran adoptar los rebeldes, pero nada en su rostro pétreo revelaba su estado de ánimo. Así era Carlais a veces; misteriosa e insondable—. Amigos míos, os presento a Adisia Carlais Dagafiel —dijo Arcren con un tono de voz alto y orgulloso—, hija del rey Rianon, el hasta ahora último de su dinastía.

Hubo dos segundos en los que imperó un silencio sepulcral y luego un murmullo de sorpresa, escepticismo e incredulidad inundó la estancia, corriendo de boca en boca, sembrando la incertidumbre.

—¡Eso es imposible! —bramó Tuadris, una mujer de armas tomar conocida por sus extravagantes ideas sobre la integridad y la dignidad tanto física y moral de todas las mujeres frente a convenciones poco favorables para ellas. Siempre que había algún acto revolucionario, estaba implicada—. A ese bebé lo asesinaron junto con el resto de su familia.

—Todo fue un engaño —reveló Arcren sin que le temblara un ápice la voz—. Fue un señuelo para poder salvar la vida de la auténtica. Y aquí está ella.

—¿Y cómo podemos creerlo? —vociferó otro hombre.

—¡Miradla bien! —exigió Arcren alzando un poco el tono—. Decidme que no veis a los Dagafiel en ella. Y no es solo eso. Yo tuve entre mis manos pruebas irrefutables de que es ella. Y vosotros mismos podéis comprobarlo. Fijaos en el colgante que rodea su cuello.

Dan lo miró. Se trataba del anillo que Carlais siempre había tenido consigo. El joven había tenido la ocasión de contemplarlo incontables veces.

—Este es un anillo de mi madre —declaró entonces Carlais, con una voz que zozobraba un poco. Aunque este detalle solo fue perceptible para Dan—. Alguien que conozca el emblema de la Casa Castela puede venir a comprobarlo.

Fue la mismísima Tuadris la que dio un paso al frente, dispuesta a aceptar el reto. Sin una palabra, tomó entre sus dedos el dorado anillo de Carlais y observó los grabados, delicados y precisos, que se extendían a lo largo de la dorada superficie. Se distinguían unas flores de pétalos alargados que se arremolinaban entre ellos. Tuadris ya había visto esa imagen hacía años, cuando ella era solo una adolescente y había contemplado con asombro la llegada de la futura reina y el resto de sus familiares. En sus banderas y en otras superficies se apreciaban aquellos dibujos. Por eso había subido junto a Carlais con tanta seguridad para comprobar sus palabras, porque recordaba muy bien la llegada del séquito de los Castela a Cathlan cuando había tenido lugar la unión de ambas casas mediante el matrimonio.

—Es cierto —repuso Tuadris atónita.

Luego miró a Carlais con los ojos brillantes, como si estuviera pidiendo algún tipo de explicación que justificara todo aquello.

—Mi madre se lo dio como recuerdo a la mujer a la que confió mi cuidado. Ella me lo dio a mí.

Tuadris parecía apurada por algo.

—No pretendo acusar a nadie de mentiroso, pero vuestras palabras y un anillo tampoco son garantía de nada —espetó la mujer, aunque esta vez su comportamiento era más respetuoso.

Arcren suspiró con cansancio. De su bolsillo, extrajo un sobre pequeño y cuidadosamente doblado. Carlais lo reconoció de inmediato: la carta que le había escrito su madre. No le hizo ninguna gracia verla en manos de Arcren.

—¿Por qué la tienes tú? —preguntó casi ofendida.

—Tuve la brillante idea de pedírsela a Maya antes de venir. Sabía que esto podía pasar y esta carta lo prueba todo.

—Pero... Es privada —puntualizó Carlais con un tono suplicante.

—Carlais, es necesario. —Arcren frunció las comisuras de los labios—. Dame permiso para poder compartirla con Tuadris.

—¿Qué es todo esto? —inquirió la aludida—. ¿Una carta?

—Es la carta que me escribió mi madre la noche que murió. Se la entregó a alguien de confianza para que me la diera a mí algún día. —Se la arrebató de las manos a Arcren y se la entregó a Tuadris, aunque no sin cierto recelo. Suspiró—. Puedes leerla.

Pero ella hizo una mueca de disgusto y frustración.

—No sé leer —confesó entre dientes.

A Carlais no pareció importarle y se encogió de hombros.

—Entonces que lo haga otro.

Un muchacho joven y flaco con ojeras enmarcando sus ojos marrones se acercó a ellos alegando que era capaz de leer la carta. Carlais se la entregó, rogando que tuviera mucho cuidado. El joven asintió y empezó a leer. Por el movimiento de sus pupilas, Carlais supo que su velocidad de lectura era lenta, pero tampoco le corría prisa, así que esperó. Finalmente, unos minutos después, asintió.

—Es cierto —musitó mirando alternativamente la carta y a Carlais—. Es cierto.

—¿Cómo lo has sabido? Lee la parte importante en voz alta —instó Tuadris, algo exasperada.

El muchacho obedeció y comenzó a leer desde el punto que le parecía más relevante.

—Como veis, el sobre está sellado con el emblema de los Dagafiel.

Tuadris y todos se dieron cuenta de que no estaba mintiendo. Miraron a Carlais, presos de la perplejidad. Aquel cabello rojizo, la mirada profunda y penetrante, la forma en la que se mantenía erguida frente a ellos... Realmente estaban ante el último eslabón perdido de la cadena. Estaban frente a la princesa, la única heredera. Tuadris tragó saliva y sin dejar de mirarla a los ojos se arrodilló frente a ella.

—Lamento haber dudado de vos.

Carlais desvió la mirada, nerviosa. No sabía con seguridad si algún día se acostumbraría a que se arrodillaran ante ella de aquella forma. Los demás rebeldes, atónitos y algo perturbados, se arrodillaron también. Dan sonrió mientras miraba a Carlais e imitó a los demás hincando una rodilla en el suelo. Le divertía ver cómo Carlais palidecía a medida que se daba cuenta de que tenía a casi dos docenas de personas rindiéndole respeto y absoluta lealtad. No tenía que ser algo fácil de afrontar, pero allí estaba ella, reaccionando tan solo con un simple cambio en el color en su piel. Parecía que no sabía muy bien cómo manejar la situación, pero eso fue solo al principio, antes de que separara sus labios rojos para empezar a hablar.

—No voy a pediros que confíes plenamente en mí... Al menos de momento, porque entendería que no lo hicierais. Al fin y al cabo, acabáis de conocerme. Pero os voy a decir qué es lo quiero; por qué estoy aquí. —Tomó aire para continuar hablando. Era una forma de calmar los nervios—. Al igual que vosotros, me mueve una razón política. La situación a la que nos está llevando Noriam no es la más adecuada y no creo que nos beneficie en absoluto. Así que en eso estamos de acuerdo. Aparte de este motivo, hay otra causa que me impulsa a querer luchar con todas mis fuerzas y es una petición que me hizo mi madre. En la carta habéis podido percibir su anhelo por que yo reconociera cuáles son mis deberes, y no quiero fallarle. Ni a ella ni al resto de mi familia, estén donde estén. De algún modo siento que debo hacer honor a su recuerdo, a la voluntad de la gente que me dio la vida y también me la salvó. Así que voy a implicarme en esto por completo y quisiera contar con vuestro apoyo para poder llevar a cabo mi cometido con juicio y templanza.

Su voz se apagó lentamente.

Unas palmadas rompieron el denso silencio, y luego otras y otras, hasta que en conjunto se convirtieron en aplausos y vítores de apoyo y júbilo. Carlais sonrió, aliviada al ver que, de momento, había logrado agradar a la gente.

Capítulo 11

EN EL PALACIO DEL CETRO

Laina estaba cenando con su marido en el pequeño y acogedor comedor donde solían encontrarse casi todas las noches. El silencio entre ellos dejó de ser tenso hacía ya muchos años, pero eso no significaba que se apreciaran más. Laina seguía guardándole rencor por lo que le había hecho, aunque había aprendido a vivir con ello y a disimularlo con maestría.

—Te veo rígida —comentó Noriam antes de llenarse la boca de carne.

Laina alzó la mirada, sin dejar de cortar con suavidad la ternera que tenía en el plato.

—Solo estoy preocupada.

—¿Por?

—El embarazo.

—¿Algo va mal?

—No, no tiene que ver con eso. Tiene que ver contigo.

Noriam frunció el ceño.

—¿Conmigo por qué?

—Es como si no te importara que estuviera encinta.

—Me importa, pero como ya tenemos un hijo varón, no se convierte en un asunto primordial, querida. Te lo dije cuando nació nuestro hijo.

Laina suspiró tratando de reprimir las palabras. Para ella, aquel embarazo era tan importante como el anterior. No aprobaba que Noriam hiciera distinciones tan exageradas. Lo comprendía, pero no lo aprobaba. Se preguntó cómo actuaría Arcren en lugar de Noriam.

Arcren.

Desde que Carlais lo comentó, Laina no había podido quitárselo de la cabeza. Siempre lo había tenido en su corazón, pero ese día estaba muy presente también en su mente. Revivió con ilusión todas las escenas pasadas a su lado, las buenas y las malas, su aspecto joven, sus mentes alocadas y repletas de sueños.

Y la última discusión.

En cuanto le dijo que tenía que casarse con Noriam, Arcren montó en cólera. Le rogó y suplicó que no lo hiciera, y luego le advirtió de que, si no quedaba opción, mataría a Noriam. Laina le veía capaz de eso y mucho más y, sin embargo, Arcren no lo había hecho. Un tiempo después, su hermano le comentó que Arcren se había ido de Cathlan, al extranjero. Laina pensó que sería para siempre, pero al parecer estaba equivocada, porque estaba allí, en Cathlan de nuevo, planeando una revuelta.

Una vez, hacía ya diez años, Arcren le dijo que la mayoría de las personas con un objetivo grande tienen una causa aún mayor. En realidad, dos. Una es la que cuentan a los demás para que crean que sus motivos son lógicos y la otra es la auténtica, lo que les da energía para hacerlo. Algo personal. Quizá la razón por la que Arcren estaba haciendo todo lo que hacía era por ella. ¿Sería posible?

Laina se mordió el labio, indecisa, queriendo discernir la verdad, pero supo que no lo conseguiría a no ser que hablara con Arcren en persona. Y aquella idea era de todo menos prudente. No. De ninguna forma podía volver a verle, y mucho menos en la intimidad. Después de todo, tampoco era una cuestión tan importante. Había pasado una década y probablemente Arcren hubiera rehecho su vida y condenado su romance al olvido, como Laina tendría que haber hecho.

Quizá incluso tuviera una esposa…

Laina meneó la cabeza, desechando la idea. No, eso no podía ni planteárselo siquiera.

—Querida, te veo algo inquieta —murmuró Noriam sin dejar de comer.

—Tengo mareos —mintió ella.

—Eso es normal. Deberías ir a descansar.

—Sí, será lo mejor.

Laina se puso en pie, inclinó grácilmente la cabeza en señal de respeto y abandonó la sala para dirigirse a sus aposentos y resignarse a soñar. A soñar con sauces, jardines, lluvia y besos robados.

Carlais paseaba tranquilamente con Dan bajo la luz de la luna, de camino a la ciudad. Él no dejaba de hablar de los líderes rebeldes y de lo impresionados que los había dejado a todos, de lo mucho que confiaba en ella y de cuánto se enorgullecía de su amistad.

—Ahora incluso tiene más sentido que seamos amigos —declaró él.

Carlais dejó escapar una risita, pero luego su expresión se tornó seria.

—¿De verdad crees que valgo para esto?

—Bromeas, ¿verdad? Es evidente que llevas sangre real en tus venas, Carlais.

—La sangre es toda igual —objetó ella.

—Yo no lo creo. Si no, no existirían diferencias entre la gente. Yo creo que cada persona es única y cada sangre es diferente.

Carlais rio, esa vez con más ganas.

—Dan y sus teorías —suspiró ella con un tono de voz poético.

—Yo y mis teorías —afirmó él—. Sabes que la mayoría tienen sentido.

—No tanto como te gustaría.

Dan le pasó un brazo por los hombros a su amiga. Su cariño era especial, como el de dos hermanos. Al menos así era como Carlais veía a Dan: como un hermano mayor. Eso le hizo pensar en Aloy, su verdadero hermano. Se preguntó qué clase de hombre habría sido y si se habrían llevado bien.

Las luces de su casa fueron perfilándose a lo lejos y ambos supieron que la hora de despedirse estaba cerca. Carlais se detuvo.

—No tienes que acompañarme hasta la puerta —indicó ella.

—Como deseéis, majestad —bromeó él haciendo una exagerada reverencia.

—¡Dan! Por favor, esto es incomodísimo para mí.

Él soltó una sonora carcajada.

—Algún día el protocolo me obligará a hacerlo, cuando seas reina.

—Si soy reina, cambiaré ese protocolo —declaró ella con sorna.

Dan le sonrió afectuosamente y le dio un abrazo. Había algo en el tacto de su piel, en la forma en que la sostenía entre sus brazos, que Carlais notó diferente y por primera vez en su vida se sintió incómoda junto a él.

—¿Te veo mañana? —preguntó él cuando se separaron.

—Pues no. La verdad es que Arcren me ha dicho que tenemos que hacer algo importante, no sé el qué.

—Oh, sí, de acuerdo —musitó Dan—. Hasta pronto entonces.

Ella sonrió con timidez.

—Adiós —dijo agitando fervientemente la mano mientras caminaba hacia su casa.

Cuando la joven se dio media vuelta, Dan se quedó mirándola atentamente hasta que la vio entrar en el interior de su hogar. Luego pateó distraídamente una de las piedras del camino mientras se giraba para regresar a casa, preguntándose qué pasaría a continuación en sus vidas, qué les depararía el futuro.

A la mañana siguiente, Carlais desayunó tranquilamente con su familia. Los dos pequeños estaban discutiendo acerca de la existencia de dragones y el resto se limitaba a escuchar sus curiosos y extraños argumentos. Carlais tuvo que reprimir la risa en más de una ocasión.

—¿Nos ayudarás hoy a cerrar los tratos para la nueva temporada, Carlais? —preguntó Alfred.

Eso era algo que Carlais solía hacer siempre: ir de taberna en taberna y de posada en posada para negociar las nuevas condiciones entre cliente y proveedor. El vino de los Piedrablanca tenía cada vez más éxito y el trabajo se amontonaba.

—No puedo —dijo torciendo el gesto—. Tengo que hacer muchas cosas.

—Compréndelo, querido —dijo Maya—. Ahora tiene otras responsabilidades que poco tienen que ver con el vino.

Alfred hizo una mueca resignada.

—Es cierto, pero creí que quizá le ayudaría seguir haciendo cosas normales, ya sabes. Ayuda para mantener los pies en la tierra.

Carlais detectó en aquel comentario cierto tono acusatorio. Era evidente que Alfred temía que el carácter de Carlais se viera afectado por las nuevas nociones que tenía acerca de sus raíces. Tal vez pensara que el hecho de ser la futura reina de Cathlan le convertiría en alguien arrogante y narcisista.

—No voy a olvidar quién soy ni de dónde vengo, pero tampoco ignoraré lo más importante: me habéis criado vosotros y he recibido valores y pensamientos humildes. Cuando oigo la palabra «padres», pienso en vosotros antes que en nadie. No quiero que creáis que las cosas van a cambiar en ese sentido.

Alfred se dejó convencer por aquel argumento, aunque esperaba ver evidencias pronto. Aún era temprano para determinar si lo que decía acabaría por cumplirse.

Cuando Carlais creyó que era el momento adecuado para marcharse, se despidió cariñosamente de su familia y salió al exterior. El vestido color turquesa que llevaba era de los más frescos que tenía, de mangas finas y muy anchas que apenas le rozaban la piel de los brazos, aunque la parte de la cintura y el busto era demasiado ajustada para su gusto, pero esa era la moda que se había instalado en los últimos años.

Su corte de pelo desde luego había sido un acierto. Notaba esa zona del cuerpo mucho más fresca, como si los poros de su piel pudiesen respirar por primera vez en mucho tiempo. Era agradable y dudaba que volviera a dejarse crecer tanto el cabello. Al fin y al cabo, cuidar una melena tan larga exigía tiempo y dedicación. Carlais ya no gozaba de eso.

La joven encontró a Arcren al inicio del camino que se perdía en el bosque. Carlais le observó con interés, estudiándolo. Entendía que Arcren era el tipo de persona tenaz y valiente que tiene unas prioridades muy bien establecidas, pero a Carlais le habría gustado saber más acerca de él y de su vida privada, su historia personal. Sin embargo, preguntárselo sería demasiado descortés, así que permaneció callada.

—Me alegra verte —saludó él.

—Igualmente. Dime, ¿adónde vamos?

—Vamos a ver al conde de Ethra.

—¿A lord Branon Mandoble de Acero?

—Sí. ¿No te apetece?

—Sí, es solo que… ¿Para qué?

—Bueno, sois primos… cuartos o algo así. Creo que deberías conocerle.

—Sí, pero no creo que esa sea la razón principal por la que me llevas.

—Él debe estar al tanto de las buenas nuevas, si no le han llegado ya. ¿Quién mejor que nosotros para decírselas?

—¿Estará de nuestra parte? —preguntó ella.

—Sirvió con auténtica lealtad a tu padre, a quien consideraba su mejor amigo. Y tú eres su hija. Está con nosotros.

Carlais dio la explicación por válida y se adentraron en el bosque. Cuando lo cruzaran, llegarían a una pequeña ladera donde se alzaba majestuosamente el conocido palacio del Cetro, entre unas cuantas arboledas, cerca de Ethra, la aldea más cercana a Caan. Los paisajes que se presenciaban en aquella parte del reino eran sencillamente espléndidos. Hacían gala de una simplicidad muy común, pero tenían algo que les concedía cierta hermosura. Algunas de las tierras eran de colores amarillentos, mientras que otras eran verdes. En verano, el viento soplaba con suavidad, como si invitara a todos los cathlenses a bailar una suave danza primaveral. En invierno, especialmente al norte de Cathlan, la nieve lo cubría todo con un manto blanco impoluto.

Carlais amaba su tierra y a todos los que habitaban en ella. Recordaba haber leído varios ensayos en los manuscritos del monasterio acerca de la naturaleza de los sentimientos patrióticos. En especial recordaba un pequeño párrafo de *El saber de los hombres*, escrito por un filósofo eyexelí hacía cientos de años.

Dejó que aquellas palabras que tantas veces había leído sonaran en su cabeza como un eco lejano pero insistente.

Amamos a nuestro país cuando nos amamos a nosotros mismos. Debe ser así, porque sin la cultura, el patrimonio, el clima, las costumbres y las características de ese país, nosotros nos habríamos criado de forma diferente, crecido en un entorno distinto, y no seríamos lo que somos hoy. Seríamos el resultado de otras condiciones. Por eso, si uno está en contra de su patria y de sus costumbres, está en contra de sí mismo, falto de orgullo, quiera reconocerlo o no.

A Carlais aquella hipótesis le parecía algo exagerada, pero al mismo tiempo veía sentido en ella.

Pronto avistaron el palacio del Cetro. Era una bonita construcción de hacía solo un siglo, relativamente moderna en comparación a la mayoría de edificaciones de Cathlan. No era la primera vez que veía el palacio, pero sí la primera que lo hacía desde un punto de vista más personal. Allí vivía un pariente suyo, uno de verdad. Tendría sus recuerdos, sus dudas, sus ambiciones, sus manías… Cosas que quizá compartieran porque las habían heredado de un antepasado común. Esa era la magia de la sangre, de la familia: encontrarse a sí mismo en los demás. Eso le hizo pensar que no todo se heredaba de forma carnal. Ella misma usaba expresiones y tenía formas de moverse que recordaban a las de Maya porque en su infancia, de manera inconsciente, aprendió a replicarlas de quien era su modelo a seguir.

Arcren se presentó formalmente ante el hombre que custodiaba la entrada.

—Tengo una cita con tu señor —declaró con confianza—. Me está esperando.

Carlais dudaba que fuera verdad. ¿Cómo podía haberse puesto en contacto con el conde tan rápidamente? ¿Acaso guardaban algún tipo de relación que ella desconocía? Todo era posible y Carlais no descartó ninguna posibilidad.

El guardia les guio a través de los jardines perfectamente cuidados y luego les abrió la puerta que daba a la recepción principal, y Carlais comprendió por qué se llamaba el palacio del Cetro. En lo alto de una pared de madera de la entrada vio un cetro colgado imponentemente. Debajo podía leerse una inscripción en una pequeña placa de oro que aseguraba que el cetro que ahora estaban contemplando era el mismo que un día poseyó el rey Rianon I, conocido por explotar las gemas y los diamantes de varias minas del oeste y utilizar esas piedras preciosas para adornar los lugares más emblemáticos de Cathlan, como algunas fuentes de la ciudad, iglesias de Puente de Hielo, la catedral de Caan… Y por supuesto crear ese cetro del que, según contaban las crónicas, nunca se había separado.

Ese rey era famoso por tener una obsesión con las joyas y todo lo hermoso. Estaba convencido de que su reino merecía ser adornado con lo mejor, que debía lucir bello y esplendoroso porque la belleza inspiraba a las personas y regalaba pensamientos y sensaciones hermosas. En lugar de comerciar con los metales y gemas obtenidos del duro trabajo en las minas, los empleó para mejorar el aspecto de su reino. La gente lo agradeció, pues le agradaba pasear por sus calles y verse rodeada de joyas valiosas y otras cosas que solo podían permitirse tener las familias más privilegiadas. Aunque había sido un bonito regalo del rey para su pueblo, a juicio de Carlais estaba claro que de esas maravillas geológicas podrían haber reportado un beneficio mucho mayor.

Pero eso había pasado hacía muchos años y ya poco quedaba de aquella época en la que Cathlan se había cubierto de oro y gemas.

El cetro que ahora Carlais tenía ante sus ojos era una auténtica maravilla. Dorado, con piedrecitas brillantes y coloridas incrustadas en él, formando líneas perfectamente simétricas.

—¿Te gusta? —inquirió Arcren, que llevaba un rato observándola mirar el cetro con atención.

Carlais desvió la mirada hacia Arcren.

—Me ha llamado la atención. ¿Qué hacemos ahora?

—Un sirviente ha ido a avisar al conde de que estamos aquí. Imagino que no tardará en venir.

Y así fue, pues no pasó mucho tiempo desde que dijo eso hasta que lord Branon se presentó. Era un hombre de aspecto imponente y serio: sus ojos escondían una sabiduría solo reconocible para aquellos que supieran interpretar los brillos de la mirada. Sus labios, ligeramente torcidos, sugerían amargura. Por el cabello castaño que empezaba a clarear, Carlais dedujo que tendría algo más de cuarenta años.

—Arcren —murmuró el conde con una nota de sorpresa—. Ha pasado muchísimo tiempo.

—Toda una década —afirmó él con una sonrisa.

El noble sonrió. Luego desvió la mirada hacia Carlais, que permanecía a la espera de que Arcren la presentara, pero no lo hizo. Los ojos de Branon, inquisitivos y enigmáticos, delataban que el conde se sentía absolutamente intrigado por la muchacha.

—¿Quién es? —preguntó sin dejar de mirarla.

Arcren adquirió una expresión de gravedad.

—Mejor vayamos a hablar a un lugar más tranquilo.

Branon alzó una ceja, escéptico, pero luego asintió y les guio a través de su palacio hasta una pequeña sala acondicionada únicamente para charlar, leer o escribir en una gran mesa. La decoración de la casa Mandoble de Acero era muy similar a la que Carlais había visto en los aposentos de la reina Laina.

La joven también pudo ver algunos retratos de nobles, y se preguntó si estarían emparentados con ella de alguna forma. Por los rasgos físicos que presentaban la mayoría intuyó que no, pero vio algunos que, al igual que ella, tenían los ojos azules o el cabello rojizo.

Cuando se hubieron sentado a la mesa de la pequeña y acogedora sala, el conde los miró con expectación e hizo un ademán que indicó a Arcren que ya podía decir lo que fuera que tuviera que contar.

—Quiero que miréis bien a esta muchacha, mi señor. Quizá reconozcáis algo en ella.

El conde obedeció y fijó sus ojos en Carlais, que reprimió los deseos de apartar la mirada y terminar con aquel contacto visual de una vez. No lo hizo porque no podía mostrar tal debilidad frente al conde.

—Una vez me dijeron que se había puesto en marcha un plan para salvar a una princesa, pero nunca supe si tuvo éxito —murmuró el noble.

Arcren sonrió complacido.

—Vuestras palabras no me han defraudado. Estaba seguro de que os daríais cuenta enseguida.

Tras la corroboración de Arcren, el conde pareció sorprenderse un poco, como si hubiera esperado estar equivocado.

—Entonces es ella: Adisia Carlais —musitó.

—Sí.

Branon dejó escapar una risa de incredulidad. Fue un sonido extraño para Carlais, casi forzado, y estuvo segura de que no volvería a oírlo en mucho tiempo.

—Rianon me dijo que tu madre te salvaría, que tenían en marcha un plan para lograrlo, pero no supuse que…

Cruzó las manos a través de la mesa y tomó las de Carlais entre las suyas, apretándolas con fuerza.

—Me alegra verte, Adisia. Es todo un honor y un orgullo estar frente a ti.

Ella tragó saliva y miró de reojo a Arcren, esperando a que interviniera en su lugar diciendo algo ingenioso y que quitara hierro al asunto, pero él se limitó a encogerse de hombros y a dirigirle una mirada que decía: «esto es cosa tuya, encárgate tú». Así que Carlais miró de nuevo a Branon, hundiéndose en sus ojos cetrinos de aspecto cansado.

—Yo también estoy contenta, excelencia, pero preferiría que no me llamarais Adisia. No estoy familiarizada con ese nombre. Solo Carlais.

—Comprendo. Y debo pediros algo similar: no me llames «excelencia». En familia sobran esta clase de formalidades.

Ella le regaló una de sus mejores sonrisas amistosas. Se separaron.

—Es una noticia espléndida, Arcren. Aún no me la creo. Temo despertar y que esto sea solo un sueño.

—No, mi señor. Es real, igual que lo es su sangre. Después de tanto tiempo de espera, las cosas volverán a su sitio.

—Sabed, pues, que contáis conmigo.

—Por eso hemos venido —confesó Arcren—. Ayer hice pública la existencia de Carlais y lo que ello implica. Aunque pedí máxima y absoluta discreción, estoy seguro de que en cuestión de semanas, por un motivo o por otro, muchísima gente se habrá enterado ya y por eso pienso que debería dejar de vivir donde vive.

Carlais miró a Arcren con indignación.

—No me habías dicho nada de esto —espetó ella.

—Te lo comento ahora —resolvió él—. Carlais, no puedes esperar que tu vida continúe como hasta ahora, dentro de nada tu privacidad se esfumará porque toda tu vida pasará a ser un asunto importante a nivel nacional. Así que, por el bien de tu familia y por el tuyo, es recomendable que te traslades a otro entorno.

—¿Y qué recomiendas? ¿Este palacio? Hay casi dos horas de camino desde Caan, no lo veo práctico —replicó ella.

—Nosotros hemos venido andando —recordó él—. Con caballos se tarda menos de la mitad.

—¿Acaso tenemos caballos?

—Yo os los daré —interrumpió Branon—. Y también acondicionaré una alcoba para que puedas alojarte aquí.

—Lo agradezco, pero…

—Carlais —cortó Arcren—. Créeme, no he tomado esta decisión a la ligera. Eres demasiado valiosa como para dejar tu destino en manos del azar. Te pido que confíes en mí. Sé que es duro, pero así es todo lo que te espera. Al menos hasta que hayamos logrado nuestro objetivo.

La sinceridad que se detectaba en esas palabras había desarmado totalmente a la joven, que no sabía cómo rebatirle. Se hundió ligeramente en el asiento y cedió a lo que Arcren le estaba pidiendo.

—Está bien.

—Estupendo.

Después, Arcren y Branon continuaron hablando un rato más, ultimando detalles acerca del armamento que iban a necesitar los rebeldes y otras cuestiones. Carlais detestaba oírlos hablar de esa manera, dando por sentado que iba a ser necesario un derramamiento de sangre, lo que ella quería evitar a toda costa. Algo le decía que no era la primera vez que conversaban sobre esa clase de cosas.

Al cabo de un rato, Branon ordenó a uno de sus sirvientes que guiara a Arcren hasta el almacén de armas, donde tendría libertad para verlo y tocarlo todo.

—Piensa cuáles crees que necesitarás más y yo me encargaré del resto —declaró el conde.

Arcren fue tras el sirviente y desapareció doblando la esquina del pasillo. Carlais estaba sola con Branon.

—¿Te apetece dar un paseo por el jardín?

Le hablaba con un tono protector, casi paternal, y eso hizo que Carlais depositara en él una confianza muy inusual teniendo en cuenta el tiempo que hacía que le conocía. Apenas hora y media.

En el jardín el sol brillaba con agresividad, pero se hacía soportable debido al aroma de las flores, al frescor de las plantas y al sonido del agua de las fuentes.

—Te pareces mucho a tu padre —comentó Branon mientras paseaban entre azucenas.

—Me hubiera gustado comprobarlo —musitó ella.

Branon le sonrió con ternura.

—Uno no se da cuenta del parentesco que guarda con los demás, aunque lo tenga delante. Nos conocemos demasiado bien como para reconocerlo… O demasiado poco, quién sabe.

—¿En qué crees que guardamos parecido?

—Bueno, en el color de pelo, eso es indiscutible. Sabrás que ese color fuego es una característica común entre los Dagafiel. Y tus ojos son parecidos a los de tu madre, algo más oscuros. Pero miras igual que Rianon, con una fiereza contenida.

Carlais asintió. Fiereza contenida. Eso era algo que le habían dicho en más de una ocasión.

—Me alegra tener algo de los dos —dijo ella mientras se atusaba el cabello distraídamente.

—Ya lo creo que tienes cosas de ambos. Por lo poco que hemos hablado, de tu padre puedo ver el juicio, siempre objetivo y práctico. Y de tu madre la prudencia, la empatía que tenía con casi todo el mundo. Congeniaba bien con la gente. —Hizo una pausa—. Me atrevería a decir que fue una de las reinas consortes más queridas de nuestra historia, aunque quizá sea un poco pronto para asegurarlo.

Carlais sonrió.

—Dicen que ayudó mucho los días que siguieron al temblor.

—Es cierto. Aun en su estado, su prioridad era el bienestar de su pueblo, y eso que ella no era cathlense. No debe de ser fácil ir de un lado de la ciudad a otro estando a punto de dar a luz, pero ella no dejó que eso fuera un impedimento. Admirable.

—Sí. Me pregunto si yo seré la mitad de buena de lo que fueron ellos.

Branon le dirigió una mirada comprensiva aderezada con una pizca de compasión.

—Tú tendrás más tiempo del que tuvieron tus padres para intentarlo —dijo.

—Eso espero. —Carlais miró a Branon con agradecimiento—. La verdad es que me alegra mucho saber que no estoy sola.

—No te dejaremos sola, Carlais —prometió él—. Pase lo que pase, somos familia, y eso significa que nos debemos lealtad y afecto.

—El valor de la familia está muy arraigado en los Dagafiel, ¿verdad? —murmuró la joven.

Branon asintió.

—Así es. Ya lo dijo Aros I: «Si uno no es capaz de cuidar y respetar a su familia, jamás será capaz de hacer lo mismo con su pueblo».

—Sí, ya había leído esa cita en alguna parte.

—¿No crees que tiene razón?

—Lo creo.

Al haber tocado aquel tema, Carlais no pudo evitar acordarse de Laina, la hermana de Branon.

—¿Añoras a tu hermana? —quiso saber sin darle muchas vueltas al asunto.

Branon suspiró pesadamente, como si le acabaran de recordar que cargaba con una pesada losa a sus espaldas. Quizá fuera el peso de la culpabilidad lo que le atormentaba.

—¿La conoces?

—Sí. Soy una de sus damas de compañía —informó Carlais.

—¿Estás en la corte? —inquirió con una nota de preocupación en la voz—. ¿No te parece algo arriesgado?

—Es útil. Me da los conocimientos que necesito para tomar las decisiones adecuadas. Y quiero estar cerca de Noriam mientras no sepa quién soy. He de poder juzgarle sin prejuicios.

Branon asintió pensativo. Finalmente se encogió de hombros.

—Es tu decisión. Se te ve alguien inteligente, confío en que tendrás cuidado.

—Lo tendré.

Branon asintió con satisfacción.

—En fin… Sí que añoro a mi hermana. Mucho. Nunca quise que pasara lo que pasó.

—No teníais elección.

—Creo que ella habría estado dispuesta a morir, pero se sacrificó por mí —confesó el conde. En su voz se detectaba cierta amargura, un pesar profundo que le quitaba el sueño por las noches.

—No lo creo, Branon. Por lo que sé de Laina, me da la sensación de que es una mujer muy vivaz y… enérgica. Creo que valora demasiado la vida como para dejar que se la quiten.

—Valora más el amor.

—¿A qué te refieres?

Por unos segundos, Branon pareció perderse en las profundidades de sus pensamientos, pero luego sacudió la cabeza, despejando sus ideas.

—A nada en particular. Lo que puedo decir es que aunque ella nunca lo ha reconocido delante de mí, sé que se siente débil y desdichada. Cada día más. Lo veo en la sombra que ha teñido sus ojos, en las arrugas que empiezan a marcar su rostro.

—Tiene treinta y pocos años, aún es joven.

—A eso me refiero. Sigue teniendo ese aspecto de niña, pero demacrado por un sufrimiento que ni siquiera un adulto sabría combatir. Creo que nunca podré librarme de esta sensación de…

Branon chascó la lengua y se limitó a poner una mano sobre su hombro de una forma cariñosa, no sin vacilar antes.

No les dio tiempo a seguir hablando mucho más porque Arcren apareció tras ellos e indicó que ya había acabado.

—Tenéis un bonito arsenal, milord —elogió él.

—Tengo que tenerlo. Al fin y al cabo, vivo de eso. Aunque el negocio ha bajado ligeramente desde que los reinos más cercanos ya no están en guerra.

—La paz siempre es una buena noticia —repuso Carlais, algo molesta por que Branon sacara beneficio de los conflictos bélicos ajenos.

Arcren adivinó sus pensamientos.

—Tienes razón, Carlais, pero si lo que te preocupa es que el conde ayude a promover el acto de la guerra, permíteme decirte que no es así. Lo peligroso no es el arma en sí, sino la mano que la empuña.

—Arcren tiene razón. Está en la naturaleza del hombre pelear, sea la causa que sea. Y si no es con espadas y flechas, será con piedras o palos.

Carlais supo que tenían razón, que la naturaleza del ser humano les impulsaba a ser destructivos y crueles. Lo había comprobado en el carácter de algunos niños pequeños, que disfrutaban con el simple hecho de molestar o hacer sufrir a los que consideraban más débiles. Y lo hacían sin pensar, lo que probaba que era algo inherente al ser humano. Después, era el carácter de cada uno lo que le daba rienda suelta o no.

—No me importa lo que hagan los demás, pero yo quiero evitar un enfrentamiento violento a toda costa. Lo repetiré hasta la saciedad si es necesario.

Los dos hombres asintieron.

—Bueno, dejémonos de cháchara —instó Arcren—. Aún hay mucho que hacer.

—Cuando volváis ya habré acondicionado unos aposentos para ti —le dijo Branon a la chica—. Así que siéntete como en tu propia casa.

—Lo agradezco mucho —respondió ella.

Tras una cordial despedida, Arcren y Carlais salieron apresuradamente del palacio del Cetro.

Capítulo 12

LA DERROTA NO ES UNA OPCIÓN

—Hace un calor insoportable —se quejó Carlais y se retiró algunas gotas de sudor que le bañaban el cuello.

—Es mediodía —dijo Arcren considerando que aquello era una explicación más que suficiente.

Hacía un rato que recorrían el camino hacia la ciudad y Carlais todavía no había preguntado qué era lo siguiente que tenían que hacer, y aquel era un momento tan bueno como cualquier otro para salir de dudas.

La respuesta le desconcertó un poco.

—En cuanto a tu seguridad, no todo está zanjado todavía. He pensado que deberías tener una persona cuya única misión sea protegerte. Incluso aunque en el futuro seas capaz de hacerlo tú.

—¿Algo así como un guardaespaldas? —La idea desagradaba a Carlais, que disfrutaba de su independencia y de su intimidad—. No me parece una buena idea.

—¿Por qué? Te garantizo que mientras él esté cerca, tú podrás sentirte mucho más cómoda.

—Hablas como si ya tuvieras al candidato ideal.

Arcren se encogió de hombros.

—Tengo a alguien en mente.

—Me da igual. No quiero estar más cómoda, solo quiero... —Carlais dejó escapar un gruñido exasperado.

—Pero si te estoy facilitando las cosas, Carlais —replicó Arcren—. Además, eres tan consciente como yo de que no sabrías defenderte de una agresión. Dentro de poco tu vida estará en constante peligro.

Ella había valorado concienzudamente los riesgos, pero oírlo en boca de Arcren sonaba casi más terrible que pensarlo una y otra vez. Nadie le había prometido que saldría intacta de aquella contienda. Nadie le aseguraba que viviera para ver el próximo verano. La de cosas que podían pasar en un año...

Pero ya no había vuelta atrás.

—No pongas esa cara, por favor —pidió Arcren, levemente angustiado por el rostro compungido de Carlais—. No es nada que no supieras, ¿verdad?

—Ya, pero a pesar de eso, ¿de verdad crees que podemos vencer?

—Lo creo. Tenemos tantas posibilidades de victoria como de derrota. Solo hace falta fe. —Arcren se detuvo y tomó a Carlais por los hombros mientras la miraba fijamente a los ojos—. Carlais, tienes que creer en ti misma, en quién eres y en lo que puedes hacer. Si dudas de tus posibilidades, aunque sea solo un momento, el enemigo caerá sobre ti y ya no podrás levantarte. Es primordial que tengas confianza.

Ella se quedó callada unos segundos, considerando las palabras del líder rebelde. Era un hombre curtido y su cicatriz no hacía más que confirmarlo. Si él tenía tantas esperanzas puestas en ella y confiaba de aquel modo en sus capacidades, ¿por qué ella no podía hacerlo? Se dijo a sí misma que debía dejar a un lado sus miedos y sus dudas. Por su bien y por el de todos.

—Está bien.

—Nunca contemples la derrota, Carlais. La derrota no existe para nosotros, ¿entendido?

—Entendido.

—Bien, ahora vamos a buscar a ese muchacho que debe protegerte.

Carlais le dirigió una mirada extraña y llena de escepticismo.

—Así que ya habías tomado la decisión antes de consultarlo conmigo...

—El tiempo corre en nuestra contra, así que sí, me tomé esa libertad.

Carlais puso los ojos en blanco, pero no le quedaba más remedio que resignarse.

Siguieron caminando un trecho hasta llegar a los límites de Caan, donde las casas y establecimientos estaban algo más desperdigados que en el centro y se respiraba más tranquilidad. La gente miraba a la peculiar pareja con unos ojillos curiosos, preguntándose qué clase de vida llevarían o qué les obligaba a moverse juntos. Siguieron avanzando hacia donde las casas estaban cada vez más juntas hasta que se adentraron en un barrio de mala reputación donde abundaban los robos y otros crímenes. Algunas mujeres, vestidas con ropa holgada, seductora y poco pudorosa, intentaron llamar su atención, pero no lo consiguieron en la medida que deseaban. En algún que otro callejón el hedor era tan fuerte que Carlais tuvo que contener la respiración. Arcren apenas se inmutaba.

—¿Qué estamos haciendo aquí? —preguntó ella con cierto tono de reproche.

—Ya te lo he dicho, buscamos al hombre que te protegerá.

Entonces Carlais tuvo claro que se trataba de un mercenario.

—Me niego a tratar con gente de esta... —Dio un vistazo alrededor, como si entre el barro y la pobreza de las calles pudiera encontrar la palabra adecuada— calaña—dijo finalmente.

—¿A qué te refieres con eso? —inquirió Arcren en tono despreocupado.

—Ya sabes. Mujeres de la noche, ladrones, mercenarios...

—Oye, yo mismo fui mercenario y tampoco soy tan malo, ¿verdad que no?

Carlais dejó escapar un suspiró resignado.

—Ya lo había oído, pero esperaba que no fuera cierto.

—Uno tiene que comer.

—Hay formas más honradas de ganarse el pan —alegó Carlais.

Arcren se limitó a encogerse de hombros.

Llegaron a una posada llamada El Rincón del Borracho, que no tenía buen aspecto. Carlais se mostró reacia a entrar y Arcren le miró reprobatoriamente.

—Carlais... Entiendo tu incomodidad, pero créeme, no va a pasarte nada.

—No es eso lo que me preocupa.

—¿Entonces?

—Nada —repuso ella—. Entremos.

El interior era casi agobiante para Carlais, oscuro, con un aire viciado y un fuerte olor corporal de todos los que estaban allí, cuyo aspecto no era nada alentador. Las mujeres se dejaban manosear por los hombres mientras bebían cerveza o hipocrás y en el suelo había dos cuerpos inconscientes con marcas en los rostros que indicaban que habían sufrido las consecuencias de una fuerte pelea. Nadie parecía preocuparse por ellos, ni si quiera por si los pisaban y agravaban aún más sus heridas.

—Pobrecillos... —murmuró Carlais—. ¿Nadie va a hacer nada?

Arcren tuvo que seguir la dirección de su mirada para comprender a qué se refería.

—No —respondió—. Aquí uno solo cuida de sí mismo y de nadie más. Excepto yo, que como ya he dicho, no voy a dejar que te pase nada.

Carlais estaba algo más tranquila, pero aun así aborrecía ese lugar. Tuvo claro que si algún día ocupaba el trono de Cathlan, una de las medidas que tomaría sería erradicar posadas como aquella, donde abundaba el mal, la lujuria, la despreocupación y el crimen. Desde que entraron por la puerta hasta que llegaron a la barra donde el posadero atendía a sus clientes, Carlais contó no menos que tres hurtos. Algunos hombres la miraban con lascivia y ella sintió cómo se le ponían los pelos de punta.

La joven no dejaba de mirar alrededor un tanto temerosa, por eso no se dio cuenta de lo que hablaba Arcren con el posadero, a pesar de lo muy pegada que estaba a él.

—Vamos —dijo Arcren dirigiéndose hacia las escaleras.

Carlais se alegró cuando dejaron atrás el piso de abajo y respiró tranquila por primera vez desde que estaban allí. Avanzaron por los estrechos pasillos de madera hasta que Arcren se detuvo ante una puerta que abrió sin contemplaciones.

En el interior de la pequeña y escasamente amueblada habitación, un joven alto y de expresión circunspecta aguardaba afilando una espada. En cuanto alzó la mirada hacia ellos, Carlais lo reconoció. No le cabía duda: aquel cabello castaño oscuro, sus ojos marrones, sus rasgos simétricos y duros… Se trataba de Reif Montfort, el hijo de Calinia, la partera. Llevaba un tiempo sin verlo, por los menos cinco inviernos, y aunque era solo cuatro años mayor que ella, le pareció que les separaba un abismo. Lo vio mucho más maduro, más hombre. La espalda, por ejemplo, era bastante más ancha que la última vez que le había visto. Algo comprensible, ya que, al fin y al cabo, la última vez que se habían cruzado él era un adolescente y ella solo una niña grande.

—Arcren —murmuró él, entre sorprendido y extrañado—. ¿Qué haces aquí? —Luego miró a Carlais—. Y en compañía femenina, menuda sorpresa tratándose de ti —añadió con una pizca de sorna.

—Fuera bromas, Reif, he venido para hablar de algo serio.

El joven alzó una ceja y esperó a que Arcren hablara.

—Necesito de tus servicios.

—Ahora el maestro pide ayuda al aprendiz. Te dije que algún día pasaría —dijo él con cierto regocijo.

—Sí, sí, lo que tú digas. El caso es que tienes que proteger a esta muchacha. Con tu vida.

Reif se acercó a ellos para mirar más de cerca a Carlais, quien empezó a preguntarse si se acordaba de ella o no. Después de todo, a sus madres las unía una vieja amistad y ellos coincidieron a menudo durante la infancia. Él la contemplaba con interés y atención, como si estuviera estudiándola.

—¿Qué tiene de especial para que yo arriesgue mi vida por ella?

Arcren puso los ojos en blanco.

—Tú siempre tan predispuesto a todo —mascullo con ironía—. Es alguien importante por quien necesito que veles, eso debería bastarte.

Los ojos de Reif relampaguearon con el brillo de la comprensión.

—No me digas que es la princesa.

—Mis hombres son unos bocazas —murmuró Arcren.

—Sí que lo son. Dentro de poco lo sabrá todo el mundo, dentro de nada si sigues paseándola así.

—A mí no me pasea nadie —replicó Carlais molesta.

Los dos se fijaron en ella. Arcren con una ceja alzada y Reif con un aire divertido.

—Tiene las cosas más claras que tú, Arcren —comentó en tono jocoso.

—Por eso será la futura reina.

Y por primera vez desde que estaban allí, Reif se puso serio, serio de verdad.

—Entonces es cierto, buscas derrocar a Noriam.

—Ya tuvimos esta conversación hace tiempo, no sé de qué te sorprendes.

—No creí que fueras a hacerlo.

—Pues lo estoy haciendo.

Reif suspiró.

—O sea que quieres que la proteja. Muy bien, lo haré. Pero yo no trabajo gratis.

Arcren profirió un bufido.

—¿Y qué hay de tus ideales de caballero? ¿Qué ha pasado con el muchacho que soñaba con ayudar a damas en peligro y servir a nobles reyes?

—Que entendió que ni todas las damas están en peligro ni todos los reyes son nobles. Ese chico luchó por sus sueños y fracasó. Ahora se gana la vida como puede, así que hablemos de dinero.

Arcren hizo una mueca.

—Te enseñé demasiado bien, chico.

Reif se encogió de hombros y acto seguido volvió a hablarle, aunque esta vez fue en una lengua que Carlais no comprendió. Y Arcren le respondió. Se entendían perfectamente bien. La joven no tardó en reconocer la lengua propia de Galdwin, y entonces comprendió: el padre de Arcren era natural de allí, por lo tanto dominaba la lengua, mientras que Reif había pasado los últimos años de su vida en el mismo lugar, debido a que la academia militar a la que asistía estaba en la capital de Galdwin.

Carlais se sintió frustrada porque era obvio que no querían que ella se enterase de lo que fuera que estuvieran hablando. Estaba a punto de interrumpir la conversación cuando esta se desvaneció sola.

—Trato hecho, entonces —zanjó Arcren estrechando la mano del que había sido su pupilo. Luego miró a Carlais—. Te dejo aquí con él, ¿de acuerdo? Tengo asuntos que atender.

—Pero….

—Vamos, no soy tan malo —repuso Reif.

Y, dejando con la palabra en la boca a Carlais, Arcren cerró la puerta tras de sí. Carlais entreabrió los labios, indignada, casi ofendida. Luego se giró para mirar a Reif, que le sonreía.

—Te parecerá gracioso —farfulló la joven.

—Sí.

Carlais se sentó en el lecho de Reif, sin esperar a que él le diera su permiso, y apoyó los codos sobre las rodillas.

—¿Le ha salido a Arcren muy caro el que me protejas? —quiso saber.

—No tanto como debería —repuso él y se sentó a su lado.

—¿Y obedeces mis órdenes? —le preguntó a su nuevo escolta.

—Más o menos. Aunque tengo la libertad de hacer contigo lo que quiera siempre y cuando sea para evitar un peligro —informó con un brillo de satisfacción en los ojos.

—Supongo que eso te complace.

—Solo en parte.

Carlais se quedó en silencio y recordó la cantidad de veces que lo había visto jugar en la plaza o pasear por los alrededores de su casa mientras iba con su madre.

—¿Te acuerdas de mí? —preguntó ella.

Reif la miró en silencio unos instantes.

—Claro que me acuerdo —respondió finalmente como si esa hubiera sido la respuesta a la pregunta más absurda del mundo.

Carlais se puso en pie y empezó a dar vueltas despacio por la habitación. Sorprendentemente, se sentía muy intrigada por Reif y su nuevo estilo de vida.

—¿Cómo te fue por Galdwin?

—La academia me enseñó muchas cosas, pero no pude acabar la formación.

—Sí, algo oí sobre eso… Una lástima. Siempre quisiste convertirte en caballero. Recuerdo haberte visto jugar por la ciudad a que erais soldados del rey, con palos que simulaban ser caballos o espadas.

Reif enrojeció ligeramente y a Carlais le pareció una reacción muy tierna, pero no dijo nada.

—Ya has oído que esas aspiraciones se han ido al traste —apuntó él.

—Sí, pero hay sueños que vencen al tiempo. ¿No sigues queriendo luchar por ello?

—Eso ya no es posible —cortó él con brusquedad—. La única oportunidad que tenía de obtener las habilidades y el reconocimiento necesario con el adiestramiento de la academia de Galdwin se ha esfumado porque mi acceso a ella está vedado, ahora que Cathlan ya no es uno de sus reinos aliados. Y para un hombre de mi condición es imposible entrar del modo convencional.

—Mira a Noriam —recordó ella—. Era de origen tan humilde como tú y ahora es rey.

—Sí, pero no debería. No sabe cómo serlo. Por su culpa nuestro reino está cayendo en picado. Y no es porque no sea noble, sino porque no se ha criado en el ambiente adecuado ni ha recibido la educación necesaria. No tiene el espíritu que hace falta para gobernar.

—¿Y yo sí? ¿Qué me diferencia de Noriam?

—Desde mi punto de vista, nada. Todavía no te conozco lo suficiente como para que mi opinión sobre ti tenga peso. Recuerdo cómo eras de niña, pero no sé cómo eres ahora. Así que pegúntamelo dentro de un par de semanas.

Carlais permaneció callada unos instantes, valorando la opinión de Reif, que parecía saber de lo que hablaba. Intuía que en la academia no solo le habían enseñado a manejar una espada, sino que también le habrían inculcado otra clase de conocimientos.

De pronto, Carlais recordó dónde estaba y sintió la imperante necesidad de salir de allí.

—No me gusta este sitio —declaró—. Vámonos.

—Como quieras —contestó él poniéndose en pie—. Espera un momento que me cambie de ropa y bajo contigo.

La joven iba a salir para dejarle intimidad, pero él no le dio tiempo. Se quitó el jubón que llevaba y lo sustituyó por una blanca camisa de lino, más fina y fresca. Carlais observó su espalda y tuvo que apartar la vista para no quedarse atrapada de por vida en aquella visión.

Reif envainó la espada al cinto y avanzó hacia ella sin notar lo perturbada que estaba.

—Vamos.

Bajaron al primer piso, donde el ambiente seguía siendo igual de nauseabundo para Carlais, y aunque Reif se dio cuenta, no dijo nada. De nuevo, la joven descubrió un par de hombres que la miraban como si tuvieran hambre y ella fuera un trozo de carne andante. Se le puso la piel de gallina y agachó la mirada.

—Ignórales —aconsejó Reif al percatarse de la situación.

—Qué remedio.

Por fin estuvieron fuera de ese endemoniado lugar. Carlais exhaló un suspiro de alivio que pronto sustituyó por otro de indignación.

—¿Has visto cómo me miraban? ¡Ha sido muy descarado! —bramó ella con un timbre de repugnancia en sus palabras.

—Creía que estabas acostumbrada a esa clase de cosas —comentó Reif.

—¿Por qué debería estarlo?

Reif le dirigió una mirada distante.

—Las chicas como tú lo están.

—¿«Chicas como yo»? ¿Qué significa eso?

—Bueno, pues… —Reif pareció apurado—. Da igual.

Ninguno de los dos le dio más vueltas al asunto. Alejados ya de aquel barrio de mala muerte, Reif le explicó a Carlais que cuando lo echaron de la academia militar por ser cathlense, tuvo que idear el modo de buscarse la vida para subsistir usando los conocimientos adquiridos. Ya era demasiado mayor como para convertirse en aprendiz de algún artesano o mercader, y eran sus hermanos los que iban a heredar el negocio de su padre, así que no le había quedado más remedio que ejercer de mercenario. Y ahí entraba en escena Arcren, que le había enseñado todo cuanto había que saber sobre el oficio.

Carlais observaba a la gente de su alrededor, con sus recuerdos y sus vidas, y se preguntó qué cosas horribles había tenido que hacer Reif solo porque era su trabajo.

—¿Has matado alguna vez por dinero? —inquirió.

Reif se puso tenso.

—Evito esa clase de situaciones. El código de honor que nos enseñaron en la academia… Bueno, no es algo que se olvide fácilmente, y mucho menos si tienes fe ciega en él, como yo la tenía. Pero hay veces en que todo se complica y no puedes atarte a tu voluntad o a tus principios.

—O sea, que sí. Has matado por dinero.

—Solo una vez. Pero preferiría no hablar del tema. No es algo de lo que me sienta orgulloso, aunque el tipo era verdaderamente un canalla que a punto estuvo de llevar a la ruina a mi cliente. Lo que suelo hacer es proteger mercancías o llevar a cabo amenazas e intimidaciones para que se paguen deudas.

Carlais suspiró.

—¿Y qué pretendes hacer con el dinero que ganas?, ¿ahorrar hasta que puedas acabar el adiestramiento en Galdwin?

—No. Hay cosas más urgentes que esa. Tengo dos hermanos y a mi padre no le está yendo demasiado bien con su trabajo. Gran parte de mi dinero se lo doy a ellos.

Carlais le miró y descubrió que no mentía. Sus nuevas circunstancias invitaban a creer que Reif era alguien independiente que no necesitaba a nadie y que no se preocupaba por nada, pero en el fondo parecía que seguía siendo el de siempre, un muchacho apegado a su familia, con principios y valores nobles.

Carlais le dijo a Reif que tenía que ir a su casa a coger algunas cosas, puesto que desde ese momento pasaría mucho tiempo en el palacio del Cetro. Así que empezaron a caminar hacia las afueras, donde la casa de los Piedrablanca se recortaba contra la luz del sol y el verde de las praderas.

Estuvieron hablando de cosas triviales durante el camino, como las últimas peleas en las tabernas o la boda de Nilba.

—Ah, sí. Mi madre me comentó que iba a casarse con el hijo del panadero.

—Así es. Está ilusionadísima.

—Es normal.

Se instaló un tenso silencio que Carlais se vio obligada a romper.

—¿Y tú qué planes tienes para el futuro? ¿Has pensado en casarte y esas cosas?

—No me urge —respondió—. Por lo general, el objetivo principal de casarse y tener descendencia es asegurar la continuidad del apellido de tu familia. Yo tengo dos hermanos pequeños que por suerte rebosan salud. No es necesario que me case. Al menos por el momento.

—¿Y si un día te enamoras?

Él la miró con una expresión burlona.

—No sé si he nacido para enamorarme de nadie.

—Ya, pero ¿y si ocurre?

—Pues ya veremos. Eres demasiado curiosa.

—No quiero que mi segunda sombra sea alguien del que no sé nada.

Reif rio. Cuando estuvieron a punto de entrar en su casa, Reif la retuvo por el brazo.

—No sé si a tus padres les hará gracia que entre.

—¿Por qué no? Te conocen desde que eras un crío.

—Lo sé, pero la confianza es algo que se pierde muy rápidamente.

—Tonterías —dijo ella mientras abría la puerta—. Además, tu madre siempre está por… —Lo que vio una vez dentro la dejó pasmada— aquí —finalizó en casi un susurro.

Justamente allí estaba ella, Calinia, sentada junto a Maya, charlando animadamente. En cuanto vieron a sus hijos entrar juntos, una expresión de sorpresa e incomprensión surcó sus rostros. Calinia se puso de pie enseguida.

—¡Reif, hijo…! ¿Qué haces aquí?

Él no supo muy bien qué contestar porque, ¿y si su madre aún no sabía que Carlais era la princesa? No podía revelárselo como si tal cosa. Aunque dudaba que no lo supiera, pues, al fin y al cabo, era ella la que había ayudado a dar a la luz a la reina. Calinia era la primera mujer que había tenido a Carlais en brazos. ¿Era posible que desconociera la verdad? Porque, por otra parte, su madre era una mujer muy charlatana y cotilla a veces, y nunca la había oído mencionar nada sobre el asunto…

—Resulta que ahora es mi protector —explicó Carlais adelantándosele.

—¿Protector? —repitió Maya sin comprender.

—Sí. Arcren pensó que era prudente que tuviera uno. Un escolta, ya sabes.

Maya suspiró con pesar.

—Lo que significa que hay peligros de los que protegerte.

—Vamos, Maya, ya sabíamos que esto pasaría —protestó Calinia ante el aspecto disgustado de su amiga—. Y deberías estar contenta de que sea mi hijo el encargado. Te aseguro que cuidará muy bien de ella, ¿verdad?

—Madre… —El chico pareció que iba a replicar, pero finalmente suspiró y asintió con la cabeza.

—¿Lo ves?

—¿Y tú cómo sabes quién es? —preguntó él—. ¿Te lo dijeron?

Por toda respuesta, Calinia le dio un manotazo en el hombro a su hijo.

—¿Pero por quién me tomas? —dijo—. Yo la ayudé a nacer, eso no se olvida. Además, Maya y yo somos casi como hermanas, es obvio que iba a estar enterada, ¿o no?

—Vale, vale. Es lo que suponía, pero me preocupa que la noticia se extienda demasiado rápido. Antes de que esté preparada para lo que sea que tenga que encarar.

—No te preocupes, Reif. He guardado este secreto durante años y te aseguro que puedo seguir haciéndolo, aunque no me veáis capaz.

Como bien había pensado Reif hacía unos instantes, la reputación de Calinia no indicaba que fuera la clase de persona a la que podía confiársele un secreto con la seguridad de que no iba a contarlo. Le gustaba el chismorreo y disfrutaba con las intimidades de los vecinos, eso no era nada nuevo. Lo que pocas personas sabían era que cuando había que ser discreta en algo verdaderamente importante, Calinia lo era como la que más.

A continuación, Carlais explicó el encuentro que había tenido con el conde de Ethra aquella mañana y todo lo que él le había ofrecido. A lo largo del día, la joven había estado considerando seriamente la posibilidad de mudarse allí, porque además quedaba más cerca de la base rebelde que de su casa habitual y eso era mucho más cómodo en términos de tiempo. Pero no iba a ser fácil hacer un cambio tan brusco en tan poco tiempo, por lo que decidió que iría alternándose. Aunque se fuera al palacio del Cetro, seguiría pasando muchas noches con su familia, reuniéndose con ellos para comer o cenar para pasar unos minutos juntos. No le entusiasmaba perder los lazos que los unían y no estaba dispuesta a dejar que pasara.

—O sea, que te vas —musitó Maya.

—Madre, sabes que lo hago porque es lo que me conviene. Será solo una temporada, cuando todo esto acabe… —Pero Carlais no supo cómo continuar—. Todo va a ir bien. Vendré a veros muy a menudo —concluyó antes de abrazarla efusivamente.

Después dejó a los tres en la planta baja y ella subió a su alcoba para coger sus pertenencias más relevantes. En un zurrón oscuro y viejo metió un par de libros, varias prendas y la carta que le había escrito su madre la noche de su muerte. Una vez hubo acabado, miró su alcoba con cierta tristeza. Se sentó en el lecho que tantas veces había compartido con Elish, su hermana pequeña, que ese momento estaba trabajando en los racimos de uva que tenían afuera. Las luces de la tarde se filtraban suavemente por el sucio ventanuco de la pared. Le parecía increíble que ya hubiera dejado atrás esa época de risas y despreocupaciones; la era en la que las responsabilidades eran cosas de mayores y no sabía la velocidad a la que avanzaban los días, y era esa misma falta de conocimiento lo que les hacía creer en la eternidad de la vida.

La infancia. Cómo la añoraba. Era como haber estado siempre en una burbuja que neutralizara los problemas, un lugar seguro, sagrado, donde solo ella decidía qué estaba bien y qué estaba mal. Jamás volvería aquel tiempo.

Fueron esa clase de pensamientos y las emociones vividas en los últimos días lo que hicieron que Carlais llorase. En los últimos días había estado manteniendo la compostura constantemente a pesar de la cantidad de cosas que estaba viviendo. Derramó varias lágrimas en silencio. Intentaba detenerlas, pero era imposible. Su corazón bombeaba con fuerza y sentía esos mismos latidos en la profundidad de los oídos y en las sienes.

Justo en ese instante, entró Reif.

—Me han pedido que venga a ver por qué tardas tan…

Reif frenó sus palabras en cuanto vio la figura menuda de Carlais sollozando bajo la tenue luz de un rayo de sol que dejaba ver un polvo flotante y dorado en el aire de la habitación. El muchacho hizo una mueca de desagrado.

—¿Estás llorando? —preguntó cautelosamente.

Carlais se mantuvo cabizbaja. No contestó por miedo a que su voz sonara truncada. Como Reif no recibió respuesta, se acercó y se arrodilló frente a ella para que sus rostros estuvieran a la misma altura. El de Carlais quedó unos centímetros por encima. Reif apretó la mandíbula, algo turbado. Posó una mano sobre el puño cerrado de Carlais.

—Es normal que estés asustada o triste. Lo que te ha tocado vivir no es fácil —murmuró él con un tono de voz grave y suave en un intento de consolarla.

Carlais tragó saliva y se esforzó por calmarse, pero todavía estaba inmóvil. Reif no estaba dispuesto a aguantar mucho más aquella situación, así que colocó sus dedos en el mentón de ella y le hizo alzar la cabeza para mirarle. Se encontró con unos preciosos ojos azules bañados en lágrimas, vidriosos como las cristaleras de una iglesia.

Carlais desvió la mirada, sintiéndose ligeramente avergonzada.

—Eh —repitió él—, llorar es humano —dijo lentamente—. Hazlo si tienes que hacerlo.

—Es que… —susurró ella con una voz apenas audible—, no quería que nadie me viera así. Se supone que tengo que infundir fuerza.

—Las lágrimas no son un símbolo de debilidad —musitó él—. Y menos en las mujeres.

—¿Ah, no?

—No —reiteró—. He visto llorar a hombres muy valientes. Y en vuestro caso… Bueno, tan solo es una muestra de que sentís las cosas con mucha vehemencia. Eso es bueno a la hora de liderar una rebelión y de contagiar a la gente de entusiasmo.

La joven se calmó, dejando que las palabras que había pronunciado Reif hicieran mella en ella. Asintió enérgicamente, sorbió por la nariz, se secó las lágrimas de los ojos con las mangas de su vestido y se levantó. Pensó que Reif era un joven extraño, pues nunca habría esperado de él que se comportara de un modo tan amable cuando ella tuviera un mal momento.

Se despidieron de sus respectivas madres y se marcharon al palacio del Cetro.

De camino por el bosque, Carlais cargaba a su espalda el saco con todas sus pertenencias sin dejar de repetirse que cada vez quedaba menos para llegar. El calor la asfixiaba y empezaba a tener la espalda dolorida. Supuso que charlar un rato le ayudaría a distraerse.

—Reif —llamó.

—¿Sí?

—¿Crees que voy a poder hacer esto? ¿Hacer lo que se espera de mí?

Él tardó mucho rato en contestar.

—Solo tú lo sabes. ¿Sabes que yo estuve presente el día de tu nacimiento?

Carlais escrutó su rostro para averiguar si mentía o si decía la verdad. Su semblante era serio, templado. No la estaba engañando.

—¿De veras?

—Sí. Mi madre solía llevarme con ella a veces para que le echara una mano.

Carlais no podía creerlo. Sus vidas habían estado enlazadas desde siempre, al parecer.

—¿Y… lo recuerdas?

—Algo. No demasiado. Tenía cuatro años.

—Ah, claro. Eras demasiado pequeño como para acordarte.

Carlais se detuvo de pronto respirando entrecortadamente. Iba a pasarse el peso del saco de un hombro a otro cuando Reif se lo arrebató y cargó con él a sus espaldas.

—No es necesario…

—Sí que lo es. Vamos a paso tortuga por tu culpa.

Ella sonrió y no rebatió más. En el fondo, Carlais se alegraba de contar con él, de no tener que afrontar las cosas sola, porque aunque Arcren se había portado muy bien con ella, a veces le notaba ausente. Como si pertenecieran a mundos diferentes o les movieran causas distintas. En cambio, a Reif le conocía desde siempre, aunque fuera más de vista que otra cosa. Su presencia no le incomodaba tanto como pensaba que iba a pasar.

De hecho, la boda de Nilba era al día siguiente y Carlais se estaba planteando la posibilidad de pedirle a Reif que la acompañara, no como guardaespaldas —cosa que iba a hacer de todos modos—, sino como amigo. Nilba estaría encantada de que no se presentara allí sola. Era algo que casi le había prohibido.

—Reif —llamó de nuevo.

—Dime.

—¿Querrías venir mañana a la boda de Nilba?

Él parpadeó un momento y luego frunció el ceño.

—¿Acaso tengo alternativa?

—Me refiero de un modo más… informal. Ya sabes. Tú también la conoces desde hace mucho.

—No veo la diferencia, pero de acuerdo.

Carlais puso los ojos en blanco, segura de que no era tan difícil entender qué era lo que estaba tratando de decir, pero desistió.

Llegaron al palacio y Branon les dio una cálida bienvenida. Arcren ya había consultado con él la idea de poner un guardaespaldas a Carlais, por eso no se sorprendió de la presencia de Reif, que fue muy cortés con el conde. Los llevó a los aposentos que el personal de palacio había acondicionado para la joven princesa. Se trataba de una alcoba bastante grande, con una cama con dosel, un gran ventanal que daba hacia el jardín, estanterías con libros, un escritorio y un imponente armario de roble.

—¿Aquí dormiré yo? —inquirió Carlais estupefacta.

Comparado con la habitación a la que estaba acostumbrada en su casa de siempre, aquello era el paraíso.

—Sí, esta alcoba perteneció a mi hermana y creí adecuado que ahora fuera para ti —respondió Branon—. Hemos llenado los armarios con algunos vestidos que intuimos que pueden servirte. Espero que te gusten. Si no te quedan bien, mi sastre los arreglará.

—Seguro que sí —musitó ella y pasó la mano por la mesa que tenía al lado.

Branon miró a Reif.

—Para ti también he preparado algo. Se trata de una habitación contigua a esta. Antes se usaba como pequeño salón de lectura, pero lo hemos acondicionado para que sea un dormitorio, con una cama, una mesa y otras cosas. No es demasiado grande, pero seguro que te complace.

Los dos muchachos creyeron que era necesario salir para poder ver esa habitación, pero no fue así. Branon se acercó a una esquina de la alcoba de Carlais, junto a la ventana, y empujó la pared lateral, que se abrió como si fuera una puerta. Ella se quedó boquiabierta y gratamente asombrada.

—Venid —instó el conde.

Ellos le siguieron hasta lo que serían los aposentos de Reif. La sala ciertamente era más pequeña que la de Carlais, pero como tenía poco mobiliario, la sensación de espacio era notable. Contaba con una bonita y trabajada chimenea de piedra.

—Como veis, lo de la puerta que comunica ambas habitaciones es una gran ventaja, teniendo en cuenta que Reif está aquí para protegerte.

—Desde luego es una ventaja —comentó el escolta.

—Así pues, me retiro. Si necesitáis algo, no dudéis en pedirlo. Ah, y la cena estará servida dentro de tres horas y media. Bajad cuando queráis.

—Yo hoy tengo el estómago un poco revuelto y no creo que baje —informó Carlais.

Solo quería descansar. Una cena requeriría esfuerzo e interés por participar en una conversación que seguramente trataría de ella y de su futuro.

—Como desees, no hay problema.

—A mí sí me apetece —declaró Reif, que no se dejaba intimidar y tampoco le preocupaba el hecho de que Carlais estuviera ausente—. Así dejo que la princesa disfrute un poco de la intimidad que le he robado y que seguiré quitándole los próximos meses.

El conde esbozó una sonrisa.

—Bien. Entonces nos veremos abajo.

Y se marchó.

—Bueno, no está nada mal —murmuró Reif con aire distraído.

—Ya. Me voy a dormir.

—¿Tan pronto?

—Estoy muy cansada. En los últimos días no he pegado ojo.

Reif se encogió de hombros.

—Vale.

Ella dio media vuelta y se encerró en su alcoba, dispuesta a dejarse envolver por el sueño. En cuanto cerró las pesadas cortinas de terciopelo y se tumbó en la cama, un sopor pesado y cálido la acogió entre sus brazos. Se durmió, y cuando despertara solo tendría el recuerdo de Reif habiendo entrado en sus aposentos horas más tarde para preguntarle si estaba dormida, pregunta que quedaría sin respuesta.

De hecho, cuando despertó, dudó de si eso realmente había ocurrido o si se había tratado del principio de un sueño que no lograba recordar.

Capítulo 13

NATURALEZA

La boda de Nilba tendría lugar en una ermita frente a un lago a mediodía. Carlais ya había recibido el permiso de Laina para ir y ausentarse del trabajo que se suponía que tenía que ejercer en la corte, así que no había problema. Pero cuando Reif se enteró de que era una dama de compañía de la reina, montó en cólera.

—¿Cómo se supone que voy a protegerte mientras estés ahí? —vociferó mientras iban de camino a la ermita.

—No tienes que hacerlo. Siempre estoy rodeada de gente y apenas me cruzo con los hombres del rey o con él mismo. Estoy fuera de peligro.

—Esa es la actitud que tienen todas las personas que creen estar a salvo justo antes de descubrir que no lo están.

Carlais le lanzó una mirada escéptica.

—Es bueno comprobar que te tomas en serio tu trabajo.

—Di mi palabra de que te protegería —declaró él.

—¿Y siempre cumples tus promesas?

—Sí.

Carlais no contestó a eso, pues tenía otras cosas en que pensar, como por ejemplo lo mucho que le costaba respirar. Se detuvo y se llevó una mano al vientre.

—¿Estás bien? —inquirió Reif con el ceño fruncido.

—Es el corpiño de este vestido, es… No estoy acostumbrada.

El vestido era el más bonito que tenía: color verde manzana, brocado en plata y con motivos florales adornando la parte que en ese momento tocaba con la mano. Era un regalo que Maya le había hecho al cumplir los quince años, y hasta entonces no había tenido ocasión de ponérselo.

—No comprendo por qué os hacen llevar eso —comentó Reif—. Es decir, sí lo entiendo: realzan la figura y esas cosas, pero ¿vale la pena?

—Eso lo tenéis que decidir los hombres, que se supone que es para quienes nos esforzamos tanto —refunfuñó ella retomando la marcha.

—La verdad es que nosotros os preferimos sin ropa. —Carlais le miró tratando de fingir enfado, pero no fue capaz de ello—. Ahora en serio —continuó Reif—, es ridículo que te vistas así para impresionar a cuatro campesinos.

—Me gusta estar guapa, no creo que sea un crimen.

—No necesitas partirte las costillas para eso.

Carlais no supo qué decir, pero notó que se le encendían las mejillas.

Prosiguieron hasta que por fin avistaron la ermita junto al gran lago. El día estaba ligeramente nublado y soplaba una brisa fresca muy agradable. Empezaron a ver las figuras de los familiares y amigos de Nilba. Incluso Maya y Alfred estaban allí ya. Ellos, que venían del palacio del Cetro, se habían rezagado un poco y tenían varias miradas puestas en ambos.

Algunos se extrañaron al ver la compañía que traía Carlais. Años atrás, Calinia había hablado a todo el mundo acerca del ingreso de su hijo en una famosa academia militar, pero en los últimos meses su actitud al respecto se había enfriado un poco. Ardían en deseos de hacerle preguntas a Reif, pero se contuvieron. Ya se enterarían de lo que se tuviesen que enterar por otras fuentes, porque lo cierto era que tenían mucha curiosidad por conocer cómo funcionaban las cosas en los reinos vecinos. No obstante, tenían que pensar en el presente y en lo que estaban viviendo. No recordaban que Carlais y el joven Reif hubieran sido amigos, pero eso podía haber cambiado.

La joven ignoró algunas miradas y se acercó animadamente a sus padres para darles un abrazo. Maya respondió al gesto con avidez, como si hubiera estado meses sin verla.

—¿Cómo has dormido? ¿Te trata bien lord Branon?

—Madre, por favor, no te preocupes más por esto, ¿de acuerdo? —pidió ella algo crispada por el incesante interés de su madre.

—Lo siento, es que…

—No puede evitar preocuparse, Carlais —dijo Alfred—. Los dos te queremos y nos gustaría saber cómo te va.

Carlais los miró con una pizca de compasión, pero al mismo tiempo estaba incómoda porque en realidad no era necesaria tanta atención.

—Os iré informando de lo más importante, de verdad.

Maya frunció las comisuras de los labios.

—Está bien —accedió finalmente.

Carlais les sonrió cálidamente y luego continuó saludando a otros conocidos, como a la familia de Nilba, que se alegró mucho de verla. Dan también estaba allí y se saludaron con alegría, pero él le dijo que no podría quedarse mucho tiempo, que tenía trabajo en el campo. Carlais se despidió y continuó saludando a los otros. Habló con algunos amigos de la infancia que llevaba tiempo sin ver. Lo cierto era que toda esa gente quedaba ya muy lejana para Carlais, como si ya no tuviera nada que ver con ellos. Reif también estaba hablando con algunas personas que conocía. A veces le lanzaba alguna que otra mirada, procurando no perderla de vista, pero en general se le veía relajado, despreocupado, como si su presencia allí no tuviera la más mínima relevancia.

Una chica joven la sacó de su ensoñación dándole unos golpecitos en el hombro. Era Laia, la hermana menor de Nilba.

—Mi hermana quiere verte —dijo ella.

—¿Dónde está?

—En una habitación contigua. Ven.

La guio hasta uno de los aposentos del sacerdote que vivía allí y que había cedido sus habitaciones para que Nilba pudiera acicalarse más tranquilamente. Carlais entró en el pequeño cuarto, dejando a Laia al otro lado. Observó la pequeña estancia y encontró a Nilba sentada en un banco de madera, encogida sobre sí misma y vestida de blanco.

Al verla tan alicaída, Carlais se extrañó.

—¿Qué te pasa? —inquirió con el ceño fruncido.

Nilba dirigió su mirada hacia su amiga lentamente, como si estuviera cansada o demasiado calmada y no tuviera prisa por hacer las cosas, algo totalmente descabellado e ilógico tratándose de ella. Carlais se sentó a su lado.

—Es el día que tanto habías esperado, ¿puedo saber qué pasa?

Ella torció el gesto.

—Es que… Estoy emocionada, pero tengo dudas.

—¿De qué clase?

—De la clase de «no sé si debería casarme con Edwer». De esa clase.

—Yo creía que estabas enamoradísima de él.

—Y lo estoy, pero ¿lo está él de mí? —Exhaló un suspiro pesaroso—. A veces tengo la sensación de que no.

Carlais intuía que había algo que Nilba no le estaba contando. La conocía demasiado bien como para no darse cuenta.

—Dime lo que ha pasado —exigió endulzando la voz más de lo que se creía capaz.

Nilba se removió incómoda en el asiento y desvió la mirada. Tragó saliva varias veces, lo que indicaba que estaba preparándose para decir algo que no deseaba explicar. Pero Carlais no iba a darle privacidad en aquello. Estaba demasiado intrigada y quería ayudar.

—Ayer le vi coqueteando con una chica cerca de la herrería. No era un simple coqueteo, era… No sé. Y ella sabe que está prometido conmigo. Lo sabe perfectamente.

—¿Quién era? —preguntó Carlais tras un instante de silencio.

Nilba empezaba a tener los ojos vidriosos. Era evidente que la identidad de la joven en cuestión jugaba un papel importante.

—Mi hermana —reveló finalmente.

Carlais suspiró, en absoluto sorprendida. Nunca le había caído bien Laia. Era demasiado altiva y solía hacer lo que le daba la gana sin importar el daño que causara a los demás. No tenía nada en contra de su hermana mayor, pero los sentimientos que le profesaba no interferían en sus deseos. Era egoísta y solo se atrevía a dañar a aquellos que sabía que siempre la querrían o a quienes no le importaba que no lo hicieran nunca.

Nilba temblaba de rabia. Carlais le puso una mano en el hombro.

—¿Has hablado con ella?

—No. No quiero sacar el tema. En realidad no es su comportamiento el que más me molesta. Todos sabemos cómo es mi hermana y es todavía es muy joven e ingenua. Mi problema es él. Edwer. ¿Por qué le siguió el juego? ¿No pensó en mí?

Carlais no conocía a Edwer lo suficiente. Había compartido alguna que otra charla con él, pero eso era todo. Sin embargo, algo le decía que era la clase de persona que prefiere arrepentirse antes que evitar el daño.

—Los hombres a veces actúan de un modo estúpido, Nilba. Y no pueden evitarlo. O no quieren. Piensan con todo menos con la cabeza.

—Pero el día antes de nuestra boda, Carlais. Entendería que se sintiera atraído por otras chicas cuando ya lleváramos una buena temporada casados, pero ¿ahora? ¿Antes de empezar? No lo entiendo.

—Si eso te impide estar a gusto, Nilba, déjale. Estás a tiempo.

—Lo he pensado, pero la idea me aterra. Yo le quiero, ¿sabes? Le sigo queriendo incluso después de esto.

Carlais en su lugar le habría dado una bofetada a su prometido, pero Nilba tenía un carácter más manso. Chascó la lengua, exasperada. Conocía demasiado bien a su amiga como para saber qué era lo que necesitaba oír. Un recordatorio.

—Nilba, Edwer está aquí hoy dispuesto a casarse contigo.

Esas últimas palabras tenían un propósito particular: recordarle que probablemente estaba esperando un hijo de aquel hombre. No era algo que quisiera señalar de forma clara, pero era un detalle digno de tener en cuenta.

—Tal vez tengas razón. No quiero echarlo todo por la borda.

—Y si lo hicieras, yo estaría a tu lado, apoyándote, ¿de acuerdo?

Su amiga asintió.

—Gracias, Carlais. Creo que seguiré adelante.

Era triste que Nilba tuviera que pasar por aquello y que Edwer no pagase las consecuencias, pero las cosas funcionaban así y todos lo sabían; el amor no era lo más importante de aquel compromiso. En el fondo era un negocio para los padres de ambos. Carlais se limitó a darle un cariñoso abrazo.

—Por cierto, estás preciosa con este vestido.

Nilba sonrió, reconfortada por el gesto de su amiga.

La boda tuvo lugar a mediodía, tal y como estaba previsto. A pesar de que Nilba acababa de pasar por un momento de flaqueza, cuando hizo su aparición frente a todos los invitados, presentaba un aspecto impresionante; hermoso y optimista. Esa era una de las cualidades de Nilba: era capaz de fingir y actuar de un modo totalmente en discordia con sus verdaderos sentimientos. Carlais era de las pocas personas que lo sabían, pues conocía a Nilba desde la infancia, pero a veces ni siquiera ella sabía identificar cuándo su amiga estaba actuando y cuándo era ella misma.

Esos pensamientos se disiparon de su mente en cuanto el sacerdote comenzó a oficiar la ceremonia.

Carlais arrugó la frente, extrañada y preocupada.

—¿Qué te pasa? —susurró Reif, que se situaba a su derecha.

—Nada —musitó ella.

Reif no le creyó, pero era lo suficientemente avispado como para darse cuenta de que Carlais no deseaba hablar del tema.

Llegó el momento final. El minuto en el que iba a decidirse el futuro de aquella pareja. Toda una vida marcada únicamente por lo que hicieran en unos segundos. Tenían que estar muy seguros para atreverse a dar el paso. Edwer no parecía tener intención de interrumpir la ceremonia, y Nilba tampoco. Se casaron.

Los asistentes aplaudieron con entusiasmo y una sonrisa en sus rostros que casi reflejaba la de los novios, pero Carlais estaba algo más seria de lo normal. Sin embargo, cuando los invitados fueron desviando la atención de los recién casados a otra parte, ella se vio obligada a actuar como se esperaba: contenta y entusiasmada por el acontecimiento.

A continuación, la feliz pareja pasaría a disfrutar, con el resto de familiares y amigos más cercanos, de un festín que la familia del novio había preparado con ilusión y ayuda de los padres de la novia. Carlais no estaba invitada a aquella celebración, ninguna amiga de Nilba lo estaba. Se trataba de algo íntimo, familiar. Se acercó a ella antes de que se la llevaran.

La tomó de las manos.

—¿Estarás bien?

—Sí —aseguró ella—. Lo de antes han sido dudas tontas. Supongo que es lo normal, pero ahora me siento feliz.

Carlais no la creía en absoluto. Se acercó a su oído para poder susurrarle:

—Sé que lo has hecho por tu bebé, Nilba.

Ella palideció y tragó saliva antes de mirar a los ojos a Carlais.

—Ese ha sido uno de los motivos —reconoció—, pero no el único.

—Fuiste una inconsciente —la riñó su amiga reprimiendo el tono acusatorio.

Luego, tras compartir una extraña y tensa mirada, Nilba se alejó de ella. Reif volvía a estar a sus espaldas y Carlais creyó que iba a decir algo sobre la reciente escena con Nilba, pero en lugar de eso el joven permaneció callado.

—Vámonos —ordenó ella.

—¿Y esa prisa?

—Estoy mareada —mintió Carlais.

Cuando iban a salir del cúmulo de personas aún aglomeradas en la puerta de la ermita, Carlais notó que alguien la retenía por el brazo. Maya.

—¿Qué te pasa?

Era increíble la capacidad que tenía su madre para detectar cuándo estaba bien y cuándo le preocupaba algo.

—Nada. Me da pena ver que Nilba está casada. Ya sabes, antes estábamos tan unidas…

Maya hizo una mueca, como si no acabara de creerse del todo la explicación de Carlais, que no tardó en despedirse de su madre y desaparecer entre la espesura del bosque acompañada por su guardaespaldas, sin dar tiempo a que nadie la detuviera.

El bosque era un lugar reconfortante y en él gozaban de una frescura que escaseaba alrededor de la ermita. Por eso Carlais se sentía bien.

La boda de Nilba había tenido un efecto inesperado en ella. La tradición del matrimonio siempre le había parecido hermosa, pero en aquella ocasión no era *hermosa* la palabra que utilizaría. Pese la radiante sonrisa de Nilba y el palpable orgullo del novio, había algo en todo eso que no le gustaba. No percibió tanto amor como le habría gustado. Los padres de ambos habían sonreído con la satisfacción de quien acaba de cerrar un buen trato y Edwer miraba a su esposa con cierto aire de superioridad, consciente de que ahora ejercía todo el poder sobre ella. Esa clase de cosas le enfurecían.

El abismo que separaba a un hombre de una mujer era inmenso. Se acordó de cuando Beatrel la Avispada había intentado empezar su propio negocio de venta de jarrones de barro que ella misma creaba; la ley no le permitía hacerlo. Las únicas mujeres que disfrutaban de la libertad y la independencia que ofrecía llevar un negocio eran las viudas de los que los habían manejado antes que ellas.

No se creía que los hombres poseyeran un intelecto superior al suyo por naturaleza. Se negaba a creerlo. ¿Pero y si era verdad y solo se estaba engañando? Se dijo que esa tarde acudiría al monasterio a hablar del tema con la madre Tamaris.

—Qué estará pasando por esa cabecita tuya…

La voz de Reif la arrancó de pronto de sus pensamientos.

—Estoy bien. Solo es que… Nilba se ha casado.

—Ya. ¿Y?

—Me parece increíble. A veces, cuando éramos pequeñas, fingíamos que había llegado ese día y simulábamos cómo serían nuestras bodas —contó Carlais con la voz cargada de nostalgia—. Pero cuando haces esas cosas nunca imaginas lo cerca que está el día en que se harán realidad.

—Nilba tiene dieciséis años y cumplirá los diecisiete en breves. Es normal que se haya casado ya.

—Lo sé, lo sé —dijo Carlais mientras se sentaba en un tronco caído. Él la imitó.

—¿Pero?

—Pero no creo que vaya a ser feliz.

—Un matrimonio no tiene que ser feliz —contradijo él.

—Sí tiene que serlo —insistió ella.

—La finalidad de casarse, con toda esa parafernalia, es que los hijos que puedan salir de él estén bendecidos por Dios y que no haya problemas legales —declaró él, aunque no parecía estar convencido de lo que acababa de decir—. Eso es todo.

—Te equivocas, el matrimonio es mucho más que eso. No hemos sabido hacer buen uso de él.

—A ver, ¿tú cómo crees que debería ser?

—Para empezar, yo pienso que debe haber amor de por medio. Llámame revolucionaria —añadió con sarcasmo.

Él no se rio ante el comentario de su protegida.

—Amor —repitió, como si aquella fuera una palabra en otro idioma—. Sí que eres revolucionaria, pero supongo que eso es lo que necesitamos.

—Todos los humanos deberíamos ser fruto de un sentimiento de amor, ¿no te parece?

—No lo sé. Parece una apreciación un poco simple. Creo que lees demasiados poemas y la literatura de nuestro reino tiende a ser un poco empalagosa a veces.

—No lo es. El amor es algo bonito.

—¿Cómo lo sabes?

Carlais tragó saliva, apurada. En realidad no podía afirmar lo que estaba diciendo con total seguridad porque ella nunca había experimentado ese sentimiento de forma romántica, pero estaba dispuesta a convencer a Reif de que era así porque estaba segura de que no se equivocaba.

—No lo sé de primera mano. Pero, como bien has intuido, he leído muchísimos textos, oído cientos de cantares y baladas, he visto amantes encontrarse por las calles.

—Eso nunca será suficiente.

—Bueno. ¿Y tú qué se supone que crees?

—No tengo una opinión concreta.

Carlais torció el gesto ante la respuesta ambigua que le había dado Reif, pero intuía que no lograría hacerle responder decentemente ni aunque se lo suplicara, así que lo dejó estar.

Se quedaron allí sentados un rato más, escuchando el susurro de los árboles y el cantar de los pájaros. El silencio entre ellos resultaba incómodo para Carlais la mayor parte del tiempo, pero en ese momento casi se había olvidado de su presencia. El bosque ejercía ese efecto en ella, la arropaba en su manto de hojas verdes y le hacía olvidar los problemas del exterior. Miró a Reif de reojo.

A él también parecía gustarle el bosque porque, por primera vez en todo el día, vio que había relajado los músculos.

A Tamaris ya le habían llegado las noticias acerca del resurgir de la princesa Dagafiel. Una de las mujeres que formaban parte de los rebeldes había ido a preguntarle si era cierto, pues ella no acababa de creérselo y la monja había estado en contacto con esa muchacha desde la infancia. Tamaris no supo muy bien qué responder, así que se limitó a decirle que no lo sabía, pero que no le sorprendería en absoluto que fuera verdad.

De modo que los rebeldes ya conocían la existencia de aquella princesa perdida…

Muchos tenían puestas sus esperanzas en Carlais. Más de lo que ella misma suponía. Sin embargo, la religiosa era consciente de que, aunque había múltiples personas dispuestas a iniciar una rebelión contra Noriam, no eran suficientes. Pasaría mucho tiempo hasta que el bando de Carlais tuviera una posibilidad de victoria contra el rey.

Tamaris estaba pensando esto cuando una de sus adeptas le informó de que, casualmente, Carlais estaba allí para verla. Se alegró mucho y salió de inmediato a recibirla, ilusionada, aunque detuvo bruscamente sus pasos al ver que la joven estaba acompañada por un apuesto joven que ella no conocía.

—Hermana —saludó Carlais y le dio un cálido abrazo. Luego, la muchacha se percató de la mirada curiosa de Tamaris hacia Reif—. Han creído necesario ponerme un escolta.

—No puede entrar en el monasterio, lo sabes, ¿verdad?

Las normas del monasterio eran bastante estrictas en cuanto a dejar pasar a hombres que no tuvieran nada que ver con el mundo eclesiástico o no estuvieran enfermos.

—Ya se lo he dicho, pero insiste —dijo Carlais.

—Señora, tengo un deber que cumplir —informó Reif.

—Sí, proteges a Carlais, pero aquí no corre ningún peligro.

Reif se mostró ligeramente contrariado.

—No sois quién para determinar eso.

—Soy la dueña de este lugar.

Reif infló sus pulmones de aire y de paciencia.

—Entiendo vuestra objeción, pero…

—Mira, joven —cortó la hermana Tamaris acercándose a él—, ¿por qué no te sientas ahí y esperas? —inquirió mientras señalaba un banco de piedra que había justo al lado de la entrada.

Reif mostró descontento.

—Esperar no es lo mío.

—Tendrá que serlo.

Sin más, Tamaris cogió a Carlais del brazo y la condujo adentro. Antes de desaparecer por el umbral, Carlais miró a Reif con un encogimiento de hombros.

El interior del convento seguía siendo tan tranquilo y luminoso como siempre. Tamaris adoraba la luz del sol y el brillo de las mañanas, por eso se encargaba de que en su convento escaseara la oscuridad, incluso de noche colocaban velas en varios sitios. Carlais saludó con la mirada a varias conocidas con las que había pasado buenos momentos. Junto a muchas de ellas había aprendido a leer y a escribir.

Tamaris la llevó hasta el patio interior, donde solían tener lugar sus charlas más profundas y gozaban de una soledad bien recibida.

—Cuéntame cómo está yendo todo —pidió Tamaris una vez sentadas en el banco de piedra.

—Mucho más deprisa de lo que imaginaba. Es decir, la semana pasada todo era tan distinto… Y ahora empiezo a asumir que quizá lidere una rebelión.

Tamaris hizo una mueca de disgusto.

—No me gustaría verte cometiendo según qué pecados, hija.

—Ni a mí tampoco. De todas formas, no es eso de lo que quería hablarte.

Tamaris alzó las cejas, sorprendida.

—¿Ah, no? ¿Y de qué se trata?

—¿Crees que los hombres son superiores a nosotras?

La religiosa parpadeó varias veces, algo confusa. No esperaba que, dadas las extraordinarias circunstancias que sacudían la vida de Carlais, esta le saliera con una pregunta de aquella índole. Poco a poco empezó a entender cuál era el origen de esa duda: Carlais quizá ocupara el trono si todo salía bien, y se convertiría en la décima reina de Cathlan, es decir, ejercería un papel de hombres y quizá, igual que les había ocurrido a sus antecesoras, tuviera muchos problemas para ejercer con libertad su derecho.

La misma Tamaris se había hecho esa pregunta muchas veces.

—Su situación es mucho más favorable que la nuestra —declaró—, pero ¿les hace eso superiores?

—No lo sé. En el Imperio dántara no había diferencia entre hombre y mujer. Hubo muchas emperatrices que gobernaron incluso teniendo hermanos varones. Y en el ejército había mujeres igual de capaces que cualquier varón, e incluso ostentaban cargos de importancia. Y te estoy hablando de algo que pasó hace siglos. Si eso fue posible en algún momento de la historia, quiere decir que el factor que nos coloca en distintos escalones no es algo natural o intrínseco en el ser humano, sino que parece más circunstancial.

—Ya sabes que no me hace gracia que leas a todos esos viejos filósofos e historiadores imperiales. Y si los lees, no te creas absolutamente todo lo que dicen.

Carlais torció la boca.

—No puedo evitarlo, ya sabes que me fascinan esas civilizaciones. Lo que he dicho tiene sentido, ¿no?

—Lo tiene —reconoció la monja, pese a que no le agradaban demasiado las obras pertenecientes a esas viejas culturas paganas, y Carlais se nutría mucho de ellas—. ¿Por qué te inquietan estos asuntos? ¿Es por lo que se espera de ti?

—En parte sí. No quiero defraudar a nadie. No quiero llegar al trono y descubrir que no valgo para gobernar, darme cuenta de que no tengo lo que hay que tener, o de tenerlo y que algunos no quieran verlo porque no soy un hombre.

Tamaris sonrió con dulzura y le tomó de las manos.

—La concepción que tengas sobre ti será lo que te defina, Carlais. Si te convences a ti misma de que eres una reina, entonces los demás no lo dudarán. —Hizo una pausa—. Yo no lo hago.

—Bien. Porque quizá todavía no sea una reina, pero soy hija de reyes y se espera que siga sus pasos —declaró—. Y eso voy a hacer.

Reif detestaba esperar. Siempre lo había odiado y su madre solía decirle que tanta impaciencia no podía ser buena, pero él no podía evitarlo. Habría preferido pasear por el interior del convento en lugar de quedarse allí como un pasmarote mirando las nubes mecidas por el viento.

No obstante, no podía contradecir las normas de un convento y mucho menos desobedecer a la madre superiora que lo regentaba. Había oído hablar de la madre Tamaris, aunque aquella fuera la primera vez que la veía, y se sorprendió porque no esperaba que fuese tan joven. Se había imaginado a una anciana de rostro curtido y aspecto imponente, pero Tamaris parecía alguien dulce y amigable, aunque no lo había sido mucho con él.

Se preguntaba de qué estarían hablando ella y Carlais cuando la joven apareció por la puerta.

—Hora de irse —anunció ella.

Reif se puso en pie y caminó a su lado. Descendieron por la colina y dejaron atrás el convento.

—Has tardado.

—Podría haber tardado más.

Reif enmudeció y miró al frente. Caminaban entre las llanuras amplias y desnudas que pertenecían al convento, bajo un cielo despejado que contaba solo con alguna que otra nube. Todavía les quedaba largo camino que recorrer por aquel sendero.

—Reif —preguntó Carlais de pronto—. ¿Crees que eres superior a mí?

Él frunció el ceño y la miró extrañado.

—¿Superior en qué?

—Superior en general.

—No. No sé, Carlais. Yo probablemente sea superior a ti a la hora de manejar una espada y tú quizá eres superior a la hora de preparar un vino o coser un vestido.

—Tú podrías matarme. Yo a ti no.

—Eso es porque yo he recibido adiestramiento y tú no.

—Si ninguno de los dos lo hubiera recibido, seguirías pudiendo someterme.

Reif esbozó una media sonrisa.

—No creo que nadie pueda someterte nunca. Tal vez físicamente, pero no en lo demás. Además, las mujeres tenéis otra clase de fuerza.

Carlais le miró con una ceja alzada.

—¿A qué te refieres?

—Mi madre siempre dice que si los hombres fuéramos los encargados de dar a luz, la raza humana se habría extinguido hace ya mucho tiempo.

Carlais rio. Le pareció una ocurrencia divertida.

—Es una mujer inteligente, tu madre —comentó—. ¿Crees que tiene razón?

—Asistí a muchos partos cuando era pequeño y solo puedo decir que me alegro de no tener que pasar por eso.

Carlais volvió a reír y después reinó el silencio durante unos segundos que parecieron eternos.

—¿Reif?

—¿Sí?

—Has dicho que asististe a muchos partos en los que trabajó tu madre.

—Así es.

—¿Y ninguno fue especial?

Él le dirigió una mirada insondable y brillante. Carlais sabía que Calinia había sido la encargada de ayudar a la reina Yilian a dar a luz a su hija. Reif ya le había dicho que había estado presente en el momento de su nacimiento, pero que apenas se acordaba. No obstante, Carlais quería saber si él guardaba algún sentimiento especial en lo referente a su alumbramiento.

Su respuesta no fue la esperada.

—Todos los nacimientos son especiales —repuso.

Tal vez hubiera sido del todo sincero y no guardara recuerdos concretos de cuando ella nació. Continuaron andando un largo trecho hasta la ciudad, donde Reif propuso que se pararan para tomar un trago en alguna taberna.

En cuanto llegaron al centro, descubrieron que algo no marchaba bien. Había un inusual revuelo entre las gentes y Carlais se sintió intrigada enseguida por saber cuál era la causa. No fue hasta que no llegaron a la plaza de la Justicia cuando vieron el motivo por el que la gente estaba tan alterada.

En el centro, justo delante de la catedral, habían ahorcado a una mujer. La bandera que ondeaba suavemente a la derecha del cadáver indicaba que los responsables eran los hombres del rey. Era relativamente joven y Carlais no pudo evitar preguntarse cuál había sido su crimen. Los hombres del rey habían clavado un cartel al lado del cadáver donde explicaban el porqué de su ejecución, lo que no dejaba de ser irónico teniendo en cuenta que más de la mitad de la población era analfabeta. Cuando el conjunto de gente fue disipándose, Carlais pudo acercarse un poco más al cartel, que leyó con cierta tristeza:

Esta mujer ha recibido un castigo ejemplar por perturbar la paz y tranquilidad de Caan ensuciando el nombre de nuestro buen rey con sus falacias y mentiras en público. Tales actos son considerados alta traición y la pena por esta clase de conspiraciones contra el rey no es otra que la muerte.

En tiempos de los Dagafiel, aquella clase de insurrección, que las había aunque fueran muy puntuales, se castigaba con prisión sucedida por la puesta en libertad tras un tiempo determinado. Noriam no se andaba con rodeos. Carlais notó cómo empezaba a hervirle la sangre en las venas, cómo se prendían todas las terminaciones nerviosas de su cuerpo. Ya le habían mencionado que, motivada por el altercado reivindicativo de Tuadris, otra mujer había armado un alboroto despotricando contra el rey y tachando de insensatez la nueva política exterior del reino. Según lo que le habían contado, Carlais estaba totalmente de acuerdo con la joven a la que en ese momento observaban, de aspecto pálido como un fantasma y la marca morada del cuello surcándole la piel. La joven suspiró para calmar su ira.

Reif apretaba la mandíbula con fuerza y miraba a la colgada como si le doliera el mero hecho de verla allí.

—¿La conocías? —inquirió Carlais.

—Un poco —respondió—. Era prima de mi padre.

—Lo siento —musitó Carlais.

—No intimamos demasiado —admitió Reif—. Pero las pocas veces que hablé con ella me pareció una buena mujer. Inteligente e íntegra.

—Por eso la han colgado —apuntó Carlais arrastrando cierto tono de pesimismo en su voz.

Capítulo 14

PLEGARIAS A LA LUZ DE UN VITRAL

La risa del príncipe Ederen era sonora y contagiosa, como lo fue la de su madre en sus tiempos de niñez. Se parecía mucho a ella, y Laina solo podía sonreír cuando lo pensaba. Aunque también compartía algunos rasgos con su padre, el rey: los dos perdían la paciencia con rapidez y estaban convencidos de que su opinión era siempre la correcta.

Laina amaba a Ederen. Lo había llevado en su vientre, lo había alumbrado y siempre había estado a su lado, protegiéndole, queriéndole y educándole como mejor sabía. No importaba que por sus venas corriera la sangre de Noriam.

Su hijo estaba jugando animadamente con los criados, que le seguían el juego y le prestaban toda la atención del mundo, mientras ella lo observaba desde la puerta con una sonrisa dibujada en los labios. Normalmente, el pequeño de ocho años pasaba las mañanas encerrado en una habitación con varios tutores que le enseñaban todo lo que necesitaba saber para que un día pudiera sustituir a su padre sin problemas: historia, literatura, matemáticas, idiomas extranjeros y otras materias en las que solían instruirse las familias de alta alcurnia. Pero su adiestramiento no se acababa ahí: tres tardes por semana se veía obligado a practicar con la espada y el arco.

Por eso a Laina le alegraba verle de ese modo, despreocupado y totalmente ajeno a lo que le deparaba el destino como próximo rey.

La reina torció el gesto al recordarlo. Las cosas habían cambiado. Una amenaza se cernía sobre su hijo, a quien estaban educando para que fuera un gran soberano, mejor que su padre en cualquier caso. A Laina le preocupaba. No iba a interponerse en el camino de Carlais, pero se aseguraría de que a Ederen le aguardara un buen futuro, aunque fuera la joven quien acabase ascendiendo al trono.

El pequeño posó las pupilas en su madre y estas se iluminaron rápidamente al verla. Corrió hacia ella para abrazarla por la cintura. Laina respondió al gesto con infinito cariño.

—¿Cómo está su alteza hoy? —inquirió ella y se agachó para estar a la misma altura que su hijo.

—Muy bien. Padre me ha conseguido unos juguetes muy divertidos.

—Lo sé —murmuró Laina echando un vistazo a los objetos desparramados por la habitación: figuras de madera pintada, dados y otros objetos que la reina no logró identificar—. Ojalá yo hubiera tenido cosas así a tu edad. Disfrútalas mucho, ¿de acuerdo?

—Ya lo estoy haciendo.

Laina hundió los labios en el cabello castaño del niño y le dio un dulce beso.

—Nos vemos esta tarde, mi sol.

Él asintió enérgicamente y regresó de nuevo al centro de la habitación, donde siervos con un aspecto más bien ridículo aguardaban disfrazados de caballeros o bufones para seguir con su tarea de entretener al heredero de la corona.

Laina dio media vuelta y siguió caminando por los pasillos de su castillo. Tirdia no tardó en aparecer junto a ella.

—Majestad, debo hablaros inmediatamente.

—¿De qué se trata esta vez, Tirdia? —preguntó Laina con un tono de voz cansado.

—Este no es el lugar apropiado…

—Vayamos a mis aposentos, pues.

Cuando se dirigían hacia allí se toparon con Carlais, que había estado preparando el baño de la reina.

—¿Ya está? —quiso saber Laina.

—Sí, mi señora —respondió Carlais obedientemente—. A la temperatura indicada.

—Perfecto. Vamos allí, Tirdia, así podremos hablar tranquilamente.

Las dos mujeres avanzaron por el pasillo, pero antes de doblar la esquina, la reina se detuvo.

—Tú también, Carlais. Necesito que alguien me asista durante el baño.

La joven advirtió que a Tirdia no le apetecía compartir con Carlais lo que fuera que tuviera que contarle a su señora, pero, una vez más, tendría que callarse y no rechistar. La pequeña sala donde la reina solía bañarse una vez por semana era un lugar acogedor, con baldosas blancas en el suelo y una gran chimenea de piedra que caldeaba la estancia. La bañera de madera estaba colocada en el centro, sobre algunas alfombras gruesas y de cara a una ventana desde la que se observaba el cielo y algunas montañas. Aquel día había amanecido excesivamente nublado y la claridad escaseaba tanto que, aunque eran las primeras horas de la tarde, bien se podía pensar que estaba anocheciendo. Deniseth, la otra sirvienta, también estaba allí avivando el fuego del hogar y perfumando el agua de la bañera con unas sales traídas expresamente de Claretrea, cuyo comercio con objetos marinos semielaborados era una de las bases de su economía. Tirdia empezó a desvestir a la reina, que había puesto los brazos en cruz para que su doncella pudiera hacerlo sin dificultad.

Una vez despojada de sus prendas, la reina se metió en las aguas calientes de la pequeña bañera redonda. Cerró los ojos casi al instante y se dispuso a disfrutar de la sensación del agua abrazándole la piel. El rostro se le relajó de inmediato, igual que el resto del cuerpo.

—Ahora que tienes la oportunidad de hablar, Tirdia, deberías aprovecharla en vez de quedarte ahí callada.

La mujer se removió incómoda.

—Parece ser que hay algunas revueltas en las calles —informó.

—¿A qué te refieres? —inquirió Laina todavía con los ojos cerrados.

—Pues la gente se queja y arma barullo porque tiene miedo de lo que pueda pasar. Además, con la ejecución de esa ciudadana hace unos días…

Carlais recordó de pronto la imagen de aquella mujer colgando de una soga que le oprimía el cuello con crueldad. La habían matado y expuesto su cuerpo frente a la catedral para que todos pudieran verla y Dios juzgara su alma, o eso decían. Carlais aún evocaba aquella imagen y se estremecía cada vez que lo hacía.

—El rey no tendría que haber tomado esas medidas tan drásticas —musitó Laina—. Pero la ley es la ley y no debéis desobedecerla ni hacer nada que disguste a vuestro señor. Si no, las consecuencias pueden ser fatales, como ya sabréis.

—Lo sé, majestad, pero no puedo evitar estar algo preocupada —confesó Tirdia. Miró alternantemente a Deniseth y a Carlais con cierta desconfianza. Luego volvió a mirar a su reina—. El caso es que mi hermano es alguien bastante tenaz. Estoy segura de que él participa en esas protestas, que por cierto van más allá de Caan.

—¿Y qué es lo que me pides, Tirdia? ¿Que interceda por él en el caso de que se le acuse de provocador y traidor? ¿Es eso?

La doncella se mordió el labio inferior, claramente tensa por la situación que estaba viviendo. Esa clase de favores no podían pedírsele a una reina, pero ella sentía que tenía que intentarlo.

—Tan solo quisiera que el rey tuviera en cuenta que mi hermano es un buen hombre.

—Bueno o no, Tirdia, si importuna a mi esposo, recibirá un castigo. Sabes perfectamente que yo no quiero que pase algo así, pero mi poder sobre el reino o las decisiones que toma el rey es nulo.

Tirdia asintió, cabizbaja y desanimada. No pudo quejarse más porque era consciente de que su reina no le había dicho ninguna mentira. Todos los empleados del castillo conocían muy bien la posición de la esposa del rey.

Con el paso del tiempo, Carlais se había dado cuenta de que Laina sufría todos los días, no solo por estar casada con un hombre al que aborrecía, sino porque él mismo le impedía realizar aquello que ella ansiaba poder hacer para sentirse completa, realizada. Laina se sentía inútil y no podía poner remedio a eso.

La Rueda de Carne era la taberna más cercana al castillo y el lugar donde Reif llevaba esperando algunas horas. Anduvo por los alrededores de esta, charlando con la gente y observando a todos aquellos que seguían el camino principal hacia el castillo, que estaba a unos doscientos metros de distancia. Reif había estado un rato largo apoyado en el tronco de un árbol delgaducho que crecía enfrente de La Rueda de Carne observando la portentosa edificación que se alzaba sobre una pequeña colina. El castillo bullía de actividad a todas horas: súbditos que entraban y salían, vigías oteando el horizonte desde las almenas, mozos limpiando la fachada... Era increíble cuánta gente dedicaba tiempo valioso de sus vidas en servir al soberano de Cathlan.

Y Carlais estaba entre ellos.

Reif no entendía su interés en frecuentar el interior del castillo. Acercarse tanto a su enemigo no era prudente, y mucho menos sin protección.

Reif volvió a salir de la taberna, donde el rumor de las risas y las palabras se había intensificado. La amplitud del cielo y las praderas era mucho más atractiva que el barullo del interior, donde todos los empleados del castillo se reunían al finalizar sus turnos.

Se sentó junto al árbol, con la espalda apoyada en el tronco, y observó la infinidad del firmamento encapotado. Aquella noche llovería. A Reif no le gustaba la lluvia, pero su sonido le relajaba.

Volvió a dirigir la vista hacia el camino descendiente desde el castillo y vislumbró la figura menuda de Carlais, cuyo cuerpo estaba cubierto por el fino y ajustado vestido *beige*, característico del servicio de la reina, y una capa color ocre.

El joven la contempló con interés.

Tenía la mente y el corazón adecuados para ser una soberana, pero la verdad era que le costaba hacerse a la idea de tener que rendirle pleitesía y tratarla con el favor de un rey. Lo haría cuando llegara el momento, pero sentía cierta extrañeza ante esa idea. Recordaba casi perfectamente el día que la vio nacer, a pesar de que a ella le había dicho lo contrario. Después de la mañana del Temblor, el recuerdo de su nacimiento era lo más antiguo de su memoria.

—¿Llevas ahí todo el día? —preguntó Carlais en cuanto le vio sentado en el suelo.

Él se incorporó ágilmente y sostuvo la mirada expectante de su interlocutora.

—He estado haciendo otras cosas. Aunque no mucho más interesantes. Odio esperar —le recordó con cierto resentimiento.

Ella puso los ojos en blanco.

—Lo sé, me lo has dicho mil veces.

—¿Cuándo renunciarás a este trabajo?

—Cuando no me quede más remedio.

—No creo que falte mucho. Tienes un nombre relativamente común, pero eso no impedirá que pronto todos sepan tu identidad.

—Pues hasta entonces aprovecharé. Me gusta ver cómo funciona la vida de un rey, ¿sabes? Creo que tiene sentido que esté interesada.

Él respiró hondo.

—Supongo. Entremos a la taberna, he pedido que nos sirvan algo de comer.

—Menos mal que has sido previsor, estoy hambrienta.

En el interior se sentaron a una mesa redonda y apartada del gentío, escondida en la semioscuridad y desde donde Reif tenía una visión periférica de casi todo el establecimiento.

La tabernera, una mujer rolliza de aspecto lozano y que también se llamaba Carlais, no tardó en servirles una ración de tenca con algunas verduras, aceite y pan.

—¡Bien, pescado! —exclamó la muchacha, complacida. Le encantaba esa comida.

La mujer le sonrió, dejando entrever unos dientes torcidos, y se despidió de ellos. Reif miraba a la tabernera con cierta nostalgia en los ojos.

—¿Qué te pasa? —inquirió Carlais, con la boca ya llena, aunque tapándosela con una mano.

—Nada. Viejos recuerdos. —Empezó a comer—. Es increíble cómo cambian las personas con el tiempo —musitó.

—¿Por qué lo dices?

Él se encogió de hombros.

—Es un simple comentario.

—Ya sé que Carlais es un nombre típico de la tradición cathlense, pero no deja de parecerme curioso que nos llamemos igual y viva tan cerca del castillo —comentó la joven.

Reif reprimió una sonrisa.

—No tanto como crees —murmuró sin dejar de mirar su plato.

—¿Porque lo dices?

—Haces muchas preguntas.

—Me interesa conocer las respuestas.

Reif no contestó enseguida.

—Comamos y salgamos de aquí.

Dieron cuenta de sus platos y bebidas en un santiamén, acallando el rugido de sus tripas. Carlais incluso pidió otra cerveza y Reif la observó bebérsela ligeramente asombrado.

—¿No sería mejor que bebieras vino? La cerveza quizá es muy fuerte, y más si bebes dos.

—No me gusta el vino —anunció ella.

Reif alzó una ceja.

—¿En serio?

—¿Por qué es tan difícil de creer?

—No sé. Tu familia se dedica a… Bueno, supongo que no tiene por qué gustarte —resolvió.

Pagaron lo debido a la tabernera y salieron de allí con unas ganas terribles de echarse un rato y dejar que la tarde pasara. Era una de las consecuencias de haberse llenado tanto el estómago.

Para tomar el camino por el que irían al palacio del Cetro debían atravesar el centro de la ciudad primero. La gente los miraba de reojo preguntándose si serían pareja, pero Carlais había aprendido a ignorarlos, igual que Reif, a quien no parecía importarle en absoluto lo que pensaran los demás. Tal vez ni siquiera hubiera reparado en las miradas que les lanzaba la gente.

Normalmente evitaban pasar por la plaza de la Justicia, donde el cuerpo de aquella mujer continuaba aún colgado y ya empezaba a desprender un hedor insoportable, pero esa vez Carlais se detuvo frente al camino que conducía directamente a la plaza.

—¿Qué pasa?

Ella suspiró.

—Quiero ir a la catedral.

Reif frunció el ceño.

—¿A rezar? —preguntó con una pizca de escepticismo.

—Sí —respondió ella cortante—. ¿Me acompañas o no?

Él asintió con resentimiento. No le quedaba más remedio, pero si hubiera tenido otra opción, probablemente hubiera evitado a toda costa pasar por allí.

Procuraron no mirar el cadáver de la colgada cuando lo tuvieron a tan solo unos metros, pero no les hizo falta hacerlo para saber que un guardia la custodiaba. No sería de extrañar que sus familiares o amigos intentaran recuperar el cadáver para darle un entierro sorsiano.

Cuando entraron en el gran templo, ambos pudieron sentir cómo sus fosas nasales se impregnaban de aquel aroma característico de las iglesias y los lugares sagrados. A Reif parecía no gustarle demasiado, pero Carlais sentía paz al verse envuelta por aquellos muros. La luz se filtraba suavemente a través de los vitrales de colores que representaban figuras y escenas de gran importancia para el reino y para la religión. En el suelo se proyectaban prismas iridiscentes causados por la mezcla de vidrio colorido y luz solar.

En el interior, de rodillas o en los bancos de madera, unas cuantas personas se refugiaban en la fe en busca de consuelo o esperanza.

Carlais había tenido sus dudas respecto a la religión y sus orígenes. La madre Tamaris nunca le había presionado para que creyera en nada en particular, aunque sí que había hablado en favor de la religión sorsiana, la más extendida en aquellos reinos. Carlais creía fervientemente en ese *algo* que les cuidaba y protegía desde las alturas. Entendía que en el mundo había muchos peligros y calamidades que torturaban a cientos de miles de personas todos los días, pero la fe ayudaba a muchas de ellas a seguir adelante.

Cuando Carlais miraba a dos enamorados besándose, a una madre cuidando de su hijo, la lluvia caer y el sol desterrando la oscuridad de la noche todos los días, entonces era cuando percibía la presencia de Dios.

Una vez frente al altar, Carlais se arrodilló.

Reif permaneció de pie a su lado, sin hacer lo que ella, solo esperando a que la joven acabara sus plegarias.

Carlais tenía los ojos cerrados y las manos entrelazadas con fuerza. Necesitaba rogar a los cielos que la ayudaran en su empresa. No estaba pensando en vencer en los combates o tomar fácilmente el castillo. Estaba pensando en adquirir el trono sin tener que recurrir a la violencia, en tener la habilidad necesaria para convencer a Noriam de que debía marcharse. También rogó por el alma de la mujer que había sido recientemente ahorcada y de la que todavía no sabía el nombre.

Al cabo de unos minutos se santiguó y se puso en pie lentamente. Miró a Reif y le indicó que ya podían marcharse. Antes de salir al exterior, Carlais detuvo la mirada en el vitral central del lateral derecho. En él se vislumbraba la Daga Fiel, el emblema de su familia y la insignia de Cathlan hasta hacía unos años.

Una vez fuera, retomaron el camino hacia el bosque que tenían que atravesar hasta llegar al palacio del Cetro.

—No sabía que fueras tan devota —musitó Reif—, aunque no es de extrañar teniendo en cuenta que prácticamente te has criado en un convento.

—Espero que no esté tan relacionado como parece —repuso ella—. Me gusta descubrir la verdad por mí misma, sin influencias.

—Ya, pero admite que es imposible permanecer neutral cuando todo lo que te rodea apoya claramente una ideología. Es decir, nos hemos criado con valores y éticas sorsianas, es normal que lo respetemos y compartamos.

Carlais torció las comisuras de los labios, pensativa.

—¿Tú eres muy creyente?

—La religión ha ayudado a muchas personas a seguir adelante en momentos difíciles, eso es un hecho.

—No has contestado a mi pregunta.

—Supongo que sí, pero no ciegamente. Es difícil creer en algo que no ves. Me he vuelto muy práctico con los años.

Pasaron por una calle oscura y estrecha donde el olor era penetrante y desagradable, pero nada podía hacerse al respecto. El ambiente era un tanto desolador. Un hombre delgaducho, viejo y envuelto en mantas pedía limosna desde una sucia esquina de la calle. Carlais sintió que se le encogía el corazón y se acercó a él para darle unas monedas que extrajo de un pequeño saquito que guardaba en una bolsa que llevaba.

—Gracias —murmuró el anciano con la voz marchita.

—De nada.

Siguieron con su camino.

—Últimamente estoy viendo más pobreza que nunca —comentó Carlais.

—Es por habernos separado de la Alianza, estoy seguro —dijo Reif con la voz grave y la mirada levemente ensombrecida—. Creo que formar parte de ella nos traía muchos más beneficios de los que el pueblo conocía.

Carlais consideró aquella especulación.

—Es posible.

La tarde empezaba a caer pesadamente sobre ellos cuando arribaron al palacio. Tardaban un par de horas en llegar desde el castillo real —lo que no era demasiado teniendo en cuenta que iban caminando—, pero sus charlas amenizaban la trayectoria. A Carlais había empezado a dejar de importarle que Reif estuviera siempre con ella. De hecho, sospechaba que si el joven desaparecía de su vida incluso podría llegar a echarle de menos.

Fuera de todo pronóstico, fue Arcren quien les recibió en la puerta.

—Por fin estáis aquí —vociferó visiblemente complacido por su presencia—. ¿Por qué habéis tardado tanto?

—A la princesa le ha dado por visitar la catedral hoy —contó Reif.

Arcren la miró con los ojos muy abiertos.

—¿De veras?

—Sí —repuso ella—. ¿Tan raro os parece?

—No, no —dijo Arcren, aunque sí que parecía algo extrañado—. En fin, estoy aquí porque ya va siendo hora de que empecemos a prepararte, Carlais.

Ella alzó las cejas y miró a Reif por si su expresión le revelaba algo acerca de las intenciones de Arcren, pero él permaneció impasible. Resignada, Carlais miró a Arcren y le preguntó:

—¿Qué clase de preparaciones?

—De las que se hacen con espadas y escudos. Vamos —dijo dirigiéndose hacia el exterior del recinto—. Practicaremos en la ladera que queda justo detrás del palacio. Es espaciosa y de fácil acceso.

—Luego se dirigió a Reif—: Tú puedes venir a mirar o quedarte dentro, lo que prefieras.

Él sonrió.

—No me perdería el espectáculo por nada del mundo —declaró.

—Sí, tú ríete —refunfuñó Carlais molesta.

—Reúnete con nosotros en la parte trasera del palacio, Carlais —ordenó Arcren—. Antes tienes que quitarte ese vestido por un atuendo más cómodo.

Carlais obedeció y se dirigió rápidamente a sus aposentos, donde se puso un jubón blanco y unas mallas que en invierno se ponía bajo las faldas para protegerse del frío. Miró el reflejo de su figura en el cristal de la ventana y se preguntó si le favorecía aquella prenda. Luego se sintió furiosa consigo misma por preocuparse por semejante estupidez y, sin más dilación, regresó con los demás. Tuvo que bordear la muralla que rodeaba el palacio para hacerlo.

Allí, Eldara examinaba las armas que entre los dos habían amontonado. A Carlais le incomodaba la presencia de la hermana de Arcren, pues sabía que ella era una buena luchadora y eso hacía que sintiera todavía más presión. Necesitaba demostrar que no era una inútil, que sabría hacerlo.

—He pensado que mi hermana podría darte muchos consejos útiles —comentó Arcren mientras recogía una espada del suelo y se la pasaba a Carlais—. Primero practicarás conmigo para que pueda evaluar cuáles son tus aptitudes.

—Muy bien.

Reif se sentó en el suelo con la espalda apoyada en la muralla, junto al montón de armas que habían traído los dos hermanos. Eldara se acomodó a su lado y juntos observaron la curiosa escena.

Primero, Arcren le enseñó a Carlais la posición correcta para empuñar una espada. A Carlais le pareció un poco incómoda al principio, pero su maestro le dijo que con el tiempo se acostumbraría y llegaría a un punto en el que ya no sabría cogerla de otra manera. Le enseñó varios movimientos, el recorrido que debía realizar la espada para dar un tipo de estocada u otro. De arriba abajo, de derecha a izquierda, no importaba, Arcren conocía todos los secretos de aquella disciplina. Carlais había empezado a sudar, pues era muy cansado y además la espada pesaba más de lo que parecía a simple vista.

Arcren le avisó para que estuviera preparada y sujetara su arma con fuerza, ya que iba a asestarle un buen golpe. Carlais se preparó y apretó el puño alrededor del mango con todas sus fuerzas. La embestida del acero contrario fue bastante fuerte y notó un intenso temblor en el brazo. No se le cayó la espada de milagro. Carlais replicó:

—¿Es necesario ser tan bruto?

—Claro que sí —respondió Arcren—. Cuanto antes te acostumbres a la dureza del maravilloso arte de la lucha, mejor.

Carlais sabía que tenía razón, así que se limitó a tragarse las quejas que tuviera sobre el entrenamiento y aguantarlo.

Desde el muro, Reif observaba la escena, divertido. Era ameno ver cómo Carlais intentaba aprender aquello que él dominaba. Su técnica era incluso mejor que la de Arcren, que tenía un par de décadas de experiencia a sus espaldas. Pero era normal pues, al fin y al cabo, en la academia el entrenamiento era muy duro y el nivel de exigencia altísimo. Reif había logrado cumplir con todas las expectativas puestas en él y destacar por encima de algunos compañeros. Sin embargo, no había sido suficiente para poder continuar con el adiestramiento solo seis meses más. Si el rey no se hubiera enemistado con la Alianza…

Eso le frustró mucho y aún sentía rencor, así que procuraba mantener la mente ocupada en otras cosas. Volvió a fijarse en Carlais, que sostenía la espada con las dos manos y el entrecejo arrugado en señal de concentración. Había algo en la expresión de esa joven que transmitía una insólita fiereza. Reif consideraba que era demasiado joven e inexperta como para enfrentarse al destino que la aguardaba, pero muchas otras personas tenían una fe inmensa puesta en ella.

—No es que sea demasiado buena, ¿verdad? —balbució Eldara, que estaba a su lado.

Reif la miró por el rabillo del ojo.

—No está tan mal para ser la primera vez que lo hace —opinó.

Eldara clavó sus ojos azules en él. Era una mirada felina e hipnótica, y hacía que su rostro pareciera más salvaje de lo que en realidad era. Reif no pudo evitar sentir cierta atracción hacia ella.

—La defiendes —observó la joven—. ¿Por qué?

—No la defiendo, solo soy crítico y objetivo —puntualizó él sin dejar que la textura aparentemente suave de los labios de Eldara le distrajera.

—Ya, claro. Tú debes de ser muy bueno, ¿no? Tengo entendido que has sido de los mejores en la academia de Galdwin. Todo un diamante en bruto.

—Eso dicen.

—Me gustaría batirme en duelo contigo.

Él alzó una ceja y el principio de una sonrisa empezó a contorsionar sus labios.

—¿De verdad?

—Sí, ¿no me crees capaz de vencer?

—Oye, sé que tu hermano te ha enseñado muchas cosas, pero la última vez que peleé contra él, gané. Así que hazte a la idea de con quién pretendes enfrentarte.

—Yo no soy mi hermano —repuso Eldara.

Por un momento, Reif consideró la posibilidad de luchar contra ella y finalmente decidió que podía ser hasta didáctico hacerlo. Nunca se había enfrentado a una mujer.

—Venga, hagámoslo —dijo poniéndose en pie con aire resuelto.

Eldara le imitó y cogió una de las espadas del suelo.

Arcren y Carlais se detuvieron, intrigados por lo que venía a continuación.

—¿Os habéis retado o qué? —preguntó Arcren.

—Sí —respondió su hermana.

—Carlais, quizá deberías ver esto. Fíjate en todos los movimientos y técnicas que usan.

—No me des un trato especial solo porque sea mujer, Reif —pidió la joven.

—Yo no doy un trato especial a nadie —alegó él.

Desenvainaron las espadas y permanecieron quietos y en guardia unos segundos. Tras una espera que pareció eterna, Eldara se atrevió a dar el primer golpe contra Reif, que levantó su acero y anuló la estocada enemiga fácilmente. Tras aquel primer encuentro, lo demás fueron movimientos rapidísimos que Carlais apenas lograba seguir. Era increíble cómo ambos se adelantaban al movimiento que iba a hacer el otro, como si se leyeran la mente. «Me va a costar años luchar de ese modo», se dijo Carlais. Eldara era ágil y rápida, pero Reif poseía más precisión y destreza. Parecía que ella estaba empezando a cansarse, a perder la paciencia porque ya no se le ocurrían más modos de atacar; en cambio, Reif no estaba ni la mitad de exhausto que su oponente. Era como si estuviese envuelto en la situación más normal de todas, como si se enfrentara algo que estaba acostumbrado a hacer continuamente, y posiblemente así era.

Finalmente, se cansó de aquel juego y decidió que ya era hora de acabar el combate. Con un letal movimiento de la mano, hizo que Eldara perdiera su espada, soltándola casi sin oponer resistencia, y antes de que esta fuera a caer al suelo, Reif la cogió con la mano izquierda. Tenía todas las ventajas de su parte.

—Creo que podemos dar este duelo por terminado, señorita —dijo Reif con una sonrisa triunfal.

Eldara no parecía enfadada o molesta, y si lo estaba lo disimulaba muy bien.

—Sí que os enseñan bien en esos sitios…

—Pretenden que seamos los mejores.

—Lo sé —murmuró ella tomando la espada de nuevo, ofrecida por Reif—. Puedes estar orgulloso. —La joven miró a Carlais—. Y tú —le dijo—, tienes mucha suerte de que sea él quien te proteja. Te aseguro que estarás a salvo.

—No lo dudaba —respondió Carlais mordaz.

Continuaron con los ejercicios. Esa vez, Eldara y Reif también participaron y le dieron muchos consejos y trucos a Carlais. A veces no se ponían de acuerdo y la última palabra la tenía Arcren.

Al acabar, anunció que aquella actividad se repetiría casi todas las tardes y que Carlais debía estar preparada, esperando y dispuesta a darlo todo por mejorar.

Capítulo 15

SENTIMIENTOS REPRIMIDOS

El rey era una persona muy imprevisible; por eso, cuando anunció que deseaba visitar a lord Munio, nadie replicó o se sorprendió; sencillamente se apresuraron a hacer todos los preparativos necesarios para el viaje.

Laina también acudiría y con ella podía llevar hasta dos damas de compañía.

En cuanto Carlais se enteró de esto, se puso rígida y actuó de forma evasiva casi toda la mañana. La posibilidad de estar cara a cara con el asesino de sus padres le atormentaba. Por un lado, ansiaba verle y poder descubrir qué clase de persona era. Por otro, no quería tener nada que ver con el asunto.

Carlais estaba haciendo la cama de la reina cuando esta se acercó por detrás para preguntarle algo. Al otro lado de la estancia, Deniseth barría el suelo con frenesí. Si hablaban lo suficientemente bajo, no tenía por qué oír nada.

Carlais dejó de hacer lo que estaba haciendo y pasó a prestarle atención a su señora.

—Carlais —se le adelantó ella—, sé que las últimas noticias te han dejado un poco trastornada. Es normal. Pero me preguntaba si… —Suspiró. Parecía que le costaba pronunciar cada palabra—.

Tirdia vendrá conmigo, pero aún debo elegir a otra doncella más para que me acompañe. Lo dejo a tu elección. Si quieres venir o no, es cosa tuya.

Ella parpadeó un momento y tragó saliva antes de desviar la mirada. Había estado esperando aquella proposición y, aunque sabía qué iba a responder, no era fácil decirlo.

—Sí —aceptó finalmente—. Quiero ir.

Laina le sonrió afablemente.

—Muy bien.

El día transcurrió muy lentamente para Carlais. No tenía ganas de trabajar ni de cuchichear con las demás doncellas acerca de los últimos escándalos de la corte. Solo quería pensar. Trataba de anticiparse a los sentimientos que fuera a sentir en cuanto viera a Munio. Un hombre que, probablemente, estaría dispuesto a matarla. Se preguntaba, una y otra vez, qué le diría si tuviera la posibilidad de hablar con él sin ocultar la verdad. Algún día, si lograba vencer a Noriam y recuperar el trono, Carlais tendría que enfrentarse a Munio y decidir su destino. Tenía muy claro que no permitiría que siguiera viviendo en aquellas condiciones: en un palacio cerca de la costa, con sirvientes desviviéndose por garantizar su comodidad. Eso era un lujo demasiado bueno para alguien como él. A pesar de que estaba desterrado y recluido en aquel recinto de las afueras, vivía mucho mejor que las personas de la ciudad. Carlais, como muchos otros, se preguntaba *por qué*. Por qué Noriam, tras dar el golpe y salir victorioso, había permitido que Munio siguiera viviendo cuando con sus compañeros nobles no había tenido la más mínima compasión.

Se dijo que probablemente nunca lo sabría y dejó de darle vueltas al asunto. Pronto conocería a Munio y estaba impaciente. Impaciente pero asustada a la vez. Nerviosa. No dejó de mordisquearse las uñas en todo el día.

El Delirio del Duende era una de las mejores tabernas de la ciudad. Estaba llena de jóvenes que se conocían entre ellos, y por eso era el mejor lugar para las reuniones.

Siempre encontraban a algún amigo de la infancia con quien poder compartir unas palabras amables. Además, el hipocrás era el mejor del reino.

Dan y Nilba se reunieron allí para esperar a Carlais, que no tardaría en llegar. Tenían ganas de hablar con ella sobre todos los temas del momento, como hacían antaño. Últimamente estaba muy ausente y eso inquietaba a Nilba. Aunque parecía ser la única, pues Dan actuaba como si no pasara nada.

—¿Es que no la notas rara? —preguntó la muchacha.

Dan se encogió de hombros.

—Nunca ha sido alguien normal, ¿verdad?

Nilba frunció el ceño.

—¿A qué te refieres?

—Ya sabes. Es una persona muy independiente. Y más culta que nosotros.

—Ya, pero… Bueno, yo sé que algo nos oculta.

Dan, que conocía el secreto de Carlais, se preguntaba por qué esta no lo había compartido todavía con su mejor amiga. Era verdad que Nilba podía irse de la lengua, pero la noticia se extendía cada vez más deprisa, especialmente desde que el grupo principal de rebeldes había descubierto la verdad. Aunque ellos sabían que no era prudente ir contándolo por ahí todavía, estaba claro que el boca a boca se encargaría de que todo Cathlan supiera la noticia para finales del verano, incluso antes.

Pronto vieron que Carlais entraba por la puerta junto con Reif y parecían estar discutiendo sobre algo. Carlais dio por zanjado el tema con un ademán cortante y se acercó a la mesa donde estaban sus amigos, algo malhumorada.

—¿Qué pasa, Carlais? —quiso saber Nilba—. ¿Por qué últimamente andas siempre con Montfort?

Dan, que estaba al tanto del porqué de su reciente *amistad* con Reif, salió en su ayuda.

—Han hecho buenas migas, Nilba, no es tan difícil de creer. Ahora dinos, Carlais, ¿qué tal todo? ¿Pasa algo malo?

—Nada, un día duro en el trabajo, pero no hablemos de mí —resolvió ella quitándole importancia al asunto—. ¿Cómo va tu matrimonio? —preguntó mirando muy seriamente a Nilba.

La muchacha se encogió de hombros.

—Me siento bien.

Dan y Carlais cruzaron una mirada al notar que Nilba no estaba dispuesta a dar más información y cambiaron de tema rápidamente, ya que empezaban a sentirse incómodos con el silencio que amenazaba con llenar el espacio entre ellos. Carlais les comentó lo que recordaba sobre los cotilleos más jugosos de la corte. No había prestado demasiada atención aquel día, pero las historias que se gestaban en el interior del castillo solían durar días y al final uno acababa enterándose de todo.

Nilba parecía sumamente interesada en lo que Carlais tenía que contar sobre doncellas que se probaban joyas o vestidos de la reina a escondidas o dos miembros del personal que mantenían un romance indecoroso entre ellos y se les había visto actuando de una manera poco apropiada en los rincones del castillo.

—¿Y eso no es motivo de despido? —quiso saber Nilba.

—Depende. Eso lo decide el rey. Si un día está de buen humor, es posible que no pase nada, pero si no lo está…

Carlais dejó la frase en el aire, convencida de que no hacían falta más explicaciones. Nilba empezó a decir lo que opinaba de eso, lo que haría ella en una situación así, pero Carlais no la escuchaba. Miraba de reojo a Reif, justo al otro lado de la taberna. Estaba conversando animadamente con un chico de su edad, riendo y observando mal disimuladamente a una de las sirvientas de la taberna. El desconocido era un joven de aspecto desgarbado y seguro, de cabello rubio y penetrantes ojos claros de color indefinido. Seguramente se conocían de hacía mucho tiempo y disfrutaban de un ameno reencuentro casual.

—Carlais —llamó Dan—. ¡Carlais!

—¿Qué?

—Nilba está hablándote.

—Ya, lo sé, lo siento.

—Mira, Carlais, a mí no me engañas —dijo Nilba algo molesta—. Sé que te pasa algo.

Carlais buscó consejo en la mirada oscura de Dan, pero no halló nada más que un encogimiento de hombros. La muchacha suspiró, consciente de que lo que tenía que contarle a Nilba no era nada sencillo y tendría que explicarlo muy bien para que ella se lo creyese. Aunque si Nilba se mostraba reacia a confiar en sus palabras, siempre podría pedirle a Dan que las corroborase.

—Verás… —empezó Carlais tomando de las manos a su amiga. La miró a los ojos—. No es nada nuevo que yo no soy la hija biológica de mis padres, ¿verdad?

Nilba asintió con el ceño fruncido.

—Sí, ¿y qué?

—Pues hace poco me revelaron la verdadera identidad de mis padres.

Su amiga abrió mucho los ojos y la miró inquisitivamente. Aguardó expectante a que Carlais continuara hablando. Ella despegó los labios para proseguir.

—Y resulta que… —Carlais desvió la mirada hacia Dan y de repente se puso en pie—. Él puede explicártelo. Pero eh, ni se te ocurra ir contándolo por ahí, que te conozco.

Acto seguido se marchó de allí, sin darle oportunidad a Nilba para que replicase. Estaba segura de que Dan ya estaba contándole todo lo que necesitaba saber, pero no miró atrás para comprobarlo. Se acercó a Reif ignorando deliberadamente al compañero de este.

—Tenemos que irnos —anunció ella.

—Oye, Reif, ¿quién es esta preciosidad? —inquirió el otro apoyándose en la pared y acercándose arriesgadamente a Carlais, que pudo notar su aliento en la cara.

Ella reculó un par de pasos hasta chocarse contra el torso de Reif. Él era bastante alto, y cuando estaban tan cerca y la diferencia era tan evidente, se sentía algo intimidada.

—No es nadie —repuso Reif colocándose justo al lado de Carlais y obligándola a retroceder un poco.

—¿Ah, no? Yo diría que sois amantes por el modo en que os tratáis. Mira cómo te has puesto. Estás totalmente a la defensiva —observó él.

—Ya, en fin, hasta luego, Angus.

Reif cogió a Carlais del brazo para conducirla hasta la salida. Ella se dejó llevar, pues no tenía el más mínimo interés en estar con ese tipo más de la cuenta. Cuando estaban a punto de salir, Carlais notó cómo alguien le tomaba fuertemente de la muñeca. Era Nilba. Parecía preocupada, asustada, desconcertada.

—Carlais… ¿Es cierto lo que me ha contado Dan?

Ella exhaló un suspiró y miró a Dan, que contemplaba la escena con seriedad.

—Sí, lo es.

—¡Madre mía! Pero esto es increíble…

—No debes decírselo a nadie, ¿entendido?

Nilba asintió con la boca entreabierta, todavía sin poder asimilar la verdad. Con una expresión de incomodidad, Carlais salió finalmente de la taberna, donde Reif aguardaba.

—Tampoco ha reaccionado tan mal —comentó él refiriéndose a Nilba.

—Los cinco primeros minutos no cuentan —repuso ella.

Él fingió interés, aunque ya intuía la respuesta.

—¿Por qué no?

—Porque durante esos primeros instantes no eres capaz de razonar ni de pensar. Solo intentas apaciguar y calmar las emociones contradictorias que sientes. Es luego cuando reflexionas y te das cuenta de la realidad.

Hubo dos segundos de intenso silencio.

—¿Es lo que te pasó a ti? —quiso saber Reif.

—Sí.

Siguieron caminando sin una palabra. Ninguno de los dos había olvidado la discusión que les había mantenido ocupados durante todo el trayecto desde el castillo hacia El Delirio del Duende. La habían dejado a un lado, pero aún tenían que concluirla. Todo había comenzado cuando Carlais le había dado a Reif la noticia de que al día siguiente formaría parte del séquito que acompañaría a los reyes hasta el palacio de lord Munio, el hombre que había matado a sus padres. Reif no había recibido nada bien la noticia. La había acusado de loca e insensata, y aún estaba tratando de convencerla para que no fuera.

Ya habían dejado atrás la ciudad y era hora de retomar la conversación.

—Carlais —empezó él—, lo que piensas hacer mañana no tiene ningún sentido. No te va a aportar nada relevante y es muy arriesgado.

—No lo es. Munio piensa que me mató y ha vivido dieciséis años creyéndolo. ¿Qué te hace pensar que podría reconocerme?

—No seas necia. No debes olvidar que él y tú sois familia. Lejana, sí, pero familia. Es más que probable que guardes mucho parecido con antepasados comunes que él conoció personalmente.

—Dará por sentado que es una coincidencia.

—¿Y si le han llegado rumores?

—¿Qué rumores? Que yo sepa todavía no se ha propagado ninguno.

—Sí lo ha hecho, pero aún no hemos notado los efectos —alegó Reif.

—Estás exagerando.

—No, Carlais, no estoy exagerando.

—¿Pero se puede saber por qué demonios te implicas tanto?

Carlais se detuvo en medio del camino del bosque y se volvió para mirarle.

Él soltó un resoplido de indignación.

—¿Quizá porque es mi trabajo?

—Tu trabajo es protegerme de algún asaltante loco que quiera acabar con la dinastía Dagafiel, o procurar que no me capturen los hombres del rey para interrogarme, y cosas así. Tu cometido es el de velar por mí cuando haya un peligro que sea irremediable, ¿comprendes? Tu trabajo es estar ahí, pero mis decisiones son solo mías. ¡No puedes andar metiéndote en mis asuntos constantemente! —espetó ella alzando la voz.

Él apretó la mandíbula y tomó aire para calmarse.

—A ver, lo primero de todo es que no te alteres. Segundo, ¿qué pasará si cuando estés en el palacio de lord Munio te descubren y deciden apresarte allí mismo? Yo no estaré para impedirlo.

—Bueno, a veces hay que arriesgarse —resolvió ella retomando el paso de nuevo, caminando decididamente.

—Hay que arriesgarse por cosas que valgan la pena —rebatió él.

—Para mí es importante ver a la persona que me hizo esto.

—Y lo entiendo, Carlais, de verdad. Pero estás confundiendo tus prioridades.

—Oye, si todo sale bien, algún día seré tu reina y vas a tener que guardar tus réplicas para ti y limitarte a obedecer.

Reif se detuvo de pronto y se la quedó mirando.

—Entonces te convertirás en la clase de reina obstinada que no escucha lo que le dicen los que solo velan por su bienestar.

Carlais se mordió el labio.

—No voy a ser así —aseguró arrepentida por sus palabras—. Además, no me vengas con monsergas de ese tipo. Tú velas por mí porque te *pagan*. Es Arcren el que de verdad está preocupado.

Reif puso los ojos en blanco.

—Como quieras.

Carlais estaba demasiado furiosa consigo misma y con el mundo entero como para seguir hablando, pero fue su orgullo lo que le impidió averiguar qué era lo que el joven había querido decir con ese «como quieras».

La misma rutina de siempre les aguardaba en el palacio del Cetro. Arcren la esperaba para practicar y pulir sus habilidades como espadachina junto con su hermana Eldara. Aquel día Carlais puso más empeño que nunca, pues necesitaba descargar su ira. No sabía por qué, pero una vorágine de sentimientos desagradables sacudía su interior, creando un nudo en la boca del estómago que le incitaba a llorar.

Reif se retiró a sus aposentos, consciente de que en compañía de los hermanos Mailen, la joven estaría a salvo. Aunque no podría decir lo mismo al día siguiente.

Carlais...

Esa chica era tan terca que lograba sacarlo de sus casillas. Reif sospechaba que la joven no era del todo consciente de qué clase de peligros la amenazaban. Solo tenía dieciséis años y debía enfrentarse a un destino que muchos adultos no serían capaces de manejar. Por eso Reif no quería dejarla sola. De un modo u otro, quería que se sintiese apoyada.

Se asomó a la ventana desde la que podía ver perfectamente la explanada donde Carlais y Arcren practicaban. La muchacha actuaba con determinación, fiereza y mucha concentración. El entrenamiento le venía bien porque era una forma de descargar su ira, de dejar a un lado los pensamientos que le carcomían el alma. Pese a las reticencias que él mismo había tenido, cada vez parecía más obvio que Carlais tenía espíritu de reina. Quizá todavía no estuviera preparada para ejercer como tal y durante los primeros años necesitaría la ayuda de consejeros más experimentados, pero con el tiempo acabaría siendo una gran gobernante. Eso si lo conseguían, claro.

Si iniciaban la rebelión y Noriam pasaba a considerarles una amenaza, solo habría dos posibles finales para Carlais: la corona o la muerte. Eso era todo. Reif lo sabía, igual que Arcren o Eldara.

Arcren había depositado mucha confianza en ella. Era como la luz que precisaba para ser capaz de reunir el valor necesario para llevar a cabo su venganza. Porque Reif sabía que los motivos que le inducían a iniciar una rebelión no eran solo morales, sino también y sobre todo personales. El joven no conocía esas razones a fondo ni mucho menos, pero sabía que Arcren experimentaba un profundo odio hacia el rey desde hacía ya mucho tiempo. ¿Por qué? Lo desconocía, y era muy probable que muriera sin saberlo.

No le importaba demasiado. Ya tenía suficiente con sus propias preocupaciones. Como la intención que tenía Carlais de ir con la reina al palacio de lord Munio. Sabía de antemano que si se lo contaba a Arcren este la retendría como fuera para que Carlais no acudiera. Y eso no le gustaría en absoluto a la joven, que acabaría echándoselo en cara a él y seguramente su enfado durara días. Y Reif tampoco quería llegar a aquel extremo, pero ¿qué podía hacer entonces?

Se quitó la camisa y se dejó caer en la cama, con los brazos bajo la cabeza y el torso estirado. Miró el techo como si del infinito se tratara y pensó.

Eldara era hermana de Arcren y se notaba. Era más que evidente que él había pasado muchas horas adiestrándola, puliendo sus habilidades en el combate, revelándole las técnicas más útiles a la hora de emplear una espada. Carlais se sentía patosa y tosca a su lado. La gracilidad de Eldara ponía en ella una presión que entorpecía todavía más sus movimientos. Pero tenía que aprender.

Cada día lo veía más claro. Fuera lo que fuera lo que su destino tenía preparado para ella, el manejo de las armas resultaría imprescindible, aunque solo fuera para tener la seguridad de que podía defenderse. Después de todo, ya había dejado atrás su vida de plebeya común. Aquello había desaparecido para siempre.

Pasaron dos horas hasta que Arcren dio por terminada la sesión.

—Se te da mejor de lo que crees, Carlais —aseguró él.

Ella no sabía si negarlo o dejarse engañar por sus alentadoras palabras. En cualquier caso, no pudo contestar porque lord Branon hizo su aparición y captó todas las atenciones.

—Milord —saludó Arcren inclinando respetuosamente la cabeza.

El conde parecía cansado, pues bajo sus ojos se apreciaban unos oscuros cercos. Era evidente que algo le preocupaba. Probablemente lo mismo que a todos.

—Buenas tardes —dijo él con una voz templada—. ¿Qué tal ha ido hoy?

—Como le comentaba ahora a Carlais, preveo que va a avanzar muy rápidamente.

Branon asintió con conformidad.

—Antes del otoño tiene que saber luchar.

—Sabrá —declaró Arcren.

El conde miró a Eldara con condescendencia, como si la evaluara.

—Me alegra ver que hay otras jovencitas con ella. —Branon suspiró—. Os invito a cenar conmigo esta noche. No quiero que sea una reunión para planificar las cosas ni nada por el estilo. Solo una cena.

Los tres cruzaron una mirada interrogativa para saber qué pensaba hacer el resto, y todos parecieron coincidir en que no podían rechazar la oferta.

Arcren le ordenó a su hermana que se quedara para recoger junto a él todo el material que habían utilizado. Mientras lo hacían, Carlais se situó junto a Branon y empezó a caminar a su lado.

—¿Estás bien? —le preguntó sin ningún rodeo.

—¿Por qué lo preguntas?

—Tienes mal aspecto.

Branon esbozó una amarga sonrisa.

—Eres muy directa diciendo las cosas, Carlais. Me gusta. Me recuerda a tu padre.

Carlais desvió la mirada y tragó saliva. Cuando le hablaban de su padre, el nombre de Rianon era el segundo que le venía a la mente. Alfred era el primera. Y aunque su relación con él no había sido tan profunda como la que tenía con Maya, le quería y percibía la preocupación que tenía por ella.

Cuando se miraba al espejo, Carlais no solo se contemplaba a sí misma, sino que veía todos los miembros de la dinastía Dagafiel, con sus historias y su pasado. Ella era el resultado de todas esas personas, pues tenía restos de todas ellas en su sangre y eso era lo que definía gran parte de su carácter y su personalidad.

La ausencia de sus auténticos padres no le dolía. Le hubiera gustado conocerlos y poder charlar, claro estaba, pero al no haberlos tenido nunca, no sentía una carencia fuerte.

Miró a Branon de reojo, sin poder evitar pensar que eran familiares no demasiado lejanos.

—Supongo que aún te resulta raro que te hablen de ellos como tus progenitores, ¿no? —inquirió Branon con la voz sorprendentemente dulce.

—Tengo dos familias —explicó Carlais—. La que me ha criado y la que me ha dado la vida. Aprecio ambas, por eso quiero saber qué te pasa.

Branon pareció conmovido ante el hecho de que Carlais ya le considerase de su familia.

—Verás —comenzó—, se trata de mi hermana y también de ti. Sois la única familia que tengo. Me siento culpable por lo que le pasó a Laina y también me sentiré muy mal si te pasa algo a ti, Carlais. No solo porque te aprecie, sino porque eres la hija del que fue un gran amigo. No me gustaría que desde donde quiera que esté, Rianon me reprochase nada. —Hizo una pausa—. No sé si lo comprendes.

—Creo que sí. Yo no sé cómo era mi padre. Por lo que he leído y me han contado, no me da la sensación de que fuera la clase de persona que se rinde fácilmente, ¿no?

—No. —Sonrió Branon—. Era ambicioso y muy tenaz.

—Eso está bien. Lo recordaré cada vez que dude. Pero quiero que sepas que estoy decidida a hacer todo lo posible por recuperar el trono. Incluso si eso implica luchar.

—Pero tú querías evitarlo a toda costa, ¿no es así?

—Sí, eso no ha cambiado. Intuyo que será difícil conseguir que las cosas vayan por ese camino, pero haré lo posible por que así sea. —Carlais calló un momento—. No intentarlo sería como perder antes de tiempo. Una derrota sin lucha.

Branon la miró con los ojos muy abiertos y con la huella de la sorpresa asomando en ellos.

—¿Dónde has oído tú eso?

Carlais estaba confusa.

—No sé, me ha salido.

El conde estaba perplejo.

—Increíble —musitó.

—¿Qué es increíble? —se interesó ella.

—Tu padre solía decir exactamente lo mismo.

A Carlais le pareció imposible. Ella misma había ideado esas palabras en su cabeza hacía solo unos segundos y no le resultaba fácil aceptar que mucho antes de que ella naciera ya hubiera habido alguien diciendo lo mismo.

—Qué cosas —murmuró más para sí misma que para nadie más.

—Desde luego —coincidió el conde.

Carlais se despidió de Branon y se dirigió a sus aposentos para cambiarse de atuendo. Se le hacía muy raro verse de aquella guisa. En Cathlan todas las mujeres llevaban faldas y vestidos, fuera cual fuera su oficio, pero los pantalones eran bastante más cómodos y prácticos; no sería difícil acostumbrarse.

La cena tuvo lugar en el salón principal, donde un suculento festín les esperaba sobre una mesa rectangular apostada justo encima de una cálida y gruesa alfombra con dibujos que Carlais no logró distinguir.

Eldara también se había cambiado de ropa, llevaba un vestido granate de lino muy sencillo aunque bastante seductor, con un escote cuadrado muy sugerente. Carlais, por su parte, se había puesto un vestido color amarillo con hilos dorados, de mangas anchas y cuello cuadrado que solo dejaba al descubierto su huesuda clavícula y poco más.

«Ojalá estuviera a la altura de Eldara», pensó. Y acto seguido sacudió la cabeza, confusa. ¿Por qué pensaba aquello? En momentos como aquel le parecía del todo inapropiado y más teniendo en cuenta que en la sala no había nadie que le interesase lo suficiente como para querer llamar su atención.

Detuvo la mirada en Reif y un centenar de preguntas se agolparon en su mente. Se esforzó por pensar en otra cosa y decidió que la mejor manera de hacerlo era hablar de algo totalmente distinto.

—Este estofado está delicioso —comentó.

Branon sonrió.

—No puedo quejarme de mis sirvientes, la verdad. Son todos muy hábiles en sus quehaceres.

Carlais sonrió con incomodidad, pues no sabía muy bien cómo continuar con aquella charla. Por fortuna no hizo falta, ya que Arcren inició una conversación con Branon acerca de armas, un tema del que no se cansaban nunca. Los otros tres, Eldara, Reif y Carlais, permanecieron callados y a la escucha.

Justo cuando estaban a punto de acabar la cena, uno de los siervos del conde se acercó a él para decirle algo al oído. Branon escuchó con atención mientras los demás aguardaban expectantes.

—Carlais —dijo—, afuera hay un joven que pregunta por ti.

Ella alzó las cejas, extrañada. ¿Quién podía estar preguntando por ella a esas horas y en ese lugar? Sin una palabra y aún con el ceño fruncido, se puso en pie para atender al muchacho que reclamaba su presencia.

Con un gesto de la cabeza, Arcren le indicó a Reif que la siguiera o que la vigilara al menos, pues ninguno de los presentes sabía de quién podía tratarse y no contaban con que fuera alguien fiable.

Dan había seguido a Carlais hasta el palacio del Cetro y esperaba su aparición en el jardín del conde de Ethra.

La había observado atravesar gran parte de Caan para llegar hasta allí, acompañada en todo momento por Reif Montfort, el joven que se había convertido en su sombra. Dan ya había averiguado gracias a Arcren que él estaba allí para protegerla y evitarle problemas innecesarios, pero Dan no podía parar de preguntarse por qué no le habían tenido en cuenta a él. Era capaz de velar por ella mejor que ningún otro. Sabía que era así. Y, sin embargo, era Reif quién tenía esa suerte, ese privilegio. Cuando las generaciones venideras oyeran los cantares acerca de Carlais, mencionarían también al valeroso escudero que la había protegido cuando ella era solo una adolescente.

El joven suspiró y alzó la cabeza hacia la infinidad del cielo estrellado, que parecía girar sobre él. Era como si aquellos puntos luminosos tuvieran la respuesta a todas las preguntas formuladas y por formular.

El sonido de unos andares ligeros apresurándose hacia él fue lo que le hizo mirar al frente de nuevo.

—Carlais —saludó.

—¡Dan! ¿Qué haces aquí? —preguntó ella.

Antes de que Dan pudiera contestarle, Carlais corrió hacia él y le dio un efusivo abrazo. Dan pareció sorprendió al principio, pero finalmente respondió gustosamente al gesto.

—¿Estás bien? —le preguntó él cuando se separaban.

—Sí, es que…

Carlais se distrajo porque vislumbró una figura en el umbral de la entrada del palacio. Era Reif, que les observaba con una expresión pétrea.

—¡Es un amigo, Reif! —vociferó Carlais ligeramente exasperada—. No hay necesidad de que te quedes, en serio. Ve y sigue cenando.

El joven no dijo nada, aunque parecía reacio a marcharse de allí y a dejar a Carlais a solas con Dan. Finalmente, obedeció y se fue.

Dan relajó los músculos que se habían tensado al descubrir la presencia fantasmal de Reif.

—¿Es siempre tan… distante? —quiso saber él.

—No, es solo que… Bueno, qué más da. Dime, ¿qué haces aquí?

—Quería saber si estabas bien.

Carlais rio.

—Ya has comprobado que Reif se toma muy en serio su misión —resopló ella.

—¿Y no te molesta?

Se encogió de hombros.

—Al principio sí, pero luego he acabado acostumbrándome.

Dan suspiró con pesar.

—No me gusta. No parece de fiar.

Carlais torció las comisuras de los labios.

Empezaron a caminar entre los rosales del jardín.

—¿Qué opinas de la rebelión, Dan? —quiso saber ella—. ¿La ves factible?

—Me lo preguntas porque yo soy uno de los rebeldes, ¿no?

—Sí. Imagino que tendrás una visión más cercana de todo.

—Así es. La verdad es que de momento no somos demasiados, pero cada día hay más gente que se une a nuestra causa. La gente siente que Noriam es un usurpador, igual que lo fue Munio. Puede que los plebeyos no tengamos muchos conocimientos sobre política, pero nos damos cuenta de cuándo las cosas van bien y cuándo no. Y el futuro está muy negro para Cathlan. Al menos es lo que oí decir ayer en una de nuestras reuniones clandestinas. Muchos dicen que las cosas no han ido bien desde la caída de los Dagafiel, y este pensamiento está muy extendido.

—Me alegra saberlo —confesó Carlais—. En fin, Dan, no quiero entretenerte demasiado. Ambos deberíamos descansar.

Él asintió intentando disimular el pesar que sentía. Añoraba su compañía, y cuando estaba con ella el tiempo pasaba volando. No saboreaba su presencia del todo y eso le enfurecía.

—Sí —dijo muy a su pesar—. Me ha gustado verte.

—Y a mí —sonrió ella.

Carlais no pudo prever lo que pasó a continuación. Dan, en un arrebato de pasión, le colocó la mano en el cuello y la besó en los labios. El gesto duró muy poco.

La joven estaba abrumada por lo ocurrido y enseguida notó cómo le subían los colores. Se separó de él con brusquedad.

—¿Qué haces? —le reprendió con una mueca de confusión—. ¿No se supone que somos amigos?

El muchacho parecía dolido. La atravesó con su mirada oscura mientras se pasaba una mano por el cabello alborotado, preso de la vergüenza.

—Eso es lo que tú siempre has querido, Carlais. Pero ya deberías saber que no es así. Nunca has sido solo una amiga para mí.

Dan dio media vuelta y empezó a caminar apresuradamente hacia el exterior del recinto. Carlais, boquiabierta y confundida, dejó que se marchara. Se tocó los labios suavemente, donde aún descansaba la huella del amor que Dan sentía por ella y la joven no había sido capaz de ver hasta ese instante.

Capítulo 16

EL PALACIO DE LOS CORALES

Reif había observado toda la escena desde la ventana porque había estado siguiendo su paseo por el jardín del palacio desde las estancias del piso superior del mismo. En ese momento se encontraba en el dormitorio de Carlais. Lo que había visto no le alarmaba, pero le preocupaba la posibilidad de que los hombres empezasen a acercarse a Carlais solo por su condición de heredera.

Con un extraño suspiro se dirigió a sus aposentos, donde le aguardaba una extraña sorpresa. Allí, junto a la cama y tan erguida como la columna de una iglesia, Eldara le esperaba. Se había colocado el vestido de manera que este dejaba al descubierto un hombro desnudo, pequeño y redondeado. El cabello negro estaba suelo y revuelto alrededor de la cabeza y la mirada era intensa y felina.

Reif supo de inmediato cuáles eran sus intenciones, y también supo que no iba a hacer nada por evitar que la joven consiguiera sus propósitos. Su aspecto era demasiado tentador.

Eldara se acercó a él lentamente, mirándole la boca sin cesar. Colocó una de sus finas manos entre el cuello y la mandíbula de él y fue acercándose a sus labios hasta que los dos pudieron sentir el aliento del otro sobre la piel.

—Piensa bien lo que haces —susurró Reif con el poco raciocinio que le quedaba ya.

—No es momento de pensar... Sabías que esto acabaría ocurriendo.

Era cierto, Reif y Eldara se conocían desde hacía escasos meses, pero eso no había sido impedimento para que entre ellos se instalara una atracción difícil de ignorar. Hasta entonces no habían tenido la oportunidad de saciar sus deseos sin que Arcren u otra persona se percatara, pero el hermano de la joven seguía abajo charlando con el conde, y probablemente pasaría un rato hasta que dieran por terminada la conversación. Tenían tiempo de sobra.

Reif no quiso oponer más resistencia y sencillamente olvidó la función del cerebro para empezar a sentir con el resto de su cuerpo. Besó a Eldara de una forma salvaje, casi agresiva. Ella era una mujer activa en ese sentido y le gustaba tener el control de la situación.

Se dejaron caer sobre la cama.

Carlais subió las escaleras todavía sumida en las tinieblas de la confusión, de la decepción. Sentía que se había defraudado a sí misma, ¿cómo no había sido capaz de anticiparse a los movimientos de Dan? Si hubiera evitado eso, las cosas no serían tan complicadas, tan violentas. En cambio, la próxima vez que se vieran ambos tendrían que soportar el rubor que aparecería en sus mejillas al recordar lo que había sucedido entre ellos.

La joven ya había intentado convencerse de que a lo mejor le correspondía, pero era inútil tratar de mentirse. Dan no le gustaba, no le atraía. Era como un hermano y por ese motivo no se planteaba mantener ninguna clase de relación amorosa con él. Era raro.

Necesitaba ver a Nilba para comentarle lo sucedido, pero aún pasarían horas hasta que pudiera reunirse con ella. Y Carlais era incapaz de meterse en la cama e intentar conciliar el sueño; no lo conseguiría. Quería hablar con alguien, aunque solo fuera para que su mente terminara de agotarse pensando en otros temas y no en aquel desafortunado incidente.

No había visto a Reif en la sala de abajo así que supuso que estaría en su dormitorio. Tal vez a él no le importase que ella quisiera hablar. Ya habían tenido charlas más que interesantes en varias ocasiones y los dos se sentían cómodos compartiendo sus pensamientos con el otro así que nada le impedía probar.

Cuando llegó a su habitación, levantó el tapiz que cubría la puerta secreta y la empujó para poder tener acceso a la alcoba de Reif.

Pero lo que vio en el interior no era lo que esperaba encontrar.

Distinguió la espalda desnuda de Eldara justo frente al torso sin ropa de Reif. Estaban besándose, en la cama y desprovistos de cualquier tipo de prenda. Ni siquiera eran conscientes de que ella estaba allí.

Carlais notó que se le paraba el corazón tras sentir un agudo pinchazo en el pecho, y acto seguido tragó saliva. ¿Dónde estaba la indiferencia que se suponía que debía sentir? Soltó el aire que en algún momento había pasado a retener, cerró la puerta y se dispuso a cambiarse de ropa.

Ya era seguro que no conseguiría dormir.

—¿Has oído algo? —inquirió Reif separándose abruptamente de los labios de Eldara y sin dejar de mirar la puerta secreta.

—No —jadeó ella con la voz entrecortada. La joven siguió la dirección de su mirada y frunció el ceño—. ¿Qué pasa?

Reif apretó la mandíbula, pensativo.

—Creo que Carlais está ya en su habitación.

—¿Y?

Reif miró a Eldara con un aire severo.

—No es apropiado.

—Venga ya, apenas estamos haciendo ruido.

Pero él no dijo nada. Se había quedado inmóvil y estaba tenso. Eldara supo que la diversión había acabado. Se puso en pie y suspiró, visiblemente molesta.

—Como quieras, de todas maneras lo mejor ya había pasado —repuso ella con fingida indiferencia.

Su orgullo no tenía límites.

Reif no dijo nada y contempló cómo se vestía. La atracción que hacía unos instantes sintió por ella se había enfriado.

—Adiós, Eldara —dijo cuando la mujer estaba ya en la puerta.

—Adiós, Reif.

Y se marchó. Reif se recostó en su cama y se quedó pensativo un rato. En otras circunstancias hubiera disfrutado al máximo del regalo que la noche le había traído, pero algo se lo impedía, y estaba seguro de que ese *algo* era la presencia de Carlais a escasos metros de su alcoba.

Inquieto y sin poder quitarse de la cabeza esa sensación tan irracional, se levantó, se puso algo de ropa y entró en la habitación de Carlais por la puerta que comunicaba sus estancias. La alcoba de la princesa estaba iluminada por la titilante luz de un par de velas y nada más, así que Reif avanzó en la semioscuridad. Distinguió la figura de Carlais bajo las finas sábanas de su cama. Se acercó lo suficiente como para poder comprobar que dormía. Su rostro estaba tranquilo, en paz. Aunque Reif advirtió que la almohada estaba algo húmeda. Aquella era una noche calurosa, quizá fuera esa la causa… O quizá no. Le tocó suavemente la mejilla izquierda, notando la suave piel de Carlais bajo la aspereza de la yema de sus dedos.

Tuvo la sensación de que la joven enrojecía, aunque con la falta de luz no era fácil verificarlo. Se convenció a sí mismo de que eran imaginaciones suyas.

Sintiéndose estúpido por estar allí, se incorporó y se fue de la habitación sin mirar atrás, dispuesto a conciliar un sueño reparador que le alejara de las penurias cotidianas de la vida.

Todo sin saber que en realidad Carlais había fingido estar dormida.

Dan llegó a casa guiado por la inercia de su cuerpo. Su mente estaba ocupada en otros asuntos. Bueno, en realidad solo era una cuestión la que martilleaba su cerebro constantemente: Carlais.

Lo que había sucedido esa noche entre los dos haría que su relación se resintiera. Dan se arrepentía de haberse comportado de aquel modo tan impulsivo y arriesgado. Nunca tuvo claro qué sentía Carlais por él, y la verdad resultaba dolorosa. En el fondo siempre intuyó que Carlais no sentía un interés especial hacia él, pero una parte de su corazón se rebelaba contra esa idea. Y esa noche, ebrio de seguridad y esperanza, por fin la había besado.

Hacerlo se le había pasado cientos de veces por la cabeza, pero el valor necesario le visitó esa noche. Había disfrutado del sabor de sus labios como quien bebe agua tras una larga jornada por el desierto, pero la mirada extrañada y avergonzada de ella le había dejado claro que sus sentimientos, tan arraigados en su alma, no eran correspondidos. Eso le hirió profundamente, pero se esforzó por calmarse.

Sin hacer ruido para no despertar a su padre, Dan se encerró en la angosta habitación de su pequeña casa y se dejó caer en el camastro duro y áspero. Se preguntó qué fue lo que le había impulsado a besar a Carlais, cuál había sido la diferencia entre aquella noche y el resto de ocasiones en las que hubiera podido hacer lo mismo. Mas no halló respuesta.

Suspiró y se dispuso a dormir cuando oyó un estruendo en el exterior. Voces amenazantes y el ruido de los cascos de los caballos que, sin duda, eran de la guardia real. Dan se puso en pie de nuevo y bajó las escaleras para abrir la puerta que daba al exterior. Sus vecinos habían hecho lo mismo y contemplaban la escena atónitos.

Tres hombres del alguacil habían acorralado a un ciudadano en una esquina y amenazaban con matarle si no se dejaba apresar.

—¡Devuelve lo que has robado! —instó uno de los guardias.

El hombrecillo en cuestión, escuálido y con la mirada vivaracha, abrazó todavía más fuerte el paquete que escondía entre sus brazos.

—Por favor, lo necesito para alimentar a mi familia... —rogó él.

Pero sus excusas no convencieron a sus enemigos. Uno de los hombres del alguacil le tomó groseramente del brazo y le hizo erguirse para poder asestarle un fuerte puñetazo en la mandíbula, movimiento al que el ciudadano no pudo anticiparse y cayó al suelo de bruces, soltando aquello por lo que tanto había luchado, lo que le había llevado a estar en aquel embrollo.

La tela que lo envolvía se separó parcialmente del contenido y todos los vecinos pudieron ver que se trataba de una barra de pan, uvas y queso. Estos alimentos presentaban un aspecto realmente espléndido y apetecible, lo que indicaba que no podían haber sido robados de otra parte que de la despensa de una buena casa, probablemente de la vivienda de uno de los hombres más cercanos a su majestad.

Aquel acto casi podía calificarse de kamikaze.

El pobre hombre recibió una paliza que no olvidaría fácilmente y luego, cuando los guardias creyeron que ya era suficiente, se lo llevaron a rastras a lo largo de la calle, sin impedir que los pies del malherido rozaran aparatosamente la árida tierra, destrozando así sus ya roídos zapatos y pantalones. Lo colocaron como pudieron sobre uno de los caballos y se marcharon de allí sin mirar atrás.

Los vecinos cruzaron miradas inquietas y alarmadas, asustados por lo que acababan de presenciar. No era el hecho de que los guardias del rey hubieran golpeado a un ciudadano hasta límites inauditos lo que les preocupaba más, sino que un ciudadano hubiera tenido la imperiosa necesidad de robar a alguien con una buena posición.

—Pobre Francis —se lamentó la señora Cieloscuro, una anciana cuya casa estaba justo al lado de la de Dan.

Él la miró con curiosidad.

—¿Le conocías?

—Claro que sí. Su padre fue socio de mi marido antes de que muriera. Le conozco muy bien —añadió en voz baja.

—¿Y cómo se le ocurre robar? —farfulló Dan, todavía atónito por el comportamiento temerario de aquel tal Francis.

A la anciana le centellearon los ojos.

—Siempre fue un hombre muy honrado. —Y tras esas extrañas palabras, la mujer se ocultó tras la puerta y los muros de su vivienda.

La gente fue despareciendo de la calle y esta se sumió en el silencio y en la oscuridad, pero Dan todavía seguía ahí aun cuando ya no había nadie. Aquella tranquilidad le ayudaba a pensar, a reflexionar acerca de lo sucedido. Aquel hombre pasaría una temporada en las prisiones del rey y, si tenía suerte, se haría un juicio. Pero esto último llevaba sin pasar hacía ya demasiado tiempo, nadie sabía por qué.

Las luces purpúreas de la aurora acariciaban tímidamente la tierra y las flores vestidas por el rocío. Aún faltaba un rato para que clareara del todo. Carlais y Reif se dirigían apresuradamente hacia el castillo, donde ella tendría que unirse al séquito de la reina para emprender el viaje hacia el palacio de lord Munio. Entre ellos todo era como siempre, aunque ese día Carlais estaba algo más distante de lo normal, pero Reif fingió que no lo notaba. Aprovechando que tenían que cruzar parte de la ciudad, él se detuvo en su casa, donde su madre le saludó efusivamente.

—Necesito recoger unas cosas —anunció.

—Como quieras, cariño —dijo Calinia sonriente. Luego posó sus ojos en Carlais—. ¡Querida, me alegro de verte! —exclamó con ilusión—. Pasa, no te quedes ahí.

La casa de Reif no era tan grande como la de Carlais, a pesar de que eran familias de similar condición: un matrimonio con tres hijos. Calinia empezó a hablar de lo orgullosa que se sentía de la joven, de lo segura que estuvo de su grandeza en cuanto la vio nacer y cosas por el estilo. En otra situación, la muchacha hubiera prestado toda la atención del mundo a lo que Calinia tenía que contarle, pero ese día estaba ida, distraída con sus alocados y confusos pensamientos. La figura de un conocido logró devolverla al mundo real. Se trataba de Grant, el hermano pequeño de Reif y que tenía casi la misma edad que Carlais.

El muchacho fijó sus ojos verdes en ella y la estudió como si fuera un libro. Carlais se sintió incómoda, especialmente dado que se había instalado un denso silencio entre ellos. Por fortuna, Grant no tardó en romperlo.

—Carlais —musitó gratamente sorprendido—. Me alegra verte.

—Igualmente.

Su relación de amistad había ido deteriorándose con el tiempo, puesto que rozaban la edad adulta y empezaban a tener responsabilidades que atender. Grant estaba ocupado aprendiendo el oficio de su padre todas las semanas. Algún día sería un gran maestro de cerámicas. Ambos habían estado íntimamente ligados cuando, cuatro años atrás, Nilba desarrolló un interés inusual en Grant y tuvieron una especie de romance que se quedó únicamente en besos y apretones de manos.

—Voy a preparar algo para beber —anunció Calinia.

—¿Cómo va todo? —preguntó Carlais cuando la mujer les dejó a solas.

—Muy bien, trabajo mucho —contestó él acercándose más a ella y apoyándose en la pared—. ¿Y a ti? He oído que ahora vives en el palacio del Cetro.

Carlais no supo muy bien qué pensar de eso. ¿Significaba que conocía su secreto o simplemente trataba de confirmar un extraño rumor?

—La verdad es que…

—Grant, deja de ligar, que no tenemos tiempo —cortó Reif bajando rápidamente las escaleras de madera.

—Solo hablábamos —puntualizó Carlais crispada.

—Lo que sea, tenemos que irnos o no llegaremos.

Grant rio.

—Vale, ya me voy. Hasta luego, Carlais —le dijo con una cálida sonrisa.

Reif le miró con desaire porque sabía perfectamente cuáles eran las intenciones de su hermano. Últimamente sentía una exagerada aunque natural atracción hacia las mujeres.

A su edad era normal que aquel fuera uno de los temas que más le preocuparan.

Tras despedirse rápidamente de todos, salieron de la casa para seguir con su camino hacia el castillo. Carlais se preguntó por qué Reif había tenido la necesidad de parar en su casa ya que no veía novedad alguna.

—¿Qué querías hacer en tu casa?

—Coger algo que no suelo llevar pero que hoy me hará falta.

Carlais frunció el ceño.

—¿El qué?

—Una daga que llevo en la bota.

Carlais observó el calzado de Reif, pero no advirtió ninguna anomalía. Si de verdad llevaba una daga ahí, no era fácil darse cuenta.

—¿Y por qué precisamente hoy?

—No creo que me dejen entrar en el palacio de Munio con una espada, ¿o sí? —dijo él como si fuera obvio.

Carlais entreabrió los labios y alzó las cejas, sorprendida.

—¿Es que vas a venir? ¿Cómo piensas hacerlo?

—Tengo mis métodos, princesa. Tú no te preocupes.

Ella dejó escapar un resoplido, como si pusiera en duda las habilidades de su compañero. Aunque en el fondo estaba convencida de que, de una forma u otra, hallaría el modo de ir con ellos al palacio de los Corales.

—Me sorprende que al final hayas decidido acompañarme en lugar de impedirme ir —murmuró ella.

—Esto es más fácil que tratar de convencerte, teniendo en cuenta lo irritantemente testaruda que eres —espetó él.

Ella le miró de reojo.

—Gracias por el cumplido.

Se separaron a la entrada del castillo y Carlais se dirigió a las estancias del servicio, donde todo el mundo se preparaba para la partida de los reyes. Llegarían al amanecer del día siguiente, así que les quedaba una larga jornada por delante. Se puso el vestido azul que según las instrucciones de la reina estaría esperando en las dependencias de las doncellas. En ocasiones especiales como aquella en la que hacían una visita a una persona de importancia, el color a lucir por parte de las damas de honor era el azul. Su forma era igual que el de la mayoría de vestidos de las doncellas de palacio: ajustado de cintura para arriba y de escote cuadrado y ceñido, realzando el busto.

Una vez puesto, Carlais se reunió con Laina en sus habitaciones. Tirdia estaba acabando de abrocharle el vestido de un precioso color violeta, el color de la realeza, aunque lo hacía con cuidado y de una forma especial, sin olvidar que su señora estaba embarazada. La reina se dirigió a su primera dama antes de hablar con Carlais:

—Tirdia, ve a comprobar que todo está en orden, ¿quieres?

Ella asintió y abandonó la estancia tras una breve reverencia.

—¿Seguro que quieres venir? —preguntó la reina.

Carlais tensó la mandíbula.

—Sí. Será solo una vez, ¿verdad?

—Si tú quieres, sí.

—Pues ya está. Pero necesito ver a ese hombre.

Laina asintió conforme. Entendía perfectamente la necesidad que tenía Carlais de estar cara a cara con el asesino de sus padres. Era natural querer conocer aquello que había condicionado su vida de una forma tan radical. Por eso no iba a impedírselo.

Se reunieron en el patio desde donde saldrían. En él, Carlais vio a Reif vestido con el atuendo que lucían los escoltas de los reyes. Carlais no pudo evitar mirarle con perplejidad, pese a que ya había esperado que sucediera algo así. Probablemente Reif había dejado KO al verdadero guardia, que yacería inconsciente en algún lugar de palacio. A saber qué excusa habría contado a sus compañeros para que no sospechasen nada.

Él la miró con un brillo de satisfacción bailando en sus pupilas, pero aparte de eso Carlais no advirtió ningún otro gesto llamativo.

Partieron de Caan a la hora acordada en dos carruajes de lo más lujosos. En uno viajaban los reyes a solas, y en el otro, dos sirvientes de él y dos doncellas de ella. Además de dos jinetes que encabezan al grupo y otro par que estaba a la cola. Uno de estos dos era Reif.

El camino era largo pero sencillo de recorrer, pues la ruta desde la ciudad hasta el palacio estaba bien definida y atravesaba laderas verdes y llanas con bosques alrededor. El palacio al que se dirigían estaba erigido en lo alto de unos acantilados que dejaban ver la amplitud de un océano azul e infinito.

Durante el trayecto, Carlais permaneció callada mientras los demás sirvientes discutían los protocolos a seguir y la actitud que debían adoptar con lord Munio. Carlais escuchaba con atención, tomando nota de lo más importante y preguntándose qué opinión les merecía realmente aquel hombre. Ni siquiera ella tenía una idea clara de lo que le inspiraba. Sentía un extraño rencor, pero no odio. Quería conocerle y al mismo tiempo rehuía la idea de estar relacionada con él.

Se detuvieron para descansar en tres ocasiones, pero la llegada de la noche no trajo consigo la garantía de un descanso continuado. Incluso bajo la luna, la comitiva avanzaba incansable. Por fin, tras lo que pareció una eternidad, llegaron a su destino. Carlais había estado durmiendo un poco, sentada y con la cabeza apoyada en la portezuela, y fueron las primeras luces y las voces de sus compañeros lo que la despertaron. A través de los estrechos ventanucos del carruaje, Carlais distinguió la cuadrada silueta del palacio de lord Munio. Le pareció que era más grande que la residencia del conde Branon, y eso no era justo porque no había que olvidar que Munio era un asesino y un traidor. En cambio, sus condiciones de vida superaban ampliamente las de cualquier ciudadano decente de Cathlan. Era indignante.

El palacio no tenía jardines ni nada alrededor, sencillamente estaba rodeado por hierba que se extendía o hasta los bosques o hasta el acantilado donde moría la tierra. Era normal, ya que aquel palacio, según Carlais tenía entendido, sirvió como residencia de verano para la reina, así que no era necesario que tuviera amplios jardines o hermosa decoración. Solo fue un lugar de reposo y descanso durante la época de los Dagafiel.

Las diligencias se detuvieron justo enfrente, donde el servicio que estaba a disposición de lord Munio les esperaba para servirles y guiarles. Carlais tragó saliva y se esforzó por actuar con absoluta normalidad. Cuando creyó que ya estaba preparada para afrontar lo que le esperaba, bajó del carruaje junto con sus compañeros. Los reyes se apearon del suyo con gracilidad y elegancia mientras que los demás cumplían con sus deberes y acondicionaban todo para el agrado de sus majestades. Uno de los sirvientes de lord Munio anunció que su señor se acercaba. Carlais se puso rígida y se volvió para mirarle.

Por la puerta principal del palacio apareció un hombre de complexión robusta y aspecto imponente, ropas elegantes y oscuras, cabello grisáceo, ojos pétreos y una faz rasgada por profundas arrugas, aunque no tenía demasiadas, tal vez tres o cuatro. Carlais experimentó muchas cosas que no supo identificar: nerviosismo, rencor, rabia, frustración. Pero nada de eso era comparable a lo que sintió cuando aquel hombre, con la mera intención de echar un vistazo alrededor, detuvo su mirada gris en los ojos azules y oscuros de Carlais. La joven notó cómo el corazón le daba un vuelco y acto seguido el rápido correr de la sangre sacudía sus venas. Se sintió sumamente incómoda y perturbada, pero en ningún momento se planteó apartar la mirada. Quizá fueran dos segundos, pero a Carlais le parecieron los más largos de su vida. Cuando lord Munio desvió la vista para dirigir su atención de nuevo hacia el rey, Carlais dejó escapar un suspiro de alivio.

Reif se había percatado del pequeño intercambio de miradas y también fue un momento de tensión para él. Intuía que la inteligencia de Munio era considerable y que, aunque él estuviera convencido de haber matado a Carlais cuando solo era un bebé, cabía la posibilidad de que se diera cuenta de su error.

Con suerte no pasaría nada.

Se dividieron en unos cuantos grupos en función de sus cargos y un par de aposentadores les guiaron por el interior de la residencia, mostrándoles las alcobas de los señores y las dependencias del servicio, así como las cocinas y el comedor. Tenían unas horas para instalarse antes de que se sirviera la comida.

Fue una mañana ajetreada las primeras horas y sorprendentemente tranquila las otras. Poco después de mediodía, se dirigieron a un gran salón donde la mesa ya estaba servida y los reyes y Munio disfrutarían de los mejores manjares que el palacio era capaz de ofrecer. Mientras ellos hablaban, Laina tendría que permanecer en silencio y no mediar palabra a no ser que uno de los dos se dirigiera a ella.

Carlais se reunió con Tirdia y los demás en las cocinas, donde ayudarían al resto de sirvientes a preparar todo lo que necesitaban para cumplir su función.

La jornada fue amena incluso para Laina, que era la que más aborrecía encuentros como aquel. Carlais no dejó de moverse de acá para allá en todo el día, sirviendo a su reina, yendo de la cocina hacia el comedor y viceversa y acondicionando la estancia donde se acomodaría su señora durante la tarde mientras su esposo y su anfitrión salían a cazar por el bosque más cercano.

Cuando Carlais se acercó a la mesa para servirle el postre —que consistía en huevos de codorniz con miel y fruta troceada—, oyó que hablaban de algo relacionado con Filira, un pueblo portuario que se situaba en la costa este de Cathlan y que se dedicaba a comerciar con perlas, esponjas marinas y pescados comunes.

Como Carlais no pudo quedarse todo el tiempo que le habría gustado escuchando la conversación, se dijo que lo mejor sería preguntarle a alguien en las cocinas acerca de lo que había pasado. Tirdia solía estar al tanto de todo y, aunque a veces era un tanto arisca con ella, Carlais sentía demasiada curiosidad como para dejar pasar el tema. Se acercó a ella, que estaba ocupada preparando un fuerte hipocrás, y le preguntó.

—¿No lo sabes? —inquirió la mujer ante la pregunta de su compañera. La joven negó con la cabeza. Tirdia hizo una mueca, como si le pareciera inaceptable que Carlais no estuviera enterada todavía—. Resulta que hace unos días hubo una enorme revuelta en el puerto. Los recaudadores de impuestos fueron a cumplir con su deber y todos los comerciantes y pescadores se alzaron contra ellos, pegándoles y lanzándoles piedras. Los recaudadores salieron de inmediato de Filira sin haber cumplido con su cometido y le explicaron al rey lo que había pasado y él envió un destacamento para que sometiera a la gente.

Carlais no podía creer lo que estaba oyendo. Intuía el porqué de esa revuelta, pero necesitaba confirmarlo.

—¿Por qué se comportaron así los filirianos?

—No seas ingenua —dijo Tirdia irritada—, es evidente el porqué, ¿no? Desde que nos separamos de la Alianza, a los pescadores les ha sido reducido el acceso al mar porque hay tres reinos más aparte de Cathlan que tienen acceso directo a esas aguas. La competencia es enorme y un puerto como Filira no puede afrontar ese reto.

Carlais vio un velo de angustia en los ojos castaños de Tirdia, que había pronunciado esas palabras con un tinte de dolor en la voz.

Parecía que el tema le tocaba de cerca y Carlais quiso consolarla. Le puso una mano en el hombro.

—¿Te encuentras bien?

Tirdia dejó de hacer lo que la había mantenido ocupada y cerró los ojos con fuerza.

Fue entonces cuando Carlais se percató de las profundas ojeras que marcaban su rostro.

—Mis abuelos y mi hermano viven allí, ya son muy ancianos y... —Se le quebró la voz, incapaz de continuar hablando acerca del peligro que corrían sus seres queridos sin que se le cayeran las lágrimas.

Si el rey había enviado allí a un destacamento para que *sometiera* a las buenas gentes de Filira, significaba que más de un aldeano saldría mal parado, y eso no excluía a los abuelos de Tirdia o a su hermano.

—No debes preocuparte, Tirdia —dijo Carlais endulzando su voz—, no creo que los hombres del rey arremetan contra dos personas tan mayores. Después de todo, ellos no representan una verdadera amenaza, ¿verdad?

El razonamiento de Carlais pareció calmar la tristeza de Tirdia que, por primera vez desde que se conocían, le sonrió.

Después de eso continuaron con sus quehaceres, tratando de complacer a los reyes en todo, aunque por fortuna no fueron demasiado exigentes con ellos. Cuando faltaban unas horas para el atardecer, Munio y Noriam anunciaron que saldrían de caza acompañados únicamente por dos jinetes que les escoltarían y algunos sirvientes de Munio.

Por suerte Reif no fue uno de los elegidos.

La reina se internó en los aposentos que habían dispuesto para ella y decidió que quería descansar y así sus sirvientas gozarían de algún tiempo libre. Carlais y Tirdia prepararon la cama mientras la reina observaba a través de la ventana cómo su esposo y lord Munio cabalgaban fugazmente hacia el bosque más cercano, que estaba relativamente cerca.

—Ya está listo, majestad —anunció Tirdia—. ¿Queréis que os prepare una infusión caliente para cuando despertéis?

—Te lo agradecería mucho —respondió Laina con amabilidad.

Tirdia se retiró de la estancia, dejando a Carlais y a la reina a solas.

—¿Cómo estás? —preguntó Laina.

Carlais sabía que se refería al hecho de haber estado frente al hombre que mató a sus padres. No le apetecía hablar del tema, pero Laina era una mujer de mirada dulce a la que no podía respondérsele con evasivas o brusquedad. No se lo merecía, ya que ella lo preguntaba porque de verdad le interesaba saber cómo estaba Carlais.

—Ha sido extraño —admitió jugueteando con la tela de la pesada cortina que enmarcaba la ventana.

—Lo imagino. La verdad es que ese hombre es… intimidante.

—No lo suficiente —repuso Carlais con algo de rabia. Alzó la mirada hacia la reina—. ¿Por qué Noriam le da un trato preferente? No lo entiendo. Se rebeló contra él y su tiranía y ahora le trata como si nada de eso hubiera pasado.

—Es un tanto desconcertante —coincidió la reina—. Ni siquiera yo conozco el motivo, pero intuyo que su relación se remonta a mucho antes de la noche en la que Noriam le derrocó.

Carlais consideró esa posibilidad y le pareció muy acertada. Había observado a los dos hombres hablando con naturalidad durante la comida, como si entre ellos hubiera una confianza solo propia de dos buenos amigos, aunque también había notado cierta tirantez. Era confuso.

—Me preguntó qué es lo que les une… —musitó.

—Todos nos lo preguntamos —indicó Laina.

Carlais asintió, suponiendo que, tanto en el castillo real como en ese mismo palacio, muchos otros estaban sorprendidos por la extraña relación que mantenía lord Munio con el rey.

Laina se preocupaba mucho por ella y en el poco tiempo que llevaba Carlais sirviéndola, había aprendido a quererla por su forma de ser. Carlais se dio cuenta de que le importaba lo que le pasase a Laina, que al fin y al cabo estaba sufriendo un pésimo destino solo porque deseaba salvar la vida a su hermano. Un gesto digno de admirar.

—¿Cómo va tu embarazo? —le preguntó Carlais, ya en la puerta.

Laina sonrió.

—Muy bien. Después del parto complicado que tuve con Ederen creí que ya no volvería a quedarme encinta. Pero fíjate tú, el destino nunca dejará de sorprendernos.

Carlais sonrió, contenta por que su reina tuviera algo que le ilusionara, que le hiciera vivir la vida con más emoción. Sin una palabra, cerró la puerta a sus espaldas, dejando que la soberana se sumiera poco a poco en un sueño reparador.

Reif no estaba disfrutando en absoluto de aquel día.

Su cometido se limitaba a quedarse en las cuadras del palacio vigilando a los caballos y dándoles de comer. Él aborrecía aquel tipo de tareas, tan monótonas y sencillas. A menudo echaba un vistazo hacia las ventanas que daban al patio en el que estaba, preguntándose si podría ver algo de su interior que le diera alguna pista de cómo estaba yendo todo, pero dado que el señor del palacio y el rey se habían ido de caza, el riesgo para Carlais había disminuido considerablemente.

Sin embargo, Reif estaba casi seguro de que Munio la había reconocido. O, al menos, le había llamado la atención de un modo particular. Reif recordaba al rey Rianon muy vagamente, pero cuando miraba a Carlais le abordaba la misma sensación que tenía cuando, con cuatro años, iba al castillo real a jugar con el príncipe Aloy mientras su madre trataba el embarazo de Yilian.

El sonido de unos pasos ligeros apresurándose hacia él fue lo que le extrajo de sus pensamientos, de sus recuerdos. Se giró para ver de quién se trataba y vio que era Carlais. Reif arqueó una ceja preguntándose el porqué de su presencia.

—¿Necesitas algo? —inquirió.

—No —repuso ella con simplicidad—. La reina está durmiendo en una alcoba y ahora no tenemos mucho que hacer.

—Ya veo… ¿Y qué propones?

—No lo sé, pero no me apetece disfrutar de mi tiempo libre con extraños.

Reif rio.

—¿Y qué hay de esa compañera tuya, la que no se despega de la reina?

—De eso quería hablarte.

Carlais se sentó en un banco de piedra que estaba junto a la pared y esperó a que Reif hiciera lo mismo.

—Dime.

—Resulta que Tirdia está muy apática porque el rey ha enviado un destacamento a Filira para que controlen las revueltas que…

—Eh, eh, para. ¿Qué revueltas?

—¿No lo sabes?

Reif arqueó las cejas.

—¿Debería?

—Supongo que no. Lo que ha pasado es que…

Y Carlais le narró todo lo que sabía acerca de las revueltas acontecidas en Filira. Desde los comentarios que compartieron Munio y Noriam hasta lo que había averiguado gracias a Tirdia. Reif asintió, pensativo y con un semblante marmóreo. Nada de lo que le estaba contando Carlais parecía sorprenderle.

—¿Y bien? ¿Qué piensas? —quiso saber ella cuando hubo terminado de relatar lo sucedido.

—En esencia no es bueno que el rey arremeta contra los suyos, eso es evidente. Pero para nosotros es bueno, Carlais. Muy bueno. Sobre todo para ti. Piénsalo, son esta la clase de cosas las que hacen que cada día haya más personas que apoyen nuestra causa. De momento no hay suficientes rebeldes para plantearnos una rebelión seria y que acabe bien para nosotros. Pero apuesto a que al final de verano la cosa habrá cambiado mucho.

—Eso espero.

El silencio imperó entre ellos, que se hallaban sumidos en sus propios pensamientos. Carlais no quería imaginar lo que pasaría si finalmente fracasaba en su empeño por ser reina, pero no podía evitarlo. En el fondo sentía miedo de acabar ahorcada o decapitada. Era consciente de que si no tenían éxito en su empresa, nadie podría evitar ese fatal destino para ella.

Reif, por su parte, se preguntaba cómo se tomaría el rey el hecho de que hubiera una joven de dieciséis años por ahí con más derecho al trono que él. Que una mujer tan joven supusiera una amenaza tan grande no era plato de buen gusto para ningún hombre de su sociedad, y Noriam no iba a ser diferente. Aunque también cabía la posibilidad de que no considerase que Carlais fuera peligrosa. Tal vez la subestimara.

Su aspecto no invitaba al temor. Tenía una apariencia vulnerable. No era demasiado alta, tenía unas pocas pecas adornando los lados de la nariz, su voz era dulce... No resultaba amenazante. Excepto cuando miraba fijamente. Entonces uno podía sentir que esa mirada azul le atravesaba. Era una característica de su padre, y eso Reif lo recordaba muy bien porque un día, cuando era pequeño y correteaba por los pasillos del castillo junto con Aloy, molestando a los miembros del servicio, el rey le dirigió a su hijo una mirada reprobatoria que los dejó a ambos paralizados por unos segundos.

El papel que jugaría Carlais en la rebelión no era otro que el de mujer esperanzadora. Sería la chispa que animaría a los hombres a tener fe en una época mejor para el reino, porque ella representaba todo aquello que había hecho de Cathlan la nación brillante y próspera que un día fue. La gente no pasaría por alto quién era ella, qué sangre corría por sus venas.

—Carlais —dijo entonces Reif—. ¿Quieres que vayamos a dar una vuelta por los alrededores? No aguanto más aquí sin hacer nada.

Ella se encogió de hombros.

—Sí, por qué no.

Se levantaron y Reif sacó un caballo del establo.

—Es mejor que solo cojamos el mío, así es más probable que no se den cuenta de que falta —explicó él.

—De acuerdo, pero no sé cómo quieres que me monte en eso con este vestido —dijo Carlais.

—¿No te lo puedes arremangar un poco?

Carlais alzó las cejas, entre escandalizada y perpleja.

—¿Qué dices? Sería… poco apropiado. Especialmente aquí.

—Déjate de remilgos y dime si quieres venir o no, Carlais. No tenemos todo el día.

—Tú siempre tan amable —bufó ella.

—Soy práctico.

Con un suspiro resignado, Carlais asintió y se subió al caballo con el vestido subido a la altura de la mitad de los muslos. Sentía vergüenza. Solo eran piernas, pero aun así no era una parte del cuerpo que estuviera acostumbrada a enseñar, sobre todo delante de un hombre. Pero Reif se comportó con total normalidad, como si estuviera en una situación que ya había vivido con anterioridad. Se subió detrás de ella y cogió las riendas del caballo.

Salieron del palacio y cabalgaron hacia el acantilado, con el viento revolviéndoles los cabellos y proporcionándoles una ansiada frescura en un día de verano como aquel. Al principio Carlais tuvo la sensación de que se caería de la montura si relajaba los músculos, pero poco a poco fue dándose cuenta de que Reif no dejaría que eso pasara porque, aunque estaba concentrado en manejar al animal, también tenía un ojo puesto en ella. La chica desconocía si ese comportamiento era fruto de su misión como escolta o si había una voluntad personal.

Todavía no había olvidado lo que vio en sus aposentos en el palacio del Cetro. Pero en el fondo tampoco era tan importante. Reif tenía derecho a hacer lo que quisiera, a estar con quien le viniera en gana. No tenía por qué molestarle.

Cuando llegaron al límite de la tierra donde esta se convertía en una superficie rocosa que descendía en picado hasta el mar, se bajaron del caballo y contemplaron el horizonte. A lo lejos se distinguía la silueta azul de una pequeña isla. Un pedazo de tierra que, a pesar de no ser muy grande, había sido motivo de disputa entre la nobleza de Cathlan en más de una ocasión.

Reif miraba el océano con una mezcla de nostalgia y orgullo, como si aquello le trajera buenos recuerdos.

—¿En qué piensas? —le preguntó Carlais.

—En nada en particular —respondió él, y parecía sincero.

Carlais no supo qué contestar a eso, así que lo olvidó y se dejó llevar por lo que deseaba hacer. Se sentó sobre la hierba, apoyándose en las palmas abiertas hacia atrás y con la cabeza ligeramente ladeada. Podría pasar horas mirando el océano.

Reif se tumbó en el suelo apoyando la cabeza en los brazos que colocó detrás de la nuca para contemplar la infinidad del firmamento. Cuando la postura que había adoptado Carlais se hizo incómoda, imitó la posición de Reif y dejó que sus ojos se perdieran en el inmenso azul. Por primera vez en todo el día se sintió relajada y en paz. Había trabajado mucho en el palacio y la tensión no le había abandonado ni un segundo por el hecho de estar tan cerca de Munio, pero en ese momento parecía que solo existían ella, Reif, el cielo, la brisa marina y el rumor de las olas al acariciar la arena y las rocas de la costa.

Carlais sintió la tentación de mirar a Reif de reojo, de estudiar su rostro, cada centímetro de sus facciones. Se sintió cohibida por ese extraño impulso, pero finalmente se dejó vencer por el deseo y giró un poco la cabeza para admirar el perfil de su compañero.

De pronto, Reif se volvió hacia ella y la joven enrojeció. Notaba las mejillas encendidas y se preguntó si Reif se habría dado cuenta también. Quedó atrapada por su mirada oscura, y reparó en que una tonalidad azul muy tenue se enroscaba alrededor de su pupila para ir convirtiéndose en un color marrón a medida que se expandía por el iris.

Ciertamente era una mirada muy peculiar.

—¿Pasa algo? —susurró él.

Carlais no pudo sostener más su mirada y tuvo que volver a dirigir la vista al cielo, donde todo parecía claro y puro, muy al contrario que en su corazón. Tragó saliva tratando de encontrar las palabras adecuadas para responder a esa pregunta.

—Nada —dijo—. Solo estaba preguntándome cuánto te paga Arcren por protegerme.

—Eso no es algo que tengas que saber, Carlais —musitó él con suavidad.

—¿Por qué no?

—Porque es como cuando te hacen un regalo. No está bien saber cuál es el precio.

—Supongo que no.

De nuevo, silencio.

Carlais era hábil a la hora de intuir qué era lo que pasaba por la mente de las personas que tenía cerca, pero eso no le sucedía con Reif. Al menos no siempre. A veces le parecía un hombre simple, sin misterio alguno. Pero en otras ocasiones le resultaba totalmente enigmático.

Capítulo 17

CARA A CARA

Ya en el bosque, Munio y Noriam caminaban varios metros por delante de sus escoltas. El primero estaba cansado, tal y como revelaban sus ojeras. En los últimos tres meses apenas había podido dormir. Tenía pesadillas. Pesadillas en las que el rey Rianon volvía de entre los muertos buscando venganza y la obtenía.

No era la primera vez que Munio tenía una mala racha de ese estilo. Dos años atrás estuvo soñando con los Dagafiel durante casi cinco meses. A veces, los fantasmas del pasado regresaban para torturarle.

Y esa mañana había visto a uno de esos fantasmas, pero, esta vez, de carne y hueso: una muchacha. En el mundo había miles y miles de personas y no era nada excepcional que unas se parecieran a otras. Que aquella doncella compartiera rasgos con aquella rama de su familia no tenía por qué llamarle la atención. Cualquier persona habría asumido que era una coincidencia y no le habría dado más vueltas. Pero él no. Por alguna razón no podía quitarse aquello de la cabeza. Durante sus primeros días como monarca no pudo evitar preguntarse hasta qué punto había tenido éxito en acabar con los Dagafiel. Munio se consideraba un hombre astuto y hábil, pero ¿lo era tanto como para acabar en una noche con la única dinastía que había gobernado Cathlan?

Cuando el eco de sus dudas se disipó, el duque se percató de que Noriam estaba hablándole, comentándole algo sobre el descontento del pueblo.

El tema del día había sido las revueltas que habían tenido lugar en Filira.

—... Son unos desagradecidos —masculló—. No se dan cuenta de que todo lo que hago lo hago por la gloria de nuestro reino.

—La plebe no se alimenta de la gloria.

El rey le dirigió una incisiva mirada y aguardó a que Munio siguiera hablando.

—Noriam, si no fueras mi hijo ten por seguro que ya te habría quitado el trono —dijo con un tono de voz neutral—. Lo hice una vez con un rey que merecía la corona mucho más que tú, así que no dudes de mis capacidades. El caso es que, en el fondo, es mi linaje el que está gobernando Cathlan, tal y como yo quería, y por eso me preocupo por tu reinado tanto o más que tú.

—Nadie te ha pedido que lo hagas, Munio. Tu palabra ya no sirve; carece totalmente de importancia para mí.

—¿Entonces por qué me mantienes con vida? —le preguntó, como tantas otras veces había hecho.

—Porque eres mi padre. Aunque me repudiaste: renegaste de mí al pensar que jamás llegaría a nada, que nunca podrías sentirte orgulloso. —Dejó escapar una risa seca y breve—. Mírame ahora.

Munio sabía que todo lo que hacía Noriam tenía su origen en un trauma infantil: el de verse ignorado por su propio padre, que jamás se reconoció a sí mismo como tal hasta que ya fue tarde. Aquella era una actitud demasiado imparcial, condicionada por el dolor y el miedo del chiquillo que había sido Noriam alguna vez.

—Ya te veo, Noriam. Y tu posición no está tan asegurada como te crees.

—A mí no me va a pasar lo que te ocurrió a ti —aseguró él entre dientes.

—¿Seguro? Es curioso que lo digas teniendo en cuenta los problemas internos que está teniendo Cathlan. He oído que no se trata solo del puerto de Filira, sino de algunas aldeas e incluso protestantes que hay en la capital, despotricando contra ti en público.

—Es solo la agitación consecuente al hecho de que Cathlan se ha separado de la Alianza de los Reinos del Sur, solo eso —aseguró Noriam, aunque su tono de voz titilante no logró ocultar la inseguridad que había tras sus palabras—. Yo soy uno de ellos, soy de origen humilde.

Munio frunció las comisuras de los labios con disconformidad y luego sintió el impulso de reír con amargura.

—Sabes que eso no es verdad.

—Sí lo es —repuso él con un deje de furia en su voz—. En la práctica lo es.

—Pero la práctica solo es una parte de la vida, Noriam. La otra mitad se compone de lo que somos por naturaleza, de nuestras auténticas raíces, de qué clase de genes llevamos en nuestra sangre. Al fin y al cabo, un hijo no es más que una prolongación de su padre. En esencia, tú y yo somos lo mismo.

—Eso no pareció importarte cuando nos repudiaste a mi madre y a mí.

—No cambia el hecho de que sea verdad lo que acabo de decirte.

Noriam detestaba aquellas teorías acerca de la familia, de la relevancia trascendental que esta tenía, de cómo afectaba a todos y cada uno de los seres humanos.

—Las personas nacemos con unas características que hemos heredado, es cierto—coincidió el rey—, pero a lo largo de los años se nos van presentando oportunidades que nos dan la posibilidad de cambiar y moldear nuestra personalidad de la forma que prefiramos hasta acabar siendo como queremos ser. ¿No estás de acuerdo?

Su compañero se rascó la barbilla, considerando sus palabras.

—Puede que los dos tengamos razón —concluyó Munio.

—De todos modos, ¿a qué viene esta charla?

Munio se dijo que no debía andarse por las ramas, así que soltó deprisa aquello que quería hacerle saber a su hijo:

—Se trata de la doncella que está a cargo de tu esposa.

—¿Cuál?

—La pelirroja.

El rey visualizó a la joven en su mente, aunque apenas se había fijado en ella.

—¿Y qué pasa?

—No me gusta.

Noriam le miraba con incredulidad, sin comprender por qué a su padre le preocupaba la existencia de una adolescente.

—Solo es una sirvienta —recordó él como si a Munio se le hubiera escapado ese detalle.

—¿Y qué? Eso es completamente irrelevante.

—¿Irrelevante para qué? No entiendo qué quieres decir.

Munio suspiró y desvió la mirada.

—Siempre me pareció demasiado fácil…

—¿De qué hablas? —Noriam estaba perdiendo la paciencia.

—De los Dagafiel. Cuando los liquidé celebré el triunfo, pero en el fondo sabía que no podía haber sido tan sencillo acabar con ellos.

Noriam estaba confundido porque no encontraba sentido a las palabras de su acompañante. Era bien sabido que Rianon III murió envenenado y al resto de su familia se les ejecutó en el mismo salón del trono. Había testigos.

—¿Qué insinúas? —preguntó Noriam inquieto.

—Vamos, Noriam, te creía más avispado. Aunque, claro, tú no conociste al rey en persona… Pero esa chica, Noriam, te juro que es clavada a Rianon III.

Noriam parpadeó, entre perplejo e incrédulo.

—Los años están pasándole una mala jugada a tu mente.

—No. Créeme cuando te digo que esa joven… me inquieta. ¿Acaso nunca se te ha pasado por la cabeza?

—¿El qué?

—¡Que Rianon tuviera hijos bastardos! Es algo que siempre me he preguntado. Siempre.

Noriam calibró la idea con interés. A pesar de que la reputación de Rianon III fue impecable, era plausible que hubiera mantenido relaciones amorosas con alguna que otra mujer. La experiencia le había enseñado que, en la nobleza, las relaciones extramatrimoniales no eran tan inusuales. Y en reyes eran casi una tradición.

—¿Y crees que esa chica lo es?

—Estoy seguro. Fíjate, al final el bueno de Rianon era tan mortal como todos nosotros.

—Sobre todo como tú. Aunque estoy seguro de que él hubiera cuidado mejor de sus bastardos.

—¿Intentas ofenderme?

Dos segundos de silencio.

—Es obvio que para ti ese tema carece de importancia, así que no, no intentaba nada.

—Mejor. Volviendo a lo importante, si esa muchacha es quien creo que… —Munio se detuvo. Un pensamiento cruzó su mente, veloz como el rayo—. O podría ser peor. Yo nunca vi a la princesa Adisia hasta la noche en que tomé el castillo, y por aquel entonces no tenía ni un mes de vida. ¡Un mes! ¿Sabes qué significa eso?

—Que podría haber sido cualquiera… —masculló Noriam, esa vez algo más alarmado.

—Exacto. Y ahora que he visto a esa chica… Puedo verlos a los dos… A Rianon y a Yilian.

—Basta —cortó Noriam—. Estás dando por sentado que esa niña es hija de los reyes y me parece precipitado y estúpido.

—No lo es, Noriam. Yo estuve allí, conocí al rey en persona, y estuve seriamente interesado en su madre. Los recuerdo perfectamente y esa chica es igual a ellos. Además, ¿cuántos años crees que tiene?

—No lo sé, ¿diecisiete? Quizá menos.

—Pues ya está, hasta su edad coincide.

Noriam empezaba a preocuparse porque, en el fondo, sabía que lo que estaba diciéndole su padre no era una locura.

—Si de verdad es la princesa Adisia, ¿crees que es tan tonta cómo para meterse a formar parte del servicio del castillo y encima acompañar a mi esposa hasta aquí, donde estaba claro que se iba a encontrar contigo?

—Es estúpido, lo admito. Pero también sugiere que es obstinada, igual que lo han sido muchos de sus parientes. —Hizo una pausa—. Supongamos que no es la legítima heredera, que como hemos dicho al principio es solo una bastarda… Seguiría teniendo más derecho al trono que tú.

—Quizá no tenga ese tipo de aspiraciones.

—No seas ingenuo. Todos tenemos ese tipo de aspiraciones. Y ahora escucha, Noriam: si tu pueblo se entera de su existencia, tu posición en el trono peligrará más que nunca.

—Estás sacándolo todo de quicio —resolvió finalmente el rey, que se negaba a creer tan rápidamente lo que su padre le estaba insinuando—. No tenemos pruebas. Tan solo te basas en lo que recuerdas de Rianon y Yilian y eso no me parece suficiente. De hecho, y si mal no recuerdo, hace cinco años ordenaste la detención de la madre de un niño que también te recordó a los Dagafiel, y tanto a ella como a su hijo los interrogaste y mantuviste cautivos hasta que el padre acudió a mí y tuve que interceder.

Munio volteó los ojos, recordando bien aquel suceso y lamentándose por haber cometido aquel error, que provocó que, a ojos de su rey, su criterio careciera de importancia.

—Noriam, estaba perfectamente tranquilo hasta que la he visto bajar del carruaje. Tal vez me equivoque, y si es así me sentiré aliviado, pero prefiero no quedarme con la duda. Tengo una corazonada y la estoy compartiendo contigo porque la mera existencia de esa niña hace que tu posición en el trono penda de un hilo. Y más ahora.

El rey reflexionó acerca de las palabras de Munio. Sería una necedad ignorarlas porque, aunque pareciera imposible, lo que él le estaba sugiriendo tenía mucho sentido. Quizá no fuera hija de Yilian, pero eso tampoco era de suma importancia. Con que fuera hija del rey…

—Muy bien, si te vas a quedar más tranquilo regresaremos al palacio y la interrogaremos.

El sol empezaba a ocultarse ya tras la hermosa extensión de agua que se vislumbraba más allá de las costas de Cathlan y Carlais decidió que era el momento de regresar.

Habían pasado un par de horas en las que ambos habían dormitado, sumidos en un sopor que les apartó del mundo y de los males que albergaba. Se pusieron en pie con cierta torpeza y montaron a caballo de nuevo. Carlais ya no se sentía incómoda en aquella posición. Al contrario, Reif le inspiraba confianza.

—¿Ves cómo al final no ha pasado nada? Venir no ha sido tan terrible.

—Que sí —dijo él, arrastrando las palabras, pero con una sonrisa—. ¿Vas a recordármelo siempre?

—Sí —declaró ella en tono burlón.

—De todos modos, aún quedan varias horas para regresar, así que no cantes victoria todavía.

—Ya lo sé, pero si no ha pasado nada todavía no creo que pase ya.

Reif no respondió. A veces las cosas sucedían como uno menos esperaba y no era prudente bajar la guardia. Él, por su parte, no lo haría hasta que estuvieran de nuevo en el palacio del Cetro, sanos y salvos y con la seguridad de no haber levantado sospechas de ninguna clase. Todavía no había olvidado el brillo que había aparecido en los ojos de lord Munio al ver a Carlais. Por regla general, señores y sirvientes jamás se miraban a los ojos, y si lo hacían no era tan descaradamente. En cambio, Munio y Carlais habían compartido una mirada breve pero intensa. Era preocupante.

Carlais estaba contenta. Aquella pequeña escapada hasta el acantilado le había sentado fenomenal. Llevaba semanas sin disfrutar de unas horas de completa relajación como aquellas, donde sencillamente dejó que el tiempo pasara y permitió que los sueños se la llevaran.

A pesar de las circunstancias tan delicadas que le habían tocado vivir, se sentía feliz. Pero ese momento de gozo duró poco porque, cuando llegaron al interior del patio donde guardaban los caballos, se percataron de que las monturas de lord Munio y del rey ya estaban allí. Habían llegado antes de lo previsto y eso alarmó tanto a Reif como a Carlais.

—Quizá no había mucho que cazar en el bosque y se hayan desanimado pronto —sugirió ella.

Pero Reif no contestó, estaba demasiado ocupado escrutando el interior de las ventanas estrechas del palacio.

—Tengo que volver —anunció.

El joven le atravesó con sus pupilas.

—Ten cuidado.

Laina se levantó antes de lo previsto debido a que había tenido un mal sueño. En él aparecían Arcren y Noriam, pero ya no recordaba nada más. Se quedó un rato en la cama, pensando y esperando a que Tirdia llegara, pero no lo hizo. Cansada de estar allí quieta e inactiva, se puso en pie y se dirigió a las cocinas, donde daría cuenta de la infusión que su doncella había preparado.

No obstante, pasó algo insólito, porque cuando estaba de camino a las cocinas, en una pequeña estancia del primer piso, escuchó una conversación de lo más extraña y alarmante entre Noriam y Tirdia. Se detuvo en una esquina donde permanecía oculta de las miradas de los que hablaban, pero la voz autoritaria de Noriam y las respuestas vacilantes de la doncella eran perfectamente audibles para ella.

—Lleva con nosotros desde hace solo unas semanas, no la conozco demasiado… —decía Tirdia.

—Me da igual, quiero que me cuentes lo que sepas, cualquier cosa.

Tirdia suspiró, consciente de que no era bueno que el rey tuviera tanto interés por la chica. Pero qué iba a hacer, ¿negarse a contestar a sus preguntas? Eso podía ser fatal para ella, y su seguridad era lo primero.

—Se llama Carlais Piedrablanca, aunque ese no es su auténtico apellido porque tengo entendido que es una de las niñas que se quedaron huérfanas tras el Temblor.

—¿Era un bebé por aquel entonces?

—Sí, recién nacida, creo. No estoy segura.

—Y has dicho que se llama Carlais...

—Sí, Carlais.

Noriam exhaló un largo suspiro que fue muy elocuente para su esposa. Las sospechas del rey acerca de Carlais acababan de confirmarse y eso no podía ser bueno. Laina echó un vistazo y reparó en una figura en la que no se había fijado antes. Lord Munio, que miraba con seriedad a Tirdia, arropado por las sombras que le otorgaba una esquina.

—Es evidente que no miente —comentó el susodicho.

—Ya. Pero aún no me parece del todo fiable. Querría contrastar la información para...

Laina no quiso escuchar más, pues creyó conveniente intervenir. Con pasos decididos y mirada desafiante, irrumpió en la estancia.

—¿Qué está pasando aquí? —inquirió altiva y fingiendo indignación por descubrir a su esposo interrogando a una de sirvientas.

—Solo estábamos haciéndole unas preguntas a tu sierva —informó Noriam con arrogancia.

—¿No creéis que sería adecuado que me lo consultarais la próxima vez que queráis someter a mis doncellas a esta clase de prácticas?

—No, Laina, no sería adecuado —repuso Noriam irritado—. Y por eso no lo he hecho. No olvides cuál es tu sitio.

Ella le miró con desprecio.

—No podría olvidarlo.

Hubo un instante de demoledor silencio en el cual podía oírse el eco de la desdicha de aquel matrimonio, y cuando aquella presión empezó a ser tan insoportable que casi se podía mascar, Munio intervino.

—Majestad —dijo mirando a Laina—, no deberíais proteger tanto a vuestras doncellas. Podríais poneros en un aprieto.

Ella sabía a qué se refería, pero actuó como si no comprendiera lo que estaba insinuándole.

—¿A qué os referís?

—Me refiero a que estáis dando trabajo a una mujer que supone una amenaza para vuestra familia, lo cual no es un acto muy honorable y deberíais corregirlo de inmediato. —De pronto, la expresión de Munio cambió, como si acabara de ver una luz—. A no ser, claro, que vos ya estuvierais enterada.

Laina apretó los dientes y se esforzó por mantener una postura fría e imperturbable.

Pero sus pupilas bailaban con nerviosismo.

Noriam había oído las palabras de Munio y estas sembraron una oscura sospecha en su interior. Era muy probable que Laina hubiera estado enterada de la identidad de Carlais desde el principio, y eso enfureció al rey, que se sintió traicionado.

—¿Lo sabías? —le preguntó a su mujer.

Ella no respondió, sino que se limitó a sostenerle la mirada sin dejar que los ojos de su esposo le intimidaran.

—No.

—Júralo. Por nuestro hijo.

El silencio fue de lo más elocuente. Noriam le fulminó con una mirada iracunda, alzó la mano y, a la velocidad del rayo, atestó un fuerte bofetón contra el rostro de Laina, que gimió de dolor y casi cayó al suelo, pero logró apoyarse en el marco de la puerta que daba al corredor y mantener el equilibrio. No había esperado aquella reacción por parte de su esposo, mucho menos teniendo en cuenta que estaba embarazada.

Justo en ese instante, en el pasillo, Laina vio a Carlais avanzar con preocupación hacia ella. Era evidente que había oído el estruendo causado por la discusión y que acudía a socorrer a Laina, preocupada. Pero no era la reina la que estaba en peligro.

—¡Carlais, te han descubierto! —vociferó ella provocando así que la joven se detuviera de golpe—. ¡Corre!

Carlais estaba paralizada, presa del pánico. Solo fue consciente de la gravedad de la situación cuando vio al rey salir del pequeño salón donde había tenido lugar la escena, a tan solo unos metros de ella. Se miraron durante un instante en el que pareció que se declaraban su enemistad, sin palabras, sin gestos, solo con los ojos.

Carlais echó a correr a lo largo del pasillo tan rápido como se lo permitieron sus piernas, sin mirar atrás y en dirección al patio donde había dejado a Reif. No se planteó la posibilidad de hablar con el rey o con Munio. Su única prioridad era escapar, pues ella y Reif estaban solos ante un centenar de personas que, con toda seguridad, cumplirían las órdenes de sus señores.

Cuando llegó al patio ya era consciente de que se había dado la alarma en todo el palacio y que si no se apresuraba, que si dejaba escapar un segundo de su tiempo, quizá no saliera de allí con vida.

La luz anaranjada del atardecer alivió su ansiedad porque supo que estaba por fin en el patio.

Reif ya había intuido el problema al notar cómo cambiaba la atmósfera del palacio, pero lo confirmó en cuanto vio que Carlais corría rápidamente hacia las caballerizas, con la respiración agitada y una expresión de miedo.

—Ya saben quién soy —le dijo a Reif al pasar por su lado.

Él soltó una maldición por lo bajo y siguió a Carlais, dispuesto a luchar con quien hiciera falta con tal de salir de allí sanos y salvos. En las cuadras, Carlais tomó dos caballos por las riendas y se los acercó.

—Reif —musitó ella.

—Dime.

—Tenías razón…

—Ahora no es el momento, Carlais… Pero mira que te lo dije.

Ella desvió la mirada, avergonzada y sintiéndose estúpida por haberse comportado de un modo tan temerario. Carlais nunca imaginó que Munio pudiera caer en la cuenta de quién era ella en realidad, pero se equivocó.

La joven estaba subiéndose ya al caballo cuando un par de hombres armados irrumpieron en el establo blandiendo sus espadas, dispuestos a evitar que se marcharan de allí. Reif se abalanzó contras los dos enemigos sin vacilar, evitando sus estocadas, moviéndose con agilidad y demostrando que tenía un perfecto y letal manejo de la espada. En menos de un minuto ya se había librado de ambos y subió de un salto a su montura. Espolearon los caballos y salieron de allí al galope.

En el patio, una decena de hombres se dirigían corriendo hacia ellos y al fondo, Carlais pudo distinguir a lord Munio y al rey preparando sus monturas.

Un hombre se acercó corriendo a Carlais, con los ojos inyectados en sangre y blandiendo una espada a un nivel considerablemente bajo. Reif supo de inmediato que su intención no era dañar a la princesa, sino dejar cojo al caballo para que esta no pudiera escapar, así que antes de que eso sucediera, el chico extrajo la daga que ocultaba en el interior de su bota y con una precisión admirable, la lanzó directamente al pecho del hombre, que cayó al suelo en el acto, inerte.

Había algunos guardias bloqueando la entrada, pero eso no fue problema para Reif, que logró hacer que se apartaran porque de lo contrario no hubiera dudado en pasarles por encima con su caballo. Carlais iba detrás, pero el joven dejó que ella le adelantara para así poder vigilarle la retaguardia. Una vez fuera de palacio, galoparon todo lo deprisa que pudieron hacia el bosque más cercano, donde podrían esconderse y huir de la veintena de hombres que ahora los perseguían por orden del rey. Afortunadamente a ellos les llevó unos minutos organizarse y preparar sus respectivos caballos para la inesperada expedición nocturna de la que serían partícipes esa noche, y eso concedió cierta ventaja a los fugitivos, que acababan de llegar a la linde del bosque.

Pero fue justo entonces, cuando estaban adentrándose en la espesura de los bosques, cuando un silbido agudo cortó el aire y una flecha se incrustó atrozmente en los cuartos traseros del caballo de Reif, que se detuvo de pronto, relinchando con fuerza y haciendo que tanto él como su jinete cayeran al suelo con estrépito. Al oír el estruendo, Carlais hizo que su caballo se detuviera y se encabritara, lo cual estuvo a punto de hacerla caer a ella también. Pero cuando recuperó el control del animal, dio la vuelta para ver qué había pasado. Vio a su compañero en el suelo, dolorido por el golpe sufrido contra la tierra.

—¡Reif! —gritó ella con la voz rasgada por la desesperación.

Se bajó rápidamente de su montura, dispuesta a socorrerlo a pesar de que, al fondo de la llanura, divisaba la línea de guerreros que se acercaban para acabar con ellos.

—¡No seas estúpida y vete!

Pero ella no obedeció.

—No. No. No puedo dejarte —declaró ella ayudándole a ponerse en pie.

Debido al nerviosismo que percibía, el caballo no dejaba de relinchar y encabritarse, haciendo que fuese imposible controlarlo para poder montar en él.

—Olvídalo, adentrémonos en el bosque —dijo Reif tomándola de la mano y llevándola consigo al interior de la espesura.

Ni Reif ni ella conocían aquel terreno y no sabían cuán grande era o dónde acababa, y menos en ese momento que la luna ya empezaba a asomar. Estaban en completa desventaja y sus perseguidores les superaban ampliamente en número. Era muy difícil moverse entre los árboles, ya que la luz era escasa. A lo lejos, ambos podían oír las voces de los hombres del palacio que habían salido a buscarlos. A Carlais incluso le pareció distinguir la de Noriam.

La joven no hubiera imaginado que Munio tuviera a tantos hombres a su servicio... Aunque en realidad servían a Noriam y vigilaban el comportamiento del duque. El palacio de los Corales debía de estar casi vacío, solo con algunas doncellas y algún que otro sirviente de cámara.

—Carlais, va a ser imposible salir de esta a no ser que nos escondamos —anunció Reif de pronto.

—¿Y dónde quieres esconderte?

—En un árbol. ¿Se te da bien trepar?

—Pues no —confesó ella.

—No importa, yo te ayudo.

La condujo hasta un árbol de ramas gruesas y sólidas. Reif se colgó de una de ellas dando un buen salto y agarrándose con las manos hizo fuerza y logró subir el resto del cuerpo. Una vez encaramado en el árbol, tendió la mano a Carlais para que intentara hacer lo mismo. Ella no tenía tanta fuerza en los brazos como él, pero no le quedaba más remedio que intentarlo. Tras dos intentos fallidos, lo consiguió. Y a partir de ahí todo resultó mucho más fácil porque entre las ramas había muy poca distancia. Se detuvieron en una lo suficientemente gruesa como para sentarse sin tener que preocuparse por si caían o no, aunque hacía falta tener cierto control del equilibrio. Reif avanzó hasta una parte desde la cual podía ver el suelo y vigilar así lo que sucedía. El resto estaba cubierto con un espeso follaje que les ocultaba. Carlais apoyó la espalda en el enorme tronco y dejó una de sus piernas colgando.

Después de aquella carrera por salvar la vida, su respiración era entrecortada y fuerte, pero ya empezaban a calmarse. Reif se acercó un poco a ella con el ceño fruncido.

—Has sido una necia —la reprendió.

Ella tragó saliva.

—Lo siento, no pensé que pudieran darse cuenta, yo...

—No me refiero a eso, que también. Hablo de haberte bajado del caballo. Ha sido una estupidez.

Carlais se sintió dolida.

—¿Y qué querías que hiciera? ¿Que te hubiera dejado ahí tirado?

—Pues sí, ¿por qué no piensas con la cabeza? No puedes ponerte en peligro por mí, ni por nadie.

—Eso absurdo. Si no soy capaz de arriesgarme por los demás…

—De momento lo absurdo es tirarlo todo por la borda por una sola persona —cortó él con brusquedad—. ¿Y si ellos hubieran estado más cerca? Nos habrían cogido a los dos y ya me dirás tú de qué hubiera servido que me ayudases.

Carlais no dijo nada. Tenía ganas de llorar, de gritarle y decirle que era un ingrato. Pero no lo hizo porque en el fondo de su ser sabía que Reif tenía razón. Pero sabía que si la situación volvía a repetirse, actuaría del mismo modo. De lo contrario nunca podría perdonarse haber abandonado a uno de los suyos en unas condiciones tan horribles.

—No creí que pudiera pasar esto —musitó ella—. Además, eran muchos hombres. No lo esperaba.

—He contado dieciséis, incluyendo al rey y a Munio, pero eso no es excusa, Carlais. Te dije que venir aquí no era una buena idea —espetó, esa vez con la voz teñida de cansancio.

La muchacha se sentía mal consigo misma y con los demás. Les había defraudado. Estaba agotada, los párpados le pesaban como dos losas, pero le era imposible conciliar el sueño debido a que no se sentía nada segura, pues en cualquier momento podría caer del árbol. Y tampoco podía permitirse el lujo de dormir en circunstancias como aquellas.

De pronto Reif le hizo un gesto con la mano para indicarle que no hiciera ni un solo ruido, y pronto Carlais averiguó por qué. Cuatro hombres pasaron por debajo del árbol en que se escondían, con una antorcha en la mano y la espada en la otra. Cuchicheaban entre ellos acerca de la dirección que habrían tomado si se hubieran visto en una situación de huida. Alguno sugirió la posibilidad de que se hubieran ocultado, pero esta no tuvo una buena acogida. Por suerte.

Una vez las luces de sus teas se perdieron en la profundidad del bosque, los dos fugitivos respiraron tranquilos al estar solos de nuevo.

—¿Reif? —llamó Carlais.

—Dime.

—¿Te sientes mal por el hombre al que has matado en el patio del palacio?

Él tragó saliva y desvió la mirada hacia el infinito.

—No. Fue en tu defensa. Era o él o tú.

—Ya, pero aun así… Él solo cumplía órdenes, no tenía elección.

—Sabía dónde se metía cuándo decidió que quería servir al rey. No es culpa nuestra.

Las palabras de Reif no lograron calmar los remordimientos que se habían ido apoderando de su corazón, pero trató de creer que habían actuado del mejor modo posible.

Reif intuyó cuáles eran sus pensamientos y quiso aclarar algo:

—Carlais, no puedes ir por ahí sintiéndote mal por estas cosas. Si no lo hubiera hecho, te habrían atrapado; y eso es todo lo que tienes que tener en cuenta.

El silencio se instaló entre ellos y Carlais se dedicó a pensar en lo que había pasado y en lo que pasaría a partir de aquella noche.

—¿Morirías para cumplir con tu deber de protegerme? —preguntó ella de repente.

Él no contestó enseguida. De hecho, se tomó su tiempo para responder.

—Preferiría evitar esa situación, pero, si no hay más remedio, sí. Supongo que sí. Ya era consciente de los riesgos cuando acepté este trabajo.

Carlais asintió, despacio y ligeramente abstraída.

—Te he puesto en peligro. Al unirme a este viaje solo pensé en mí y en lo que quería. Ignoré que, al ponerme en peligro yo, también te estaba poniendo en peligro a ti. Lo siento mucho.

Reif suspiró casi imperceptiblemente y la miró con misericordia.

—Tu deber es ser una buena reina, Carlais, no una heroína.

—Deberían ser términos inseparables. ¿Y si no sé hacerlo, Reif? ¿Y si no estoy preparada para gobernar? ¿Y si soy una decepción para todos?

—No lo serás.

—¿Cómo lo sabes?

Se miraron.

—Porque te preocupa. ¿Crees que Munio o Noriam se inquietaron por si iban a ser buenos soberanos? No. Simplemente asumieron que eran la mejor opción y que sabrían hacerlo. Pero a ti te inquieta. Siendo la legítima heredera al trono y teniendo más derecho que cualquiera, te preocupa no estar a la altura. Eso dice mucho de ti.

Ella asintió levemente pero no pronunció palabra. Se preguntó hasta qué punto su escolta tendría razón.

—¿Estás cansada? —preguntó Reif con suavidad al fijarse en su semblante decaído.

—No.

Él alzó una ceja con escepticismo.

—Mientes fatal —comentó.

Ella no dijo nada y observó cómo Reif se situaba a su lado para pasar uno de sus brazos alrededor de la espalda de la joven y la apretaba contra su torso para que ella pudiera apoyarse en él y dejar que su cuerpo se relajara.

—Duerme si quieres —dijo con un tono permisivo—. No te caerás.

Pero Carlais se sentía demasiado culpable por todo lo que había pasado como para aceptar el amable ofrecimiento de Reif.

—No, no podría…

—¿Por qué tienes que discutirlo todo? Hazlo y ya está —instó él sin darle la oportunidad de replicar—. Se nota que estás agotada.

—¿Y tú qué?

—Yo he dormido casi toda la mañana mientras tú servías en el interior.

—Pero…

—Hablas mucho —susurró—. Calla.

Carlais se mordió la lengua y se esforzó por relajarse entre los brazos de Reif, pero la verdad era que estaba más tensa que nunca, y no solo porque ambos estuvieran en busca y captura.

Le abrazó y se sintió reconfortada por su cercanía.

Gracias al silencio de la noche, podía oír el rítmico latir del corazón de su escolta, y fue ese sonido lo que finalmente le ayudó a quedarse dormida.

Munio y Noriam escrutaban los alrededores iluminados por la tenue luz de las antorchas.

—Ahora va a ser dificilísimo encontrarles —opinó el rey.

—Tienes razón… Oye, ese chico con el que ha huido, ¿quién era?

—No lo sé, no conozco a todos mis sirvientes como comprenderás.

—Ya, pues deberías. Es evidente que están aliados desde hace tiempo.

—¿Y eso ahora qué más da? La cuestión es que tú tenías razón…

—Lo sé. Ni siquiera yo me lo creo. Esperaba equivocarme —confesó.

—Pues no te has equivocado —dijo Noriam con la voz teñida de frustración.

Los dos estaban consternados por lo que habían descubierto. Esa joven hacía peligrar su vida entera, la de ambos, y ninguno estaba dispuesto a permitir que su existencia se viera amenaza por una simple chica a la que doblaban e incluso triplicaban la edad. Ya se habían hecho a la idea de que esa noche no la encontrarían, pero aún podían evitar que la princesa causara estragos serios.

La princesa.

—Maldita Yilian —masculló Munio—. Siempre fue más lista de lo que nos atrevimos a reconocer. —Enmudeció unos segundos, pensativo—. Tienes que tener mucho cuidado con esa cría, Noriam. Es muy posible que tenga a todo un grupo de rebeldes respaldándola.

—Lo sé. Pero acabaré con ella antes de lo que cree. Tengo todos los datos de su familia adoptiva, puedo ordenar su arresto mañana. Seguro que Adisia no querrá que les pase nada y…

—En tal caso eso deberías hacerlo ahora, Noriam. Mañana será ya demasiado tarde porque ellos se habrán anticipado a tus intenciones, eso tenlo por seguro.

Noriam consideró las sabias palabras de su padre y se dio cuenta de que no le faltaba razón. Tenía que tomar medidas ya. Llamó a uno de sus jinetes y le dio unas órdenes a seguir, entre las cuales figuraba el arresto de la familia Piedrablanca.

El jinete espoleó su caballo y salió raudo de allí en dirección a Caan.

Lo primero que vio Carlais al abrir los ojos fue el rostro tenso de Reif. Ella tenía la cabeza situada justo debajo de su mandíbula, una posición que le había resultado increíblemente cómoda. No había descansado todo lo bien que hubiera querido, pero no podía quejarse porque era consciente de que su compañero probablemente ni siquiera había tenido la posibilidad de intentarlo y eso la escandalizó.

—¿Llevas despierto toda la noche? —le preguntó con la voz ronca.

—¿Acaso podía hacer otra cosa? —rebatió él sin mirarla.

Carlais se sintió tonta. No, claro que no hubiera podido hacer otra cosa. Él había estado vigilando, escrutando cada esquina, oteando cada centímetro del bosque y escuchando lo que los árboles y el viento tenían que decirle. Mientras tanto ella había dormido. Se sentía tremendamente mal.

—Te pido perdón —soltó de pronto la joven—. Por todo.

—Ya te disculpaste ayer.

—Pero no he dejado de sentirme mal.

Reif pareció conmovido, algo poco habitual en él. Le tomó la mano y la oprimió con fuerza para transmitirle ánimos.

—Ahora ya está hecho y solo podemos afrontarlo —le dijo con una voz aterciopelada—. Vamos, es hora de irse.

—¿Estás seguro?

—No podemos quedarnos aquí toda la vida.

«Ojalá pudiéramos», pensó Carlais.

Bajaron del árbol un poco atropelladamente, haciéndose rasguños y pequeñas heridas superficiales con las ramas, pero ningún escozor producido por esos cortes podía igualarse al dolor que Carlais sentía en su corazón por haber puesto en peligro a Reif y también a Laina. La reina había estado muy presente en sus pensamientos desde que le advirtió que corriera porque estaba en peligro. La última visión que tenía de ella era la suya apoyándose aparatosamente en el marco de la puerta, con una mejilla enrojecida e irritada, mirándola suplicante para que salvase su vida mientras ella sufría las consecuencias de su imprudencia.

Carlais no podía creer que Noriam hubiese pegado a Laina.

—El rey le dio una bofetada a la reina —musitó Carlais con la voz apagada.

Reif captó el comentario, no sin cierta dificultad, y le dirigió a Carlais una mirada enigmática.

—¿Por defenderte?

—Por cubrirme. A Noriam no le gustó saber que la reina simpatiza conmigo. Es un hijo de… —Pero Carlais dejó la frase en el aire, dándose cuenta de que no valía la pena malgastar energía en hablar de ello.

—Deja de torturarte, Carlais —aconsejó Reif—. Lo hecho hecho está. Pero espero que esto te sirva para que me hagas caso la próxima vez.

—Vale, ya he aprendido la lección.

—Bien.

Caminaron a través del bosque durante varios minutos sin decir nada. Carlais no dejaba de darle vueltas a todo lo que había sucedido y Reif estaba concentrado en descubrir cuál era la mejor dirección a seguir. Tenían que llegar a Caan cuanto antes; les aguardaba un largo camino hasta la capital.

Sin embargo sucedió algo para lo que ninguno de los dos estaba preparado.

Una flecha surgió de la nada y avanzó cortando el aire a su paso en dirección a Carlais. Reif tuvo unos buenos reflejos y fue capaz de empujar a la joven antes de que le diera.

El chico profirió un alarido de dolor y desde el suelo Carlais contempló con horror que la flecha había atravesado por completo el bíceps de Reif y aún estaba allí, incrustada en su carne, con la punta de hierro asomando por un lado y las plumas de la cola al otro.

—Dios mío… —susurró poniéndose en pie con las manos temblorosas.

Por suerte era el brazo izquierdo y el joven aún conservaba la espada en el derecho, pero el dolor era lacerante y se sentía más débil por momentos. Lord Munio apareció de entre la espesura con un arco a su espalda, rodeado por otros hombres que no incluían a Noriam porque probablemente se hubieran dividido en dos grupos para rastrear el bosque.

Había sido él.

Munio acababa de atravesar el brazo de Reif con una flecha. Sonreía satisfecho al comprobar que Carlais estaba angustiada y dolida por ver sufrir a su compañero. Pero también estaba furiosa. Sostuvo la mirada de Munio hasta que este estuvo a tan solo unos metros de ella.

—Apártate, Carlais —ordenó Reif alzando la espada y dispuesto a luchar, pero la joven no le hizo caso y miró a los ojos a su adversario, que la estudiaba con una mezcla de interés, recelo y desprecio.

—No eres ninguna bastarda, ¿verdad? —inquirió.

Ella alzó el mentón.

—Mi nombre es Adisia Carlais Dagafiel —anunció, procurando que no le temblara la voz ni un ápice—. Hija de los últimos y verdaderos reyes de Cathlan.

Munio esbozó una amarga sonrisa.

—Hija de un matrimonio muerto y enterrado —corrigió él—. Vuestra era pasó, y si fueras lista cejarías en tu empeño de… ¿Qué es lo que intentas, exactamente? ¿Recuperar la corona? ¿Prometer prosperidad y justicia para la gente? No seas tonta. Solo eres una cría que se apoya demasiado en un apellido que ya no significa nada.

La joven podía ver la incertidumbre en los ojos de piedra del duque. El apellido Dagafiel significaba mucho, más de lo que él estaba dispuesto a reconocer. Era un símbolo casi legendario, y la gente le tenía un respeto ancestral.

—Sobreestimas el poder que tus palabras puedan tener en mí. No eres más que un miserable —musitó Carlais lentamente con repugnancia y odio.

—Y tú eres igual de perra que tu madre —declaró él con una voz que helaba la sangre—. Apresadles.

Dos hombres la inmovilizaron por detrás de manera que si intentaba liberarse, estos podían romperle los brazos o retorcérselos hasta que Carlais no tuviera más remedio que quedarse quieta. Intentó deshacerse de ellos, pero fue inútil.

A pesar de la furia que habían desatado en ella las palabras de su oponente, Carlais no se dejó intimidar. Seguía mirando a Munio con el rostro ensombrecido y los ojos brillantes.

Con Reif no les resultó tan fácil, pues él logró defenderse con la espada, pero su piel estaba pálida, lo que indicaba que las fuerzas se le escapaban debido a la herida que tenía en el brazo, donde aún seguía clavada la flecha. Cuando lo tuvieron inmóvil, lord Munio se acercó a él lentamente, mirándolo con arrogancia y desprecio. Sonreía con crueldad.

—Vamos a divertirnos un rato, ¿te parece, Adisia? —inquirió él mirando a la joven.

Reif apretaba la mandíbula, intuyendo ya lo que iba a pasar. Pero Carlais no podía pensar con lucidez y no era capaz de aventurar qué pensaba hacer Munio.

Pero pronto lo vio claro e intentó zafarse de nuevo de sus opresores, empeñada en evitarle a Reif el tremendo dolor que estaban a punto de causarle.

Pero no pudo.

Munio tomó delicadamente el extremo trasero de la flecha y, con una sutil inclinación, la movió un poco, haciéndola girar hacia dentro y hacia fuera de modo que todo el tejido dañado por la punta y que ahora sangraba se movía también. Reif cerró mucho los ojos y profirió un grito. El dolor que sentía, tan agudo y punzante, no tenía parangón. La carne viva estaba sufriendo todavía más por el roce de la madera de la flecha y eso era insoportable.

Reif se retorcía de dolor.

—¡Basta! —gritó Carlais con los ojos humedecidos y un nudo en la garganta.

Munio se detuvo y sonrió a Carlais. Acto seguido le propinó un buen golpe en el vientre a Reif, que hizo que el joven se doblara sobre sí mismo. Volvió a mirar a la princesa.

—Soltadla —ordenó.

Carlais notó cómo liberaban sus articulaciones doloridas y se masajeó las muñecas antes de mirar a Munio de nuevo, incapaz de moverse. Su corazón sangraba por Reif, pero también estaba furibunda. Avanzó unos pasos hacia él hasta que solo unos centímetros les separaban, sin importarle que pudiera atraparla o hacerle daño. Estaba demasiado cegada por la ira como para pensar en la prudencia. La furia que sentía era tal que eclipsaba por completo al miedo que pudiera sentir.

—Lo primero que haré cuando sea reina será asegurarme de que pagas por tus crímenes, regicida. No descansaré hasta que se haga justicia.

Munio la miró con desdén pero con un halo de inseguridad en sus ojos pétreos. Aquella chica tenía una forma de hablar que parecía imposible dudar de su palabra. A pesar de que Munio le superaba ampliamente en altura, Carlais lograba que su presencia refulgiera por encima de los demás, especialmente cuando actuaba de aquel modo.

—No me asustan las amenazas de una niña como tú, Adisia —repuso él, aunque no con toda la determinación que le hubiera gustado mostrar. Se sentía cohibido y eso le irritó profundamente. ¿Cómo podía una adolescente de dieciséis años hacerle dudar? Era irracional sentir temor y le alarmó muchísimo que la princesa fuera capaz de conseguirlo con solo hablar. No podía permitir que alguien capaz de lograr tal cosa siguiera con vida por mucho más tiempo. Aun así no dejó entrever ninguna de estas emociones—. ¿Sabes? —farfulló—. A tu familia la mató un verdugo por orden mía, pero yo no tengo las manos manchadas de su sangre. En cambio a ti… A ti te voy a matar con mis propias manos y creo que resultará incluso más placentero que la última vez que vi morir a un Dagafiel.

Un destello resplandeció en la mirada azulada de Carlais antes de que, sin previo aviso, le diera una bofetada a Munio. Notó el escozor del golpe en la palma de la mano, pero eso significaba que le había hecho daño a su oponente. Los hombres del duque la apresaron de nuevo.

Munio no había esperado aquella reacción por parte de Carlais y por eso tuvo unos instantes de conmoción en los que se la quedó mirando entre sorprendido e iracundo, sin poder dar crédito a que ella se hubiera atrevido a pegarle con tanta fuerza. Luego desenvainó su espada mientras miraba a Carlais con ansia, dispuesto a rebanarle el cuello allí mismo. Ella no se movió ni un ápice, le miraba con las fosas nasales muy abiertas, los ojos fijos en él y labio levemente contorsionado en una mueca de odio.

Munio alzó la espada, Reif intentó liberarse para proteger la vida de la joven y…

Capítulo 18

AYUDA

La espada escapó de repente de la mano de Munio porque algo la había golpeado: una piedra que habían lanzado desde lo lejos, propulsada por una honda.

No estaban solos. Carlais no comprendía qué sucedía, pero no tardó en hacerlo. Arcren salió de la espesura, enarbolando su espada con fiereza, dispuesto a defender a sus dos discípulos. No trabajaba de forma individual, sino que otros rebeldes le acompañaban. Los hombres del rey se pusieron en guardia de inmediato, confusos y extrañados. No entendían del todo bien qué era lo que estaba pasando; habían atendido a la conversación entre Carlais y Munio con interés, pero sin estar al tanto de lo que pasaba. Aunque habían sacado sus propias conclusiones, todavía no habían asimilado bien la realidad.

De todos modos, su deber no era reflexionar, sino obedecer. Arremetieron contra los rebeldes como mejor pudieron, pero ellos empezaron a incrementar su número y la cosa se complicó. Eran unos catorce y cada vez iban apareciendo más. Llevaban espadas, arcos, hondas y ballestas, aunque esta última arma era la menos común. No todos estaban acostumbrados a luchar, pero a algunos se les daba realmente bien. Pronto, aquella zona del bosque se convirtió en una auténtica batalla campal.

—¡Salid de aquí! —ordenó Arcren mirando a Carlais y a Reif, que se habían reunido el uno junto al otro.

Reif asintió con decisión, pero antes tenía que recuperar la movilidad del brazo, aunque fuera un poco. Le pidió a Carlais que partiera la parte trasera de la flecha para despojarla de esas condenadas plumas. Una vez Carlais lo hubo hecho, Reif se quitó lo que quedaba de flecha haciendo que esta atravesara toda la carne de su brazo, arrancándole así un gemido de dolor. Pero por fin tenía aquel trozo de madera lejos de su cuerpo. No obstante, la alarmante cantidad de sangre que manaba de la herida empezó a preocuparle. Carlais también temía por su lesión y se arrancó un trozo de tela de su vestido para que Reif pudiera usarlo como vendaje.

—Gracias —dijo él.

—De nada. Salgamos de aquí.

Pronto dejaron atrás el bosque, aunque habían tenido que sortear zonas desde las cuáles les llegaban las voces del grupo de Noriam, que continuaba inspeccionando el bosque y se estaban acercando al claro donde tenía lugar el enfrentamiento entre rebeldes y las fuerzas de lord Munio. Carlais se inquietó al darse cuenta de que Arcren y todos sus compañeros estaban en peligro.

—No te preocupes —murmuró Reif haciendo un esfuerzo para hablar—. Arcren sabrá apañárselas.

—¿Cómo es posible que estén aquí? —preguntó ella, pero no obtuvo respuesta.

Cuando dejaron atrás la frondosidad del bosque, Eldara les esperaba con varios caballos que habían atado a unos solitarios árboles para asegurarse de que no fueran muy lejos.

Eldara no era la única persona que estaba allí, sino que había otro hombre que probablemente se encargaría de esperar al resto.

—Menos mal que estáis bien —dijo ella, aunque no parecía contenta o aliviada—. ¿En qué demonios pensabais? ¿Es que estáis locos o qué? —espetó después.

—Ahora no es momento para reproches —declaró Reif serio.

Eldara reparó en la herida de Reif y le miró con curiosidad, aunque sin parecer conmovida o preocupada.

—¿Qué te ha pasado?

—Una flecha —respondió Carlais secamente—. Ahora tenemos que volver a casa.

—Bueno, es evidente que Reif no puede manejar al caballo él solo. Te subirás detrás de mí. Carlais, tú irás sola.

Ella le dirigió una mirada inescrutable.

—Como quieras.

Y así lo hicieron, Reif se situó detrás de Eldara en el mismo corcel y Carlais se acomodó en su propia montura. Eldara les condujo por un camino que no era el principal pero que, con certeza, sería mucho más seguro.

—¿Cómo es que estáis aquí? —quiso saber Reif, aún extrañado por la repentina pero oportuna aparición de Arcren y el resto.

—Naturalmente, Arcren terminó enterándose de lo que Carlais pensaba hacer y resolvió liderar un grupo hasta el sur y estar cerca de ella en el caso de que pasara algo. Nos instalamos en Tanri, una aldea pequeña que hay en esta zona. Branon se lo hizo saber a su hermana enviándole una carta la misma mañana que partisteis, así que cuando llegaron los problemas, Laina sabía perfectamente adónde tenía que enviar el mensaje de socorro. Su doncella llegó anoche para advertirnos, y hemos estado buscándoos muchas horas, pero este bosque es tan grande...

Eldara concluyó su perorata explicándoles que el conde protegería a la familia de Carlais escondiéndolos a todos ellos en la aldea de Ethra, donde estarían a salvo.

—¿A salvo de qué? —preguntó Carlais con una nota de miedo en la voz.

—¿Quién crees que es el objetivo principal de tu enemigo ahora, Carlais? Tu familia es importante para Noriam porque es tu punto débil. Irán a por ellos. Es de lógica y el conde Branon supo actuar con rapidez al respecto.

—No… —murmuró Carlais desolada.

No deseaba que la vida de las personas que más quería se viera afectada por su temeridad y obstinación. No era justo y ella se sentía una persona despreciable por todo el mal que había causado su absurdo empeño de querer verle la cara a lord Munio.

Había sido una inmadura.

—Estarán bien —intentó calmarle Eldara.

El camino fue pesado para los tres, con el sol ardiente de julio abrasando todas y cada una de las superficies que iluminaba. Carlais estaba impaciente por llegar al palacio, encerrarse en sus aposentos y olvidarse del mundo. Pero tenía que adoptar una actitud de responsabilidad y darle la espalda a los problemas no era lo mejor que podía hacer. Tendría que hablar con Branon, explicarle lo que había pasado, hablar con su familia para decirles que todo era su culpa y pedirles disculpas. Y, por último, cuando Arcren ya hubiera regresado, tendría que aguantar una pesada y larga bronca que merecía.

Pasadas varias horas, se detuvieron a descansar y recuperar fuerzas. Eldara examinó la herida de Reif y utilizó una bota de vino que tenía para limpiarla. Después se la vendó de nuevo con mucha más habilidad de Carlais.

Pasaron la noche a los pies de una colina poco llamativa, al otro lado del río. Estaban muy cerca de la capital.

Al día siguiente, siguiendo una de las rutas más discretas hacia el palacio del Cetro, Carlais comentó que quería pasar por su casa y comprobar el estado en el que se encontraba.

—Es demasiado peligroso —dijo Eldara—. Probablemente ya la hayan asaltado, pero eso no significa que vuelva a ser un lugar seguro. Los hombres del rey asumen que es probable que te dejes ver por allí, así que igual te están esperando. Olvídalo.

Carlais no respondió ni insistió más. Su compañera tenía razón. Suspiró descorazonada.

Cuando llegaron a la residencia del conde, él estaba en la puerta principal dando órdenes a dos de sus guardias. Señalaba la aldea de Ethra, que se vislumbraba a lo lejos, y Carlais pensó que tal vez estaba dando instrucciones para que protegieran a su familia. En cuanto Branon los vio llegar, ultimó los detalles de la misión con sus subordinados y les ordenó que se marcharan. Acto seguido se acercó rápidamente a los tres recién llegados.

—¿Cómo estáis? —quiso saber.

—Reif tiene una herida grave en el brazo —anunció Eldara bajándose del caballo.

Los otros dos hicieron lo mismo, y Carlais fue incapaz de mirar al conde a la cara. Branon se percató de la actitud esquiva de Carlais y frunció las comisuras de los labios, pero no dijo nada. Ya habría tiempo de hablar, el que necesitaba atención era Reif, que presentaba una tez más pálida de lo habitual y eso no presagiaba nada bueno.

—Llévalo a su alcoba. Yo me encargaré de que mi físico vaya a echarle un vistazo.

Eldara asintió con determinación y acompañó a Reif al interior del palacio. Carlais los observó irse y se quedó quieta en el mismo sitio, con la mirada perdida en el suelo y con los puños cerrados.

Branon suspiró y se acercó a ella.

—Ayer llegó una de tus compañeras de palacio, Tirdia —informó él—. Tenía órdenes de la reina de informar a nuestros chicos en Tanri y venir aquí después. Me contó todo lo que había pasado.

—Lo siento —murmuró ella mirándole por primera vez desde que estaba allí—. Quería ver a lord Munio. Era una necesidad, ¿comprendes? Era… —Se le quebró la voz y fue incapaz de seguir hablando.

—Lo comprendo, Carlais. Querías ver quién fue el hombre que mató a tus padres y a tu hermano. Lo entiendo, pero no debiste anteponer ese deseo a todo lo demás. ¿Qué te ha aportado conocerle? Nada útil.

Ella no podía rebatir esas palabras porque iban cargadas de la más completa verdad.

—Fui estúpida —admitió—. Creí que sería muy difícil que Munio me reconociese. Casi ni yo me reconozco, ¿cómo iba a esperar que una persona que nunca había visto fuera capaz de saber quién soy incluso mejor que yo misma?

Branon suspiró y miró a Carlais con tristeza. Supo que aunque Carlais llevara semanas sabiendo cuál era su verdadera identidad, todavía le costaba aceptarlo y creérselo. Adaptarse al nuevo papel que jugaba en Cathlan, descubrirse a sí misma como Adisia Carlais Dagafiel y no como Carlais Piedrablanca, resultaba complicado. Y ella era tan joven, tan inexperta en muchas cosas…

Branon la abrazó. Era la hija de su mejor amigo y primo segundo, por lo tanto, eran familia. Compartían sangre y antepasados. Branon sentía que tenía el deber de apoyarla en momentos como aquel.

Por toda respuesta, Carlais respondió efusivamente a aquel abrazo. Hacía mucho que no sentía la seguridad que le infundía un adulto, la certeza de que alguien más responsable y más sabio velaba por ella. Hundió la cara en su pecho y lloró.

Maya estaba cansada de responder las preguntas de sus hijos, que no hacían más que inquirir por qué estaban en aquel angosto campanario de la aldea de Ethra. Alfred, sencillamente, hacía oídos sordos a los lloriqueos de sus hijos. Se limitaba a pensar, sentado en uno de los sacos de trigo que había en el pequeño desván donde estaban escondidos. Fue el mismo Branon Mandoble de Acero el que les condujo hasta allí explicándoles que corrían un grave peligro porque la identidad de Carlais había llegado a oídos del rey.

Maya estaba preocupada. No dejaba de pensar que podía haberle sucedido algo grave a Carlais, que quizá ya no volviera a verla nunca porque la habían matado. ¿Cómo iba una chica tan joven como ella a enfrentarse a la furia desatada de hombres adultos y experimentados? Maya estaba al corriente de que Reif, un chico con habilidades para la lucha, velaba por su seguridad, pero no estaba segura de que eso fuera suficiente. Derwen y Elish se cansaron de protestar y se dejaron caer sobre un conjunto de mantas de lana que había en el suelo. Allí, conciliaron el sueño.

Por fin reinó un silencio sepulcral y Maya decidió acercarse a Alfred para hablar con él de lo sucedido.

—Podría haber sido peor —comentó.

—Desde luego. ¿Eres consciente de que no solo nuestra vida peligra, sino también la de nuestros hijos? —En la voz de Alfred se apreciaba un deje de ira e impotencia.

—Soy consciente, pero Carlais no tiene la culpa de eso y lo sabes.

—No, claro que no —musitó Alfred, aunque no sonaba convencido.

—¿Y qué propones que hagamos? Bastante agradecidos deberíamos estar por que el conde de Ethra haya pensado en nosotros.

—Maya, no seas ingenua, por favor. ¿Cómo crees que será nuestra vida hasta que Carlais logre hacerse con el trono? Suponiendo que lo consiga, claro está. Tendremos que huir siempre porque somos su punto débil, somos las personas a las que quiere y eso nos convierte en uno de los objetivos principales del rey.

Maya entendía la postura de Alfred, pero no podía comprender su actitud.

—¿Estás dándole la espalda a Carlais? ¿Acaso no la quieres?

El elocuente silencio que vino a continuación abrió una herida en el corazón de Maya. No podía creer que, después de haberla criado desde que era un bebé, Alfred no la sintiera tan cerca de su corazón como ella.

—Claro que la quiero, pero…

—Es nuestra hija —apuntó Maya con la voz grave.

—No, Maya. No lo es —declaró él implacable—. No como ellos —concluyó señalando con la cabeza a los dos pequeños que dormitaban sobre las mantas.

Maya no podía seguir mirando a los ojos a Alfred así que giró el rostro y se quedó contemplando fijamente la madera del suelo.

El agua caliente tenía propiedades curativas, Carlais estaba segura de ello. Disfrutaba de un buen baño en su alcoba, donde algunas doncellas del conde lo habían acondicionado todo para que pudiera bañarse. En ese momento estaba sola, oyendo la voz del físico que curaba a Reif al otro lado de la pared, aunque esta le llegaba distorsionada y no alcanzaba a comprender ni una sola palabra.

Pronto se hizo el silencio, señal que indicaba que Reif estaba solo al otro lado de la pared. Eldara se había ido hacía ya mucho rato. Había mucho que hacer y no podía entretenerse en nimiedades, así que Carlais decidió que más tarde iría a ver a su escolta para saber cómo estaba.

Salió de la bañera, se secó el cuerpo con una toalla de algodón y se puso un vestido de lino violeta. Tenía el pelo algo mojado, pero abrió la ventana y permaneció asomada durante unos minutos hasta que su cabello solo estuvo un poco húmedo. Después se acercó a la puerta secreta que comunicaba su alcoba con la de Reif y pasó. Le encontró incorporado en su cama, mirando con disgusto su herida, a la cual acababa de quitarle el vendaje. Ella admiró su torso desnudo, fibroso y ejercitado por las largas horas de adiestramiento en la academia militar. En otras circunstancias se le habrían encendido las mejillas, pero esa vez estaba demasiado alicaída.

—Hola, Carlais —dijo él sin mirarla.

Ella se le acercó.

—¿Qué ha pasado?

—He tensado demasiado el brazo y se me han saltado los puntos que me ha puesto el físico —dijo con fastidio.

—Déjame ver —pidió ella acercándose más para poder examinar la herida. Presentaba un aspecto realmente horrible. Ella resopló, preocupada ante la posibilidad de que cicatrizara con lentitud y dificultad. Colocó las yemas de sus finos dedos alrededor y la evaluó con mucho cuidado.

—El físico me ha dicho que el corte fue muy limpio, por suerte. Me aplicó una cataplasma y luego la cosió.

—¿Y no te la limpió? —preguntó Carlais con inquietud.

—No lo recuerdo mucho. Estaba un poco mareado.

Ella hizo una mueca de discrepancia.

—No sé si estará infectada o no, pero no deberíamos correr riesgos. Además, te la ha cosido de pena, por eso se te han saltado los puntos.

—¿Ahora eres curandera? —inquirió él con una ceja alzada.

—No, pero la madre Tamaris sí lo es, y me enseñó muchos de sus trucos para tratar enfermos. Y dijo que la suciedad está por todas partes, incluso donde no podemos verla. Por eso tenemos que limpiar bien las heridas.

Carlais se puso de pie y anunció que volvería en unos instantes. Dejó solo a Reif y fue a la cocina de palacio para coger un poco de vino, paños, aguja e hilo. Cuando ya se hubo hecho con todo el material que iba a necesitar, se quedó quieta en el pasillo porque le llegó la voz de Arcren desde la sala de estar del conde. Ya había llegado y estaban hablando de todo lo sucedido en el bosque. Al parecer, Arcren y los demás habían escapado tras llevar a cabo una precipitada retirada. Algunos murieron, pero no demasiados. Después Branon intentó convencer a Arcren de que no fuera muy duro con ella porque era joven y había cometido una locura propia de su edad. Pero tras la voz de Arcren se percibía una nota de decepción y enfado.

Ella no quiso seguir escuchando y se dirigió de nuevo a la alcoba de Reif. Allí continuaba él, postrado en la cama cuan largo era con la espalda apoyada en el conjunto de almohadas que le habían proporcionado.

—¿Qué pasa? —preguntó él al ver el rostro compungido de Carlais.

Las palabras de Arcren la habían trastornado un poco, pues había revivido de nuevo la pesadilla que había resultado ser su viaje al sur.

—Nada —respondió con un tono evasivo.

Carlais tomó uno de los paños y vertió un chorro de vino sobre él. Acto seguido presionó en la herida con el trapo empapado de licor y eso pareció escocer a Reif, que hizo una mueca y tensó el cuerpo.

—Tranquilo —murmuró ella—, he comprobado por mí misma que el vino tiene propiedades curativas. Bueno, a veces también vi emplear cerveza con el mismo fin, pero no sé si funcionan igual.

—Espero que tengas razón.

Carlais dejó el paño a un lado y tomó la aguja y el hilo. Antes de empezar a usarlos, se dio cuenta de que en la mesilla auxiliar que había junto al camastro, una vela titilaba indecisa. Recordó algo que había visto hacer en el convento muchas veces. Quemó la punta de la aguja.

—La madre Tamaris lo hacía siempre antes de usar una aguja para coser una herida —explicó Carlais para ahorrarle a Reif la pregunta—. No sé muy bien para qué sirve, pero si ella lo hacía…

—Sí, creo que yo también lo vi hacer alguna vez en la academia militar —cortó él.

Carlais supuso que no era la primera vez que Reif sufría una herida de aquel tipo. A menudo se olvidaba de que él había pasado los últimos años de su vida combatiendo, enfrentándose todos los días al acero mortal de sus compañeros. En más de una ocasión y tras un infortunio, Reif habría recibido alguna que otra herida.

—¿Es la herida más grave que has tenido? —preguntó ella mientras se la cosía.

—Creo que sí.

La muchacha colocó la aguja junto a la carne de Reif, ladeó la cabeza y frunció el ceño.

—Creo que no debería coserla.

—¿Ah, no?

—No.

Cogió un trozo pequeño de gasa limpia, lo enrolló y lo introdujo en el hueco en el que había estado la flecha. Hizo lo mismo por la parte de atrás. Reif estaba sudando.

—Deberíamos dejarlo así al menos hasta mañana por la noche. Creo.

—Así no se cerrará nunca.

—No quiero que se cierre. Hace un año un hombre vino al convento con una herida similar en la pierna. Un accidente en el campo, me parece. Se lo cosimos perfectamente y tuvo que volver a los dos días porque se le había hinchado y cuando presionamos un poco empezó a salir un líquido espeso y amarillento... No hicimos nada mal a la hora de cerrarle la herida, así que la madre Tamaris dijo que aquello pasó porque tenía que pasar. Si te ocurre lo mismo, es preferible poner una gasa que pueda absorber esa sustancia, ¿no?

—Eh... Supongo. Fue increíble cómo te enfrentaste a Munio —comentó él, de pronto, cambiando de tema—. No creí que tuvieras tanto carácter.

Ella esbozó una triste sonrisa.

—Yo tampoco.

Reif sonrió.

—Solo por eso ha valido la pena que me dispararan —añadió con sorna.

Pero eso no logró sacarle una sonrisa a Carlais. Recordó el motivo por el cual Reif había recibido el impacto de aquella flecha.

—No te he dado las gracias por salvarme la vida, Reif —murmuró ella con un hilo de voz—. Si no me hubieras apartado, ahora estaría muerta. Pero tú no habrías sufrido todo lo que pasó después.

—¿Y qué es el dolor que sufrí en comparación con una vida, Carlais? Sea la tuya o sea la de cualquiera... Es mejor así.

Ella tragó saliva, todavía concentrada en coser el profundo desgarro de Reif y sin atreverse a permitir que sus ojos se encontraran.

—Fue horrible —confesó ella.

—Para mí fue peor ver cómo Munio alzaba la espada sobre ti sin que tú pudieras defenderte —admitió él—. Te aseguro que no me gustó. Tuve... miedo.

Carlais tomó unas vendas nuevas para taparle la herida. Envolvió la parte dañada muy cuidadosamente, sintiendo la respiración de él sobre su frente.

—¿Miedo? —repitió—. ¿Por mí?

—Sí.

Ella tenía un nudo en la garganta que le impedía hablar en voz alta. Se mordió el labio con fuerza. Las lágrimas amenazaban con escapar de sus ojos y Reif se dio cuenta.

—Ni se te ocurra llorar —advirtió.

—Lo sé, pero…

Sorbió por la nariz y se enjugó las lágrimas. Al cabo de unos segundos, cuando estuvo más calmada, miró a Reif a la cara. Sintió cómo se le erizaba todo el vello del cuerpo, cómo se estremecía cada fibra de su ser. Sus frentes se tocaban y sus labios estaban tan cerca…

—Carlais, no deberíamos hacer esto —susurró entonces él sin dejar de mirarle los labios.

A ella le costó un poco comprender sus palabras, pero cuando lo hizo se mostró desconcertada.

—¿Por qué no?

—Ya has visto lo que ha pasado hoy… Tú has sufrido mucho por mi culpa y yo también. En nuestra situación no es aconsejable que haya algo entre nosotros. Nublará nuestro juicio —resolvió separándose de ella.

Le había resultado doloroso porque el deseo le quemaba por dentro.

Carlais había querido besarle. Durante unos segundos, aquel había sido su único pensamiento: unir sus labios a los de Reif. Pero él le estaba diciendo que no lo consideraba adecuado, y la explicación que le dio solo le parecía una excusa.

—¿Es por Eldara? —preguntó ella de pronto.

Reif se puso tenso. No quería hablar de ese tema, y mucho menos con Carlais.

—Eldara no tiene nada que ver —declaró él.

—Ya, seguro.

—Carlais, lo de Eldara… —Suspiró—. ¿Lo viste?

—Sí.

—Fue un momento de debilidad, ella no me gusta. Me atrae, pero ya está.

Carlais no sabía si creerle o no. Se levantó y se alejó unos metros de él para poder darle la espalda y pensar. La visión de Reif tumbado en la cama y semidesnudo la desconcentraba. Estaba confusa, perturbada. Le asustaban las emociones que agitaban su corazón en esos momentos. Nunca había sentido nada similar. Reif le estaba diciendo que Eldara solo le atraía. ¿Qué significaba eso exactamente? No sabía qué pensar de sus palabras, estaba confusa y dolida.

Reif se levantó y se acercó a Carlais por la espalda. Eludiendo el dolor lacerante que palpitaba en la parte superior de su brazo, la tomó por los hombros y le obligó a girarse para que pudieran mirarse a la cara.

—Carlais —musitó en tono suplicante—, no podemos complicar las cosas más de lo que ya lo están.

—Reif, ten la decencia de decirme la verdad a la cara si lo que quieres es que entre nosotros no haya ningún tipo de relación personal, pero no líes las cosas —espetó ella separándose de él y dirigiéndose a su habitación.

Él, que no podía dejar la conversación a medias, la siguió hasta su alcoba.

—¿A qué te refieres? —vociferó él—. ¿Crees que no me importas?

—A veces olvido que estás cobrando por protegerme —declaró ella molesta.

Reif no contestó enseguida. Se la quedó mirando con una expresión insondable. Sus ojos parecían guardar un secreto que cambiaría por completo la situación, y así era. Se acercó a ella respirando con fuerza.

—Arcren nunca me pagó ni una sola moneda por protegerte. Yo así se lo pedí. Comparto tu causa de corazón y quiero velar por ti porque de verdad me interesa hacerlo. Ya desde un principio le dije a Arcren que no deseaba cobrar nada.

Carlais se quedó de piedra, fría como un témpano, incapaz de deducir si lo que estaba diciéndole Reif era verdad o mentira, pero sus palabras teñidas de seguridad y convicción no dejaban lugar a dudas. Recordó que él y Arcren mantuvieron una pequeña conversación en una de las dos lenguas que se hablaban en Galdwin y probablemente era eso lo que habían ultimado.

—¿Por qué me lo ocultaste? —inquirió.

—No quería tener que explicarte por qué tomé esa decisión, pero ahora no me importa hacerlo. —Hizo una pausa y Carlais aguardó a que él prosiguiera—. Te vi nacer, Carlais. Yo estuve allí aquel diecinueve de marzo y no lo he olvidado. Eras muy pequeña, vulnerable, y vi la alegría en los ojos de tus padres. Es uno de los recuerdos más antiguos que tengo y representa una etapa feliz de mi vida. Siempre he sabido que estabas viva. Te veía jugar con los demás niños y sabía que eras tú, igual que mi madre. Cuando me dijeron que pretendías alzarte contra el rey y Arcren vino a buscarme, no dudé ni un segundo de lo que tenía que hacer. No solo por los sentimientos que pueda guardar hacia ti, sino por el respeto que tengo hacia tu linaje. —Calló un momento—. ¿Cómo iba a explicarte yo todo esto cuando nuestra relación al principio era casi nula?

Carlais estaba tan conmovida que no sabía cómo manejar la vorágine de sentimientos que se agitaban en su interior. La confesión de Reif había tocado sus fibras más sensibles, haciendo que incluso le quisiera más de lo que ya empezaba a quererle. Quiso hablar, pero no le salieron las palabras. Durante unos instantes compartieron la más intensa de las miradas.

Reif tomó aire y se acercó a ella, que permaneció inmóvil. Con sumo cuidado, le dio un abrazo. La estrechó con cariño y delicadeza, pasándole una mano por su cabello rojo. Ella hubiera querido hacer algo más, pero la intensidad de sus sentimientos la paralizaba. Finalmente, su escolta se fue.

Los calabozos de Caan se encontraban en uno de los callejones más recónditos de toda la ciudad. Dan conocía su ubicación porque una vez su padre estuvo aprisionado por un delito menor que cometió y su castigo fue pasar una semana entre rejas. De eso hacía ya muchos años, pero Dan no había olvidado el camino. En ese momento iba para visitar a un desconocido con el que quería hablar, aunque ignoraba si le dejarían pasar o no. Los rumores acerca de una masacre en el pueblo portuario de Filira se extendían a una velocidad de vértigo, y las gentes de Caan estaban preocupadas, ya que muchos de los ciudadanos tenían o un familiar o un conocido en esa zona, y el nerviosismo y la preocupación habían dado pie a algunos altercados en la ciudad, por lo que habría más de un preso.

Los calabozos eran una pequeña y lúgubre edificación de ladrillos oscuros y estructura cuadrada. Un guardia de aspecto más bien desagradable vigilaba la entrada principal.

—Quisiera ver a un amigo —anunció Dan—. ¿Sería posible? —añadió el joven dejando entrever una moneda de cobre entre los dedos.

El guardia le miró de reojo, casi con desdén, como si estuviera frente a un insecto.

—Cinco minutos —declaró el hombre con la voz ronca.

Dan asintió y entró. Dentro había otro hombre encargado de mantener el orden en el interior de los calabozos. Dan le informó de que deseaba ver a Francis y este le indicó que su celda se encontraba bajando las escaleras, a la derecha. Siguió sus indicaciones y pronto estuvo frente a las rejas que retenían a Francis, quien ahora estaba encogido sobre sí mismo en una esquina de su repugnante celda. Dan no sabía cómo empezar a hablarle, así que optó por llamarle por su nombre y esperar a que él le prestase atención.

—Francis —dijo en voz baja y con un tono conciliador.

El hombre alzó la mirada y se topó con los ojos castaños de Dan, que le observaban con compasión.

—¿Qué quieres?

—Solo hablar contigo.

Francis no estaba muy por la labor de hablar con nadie, pero finalmente se acercó un poco a Dan, arrastrándose sobre las rodillas y con el rostro demacrado por la tristeza y las malas condiciones que había en la prisión.

—Entiendo que hubiera necesidad, amigo, pero ¿por qué robaste a un aristócrata? ¿No hubiera sido más sencillo robar a cualquier otro?

Francis dejó entrever una risa desdentada y amarga. Dan reprimió una mueca de desagrado.

—¿Robar a los que son como nosotros? Las circunstancias ya son malas de por sí como para que encima las empeoremos… No… El que debe pagar es el rey y sus allegados, que viven como un Dios mientras su pueblo se deja la piel todos los días para conseguir un mendrugo de pan con el que alimentar a su familia. Robar a los pobres es un acto despreciable, por eso no se me ocurrió nadie mejor que lord Yaulen.

Dan comprendía el punto de vista de Francis y le parecía digno de admirar, pero por muy valiente y justo que fuera, también era arriesgadísimo. Y por eso estaba ahí tirado, sobre un suelo frío y sucio, esperando su sentencia.

—Se supone que lord Yaulen también es un plebeyo.

—Que no tenga un título nobiliario porque ya no se conceden no significa que sea uno de los nuestros.

—Ahora quizá te condenen a muerte —apuntó Dan. Francis suspiró.

—Lo sé.

—Escucha, amigo, si finalmente sales de esta, quiero que sepas que existe un grupo de rebeldes que planean alzarse contra Noriam.

Francis le miró con indiferencia, sin dejar que le afectara la noticia.

—Otra rebelión… ¿Para qué? ¿Para colocar a otro inepto en el trono? No… Ya hemos pasado por eso dos veces y ninguna ha dado buenos resultados. Ni siquiera la segunda, en la cual teníamos tantas esperanzas puestas.

—Esta vez es diferente, Francis.

El prisionero alzó una ceja con escepticismo.

—¿Diferente?

—Sí. Si logramos vencer no será un cualquiera el que se siente en el trono, será un Dagafiel.

—Los Dagafiel acabaron con Rianon III.

—Eso es lo que todos pensamos, pero no es así.

De pronto, la voz del carcelero le indicó que ya habían pasado los cinco minutos. Dan se puso en pie.

—¡No, espera! —le rogó Francis—. ¿Qué has querido decir con eso?

—La princesa Adisia —dijo Dan cuando empezaba a alejarse ya de la celda— está viva.

AGRADECIMIENTOS

A mis padres, siempre a mis padres, por todo.

A Tano, que me dio el título de esta historia mientras esperábamos en la puerta de embarque de camino a Sri Lanka (o de vuelta de Sri Lanka, no lo recuerdo bien).

A Paula Tallé, por ser mi amiga mientras escribía esta novela y aguantar mis arrebatos de emoción al respecto en la biblioteca del Newton con todo el sol qatarí dándonos en la cara (con razón acabábamos dormidas sobre la mesa después de una buena charla sobre Justin Bieber o Taylor Swift, *Memorias de Idhún o Crepúsculo*).

Gracias a Arantxa Comes, Rolly Haacht y Ana Segarra por iluminarme un poco respecto a dónde dirigir esta novela después de que se quedara sin casa.

Gracias a Marta por darle una segunda oportunidad a la historia de Carlais y por hacerlo con tanto cariño y dedicación, y al equipo de Munyx, en definitiva, por haberla rescatado, en el que incluyo a Diego García por esa magnífica portada.

Gracias a Carlos, por ser el nombre cuya aparición aquí más me está costando justificar, no por falta de motivos, sino por falta de elocuencia. Ya lo sabes: me gano la vida haciendo un uso preciso, eficaz y creativo de las palabras y es pensar en ti y que todo eso se tambalee. No encuentro fórmulas que te hagan justicia en ninguno de los idiomas que conozco.

Y por último, gracias a ti, lector, lectora, por darles alas a mis sueños.

AGRADECIMIENTOS

A mis padres, siempre a mis padres, por todo.

A Tano, que me dijo el título de esta historia mientras esperábamos en la puerta de embarque de camino a Sri Lanka (o de vuelta de Sri Lanka, no lo recuerdo bien).

A Paula Lalle, por ser mi amiga mientras escribía esta novela y aguantar mis arrebatos de emoción al respecto en la biblioteca del Newton con todo el sol matutino dándonos en la cara (con razón acabábamos derrumbadas sobre la mesa después de una buena charla sobre Justin Bieber o Taylor Swift [illegible]).

Gracias a Ainhoa Gómez, Rolly Hachey y Ana Segarra por iluminarme un poco respecto a dónde dirigir esta novela después de que se quedara sin casa.

Gracias a María por darle una segunda oportunidad a la historia de Carlan y por hacerlo con tanto cariño y dedicación, y al equipo de Minotauro en definitiva, por haberla rescatado, en el que incluyo a Diego García por esa magnífica portada.

Gracias a Carlos, por ser el nombre cuya aparición aquí más me está costando justificar, no por falta de motivos, sino por falta de elocuencia. Ya lo sabes: me gano la vida haciendo un uso preciso, eficaz y creativo de las palabras, y en pensar en ti y que todo eso se tambalee. No encuentro fórmulas que te hagan justicia en ninguno de los idiomas que conozco.

Y por último, gracias a ti, lector, lectora, por darles alas a mis sueños.